SARAH
ALDERSON

Trust in LOVE

Aus dem Amerikanischen von Alexandra Rak

Ravensburger Buchverlag

Als Ravensburger Taschenbuch
Band 58528
erschienen 2018

MIX
Papier aus verantwortungsvollen Quellen
FSC® C114500
FSC www.fsc.org

1 2 3 4 5 E D C B A

Deutsche Erstausgabe

Die Originalausgabe erschien 2014
unter dem Titel »Out of Control«

Lektorat: Ulrike Schuldes
Umschlaggestaltung: Anna Rohner,
unter Verwendung von Fotos von
© rdrgraphe/Shutterstock; © Studio Peace/Shutterstock;
© IM_photo/Shutterstock; © iPhoto-Thailand/Shutterstock

Printed in Germany

ISBN 978-3-473-58528-1

www.ravensburger.de

Für Lauren

1

Der Polizist sieht mich an. Sein Kopf ist zur Seite geneigt, und zwischen seine Augenbrauen hat sich eine tiefe Falte gegraben. Sein Kugelschreiber klackt in einem langsamen Stakkato auf den Rand des Schreibtisches. »Was hast du auf dem Dach gemacht?«, fragt er.

Ich atme ein und versuche, meine Finger zu entknoten, die ich in die Taschen meines NYPD-Pullis geschoben habe. »Ich wollte nur ein bisschen Luft schnappen«, sage ich. Ich höre mich wie ein Roboter an, ganz tonlos und verloren. »Ich konnte nicht schlafen.«

Der Polizist hebt die Brauen. Er notiert etwas auf seinem Block, schaut kurz hoch und bemerkt jemanden hinter mir. Er springt auf und wirft seinen Kuli auf den mit Akten übersäten Schreibtisch. »Ich hole mir einen Kaffee«, sagt er und befreit eine Tasse aus dem Chaos. »Soll ich dir etwas mitbringen?«

Ich verneine und blicke ihm hinterher, während er sich am Nacken kratzt. An der gegenüberliegenden Seite des Raumes bleibt er stehen und unterhält sich mit einem anderen Detective, auf dessen Jacke unübersehbar »SPURENSICHERUNG« steht. Sie sehen immer wieder kurz zu mir. Ich kann mir schon denken, was sie sagen. Sie sagen, dass ich ein Glückskind bin. Dass es »ein Wunder« ist, dass ich noch lebe.

Aber wenn das ein Wunder ist, will ich lieber nicht wissen, an was für einen Gott die beiden glauben. Ein Schatten fällt auf mich und ich drehe mich ruckartig um. Vor mir steht der andere Detective, der mit der Spurensicherungsjacke. Mein Blick landet auf einer Pistole, die schwer im Holster an seiner Hüfte steckt. Ich weiß, was für eine das ist – eine Glock 19.

»Hallo, Olivia, ich bin Detective Owens. Darf ich?«, fragt er und zeigt auf den freien Stuhl neben mir.

Ich nicke, und er lässt sich darauf fallen, als würde das Gewicht von tausend Toten auf ihm lasten. Sein Hemd sieht genauso zerknittert aus wie sein Gesicht. Er reibt sich über die Augen. Mann, hat der heftige Tränensäcke! Aber als ich genauer hinsehe, bin ich mir sicher, dass er noch gar nicht so alt ist, wie ich zuerst dachte; fünfunddreißig vielleicht, dunkelbraune Haare und kurze Bartstoppeln.

»Ich hätte gerne«, sagt er mit einem heftigen Brooklyner Akzent, »dass du mir noch einmal genau erzählst, was heute Nacht passiert ist.«

Ich beiße die Zähne zusammen. Das habe ich doch schon drei Mal getan! Ein Mal bei dem Polizisten, der den Notruf entgegengenommen hat, und zwei Mal hier auf dem Revier.

»Ein letztes Mal«, sagt Detective Owens entschuldigend und versucht sich an einem Lächeln. »Ich weiß, du bist müde und du hast einiges durchgemacht, aber wir brauchen wirklich deine Hilfe, Olivia. Du bist die einzige Zeugin. Wenn es irgendetwas gibt, woran du dich erinnerst – selbst wenn es dir noch so banal erscheint –, müssen wir das wissen, denn genau das könnte uns dabei helfen, die Leute zu finden, die das getan haben.« Er hält kurz inne. »Ehrlich gesagt haben wir momentan nicht besonders viele Anhaltspunkte.«

Ich nicke, gebe mein Einverständnis.

»Also ... du stehst auf. Wie spät ist es da?«, fragt er.

Ich überlege. »So gegen eins, glaube ich.«

»Geht das genauer?«

Ich kneife die Augen zusammen, versuche, mir das Zimmer vorzustellen. Auf dem Nachttisch stand ein Wecker, und als ich das Licht ausgemacht habe, habe ich flüchtig darauf geschaut. Da war es kurz nach zwölf. Danach habe ich mich dann bestimmt eine gute Stunde im Bett herumgewälzt, und irgendwann wusste ich, dass es mit dem Schlafen wohl nichts mehr wird. Aber auf den Wecker geschaut habe ich nicht noch einmal.

Daher schüttle ich den Kopf.

»Warum bist du aufgestanden? Hast du etwas gehört? Ein Geräusch im Haus? Hat dich etwas erschreckt?«

»Nein«, sage ich und schüttle weiter den Kopf. »Ich konnte einfach nicht gut schlafen. Wegen der Zeitverschiebung.«

»Das war dein Glück, nicht wahr?«

Darauf antworte ich nicht. Ich schaue ihn nur unverwandt an. Er erwidert meinen Blick eine Sekunde lang und sieht dann auf den Notizblock in seiner Hand.

»Also, du bist aufgestanden, und dann?«, fragt der Detective.

Ich schließe die Augen und versuche, mich zu erinnern ...

Ich gehe zum Fenster. Es ist drückend heiß, die Nachtluft dort draußen ist träge und schwer wie vor einem Gewitter. Ich habe nur kurze Schlafanzughosen und ein dünnes Hemd an – dieselben Sachen, die ich jetzt noch immer unter dem übergroßen Pulli trage, den sie mir hier auf dem Revier gegeben haben. Das Haus scheint zu atmen. Irgendwo unten bei der Haustür tickt eine Uhr, die Klimaanlage summt und in den Leitungen gluckert es. Von der Straße hört man ab und zu ein vorbeifahrendes Auto, irgendwo weiter weg geht eine Autodiebstahlsicherung los. Mein Schlafzimmer liegt im zweiten Stock und weist zum Garten hinaus. Dort gibt es einen schmalen, gepflegten Grünstreifen und hohe Mauern und Bäume, die die Sicht auf die benachbarten Sandsteinhäuser verdecken. Unter meinem Fenster verläuft eine Steinkante, die so breit ist, dass man gut seinen Fuß daraufstellen kann.

Ich denke nicht lange nach, und schon hocke ich im Fensterrahmen, halte mich an der hölzernen Fensterbank fest und schiebe meine nackten Füße nach draußen, bis ich auf den verwitterten Backsteinen Halt finde. Ich atme tief ein, presse meine Hände gegen die Seitenwände und spüre das vertraute Ziehen im Magen, den Rausch, als würden Sterne durch meine Adern schießen. Ich schau nicht nach unten auf den Boden, der zwei Stockwerke unter mir liegt. Ich schaue nach oben, zum Mond, ein spülmaschinenschmutziger Halbmond, der teilweise von Wolken verdeckt wird, und spüre, wie jede Zelle in meinem Körper zum Leben erwacht.

»Erzähl weiter«, sagt Detective Owens. »Was ist dann passiert?«, fragt er.

Ich schiebe mich ganz vorsichtig am Fensterbrett entlang bis zu einem Fallrohr, das an die Hauswand geschraubt ist. Als ich es erreiche, klammere ich mich mit beiden Händen daran fest und beginne mit dem Aufstieg, die Schellen sind meine Trittsteine. Es ist nicht so hoch wie andere Gebäude, die ich erklettert habe, vielleicht drei Meter bis zum Dach. Als ich oben bin, schnappe ich trotzdem nach Luft und meine Beine zittern leicht. Ich stelle mich hin, wische mir den Schmutz von meinen Händen an den Shorts ab und balanciere dann den Dachfirst entlang. Meine Zehen schweben in der Luft und auf meinen nackten Armen spüre ich die ersten Regentropfen. Ich starre auf die Baumwipfel, die aussehen, als wären sie auf den Himmel gedruckt, und auf die fleckigen Wolken, und dann taucht da plötzlich ein Gedanke auf, jemand flüstert mir zu, dass ich wahnsinnig bin. Wenn ich aus dieser Höhe falle, bin ich ganz bestimmt tot … Aber der Gedanke wird von einer Welle aus purem Adrenalin fortgespült. Ich bin so leicht wie Luft und perfekt ausbalanciert. Ich würde niemals hinunterfallen.

Auf einmal höre ich von irgendwo ganz weit unten, wie Glas klirrt.

Ich rudere wie wild mit den Armen. Ich taumele nach hinten in Richtung Sicherheit, gehe tief in die Hocke und kralle mich dermaßen an den Dachvorsprung, dass meine Fingerknöchel weiß hervortreten. Ich kneife meine Augen zu und sage mir wütend, dass da sicher nur Glas zerbrochen ist, dass ich dumm bin und überreagiere. Aber gerade als ich aufstehen und nachsehen will, dringt aus dem Inneren des Hauses ein dumpfer Schlag.

Mein Magen verkrampft, und jetzt melden sich meine ganzen Instinkte und alles, was ich jemals von meinem Vater oder Felix gelernt habe: *Atme ruhig, keine Panik, überleg dir, welche Möglichkeiten es gibt.*

Vielleicht, sage ich mir, ist Mrs Goldman aufgewacht und hat ein Glas Wasser umgestoßen. Vielleicht ist einer von ihnen aus dem Bett gefallen. Sie sind alt. Das wäre durchaus möglich. Ich gehe zu schnell vom Schlimmsten aus. Verdammt noch mal, ich bin in New York. Hier ist es sicher. Zumindest etwas sicherer. Gerade als ich mich auf den Weg nach unten machen will, um nachzusehen, was passiert ist – ich habe schon ein Bein übers Dach geschoben und strecke meine Arme nach dem Fallrohr aus –, da höre ich, wie es zwei Mal leise knallt. Ich erstarre. Das Geräusch kenne ich. Ich höre es immer in meinen Träumen. Ich ziehe meine Beine zurück aufs Dach, kauere mich hinter den Dachfirst, schlinge meine Arme um den Kopf, halte mir die Ohren zu und blende alle Geräusche aus, bis gefühlte Stunden später endlich Polizeisirenen die Nacht zerreißen.

2

Detective Owens schreibt alles auf seinen kleinen Notizblock.

»Also hast du nicht gesehen, wer ins Haus eingedrungen ist?«, fragt er.

Ich seufze. Was glaubt er denn? Wenn ich etwas gesehen hätte, dann hätte ich es ihm doch längst erzählt. »Nein«, knurre ich. »Wie gesagt, ich war auf dem Dach.«

Detective Owens lehnt sich auf seinem Stuhl zurück und kaut an der Unterlippe.

»Warum tut jemand so etwas?«, frage ich schließlich und schlucke den Kloß in meinem Hals hinunter. »War das ein Raubüberfall?«

Er wirft mir einen kurzen Blick zu. »Soviel wir wissen, wurde nichts mitgenommen. Wie es aussieht, war das ein professionell ausgeführter Auftragsmord.«

Das ist entsetzlich. Ich blinzele nervös und versuche das Bild der schwarzen Reißverschlusstaschen, die auf Metallbahren aus dem Haus getragen wurden, aus meinem Kopf zu verbannen. »Warum sollte irgendjemand sie töten wollen?«, frage ich.

»Genau das versuche ich herauszufinden, Olivia. Mr Goldman war Rechtsanwalt und hat viele Kriminelle verfolgt. Vielleicht war da jemand nachtragend.«

Er reicht mir ein Taschentuch, und einen Moment lang starre ich ihn verwundert an, bis ich die Tränen bemerke, die meine Wange hinablaufen. Ich wische mir übers Gesicht. Wie können sie nur tot sein? Vor ein paar Stunden haben wir noch zusammen um ihren Mahagonitisch gesessen und zu Abend gegessen. Mrs Goldman hatte Parmesan-Hühnchen gekocht. Mr Goldman hat ein paar Gläser Wein getrunken und ist dann in sein Arbeitszimmer gegangen, um einige Sachen zu erledigen. Sie haben mich über mein letztes Schuljahr ausgefragt und über das Tanzstudium, das ich machen will. Und jetzt sind sie tot. Wie ist das möglich?

Meine Gedanken machen sich selbstständig, und plötzlich taucht eine ganz andere Frage auf. Wenn ich im Bett gelegen hätte, hätten die Mörder mich dann auch erschossen? Wenn ich nicht auf dem Dach gewesen wäre, wenn ich nicht mit der Zeitverschiebung gekämpft hätte, sondern geschlafen hätte … wäre ich dann jetzt auch tot? Das sind zu viele *Wenns*, um meinen Kopf darauf zu verwetten.

»Warum warst du überhaupt bei Mr und Mrs Goldman?«

Ich schaue zu Detective Owens hoch. »Sie sind Freunde meines Vaters. Sie *waren* Freunde meines Vaters, meine ich.« Der Kloß im meinem Hals wird größer und ich habe das Gefühl zu ersticken.

»Mein Beileid«, murmelt er.

»Ich habe sie nicht besonders gut gekannt«, sage ich. »Ich sollte nur ein paar Tage bei ihnen wohnen, bis mein Vater zurückkommt.« Ich schweife ab, damit ich nicht an die blutgetränkten Kopfenden und die roten Spritzer denken muss, die überall auf den Bettlaken waren.

»Dein Vater ist Daniel Harvey«, sagt Detective Owens, »richtig?«

Ich nicke. Jetzt betrachtet er mich wohl in einem neuen Licht.

»Und zurzeit ist er nicht im Land?«

»Er ist auf Geschäftsreise. Das habe ich schon Ihrem Kollegen gesagt. Ich glaube, jemand versucht, ihn gerade zu erreichen.« Ich sehe mich um. In dem Zimmer sind noch einige andere Detectives und Polizisten, und alle sind sehr beschäftigt. Solange ich hier bin, haben die Telefone ununterbrochen geklingelt. Eine Tafel ist mit Kreide vollgeschrieben. Ganz oben steht in Blockbuchstaben »TÖTUNGSDELIKTE«. Über ein Dutzend Fälle sind dort aufgelistet, und nur neben drei davon sind die Worte »FALL ABGESCHLOSSEN« geschrieben.

Ich beobachte, wie jemand in kleinen, ordentlichen Buchstaben »Goldman« in der letzten Reihe hinzufügt.

»Wo ist dein Vater auf Geschäftsreise?«

Ich versuche, mich auf die Frage zu konzentrieren. »Nigeria. Er arbeitet für die Regierung. Er leitet irgendeine Sondereinheit.«

Detective Owens lächelt mir beruhigend zu. »Und was ist mit deiner Mutter? Konntest du sie erreichen?«

Ich schüttele den Kopf. »Ich weiß ihre Nummer nicht auswendig. Die ist auf meinem Handy und das liegt noch im Haus.«

»Wo wohnt deine Mutter? Wir könnten einen Streifenwagen vorbeischicken, dann kann sie kommen und dich abholen.«

»Das ist leider nicht möglich. Sie wohnt im Oman.«

»Im Oman?«, fragt er und zieht dabei seine Augenbrauen so hoch, dass sie fast an den Haaransatz stoßen.

»Das ist im Nahen Osten.«

»Ja, ja. Weiß ich doch«, antwortet er schnell. »Also, habe ich das richtig verstanden – beide Elternteile sind nicht im Land und im Augenblick auch nicht erreichbar. Gibt es sonst jemanden aus deiner Verwandtschaft, den wir kontaktieren könnten? Du bist noch nicht volljährig. Wenn wir keinen nahen Verwandten finden, müssen wir das Jugendamt einschalten.«

»Nein«, sage ich alarmiert. *Jugendamt?* »Ich bin fast achtzehn«, argumentiere ich. »Ich komme gut allein zurecht. Ich kann in die Wohnung meines Vaters. Die ist in der Upper East Side. Ich kenne den Portier. Der wird mich reinlassen.«

Detective Owens schüttelt entschlossen den Kopf. »Tut mir leid. Regeln sind Regeln.« Er steht auf. »Denk noch mal nach, ob es nicht irgendjemanden gibt, den du anrufen könntest, damit er dich hier abholt. Und ich frage die Leute von der Spurensicherung, ob einer von ihnen vielleicht ein paar Sachen von dir vorbeibringen kann.«

Ich nicke stumm. Als er weggeht, sacke ich auf meinem Stuhl zusammen und überlege krampfhaft, ob es jemanden gibt, der mich hier abholen könnte, aber mir fällt absolut niemand ein. Ich bin erst seit einer Woche in New York. Die einzigen Leute, die ich kannte, waren die Goldmans. Am liebsten würde ich meinen Kopf auf den Schreibtisch legen und losheulen. Ich will meinen Dad. Ich will, dass dieser Albtraum ein Ende nimmt.

3

»Darf ich mal?«

Ein stämmiger Polizist mit einer ordentlichen Wampe versucht, sich am Schreibtisch vorbeizuquetschen, an dem ich sitze. Seine Hand liegt eisern auf dem Arm eines Typen, der ein dunkles Kapuzenshirt und Jeans anhat und nicht viel älter aussieht als ich. Ich mache mich so dünn wie möglich. Der Polizist stößt den Jungen nicht weit von mir entfernt auf einen Stuhl. Der Typ sieht wütend aus. Er lässt seinen Blick durch den Raum schweifen und schaut mich misstrauisch an, als er auch schon von dem Polizisten angeschnauzt wird, dass er gefälligst zuhören soll. Erst da bemerke ich die Handschellen. Er beugt sich nach vorn, als wollte er sie vor mir verstecken. Ich betrachte ihn genauer und frage mich, warum er hier ist. Dann fällt mir wieder ein, dass wir in der Mordkommission sitzen.

»Name?«, will der Cop wissen.

»Jaime Moreno«, antwortet er leise und buchstabiert seinen Namen. Er sagt ihn mit einem leicht spanischen Akzent, sodass sein Vorname wie *Chai-me* klingt. Während der Polizist das aufschreibt, schaut der Typ kurz zu mir, und ich sehe etwas in seinen Augen aufblitzen – Stolz oder Wut, ich weiß nicht genau. Vielleicht ja beides.

»Deine Rechte hat man dir vorgelesen«, sagt der Cop jetzt. »Du darfst einen Anruf machen, Moreno. Wenn ich du wäre, würde ich meine Mami anrufen und ihr sagen, dass ich für eine Weile nicht nach Hause komme.« Er angelt nach seinem Kugelschreiber. »Du könntest dir das Leben um einiges leichter machen, wenn du endlich reden würdest, Junge.«

Ich schaue mir den Typen genauer an. Er sitzt seitlich zu mir, hat den Kopf gesenkt und blickt den Polizisten finster durch seine langen Wimpern an, die fast wie eine Blende wirken, aber er sagt keinen Ton.

Der Cop lehnt sich zurück. »Wenn du nicht reden willst – auch gut«, sagt er und öffnet den obersten Knopf seines Hemdes. »Das juckt mich nicht. Mir stehen ja auch keine fünfundzwanzig Jahre Zuchthaus bevor. Wenn ich in deiner Haut stecken würde, würde ich vielleicht auch lieber nichts sagen. Das sind ein paar echte Schweine, mit denen du dich da eingelassen hast. Scheiße noch mal, wenn ich da sitzen würde, wo du jetzt sitzt, würde ich mir wahrscheinlich vor Angst die Hosen vollscheißen.« Er schiebt sich vom Schreibtisch zurück und lässt seinem Bauch ein wenig Luft zum Atmen. Dann steht er auf und streckt sich. »Ich sehe mal nach, ob schon eine Zelle für dich frei ist.«

Als der Cop weg ist, sitzt der Typ leicht vornübergebeugt da, und seine Kiefermuskeln machen Überstunden. Die Lippen hat er fest aufeinandergepresst, und seine Hände liegen gefaltet im Schoß, als würde er beten. Fast tut er mir leid. Dann fällt mein Blick auf die Wand mit den nicht abgeschlossenen Mordfällen, und mein Mitleid verpufft. Wenn dieser Typ schuldig ist, hoffe ich, dass sie ihn gut einsperren und den Schlüssel weit wegwerfen.

Ich drehe dem Typen den Rücken zu, wippe nervös mit dem

Bein und warte darauf, dass Detective Owens endlich zurückkommt. Die Wanduhr zeigt fast schon fünf. Ich bin jetzt seit drei Stunden hier. Aber Owens soll sich lieber noch ein wenig Zeit lassen, mir ist nämlich nach wie vor niemand eingefallen, den ich anrufen könnte. Ich zermartere mir gerade mein Gehirn, als ich ein »Pssst« höre.

Ich reagiere nicht.

»Pssst. He.«

Ich scanne kurz das Zimmer, aber die drei Cops, die noch da sind, sind beschäftigt und schauen nicht in unsere Richtung.

»Bitte!«

Ich drehe mich minimal zu dem Typen. »Was?«, frage ich.

Sein Blick huscht durch den Raum, dann sieht er mich an und beugt sich zu mir. »Kannst du mir einen Gefallen tun?«, fragt er leise.

Ich kann es nicht fassen. Wie kommt er auf die Idee, dass ich ihm einen Gefallen tun könnte? Ich kenne ihn nicht. Er trägt Handschellen.

Als würde er genau wissen, was ich denke – was wahrscheinlich nicht schwer zu erraten ist, immerhin starre ich ihn unfreundlich an –, mustert er mich jetzt seinerseits kritisch. »Wie war das mit ›im Zweifel für den Angeklagten‹?«

Ich werfe ihm einen finsteren Blick zu. Da hat er nicht ganz unrecht. Aber trotzdem, er ist ein Fremder, und ich bin mir ziemlich sicher, dass der Gefallen, den ich ihm tun soll, nicht legal sein wird.

»Du wirst hier bald rausspazieren. Ich nicht. Nicht einmal gegen Kaution«, sagt er.

Darüber denke ich eine Weile nach. »Woher willst du wissen,

dass sie mich nicht wegen dreifachen Mordes anklagen?«, sage ich schließlich.

Seine Augen, die verblüffend dunkelgrün sind, blitzen belustigt auf. Er streckt mir seine gefesselten Handgelenke entgegen und nickt zu meinen Händen. »Davon abgesehen«, sagt er, »passt du nicht ins Täterprofil. Du hast einen schicken NYPD-Pulli von der Polizei an. Und den geben sie normalerweise keinem Mordverdächtigen.«

Ich halte seinem flehenden Blick ein paar Sekunden lang stand. Er brennt sich regelrecht in meine Augen. »Hör mal, alles, worum ich dich bitte, ist, dass du jemanden für mich anrufst, wenn du hier rauskommst«, sagt er.

»Wieso sollte ich?«, frage ich ungläubig.

Er betrachtet mich kurz und lehnt sich dann zurück. »Weil du aussiehst, als hättest du ein Herz.«

Ich starre ihn verständnislos an. Herz? Was soll das denn heißen? »Dir steht doch ein Anruf zu, schon vergessen?«, sage ich.

»Den brauche ich für jemand anders«, murmelt er.

»Tja, Pech«, antworte ich schulterzuckend.

»Bitte«, bettelt er, und mir fällt auf, dass seine Stimme leicht wegbricht. Auf einmal wird mir klar, wie schwer es ihm fällt, mich zu fragen. Dieses Leuchten in seinen Augen, das ist Stolz und keine Wut. »Ich will einfach nicht, dass meine Mutter sich unnötig Sorgen macht«, sagt er.

Jetzt hat er meine Aufmerksamkeit. »Deine Mutter? Du willst, dass ich deine Mutter anrufe?«, frage ich leicht skeptisch.

Er sieht mich verlegen an und bekommt rote Wangen. »Ich will nur … sie soll nur wissen, dass es mir gut geht. Und dass es mir leidtut«, fügt er hinzu.

Ich zucke zusammen. *Leidtut?* Ist das nicht schon ein halbes Schuldeingeständnis, als würde er mir mit einem blutigen Messer vor dem Gesicht herumfuchteln? Als er meine Reaktion bemerkt, wirft er mir einen finsteren Blick zu.

»Woher weiß ich, dass ich am Ende nicht einen deiner Freunde anrufe und irgendeine Art von Botschaft weitergebe?«, frage ich. »Ich lasse mich nämlich nicht für dumm verkaufen.«

Sein finsterer Gesichtsausdruck verschwindet. Jetzt ist es ihm todernst. »Ich gebe dir mein Wort. Ich möchte wirklich nur, dass du meine Mom anrufst.«

Ich betrachte ihn genauer. Er wirkt aufrichtig, wenn nicht sogar verzweifelt. Aber er ist ein Fremder. Und ich befolge die Regel, dass ich keine Regeln verletze. Vom Klettern auf Dächer mal abgesehen. Nicht einmal für Freunde. Ich habe mein Lehrgeld gezahlt. Ich schaue über die Schulter zur Tür, durch die Detective Owens verschwunden ist, und hoffe inständig, dass er gleich wieder auftaucht, damit ich aus der Nummer rauskomme.

»Wenn du das für mich machst«, sagt der Typ und lehnt sich mit aneinandergepressten Händen zu mir, »bin ich dir was schuldig.«

»Aha, und wann willst du die Schuld begleichen?«, schieße ich zurück. »In fünfundzwanzig Jahren?«

Er zuckt leicht zusammen, setzt sich dann aber aufrecht hin, und mir tut mein Sarkasmus sofort leid. Ich hole tief Luft. Mir würde wahrscheinlich kein Zacken aus der Krone brechen, wenn ich das machen würde. Aber noch bevor ich mich entschieden habe, steht der Typ plötzlich auf. Er sieht sich schnell um, steht mit zwei Schritten vor mir und drückt mir etwas in die Hand. »Bitte«, sagt er und sieht flehend auf mich herunter.

Ich bin so überrascht, dass ich ihn nur anstarre.

»In Ordnung«, sage ich leise und verpasse mir im Geiste einen Tritt gegens Schienbein, als mir diese Worte herausrutschen.

Er lässt meine Hand fallen und nickt dankbar. Er ist dermaßen erleichtert, dass er förmlich in sich zusammensackt.

»Moreno!«

Bis der Cop zu uns getrottet ist, sitzt der Junge längst wieder auf seinem Stuhl und sieht aus, als könnte er kein Wässerchen trüben. »Hat er dich belästigt?«, fragt er mich.

Ich schüttle den Kopf und schließe die Finger um den Papierschnipsel in meiner Hand.

»Lass die junge Dame in Frieden«, knurrt der Cop ihn an. Er öffnet eine seiner Handschellen und klickt sie um ein Schreibtischbein, das mit Schrauben im Boden verankert ist. »Und bleib, wo du bist«, sagt er schlecht gelaunt.

4

Der Cop geht an mir vorbei und das Stück Papier brennt in meiner Hand. Gleich neben mir steht ein Papierkorb. Darin könnte ich den Zettel ganz einfach verschwinden lassen und dem Typen die kalte Schulter zeigen. Das wäre sicher am besten. Aber aus irgendeinem unerfindlichen Grund, wahrscheinlich weil er so erleichtert ausgesehen hat, als ich ihm sagte, dass ich es mache, tue ich es nicht. Stattdessen lasse ich den Zettel in der Tasche meines Pullis verschwinden und stehe auf. Ich muss unbedingt Detective Owens finden, bevor der Typ mich noch zu anderen Dingen überredet. Aber ich spüre, wie sich sein Blick in meinen Nacken bohrt, und das macht mich ganz kribbelig.

Ich komme gerade mal zwei Schritte weit, als irgendwo im Gebäude ein Schuss knallt und ich zurück auf meinen Stuhl sinke. Für den Bruchteil einer Sekunde sind alle wie erstarrt, dann drehen sich sämtliche Köpfe zur Tür, und drei, vier, fünf weitere Schüsse und Schreie dringen durch die Wände zu uns; markerschütternde Schreie, Schreie, die erschreckend kurz sind und von einer neuen Salve Schüsse abgeschnitten werden, die jetzt viel näher klingt.

Die drei Polizisten in unserem Raum laufen blitzschnell an mir vorbei zur Tür. Die ersten beiden schieben sich mit ihren

Waffen im Anschlag in den Flur und rufen sich Kommandos zu. Der dritte – der den jungen Mann vorhin an den Schreibtisch gekettet hat – bleibt im Türrahmen stehen. Er sieht zu uns herüber. »Bleibt hier. Und rührt euch nicht vom Fleck«, ruft er uns zu. Wahrscheinlich hat er vergessen, dass einer von uns gar nicht wegkann, selbst wenn er es wollte. Dann folgt er seinen Kollegen und macht einen zögernden Schritt hinaus in den Flur.

Er wird sofort getroffen, und das Geschoss schleudert ihn mit Wucht zurück ins Zimmer. Um uns herum knallen Schüsse, die ich gar nicht richtig wahrnehme. Ich starre bloß auf die Leiche des Polizisten, der keine fünf Meter entfernt auf dem Boden liegt. Sein Gesicht ist nicht mehr zu erkennen, es ist ein Krater, aus dem etwas Rotes quillt und weiße Splitter hervorstehen.

Alles läuft auf diesen einen Moment zu; die Welt reduziert sich auf ein tödliches Pfeifen und das vollkommen irreale Bild des toten Polizisten zu meinen Füßen. Und dann, als wäre ich im Epizentrum einer Bombe, explodiert die Wirklichkeit um mich herum, Geräusche und Hitze strömen herein und füllen das Vakuum. Mir wird bewusst, dass mich jemand anschreit.

»Mach mich los!«

Ich drehe mich wie in Zeitlupe um. Die Luft fühlt sich auf einmal zäh an wie Teer. Es ist der Typ, der mich da anschreit. Er ist aufgestanden und zerrt an der Handschelle, mit der er an den Schreibtisch gefesselt ist. Seine Nackenmuskeln sind so angespannt, dass man fast Angst bekommt, sie könnten durch seine Haut platzen, und einen Augenblick lang ist das alles, worauf ich mich konzentrieren kann.

»Schlüssel! Schnapp dir die Schlüssel!«, brüllt er. Mit seiner freien Hand zeigt er auf den toten Polizisten.

Eine Weile sitze ich wie versteinert da. Ich kann mich nicht bewegen. Doch dann dringt sein Gebrüll durch meine Benommenheit.

»Sie sind in seiner Tasche!«

Ich taumle vom Stuhl auf die Knie, krieche zu dem leblosen Körper und ducke mich unwillkürlich, als Kugeln über meinen Kopf pfeifen. Die Scheibe über der Tür zerbirst, und Scherben zischen wie Dolche durch die Luft. Auf der anderen Seite des Zimmers erwacht ein Funkgerät knackend zum Leben. Die geisterhafte Stimme am anderen Ende ruft um Hilfe und wird dann von einem gewaltigen Rauschen erstickt.

Als ich bei dem Cop bin, schweben meine Hände über ihm, und ich starre auf den grauroten Brei, wo eigentlich ein Kopf sein sollte. Oh Gott, ich fange an zu zittern, ich kann den Brechreiz kaum unterdrücken, und in meinem Hirn macht sich Entsetzen breit. Ich atme durch den Mund und zwinge mich dazu, mich zu konzentrieren. Welche Tasche?

»Beeil dich!«

Die Stimme des Typen dringt durch meine Panik, und plötzlich ist es, als wäre ein Schalter umgelegt worden. Mein Gehirn blendet das Chaos aus. Irgendwie kann ich das Blut und die Wunden verdrängen. Ich spüre weder die warme, klebrige Flüssigkeit unter meinen nackten Knien, noch nehme ich den Kugelhagel wahr. Alles, was ich jetzt noch höre, ist mein hämmernder Puls und Felix, der mir in Gedanken befiehlt, ruhig zu bleiben.

Ohne zu zögern, schiebe ich meine Hand tief in die Hosentasche des Polizisten und finde den Schlüssel. Ich ziehe ihn heraus und krieche, so schnell ich kann, über den Scherbenteppich zurück zu dem Typen. Er reißt mir den Schlüssel aus der Hand und rammt ihn in das kleine Schloss. Die Handschelle springt auf, und er ist frei.

Schon in der nächsten Sekunde wirft er sich auf mich. »Runter!«

Während wir zu Boden fallen, schlägt eine Kugel in den Aktenschrank hinter uns. Seine Brust drückt gegen meine, seine Schulter bedeckt mein Gesicht. Schnell rollt er sich von mir und schiebt mich Richtung Schreibtisch. Ich rutsche darunter und stoße mit dem Kopf an die scharfe Metallecke des Schubladencontainers. Ich schreie auf.

»Schhh.« Er presst seine Hand auf meinen Mund.

Ich ziehe seinen Arm weg. »Was ist da los? Was passiert hier gerade?«, flüstere ich.

Bevor er mir antworten kann, wird das Feuer eingestellt, aber die Stille danach ist fast noch beängstigender als die Schüsse. Wir rühren uns nicht vom Fleck und starren uns nur Millimeter voneinander entfernt mit vor Schreck geweiteten Augen an. Zusammengedrängt auf dem engen Raum unter dem Schreibtisch lauschen wir in die Stille. Und über das Knistern des Funkgeräts und das Brummen der Klimaanlage hinweg höre ich weit entfernt gedämpfte Schreie, wie das unwirkliche wehklagende Heulen eines verletzten Tieres.

Der Typ verlagert sein Gewicht. Sein Rücken ist gegen den Aktenschrank gepresst, seine Füße drücken gegen den Schubladencontainer. Vorsichtig schaut er um den Schreibtisch, zieht dann aber schnell den Kopf wieder ein und atmet heftig. Ein Schweißtropfen läuft ihm übers Gesicht.

»Scheiße«, murmelt er und schließt die Augen.

»Was ist –?«, will ich gerade fragen, als mit einem leisen Knarren die Tür aufgedrückt wird. Ein Stiefel zermalmt Glasscherben. Der Junge reißt die Augen auf. Er hält mich fest und bringt den Schrei zum Verstummen, der gefährlich in meiner Kehle aufsteigt. Meine Beine beginnen zu zittern, es ist unmöglich, sie in dieser Position die ganze Zeit ruhig zu halten. Mit der rechten Hand drückt er fest mein Knie – noch eine Warnung. Er sieht mich durchdringend an, was so viel heißen soll wie: *Keine Bewegung!*

Auf der gegenüberliegenden Seite des Zimmers fällt etwas von einem Schreibtisch, und über die Schulter des Jungen hinweg sehe ich zwischen zwei Aktenschränken die Beine eines Mannes. Ist das ein Polizist? Wo stecken die anderen? Was ist mit den Polizisten passiert, die in den Flur gerannt sind?

Nein. Diesen Gedanken sperre ich aus, daran möchte ich nicht denken.

Der Mann steht regungslos mit dem Rücken zu uns. Was macht er da? Ich kann es nicht richtig sehen. Er schaut zur Wand, auf die Tafel mit den aufgelisteten Mordfällen. Die Sekunden dehnen sich zu Stunden, Tagen, Jahrzehnten, und ich halte den Atem an, während der Junge noch immer mein Knie drückt und mein Herz fast am Zerreißen ist, wirklich regelrecht am Zerreißen, wahrscheinlich weil zu viel Blut durchgepumpt wird. Meine Beinmuskeln brennen und auf einmal rutscht mein Fuß weg. Nur ein kleines Stück. Aber ich stoße an den Schreibtisch, und der Mann wirbelt sofort zu uns herum. Luft strömt aus meinen Lungen, und der Junge neben mir formt mit seinen Lippen ein Wort, das ich nicht verstehe, vielleicht das Gebet eines Todgeweihten.

Der Mann kommt in unsere Richtung, aber kurz bevor er uns erreicht, ruft jemand irgendwo etwas, was sofort in einem Kugelhagel untergeht, und der Mann stürzt in den Flur.

Der Junge schiebt seinen Kopf um die Ecke, und dann ist er auch schon unter dem Schreibtisch hervorgekrabbelt und streckt mir seine Hand entgegen.

»Beeil dich«, sagt er und zieht mich auf die Beine.

Ich sehe mich um und halte mich am Schreibtisch fest, um stehen zu bleiben. Das Zimmer dreht sich und kippt, als säße ich auf dem Jahrmarkt in einem Fahrgeschäft.

»Wir müssen hier weg!«, sagt der Junge und zieht mich zur Tür. Ich stemme meine Fersen in den Boden und kralle mich am Schreibtisch fest. Jetzt zerrt der Typ an meinem Arm. »Mach schon!«

Ich schüttle den Kopf. »Hier entlang«, sage ich, befreie mich aus seinem Griff und laufe in Richtung der Glastür, durch die Detective Owens verschwunden ist. Der Junge wirft noch einen Blick in den Flur, kommt mir dann aber schnell hinterher. Während ich mich an den Schreibtischen vorbeischlängle, spüre ich endlich das Adrenalin in meinem Körper und alle Gedanken in meinem Kopf sind gelöscht – außer einem: *LAUF!*

5

Die Glastür führt zu einem anderen Zimmer, das dem der Mordkommission ähnelt. Hier stehen reihenweise Schreibtische und Stühle und blinkende Computer und sogar ein klingelndes Telefon, aber es ist niemand da, der abhebt.

Eine Tür, die zu einem anderen Flur führt, steht Unheil verkündend offen. In dem Gebäude scheint die Stille widerzuhallen. Ich schaue mich kurz um. Sollen wir uns verstecken? Einen Weg nach draußen suchen? Aber das ist ein Polizeirevier. Es ist so gebaut, dass die Leute eher drinbleiben, und es gibt keine Fenster. Ich drücke gegen eine nicht weiter gekennzeichnete Tür, die aber verschlossen ist. Auf der anderen Seite bewegt sich jemand. Leute, die in Deckung gegangen sind? Scheiße.

Der Junge ist schon an der Tür zum Flur und schaut vorsichtig hinaus.

»Alles frei«, flüstert er mir zu.

Ich renne zu ihm. Der Flur liegt verlassen da. Er hat recht. Es ist alles leer. Abgesehen von den Leichen. Ich zähle sie: Eins. Zwei. Drei. Alles Polizisten in Uniform. Alle tot. Einer liegt gerade mal zwei Schritte von uns entfernt mit dem Gesicht nach unten in einer Blutlache. Ich starre wie gebannt auf den Fleck, der immer größer wird. Plötzlich merke ich, dass der Junge mich vorwärtsschiebt, und zwar Richtung Notausgang am Ende des Ganges.

»Warte.«

Ich drehe mich zu ihm. Er kauert neben einer der Leichen. Ich zögere und schaue zum Notausgang. Wir haben keine Zeit für so etwas. Ich renne zu ihm. »Was machst du?«, zische ich. »Los, wir müssen weiter!« Ich tripple unruhig auf dem klebrigen Linoleum.

Er fingert hastig an der Hüfte des Polizisten herum. Ich beuge mich zu ihm und schnappe ihn an der Kapuze, um ihn hochzuziehen, aber dann sehe ich, was er da tut. Er versucht, die Pistole aus der Hand des Polizisten zu lösen.

»Hilf mir«, sagt er gepresst.

Ich starre auf die Knöchel des Toten, die rot vor Blut sind, und taumle einen Schritt zurück. Der Junge schafft es auch ohne meine Hilfe. Er steht auf, atmet schwer, lässt sich sonst aber nichts anmerken, und dann sprinten wir durch den Notausgang. Bevor die Tür hinter uns zuknallt, fängt der Junge sie auf und drückt sie sanft ins Schloss. Wir sind im Treppenhaus. Hoch oder runter? Ich schaue zu dem Jungen, und schon flitzen wir im stillen Einvernehmen nach unten. Vermutlich gibt es im Keller mehr Ausgänge als im ersten Stock. Wir nehmen immer drei Stufen auf einmal und prallen gegen die Wände. Der Junge ist direkt hinter mir und schiebt mich immer weiter.

Als wir unten angekommen sind, drängt er mich zur Seite und streckt die Hand nach dem Türgriff aus.

»Bleib hinter mir«, sagt er, die Pistole gegen die Brust gepresst.

Ich schaue auf seine Waffe und will schon mit ihm diskutieren, aber da hat er die Tür bereits aufgestoßen, und ich gehe hinter ihm in Deckung, klammere mich an sein Sweatshirt und drücke mein Gesicht an seinen Rücken.

Die Tür kracht gegen die Betonwand. Vor uns liegt eine Tiefgarage voller Polizeiautos und Zivilfahrzeuge. Der Junge geht an den Reihen entlang und ich dicht hinterher. Wir scannen beide die Umgebung. Rechts der Tür ist eine kleine Kabine. Ich höre, wie der Junge keuchend Luft holt, und dann sehe ich den Toten – noch ein Polizist. Dieser hier sitzt mit ausgestreckten Beinen gegen die Wand gelehnt da und hat ein zerfetztes, rotschwarzes Loch, wo einmal sein linkes Auge war. Aber bis ich das richtig kapiere, poltert schon jemand die Treppe herunter.

Der Junge macht einen Satz über die Beine des toten Polizisten in die Kabine, aber ich stehe nur da und starre auf die Leiche, während die Schritte immer näher kommen.

Mein Hirn schreit mir zu, dass ich mich rühren soll, dass ich weglaufen soll, aber diese Schritte, dieses Blut überall, das schwarz auf dem Beton glänzt, halten mich fest und hypnotisieren mich regelrecht.

Doch dann steht der Junge plötzlich vor mir und schwenkt einen Schlüsselbund. Er packt mich am Arm und zieht mich durch die Garage. Meine Beine sind langsam und schwer, aber das ist egal, er rennt für uns beide und treibt mich weiter. Von der anderen Seite der Tiefgarage kommt ein Piepen, und die Lichter eines Autos blinken. Der Junge ändert die Richtung, weicht blitzschnell einer Säule aus und rennt zu dem Wagen.

Als wir nur noch drei Autos entfernt sind, hören wir, wie jemand durch die Tür stürzt. Wir ducken uns und hasten in die Lücke zwischen einem Betonpfeiler und einem Auto. So leise wie möglich gehen wir hinter dem Kofferraum eines Kleinbusses in Deckung. Hat uns jemand gesehen? Niemand schießt.

Ich überlege kurz, ob uns vielleicht ein Polizist nachjagt, um uns mitzuteilen, dass jetzt wieder alles sicher ist und dass wir nicht länger weglaufen müssen, aber mein Instinkt sagt mir etwas anderes. Wenn wir in den nächsten dreißig Sekunden nicht von dieser Tiefgarage wegkommen, sind wir tot.

Der Junge schaut vorsichtig am Heck des Kleinbusses vorbei und an der Reihe der Autos entlang. *Los!*, formt er mit seinen Lippen und ich folge ihm geduckt. Mein Herz fühlt sich ganz eng an. Wir schaffen es bis zum Wagen. Der Junge nickt zur Beifahrerseite und ich nicke zurück, ich habe verstanden. Ich schleiche zur Tür, während er auf die andere Seite verschwindet.

Ich schiebe meine Hand unter den Griff und versuche, die Tür möglichst geräuschlos zu öffnen. Aber da ist ein gedämpftes Klicken, und keine Sekunde später zischt eine Kugel knapp an meinem Gesicht vorbei und kracht ein Stück weiter in die Betonsäule. Obwohl es schrill in meinen Ohren pfeift, höre ich, wie der Junge mich anbrüllt. In dem Moment als ich die Tür aufreiße, schlägt die nächste Kugel in den vorderen Kotflügel.

Kaum habe ich mich ins Wageninnere geworfen, drehen schon die Räder durch und unser Auto schießt aus dem Parkplatz. Der Junge wartet gar nicht erst ab, bis ich die Tür zugemacht habe. Als wir um die nächste Kurve schleudern, schwingt sie dann auch auf, und während ich mich bemühe, sie zu fassen, sehe ich plötzlich den Mann. Ich sehe, wie er genau auf mich zielt, sehe das schwarze Loch, aus dem die Kugel herausdonnert, und höre den Schlag, als sie den Außenspiegel trifft. Sobald wir um die nächste Kurve preschen, fällt die Autotür von allein zu.

»Runter und unten bleiben!«, brüllt der Junge, was ich auch tue. Ich verschränke die Arme über meinem Kopf und ducke mich ganz tief.

Als wir die Rampe hinaufbrettern, heult der Motor auf. Der Junge umklammert direkt vor meiner Nase den Schaltknüppel und schaltet geschmeidig die Gänge hoch und runter. Einmal lässt er ihn los und greift stattdessen nach der Handbremse. Er reißt sie heftig hoch, und wir drehen uns mit kreischenden Reifen um zweihundertsiebzig Grad. Und schon steht er wieder auf dem Gas und ich schleudere nach hinten gegen den Sitz, nur um gleich danach auf das Armaturenbrett zu knallen. Kurz darauf holpern wir über etwas drüber, rasen um eine Ecke und bremsen jäh auf Normaltempo ab.

»Schnall dich an!«, sagt der Junge und sieht zu mir herüber.

6

Ich setze mich aufrecht hin, aber während ich mich mit zitternden Händen anschnalle, lasse ich die Straße nicht aus den Augen. Der Junge fährt über mehrere Kreuzungen und biegt ein paarmal scharf ab. Er schaut ständig in den Rückspiegel. Als ich mich umdrehe, liegen die Straßen gespenstisch verlassen da. Ein paar Müllautos sind unterwegs und einige frühe Pendler, aber das war's dann auch schon. Der Himmel ist grau und violett. Die Lichter der Geschäfte leuchten uns hell und funkelnd entgegen. Es muss wohl heftig geregnet haben, aber inzwischen ist das Unwetter weitergezogen. Die Gehwege erstrahlen in neuem Glanz.

Bei der nächsten Kreuzung biegt der Typ links ab und fährt in eine Haltebucht vor einem geschlossenen Restaurant. Er lässt den Motor laufen, und ein paar Sekunden lang sitzen wir nur schweigend da. Mein Herz hämmert noch immer. Mir schwirrt der Kopf, ich muss verarbeiten, was ich gerade erlebt habe.

»Was zum Geier war das denn?«, fragt der Junge schließlich. Seine Stimme ist ein heiseres Flüstern. Er hält das Lenkrad immer noch fest umklammert.

Keine Ahnung! Ich kann keinen zusammenhängenden Gedanken fassen, geschweige denn irgendetwas in Worte. Mein

Kopf fühlt sich an, als wäre er in Watte gepackt, meine Gedanken sind völlig benebelt, und das Gesicht des toten Polizisten überlagert alles wie ein zerkratzter Rotfilter.

»Hast du was gesehen?«, fragt er und dreht sich zu mir. »Hast du ihn gesehen?«

Ich nicke und wir starren uns in dem dämmrigen Auto an. Er ist genauso schockiert wie ich.

»Was sollen wir jetzt machen?«, frage ich schließlich.

»Ich bin raus«, sagt der Junge, und plötzlich kommt Leben in ihn. Er wühlt in den Taschen seiner Jeans und zieht den Schlüssel heraus, den er dort hineingesteckt hat. Er öffnet die Handschelle, die immer noch von seinem linken Handgelenk baumelt, und wirft sie nach hinten ins Auto. Erst jetzt wird mir bewusst, dass ich gerade zusammen mit einem Mörder in einem gestohlenen Polizeiauto sitze. Ich schätze, das macht ihn zu einem Flüchtigen. Und was macht das aus *mir?* Oh mein Gott. Ich mag gar nicht darüber nachdenken. Aber spielt das überhaupt eine Rolle, frage ich mich, nach allem, was gerade passiert ist? Spielt überhaupt noch *irgendetwas* eine Rolle? Als ich an die drei toten Polizisten im Flur denke und an den Detective, der genau vor meinen Augen erschossen wurde, hebt sich mein Magen. Wird überhaupt je wieder irgendetwas von Bedeutung sein, nachdem ich das gesehen habe?

Ich habe immer noch den penetranten Geruch von Blut und Rauch in der Nase, und wenn ich an all die Leichen denke, wird mir übel. Der Junge hat seine Hand schon auf den Türgriff gelegt, starrt mich aber mit weit aufgerissenen Augen an. Unsere Blicke landen gleichzeitig auf der Pistole, die er dem Polizisten abgenommen hat. Sie liegt zwischen uns auf dem Sitz.

Ich schlucke und starre unaufhörlich die Waffe an. »Wir sollten die Polizei anrufen«, erkläre ich sachlich. »Wir sind Zeugen. Die suchen wahrscheinlich schon nach uns.«

»Die sind momentan wahrscheinlich zu sehr damit beschäftigt, die Toten zu zählen, um nach uns zu suchen«, sagt er leicht gereizt. »Und nach dir suchen sie sowieso nicht.«

Als er das sagt, reiße ich meinen Blick von der Waffe los.

»Hör mal«, sagt er jetzt viel sanfter. »Falls du meinen Rat willst, dann halte dich von der Polizei lieber fern.«

Ich hole tief Luft, obwohl es sich anfühlt, als würde ich unter Wasser atmen. Jedes Mal, wenn ich blinzele, taucht der Schütze vor meinem Auge auf, als wäre sein Bild unauslöschlich auf meiner Netzhaut eingebrannt – die Pistole, die er auf uns richtet, und das ausdruckslose, totenstarre Gesicht. Nur seine Augen haben gefunkelt und wirkten hart wie Stahl. Aber an denen lag es nicht, dass mir ein Schauder über den Rücken fuhr, sondern an der Uniform, die er anhatte: dunkelblaue Hose, hellblaues Hemd, glänzend polierte Schuhe und das schimmernde Metall an seinem Revers, das allen verraten soll, wer er ist – ein Polizist.

»Alles in Ordnung mit dir?«

Ruckartig öffne ich die Augen. Ich zittere unkontrolliert, und während ich versuche, Luft in meine zusammengefallenen Lungen zu saugen, heben und senken sich meine Schultern. Der Junge hat seine Hand auf meine Schulter gelegt, und seine Stimme hört sich an, als würde er auf einem Berggipfel sitzen und ich auf dem Grund des Ozeans.

»Versuch, ruhig zu atmen«, sagt er. »Alles ist gut. Es ist vorbei.«

Leichter gesagt, als getan, aber ich probiere es. Vorsichtig zeichnet er Kreise auf meinen Rücken. Ich atme gleichmäßig ein und aus und hoffe, dass die Dunkelheit, die mich zu verschlingen droht, nicht die Oberhand gewinnt. Ich konzentriere mich auf seine Stimme, nur auf seine Stimme, tröstend und tief ist sie, bis ich merke, dass sich die Dunkelheit zurückzieht.

»He, sieh mich an«, sagt der Junge. »Sieh mich an.«

Ich hebe langsam die Augen und streiche meine Haare zurück, die sich aus dem hastig zusammengebundenen Pferdeschwanz gelöst haben.

»Kannst du irgendwo hin? Vielleicht jemanden anrufen?«

Ich schließe die Augen. »Meinen Dad«, sage ich und versuche, mich zusammenzureißen.

»Hast du ein Handy dabei?«, fragt er.

Ich schüttle den Kopf. Alles, was ich dabeihabe, trage ich am Leib. Ich habe nicht mal Kleingeld für ein Münztelefon.

Der Junge beugt sich über die Handbremse und öffnet das Handschuhfach. Dort liegt ein Kaugummi, Papierkram und eine Taschenlampe. Er macht es wieder zu und zieht am Aschenbecher, der tatsächlich voller Kleingeld ist. Er nimmt eine Handvoll heraus und gibt es mir. »Da drüben ist ein Telefon«, sagt er und zeigt auf das Münztelefon auf der anderen Straßenseite. »Am besten du rufst deinen Vater gleich an, oder?«

Ich zögere. Ich will das sichere Auto nicht verlassen. Einen Fuß auf den Gehweg zu setzen, scheint mir riskant, viel zu ungeschützt. Und offen gestanden finde ich die Vorstellung, die Straße zu überqueren, vollkommen absurd.

»Wenn du willst, warte ich auf dich«, sagt der Junge, wahrscheinlich spürt er, wie nervös ich bin. Ich sehe ihn aus den Augenwinkeln an. Er ist angespannt, seine Kiefermuskeln arbeiten, wie auf dem Revier, als der Polizist seine Personendaten aufgenommen hat. Er schaut ständig in den Seitenspiegel und behält die Straße im Blick. Aber noch bevor ich ihm sagen kann, dass er sich um mich keine Sorgen machen muss und dass es mir gut geht, ist er schon ausgestiegen, und mir bleibt nichts übrig, als ihm zu folgen. Prüfend schaut er die Straße hoch und runter und streicht sich nervös über seine kurz geschorenen Haare, bevor er sich die Kapuze tief ins Gesicht zieht.

Obwohl es noch ziemlich früh ist, ist es schwül und drückend, und ich zupfe mir den Stoff meines NYPD-Pullis vom Körper. Mir ist, als hätte ich Fieber; ich fröstle und schwitze. Meine Beine sind nackt, meine Schlafanzughose ist nämlich so kurz, dass sie gerade mal meine Oberschenkel bedeckt, und ich habe eine Gänsehaut. Ich jogge über die Straße und dann stehe ich ein paar Sekunden lang vor dem Telefon, bevor ich den angeknacksten Hörer abnehme. Es dauert mindestens eine halbe Minute, bis mir endlich die Handynummer meines Vaters einfällt, und als ich schließlich wählen will, zittern meine Finger so sehr, dass ich drei Anläufe brauche.

Endlich höre ich das Freizeichen! Ich drehe mich um und beobachte die Straße. Sie liegt verlassen da. Der Junge ist verschwunden. Mir sackt der Magen nach unten, als hätte mich jemand einen Felsvorsprung hinabgestoßen. Ein Gefühl von Panik, das geduckt wie ein verängstigtes Tier in mir gelauert hat, bäumt sich wieder auf und springt mir an die Gurgel. Ich schieße herum und ein erstickter Schrei kommt aus meiner Kehle. Die Straße ist menschenleer. Er ist weg. Er hat gelogen. Er hat gesagt, er würde warten. Das Auto steht zwar noch immer da, aber von ihm keine Spur. Ich gehe einen Schritt, der Hörer liegt locker in meiner Hand, doch dann klickt es in der Leitung und jemand sagt ein »Hallo?«, und ich presse den Hörer schnell zurück an mein Ohr.

»Dad …«, schluchze ich. Ich bin so erleichtert, seine Stimme zu hören, dass ich mich gegen die Telefonzelle lehnen muss, um mich auf den Beinen zu halten.

»Liva?« Mein Dad klingt ganz verzweifelt. Er muss davon erfahren haben. »Wo bist du? Was ist los?«, will er wissen. »Die Polizei hat mich angerufen. Jemand hat mir gesagt, dass du auf dem Polizeirevier bist und dass den Goldmans etwas passiert ist. Was ist los?«

»Das Polizeirevier – es …« Ich verstumme. Ich kann das Massaker nicht beschreiben und drücke meine Stirn gegen die schmuddelige Telefonzelle. »Alle sind tot«, ist alles, was ich herausbekomme.

»Was? Was redest du da?«, fragt mein Dad. Ich stelle ihn mir vor, wie er am anderen Ende der Leitung in irgendeinem Hotel in Nigeria das Telefon enger ans Ohr presst und sich auf einen Stuhl sinken lässt. Sein Tonfall ist jetzt anders, geschäftsmäßiger. Die Stimme hat er immer, wenn es um seine Arbeit geht. »Sag mir, wo du bist.«

»Ich weiß nicht«, antworte ich und schaue benommen auf die nichtssagende Straße. »Wir waren auf dem Revier, und dann wurde auf einmal überall geschossen und …« Ich schüttle den Kopf, um die Bilder loszuwerden, die sich darin eingenistet haben.

»Was soll das heißen, überall geschossen?«, fragt mein Vater nach. »Wo bist du jetzt?«

»Wir konnten fliehen«, flüstere ich in den Hörer.

»Wer konnte fliehen? Das ist doch völlig verworren, Olivia!«

»Ich und … dieser Junge«, sage ich, während ich die verlassene Straße scanne.

»Also gut«, sagt mein Vater, und seine strenge Stimme bewirkt, dass ich mich wieder auf ihn konzentriere. »Hör mir zu –«

»Und die Goldmans, sie sind tot«, unterbreche ich ihn, als mir plötzlich wieder einfällt, warum ich überhaupt auf diesem Polizeirevier war.

»Ich weiß, Liva. Ich weiß«, sagt mein Dad mitfühlend. »Die Polizei hat mich angerufen, um mir Bescheid zu geben, aber mitten in unserem Gespräch war auf einmal die Leitung unterbrochen. Ich versuche so schnell wie möglich zurückzukommen, Liva. Ich nehme den nächsten Flug von Lagos aus, aber du musst dich zusammenreißen. Hörst du mir zu?«

»Mmh«, sage ich und starre auf das Hörerkabel, das in meine Handfläche schneidet. Vor meinen Augen verschwimmt wieder alles.

»Liva.« Die Stimme meines Vaters dringt durch meine Trance. »Kannst du mir erzählen, was passiert ist? Hast du den Schützen gesehen? Weißt du, wie er aussieht?«

Ich atme tief ein. »Es war ein Polizist«, sage ich.

Mein Vater sagt ein paar Sekunden lang nichts, und ich frage mich schon, ob er mich verstanden hat. »Ich schicke sofort jemanden zu dir, der dich abholt«, sagt er dann. »Gib mir deine Adresse.«

»Ähm …« Ich lehne mich zurück und ziehe die Schnur bis zum Anschlag. An der nächsten Kreuzung steht ein Straßenschild, ich blinzle angestrengt durch das helle Morgenlicht, bis ich meinem Vater schließlich sagen kann, wo ich bin.

»In Ordnung. Hör mir jetzt zu«, sagt er. »Rühr dich nicht vom Fleck. Warte einfach ruhig ab. Ich rufe jemanden aus meinem Team an, und der kommt dann und holt dich.« Er stockt kurz. »Es wird alles gut, Schatz«, sagt er ganz sanft, aber ich höre, dass in seinen Worten Angst mitschwingt, und ich frage mich, wen genau er eigentlich überzeugen will. Mir gefriert das Blut in den Adern und ich zittere noch stärker.

»Liva«, sagt mein Vater und legt ein bisschen mehr Zuversicht in seine Stimme, »alles wird gut, versprochen! Ich mach mich jetzt gleich auf den Weg zum Flughafen, aber der nächste Flug geht erst in ein paar Stunden. Es dauert also noch etwas, bis ich bei dir sein kann. Aber morgen früh bin ich da.«

Ich atme hörbar ein. Morgen früh?

»Ich lege jetzt auf und kümmere mich um alles«, fährt mein Dad fort. »In zehn Minuten ist jemand aus meinem Team bei dir. Das alles ist bald vorbei, versprochen.«

Und dann legt er auf und die Münzen rauschen klimpernd in das Gerät. Ich lege meinen Kopf auf den Arm und spüre, wie ich schwanke.

Was hat er da gesagt?, überlege ich. Es ist doch schon vorbei, oder?

7

Als mir jemand auf die Schulter tippt, mache ich einen Satz nach vorn und stoße mit der Stirn gegen die Telefonzelle. Eine brühheiße Flüssigkeit tropft auf meine nackten Beine.

»Au!«, brülle ich.

Der Junge weicht ein paar Schritte zurück, er hält zwei Becher Kaffee in der Hand, der jetzt über seine Finger läuft und auf den Gehweg tropft.

»Hier, ich hab dir einen Kaffee geholt.« Er verzieht das Gesicht, schüttelt die heiße Flüssigkeit von seiner Hand und bietet mir einen an.

Ich sehe ihn verwundert an, allmählich kapiere ich. Er ist doch noch da. Er ist gar nicht gegangen. Er hat nur einen Kaffee besorgt. Als ich meine Hand nach dem Becher ausstrecke, überflutet mich Erleichterung. Ich starre ihn an, als wäre er das achte Weltwunder.

»Trink schon«, sagt er und nickt zu meinem Becher.

»Ich trinke keinen Kaffee«, sage ich.

»Du brauchst Zucker.«

Ich sehe ihn finster an und überlege, ob ich ihm stecken soll, dass ich auch keinen Zucker esse.

»Du stehst unter Schock«, erklärt er, als wäre ich bockig. »Du siehst aus, als würdest du gleich umkippen. Du solltest das wirklich trinken.«

Nur ungern gestehe ich mir ein, dass er recht hat. Ich fühle mich, als würde ich gerade auf dem weltgrößten Adrenalinbrecher surfen und meine Beine geben jeden Moment unter mir nach. Ich trinke einen Schluck. Der Kaffee ist so süß, dass ich ihn fast wieder ausspucke. Er hat garantiert sieben oder acht Päckchen Zucker da hineingekippt und dann noch ein bisschen Süßstoff draufgesprenkelt.

»Danke«, sage ich. Der Zucker wirkt sofort und strömt in meinen Blutkreislauf. Allmählich lichtet sich auch mein benebeltes Hirn, und ich schaue mir den Jungen zum ersten Mal richtig an. Er hat sein Kapuzenshirt ausgezogen und es sich um die Schultern geschlungen. Ich überlege, wie groß er ist, und taxiere ihn, als wäre ich in einem Ballettstudio und er mein Tanzpartner. Er ist etwa 1,80, muskulös, aber schlank, mit schönen Schultern und schmaler Hüfte. Er hat den Körperbau eines Athleten oder Turners, obwohl ich ihn mir nur schwer in einem eng anliegenden Turnanzug vorstellen kann. Wenn ich raten müsste, würde ich sagen, dass er regelmäßig Sport treibt, irgendetwas, wozu er seine Arme braucht, Basketball vielleicht? Mein Blick wandert zu seinem Gesicht. Während er seinen Kaffee trinkt, behält er die Straße im Auge. Auf seinen Wangen zeichnen sich dunkle Bartstoppeln ab, und ich stelle überrascht fest, dass »Junge« untertrieben ist.

Ich nippe weiter an meinem überzuckerten Kaffee und betrachte verstohlen den Rest. Er trägt locker sitzende Jeans und abgetragene Turnschuhe mit ausgefransten Schnürsenkeln. Seine Haut ist glatt und kaffeefarben, und sein leuchtend weißes

T-Shirt hebt sich deutlich davon ab. Wahrscheinlich ist er halb Mexikaner oder vielleicht auch Costa Ricaner, garantiert irgendwas Lateinamerikanisches. Seine Augen sind das Auffälligste an ihm. Sie sind von einem ungewöhnlichen Graugrün mit einem Stich ins Braune und werden von langen, dunklen Wimpern eingerahmt. Durch seine rechte Augenbraue zieht sich eine Narbe, die sie in zwei Hälften teilt, was seine Augen sogar noch mehr betont. Wenn er nicht diese kurz geschorenen Haare hätte und ständig auf der Hut wäre, könnte ich mir gut vorstellen, wie er von einer Plakatwand herunterlächelt und Werbung für eine angesagte Kleidermarke macht. Stattdessen, rufe ich mir ins Gedächtnis, posiert er für Verbrecherfotos. In dem Moment fällt mir das Bandana auf, das aus der Gesäßtasche seiner Jeans heraushängt. Ich schaue schnell weg und studiere die Risse im Asphalt. Ich weiß, was dieses kleine Stoffstück bedeutet. Er gehört zu einer Gang. Aber warum überrascht mich das, wenn man bedenkt, wo wir uns getroffen haben?

»Was hast du gesagt?«, fragt der Junge. Ich sehe kurz nach oben. Denn er starrt mich gerade ziemlich intensiv an, hat seine Hände um den Becher gelegt und balanciert auf den Fußballen. Er wirkt nicht unbedingt so, als bräuchte er Koffein, sondern eher als wäre er noch immer voll auf Adrenalin. Seit wir hier stehen, tippt er ständig mit dem Fuß.

»Er schickt jemanden, der mich abholt«, erkläre ich ihm.

Der Junge wirkt erleichtert. »Wen?«

»Jemanden aus seinem Team.«

Jetzt habe ich seine volle Aufmerksamkeit. »Aus seinem Team?«

»Ja«, sage ich, als mir plötzlich ein Gedanke kommt. »Vielleicht solltest du besser verschwinden, bevor die hier auftauchen.«

»Warum?«, fragt er und tippt weiter mit seinem Fuß.

»Mein Dad leitet eine Sondereinheit der GRATS. Und von denen wird er jemanden schicken.«

»GRATS?«, fragt er mich verwirrt.

»*Gang-related active trafficker suppression*«, antworte ich. »Die bekämpfen Menschenhändler und organisierte Bandenkriminalität.«

Die Info muss erst einmal sacken. Als er kapiert, was das bedeutet, bekommt er große Augen. »Polizei?«, fragt er.

Ich nicke und zucke entschuldigend mit den Schultern, aber das sieht er schon gar nicht mehr. Sein halb voller Kaffeebecher landet im Mülleimer neben der Telefonzelle und er joggt Richtung Auto. Er hat es dermaßen eilig, dass er sich nicht einmal mehr umdreht und Tschüss sagt. Als er hinters Lenkrad springt, lasse ich erschöpft die Arme sinken. Der Motor heult auf und er fährt mit kreischenden Reifen los, diesmal macht er sich nicht die Mühe, in Rück- und Seitenspiegel zu schauen.

Keine Ahnung, warum, aber mir ist, als hätte mir jemand einen Schlag in den Bauch verpasst. Nur durch ihn bin ich heil aus diesem Polizeirevier gekommen, und ich bin noch nicht bereit, ihn einfach gehen zu lassen. Ich würde gern noch einmal alles durchsprechen, begreifen, was passiert ist und warum. Und er ist der Einzige, der mir vielleicht dabei helfen könnte, weil er auch dort war. Aber dann höre ich Polizeisirenen, die immer lauter werden, und mir wird klar, dass ich zu erschöpft bin, um weiter wegzulaufen. Was dieser Junge aber ganz eindeutig tun muss. Na ja, vielleicht nicht unbedingt, nur liegt es auf der Hand, dass er sich nicht freiwillig stellen wird.

Ich mache auf dem Absatz kehrt, versenke meinen Kaffeebecher im selben Mülleimer wie er und gehe dann zu der Straßenecke, an der ich warten soll. Die Wirkung des Zuckers lässt allmählich nach und ich werde ganz schlapp, meine Muskeln ziehen, als hätte ich vierundzwanzig Stunden lang trainiert und mich danach nicht ordentlich gelockert.

Das Brummen eines Automotors lässt mich aufhorchen. Es ist der Junge. Er fährt im Schneckentempo den Gehweg entlang.

»Du hast mir nie verraten, wie du heißt«, sagt er durch das geöffnete Fenster.

Ich betrachte ihn einen Augenblick – diesen Fremden, dem ich das Leben gerettet habe, und der im Gegenzug meins gerettet hat – und ich beschließe, dass es bestimmt nicht schadet, wenn ich ihm meinen Namen verrate.

»Olivia«, sage ich.

Er sieht mich unverändert mit ernster Miene an, nickt einfach nur und hält meinem Blick stand. »Danke, Olivia. Für vorhin. Du hast was gut bei mir.«

Ich nicke, ohne zu lächeln, zurück. Schließlich gibt es nichts, worüber man lächeln könnte. Und dann fährt er davon.

8

Ich stehe an der Straßenecke und versuche, mit dem Schatten zu verschmelzen, den das gegenüberliegende Gebäude wirft. Ich schlinge die Arme um meine Brust, um das NYPD-Logo zu verbergen, das dort unübersehbar prangt. Die Gegend sieht mir nicht danach aus, als sollte man hier seine Sympathien für die New Yorker Polizei zur Schau tragen.

Wie lange ist es jetzt eigentlich her, dass ich den Hörer aufgelegt habe? Wie lange dauert das noch, bis die endlich da sind? Mein Dad hat zehn Minuten gesagt. Das waren doch längst schon zehn Minuten, oder? Es kommt mir wie zehn Stunden vor. Die Polizeisirenen sind verklungen. Meine Muskeln sind dermaßen verkrampft, dass ich mir nicht vorstellen kann, wie ich die jemals wieder lockern soll, und ich atme so abgehackt und stoßweise wie jemand, der plötzlich ohne sein Atemgerät auskommen muss.

Ich drehe meinen Kopf ständig von links nach rechts und wieder zurück, scanne die gesamte Umgebung und halte Ausschau nach jemandem in einer Polizeiuniform. Als ich in einiger Entfernung eine vertraute blaue Jacke entdecke, schlägt mir das Herz bis zum Hals. Aber dann kommt die Person näher, und es ist nur eine Frau mit einer hellblauen Bluse! Ich zwinge mich, ruhig zu bleiben. Alles ist gut, sage ich mir. Ich bin jetzt in Sicherheit.

An das Gebäude hinter mir ist ein großes Graffiti gesprayt und die Geschäfte sind mit Metallgittern verriegelt. Die Wände sind mit Konzertankündigungen und Garagenflohmarkt-Plakaten vollgekleistert, viele davon sind zerrissen. Dieser Teil von Brooklyn (falls wir überhaupt noch in Brooklyn sind) ist wesentlich heruntergekommener als der Teil, in dem die Goldmans leben – *gelebt haben,* rufe ich mir ins Gedächtnis und kralle mich in meine Ellbogen. Der stechende Schmerz, der meine Arme hinaufschießt, ist mir durchaus willkommen. Die Goldmans wohnten in einem großen Sandsteinhaus in einer begrünten Straße in Brooklyn Heights. Das ist eine ganz andere Welt. Und ein anderes Leben, um genau zu sein. Plötzlich fällt mir wieder ein, wie allein ich bin, und ich werde panisch. Die Panik kriecht in jede Zelle meines Körpers und verbreitet sich wie Giftgas.

Ich kenne mich in New York kaum aus und war nur einmal vor Jahren hier. Mein Vater hat mich damals auf eine Geschäftsreise mitgenommen. Er hat mich zu einer Ballettaufführung eingeladen, und beim Abendessen haben wir uns darüber unterhalten, welche Tanzschule ich besuchen würde, wenn ich etwas älter wäre. Wir waren in *Schwanensee.* Es war Weihnachten. Die Straßen waren von Schnee überzuckert. In unserem Hotelzimmer gab es Samtvorhänge, ich habe mich darin eingewickelt und so getan, als wäre ich der schwarze Schwan, der gerade seine Flügel ausbreitet. Ich versuche, mich an diese Erinnerungen zu klammern, zwinge mich sogar, die Schritte des *Danse des petits cygnes* durchzugehen, und zähle dabei die sechzehn *pas de chat* ab – Hauptsache, ich denke nicht an das, was gerade passiert ist.

Aber es hilft alles nichts. Meine Gedanken bleiben nicht da, wo ich sie haben will, und ich höre immer wieder diese Stimme in meinem Kopf, die nach dem Warum fragt. *Warum mussten all diese Menschen sterben?*

Ich sehe mich unwillkürlich nach dem Jungen um, als könnte er mir das erklären. Aber dann fällt mir ein, dass er ja weg ist. Er ist gegangen, ohne mir seinen Namen zu sagen. Aber ich kenne ihn ja, ich habe ihn gehört, als er ihn dem Cop buchstabierte, der ihn festgenommen hat – *Jaime. Jamie Moreno.* Ich wippe unablässig auf meinen Füßen. Alles wird gut, sage ich mir immer und immer wieder, bis ich es irgendwann fast vor mich hin summe. Alles wird gut. Mein Dad ist auf dem Weg hierher. Und vermutlich haben sie den Kerl schon längst gefasst. Vielleicht hat er sich auch selbst erschossen. Machen diese Typen das nicht immer? Die Pistole auf sich richten, wenn der Amoklauf vorbei ist?

In dem Moment rast ein Auto auf mich zu und kommt halb auf dem Gehweg zum Stehen. Die Fenster sind unten und eine Frau streckt ihren Kopf heraus. Sie ist um die fünfunddreißig, hübsch und hat ihre dunkelbraunen Haare zu einem Pferdeschwanz gebunden.

»Olivia?«, fragt sie.

Mir wird ganz schwindelig vor Erleichterung. Ich nicke.

Sie lächelt und springt aus dem Auto. Sie hat einen dunkelgrauen Anzug an und eine gestärkte Bluse. Sie zeigt mir kurz ihre Dienstmarke, klappt das Portemonnaie aber zu, bevor ich sie mir richtig anschauen kann. Als sie die Dienstmarke zurück in ihre Tasche schiebt, fällt mir auf, dass sie unter ihrem Arm eine abgewetzte Pistolentasche trägt. Durch die geöffnete Autotür erhasche ich einen Blick auf den Fahrer. Es ist ein schwarzer

Mann Ende dreißig, der stur geradeaus schaut, sein Gesicht ist halb von einer verspiegelten Sonnenbrille verdeckt.

»Ich bin Agent Kassel«, sagt die Frau. »Und das ist Agent Parker.« Sie zeigt zu dem Fahrer, der noch immer nicht zu mir schaut. »Dein Vater hat uns angerufen und gebeten, dich abzuholen. Wir haben mitbekommen, was auf dem Polizeirevier passiert ist. Komm, steig ein, dann können wir dich in Sicherheit bringen.«

Die Dringlichkeit in ihrer Stimme ist unüberhörbar. Sie hat mich am Ellbogen gefasst und lenkt mich in Richtung Auto. Der Fahrer beugt sich über seinen Sitz und öffnet die hintere Tür, während die Frau ihre andere Hand auf meinen Rücken legt. Als ich ins Auto schaue, fällt mir auf, dass es innen keine Türgriffe gibt. Ich bin sofort in Alarmbereitschaft, was ich gern unterdrücken würde. Sie ist eine Frau, sage ich mir, und mein Vater hat sie geschickt. Ich bin jetzt in Sicherheit, genau wie sie gesagt hat. Aber wenn es tatsächlich so ist, warum sträubt sich in mir dann alles? Warum fühlt es sich so an, als stünde jede einzelne meiner Nervenfasern unter Strom?

Ich zögere und höre Felix in meinem Kopf, der mir sagt, dass ich immer auf meine Instinkte achten soll, weil Instinkte im Gegensatz zu Menschen niemals trügen.

Die Frau spürt mein Zögern und drückt jetzt stärker gegen meinen Rücken. Sie will mich ins Auto schieben.

»Olivia«, sagt sie und klingt gestresst, »steig bitte ins Auto.«

Ich drehe mich um, und als ich ihr nun gegenüberstehe, wird mir klar, was mich stört. Sie hat sich als Agentin vorgestellt. Aber mein Vater leitet eine Spezialeinheit der Polizei, die von ein paar zivilen Experten unterstützt wird. Da mischt kein FBI und keine Regierungsbehörde mit. »Wohin bringen Sie mich?«, frage ich deshalb.

Sie zögert kurz und ihr Blick huscht über meine Schulter. Irgendetwas stimmt hier nicht, das Ganze passt nicht richtig zusammen. Nach allem, was heute geschehen ist, wäre es verrückt, jemandem blind zu vertrauen. Besonders jemandem, der behauptet, er arbeite in der Strafverfolgung. Ich mache einen kleinen Schritt nach hinten und Agent Kassel greift sofort nach ihrer Pistole. Und bevor ich noch einen weiteren Schritt machen kann, hat sie den Pistolenlauf schon gegen meinen Bauch gedrückt. Durch meinen Pulli spüre ich die stumpfe runde Mündung wie die Schnauze eines Tieres, das versucht, sich zu meiner Haut durchzubohren.

»Steig einfach ein«, zischt Kassel und ruckt mit ihrem Kopf in Richtung Tür.

Ich starre auf die Pistole. Mein Puls geht unregelmäßig, dann rast er. Mir bleibt nichts anderes übrig, als einzusteigen. Aber dann quietschen Reifen über den Asphalt und wir drehen uns beide blitzschnell um.

Durch die enge Straße rast ein Auto mit aufheulendem Motor auf uns zu. Hinter dem Lenkrad sehe ich es kurz blau aufblitzen und mir wird ganz anders. Agent Kassel brüllt etwas und aus den Augenwinkeln sehe ich, wie Agent Parker die Tür aufreißt und seine Waffe zieht.

Er und Agent Kassel eröffnen das Feuer. Kugeln prallen vom Blech des Wagens ab und schlagen in den Beton oder auf den Gehweg. Das Auto schlingert, die Bremsen kreischen … und das ist genau der Augenblick, in dem ich abhaue. Ich drücke mich an Agent Kassel vorbei, ignoriere ihre Rufe und renne einfach los.

Am Ende der Straße stürze ich mich direkt in den Verkehr und werde beinahe von einem gelben Taxi erwischt. Der Fahrer muss hart in die Eisen steigen. Aus dem geöffneten Fenster schwappt eine ganze Tirade an wüsten Beschimpfungen, und ich hebe kurz entschuldigend die Hände. Das Pfeifen der Kugeln und das Hupkonzert der Autos drängen mich weiter.

Ich renne mit voller Kraft, meine Arme bewegen sich wie eine Kolbenpumpe, und ich schaffe es bis zur nächsten Straßenkreuzung. Dort biege ich in eine kleine Seitenstraße, die man kaum mehr als Gasse bezeichnen kann. Noch drei Meter bis zum Ende … da schlittert ein Auto mit durchdrehenden Rädern vor mich und versperrt mir den Weg. Ich strecke schützend meine Hände nach vorn, krache auf die Kühlerhaube und meine Knie prallen gegen den Kotflügel. Ich reiße den Kopf nach oben und starre keuchend den Fahrer an. Er ist es. Ich blinzele. Das ist der Typ in der Polizeiuniform.

Die Sekunden dehnen sich, als hätte jemand den Standbildmodus gewählt. Die Hälfte der Windschutzscheibe ist mit Rissen überzogen, und trotzdem erkenne ich, dass seine Hand sich zum Türgriff bewegt. Und dann dringt mir vage ins Bewusstsein, dass auf dem Beifahrersitz noch jemand ist, der auch nach dem Türgriff fasst, und die Stimme in meinem Kopf schreit mir zu, dass ich fortlaufen soll. Aber meine Beine sind wie gelähmt – sie könnten genauso gut in Beton gegossen sein. Ich starre nur diesen Mann an, der eine Halbautomatik in der Hand hält – einen Colt mit lackiertem Holzgriff –, und es ist merkwürdig, dass mir dieses Detail auffällt und auch die Blutflecke auf seinem Hemd, dass ich meine Beine aber nicht bewegen kann.

Als die Türen auffliegen, wird mir ganz eng in der Brust.

Irgendwo seitlich schreit jemand, und das Nächste, das ich mitbekomme, ist, wie ich durch die Luft fliege. Das Auto wird hochgeschleudert und ich gleich mit. Kreischend und ohrenbetäubend laut knirscht Metall auf Metall, plötzlich liege ich auf dem Boden und Glassplitter regnen auf mich herab. Atemlos sehe ich dabei zu, wie das Auto gegen einen Laternenmast geschoben wird, der umknickt wie ein Streichholz.

Das Polizeiauto wurde von hinten gerammt. Ich rapple mich auf, das ist der Wagen von Agent Kassel, es ist dieselbe schwarze Limousine, aber ich werde bestimmt nicht hier rumstehen und abwarten, bis ich herausgefunden habe, was zum Teufel hier vor sich geht. Mein Körper zieht mit meinem Hirn endlich gleich, und das Adrenalin breitet sich rasend schnell in meinen Adern aus. Ich dränge mich durch die paar Schaulustigen, die gaffend auf dem Gehweg herumstehen, und renne los. Zuerst bin ich wacklig und unsicher auf den Beinen, aber mit jedem Schritt werde ich sicherer.

Da vorn ist eine U-Bahn-Station und mein Herz macht einen Satz. Wenn ich es bis zur U-Bahn schaffe, kann ich abtauchen. Ich könnte über das Drehkreuz springen und dann in einem der Gänge verschwinden. Ich könnte – ach, ich weiß auch nicht, was. Aber momentan scheint die U-Bahn meine einzige Rettung zu sein. Ich werde langsamer und versuche, mich unauffällig unter die wenigen Passanten zu mischen. Schweiß läuft mir den Rücken hinunter, und ich keuche und schnappe nach Luft, als wäre ich am Ertrinken. Leute weichen mir aus und sehen mich misstrauisch an.

Das U-Bahn-Schild kommt näher. Ich laufe schneller und schlängele mich an einer Frau mit Kinderwagen vorbei und an einem Mann, der mit freiem Oberkörper hier entlangjoggt und zwei Riesenpudel an der Leine hinter sich herzieht. Er ist schweißbedeckt und singt sorglos mit seinem iPod mit.

Aber dann höre ich hinter mir plötzlich Schreie und einen Schuss, der die Luft zerreißt, als wäre sie aus Glas. Ich schaue kurz über meine Schulter und sehe ihn – den Polizisten im blauen Hemd. Er schreitet den Gehweg entlang, und die Leute springen panisch zur Seite. Er hält seine Pistole in der Hand, und als er mit großen Schritten auf mich zukommt, hebt er sie auf Schulterhöhe und zielt direkt auf mich. Ich stolpere über eine lose Bodenplatte, schreie auf und strauchle, kann aber das Gleichgewicht halten. Die U-Bahn scheint auf einmal viel weiter weg zu sein als gerade eben noch.

Hinter mir schreit jemand hysterisch, und als ich wieder losrenne, weiche ich einer Frau aus, die wie gelähmt stehen geblieben ist. Mit schreckgeweiteten Augen starrt sie auf den Cop, der auf sie zumarschiert, als wollte er sie holen. Aber ich weiß etwas, das sie nicht weiß. Er ist nicht hinter ihr her. Da bin ich mir inzwischen hundertprozentig sicher und diese Erkenntnis lässt mir das Blut in den Adern gefrieren.

Er ist hinter mir her.

Und dann geben plötzlich meine Beine nach. Die Frau mit dem Kinderwagen hat mich in ihrer Panik von hinten gerammt. Ich falle auf die Knie, rolle mich ab und lande hart auf meiner Schulter, während sie schreiend an mir vorbeiläuft.

Als ich die Tränen wegblinzele, die in meinen Augen brennen, sehe ich, dass der Schütze entschlossen auf mich zuläuft. Seine kalten, undurchdringlichen Augen sind fest auf mich gerichtet, seine Lippen zu einem Lächeln verzogen.

Ich schiebe mich auf meinen Händen nach hinten, während ich vergebens mit meinen Beinen in die Luft trete. Inzwischen ist er so nah, dass ich die eingeprägten Buchstaben auf der Silberplakette erkennen kann, die an seinem Hemd steckt, und auch seine ausdruckslosen, gletscherblauen Augen. Ich öffne meinen Mund, aber es kommt kein Ton heraus. Das darf doch nicht wahr sein, denke ich fassungslos. Und dann –

»Olivia!«

Ich schaue über meine Schulter.

Genau hinter mir steht ein Auto mit laufendem Motor auf dem Gehweg und wartet. »Steig ein!«, brüllt Jaime und stößt die Tür auf.

Ich packe den Griff, ziehe mich hoch, hechte ins Wageninnere und schlage genau in dem Moment die Tür zu, als der Schütze mit einem großen Satz bei mir ist. Er rüttelt an der Tür und schlägt mit der Faust gegen das Fenster, nicht mehr lange, und das Glas bricht, aber Jaime drückt das Gaspedal durch, braust los und weicht dem entgegenkommenden Verkehr aus. Er rast über eine rote Ampel, und vor einem Schulbus, der eine Vollbremsung hinlegt, drehen wir uns um hundertachtzig Grad. Als wir schließlich durch eine kleine Seitenstraße jagen, mähen wir fast den Jogger mit den beiden Pudeln um, der noch immer mit seinem iPod singt und nichts von dem ganzen Chaos mitbekommt.

Jaime fährt mit durchgedrücktem Gaspedal weiter, während ich mich ganz klein auf meinem Sitz zusammenkauere. Ich umklammere meine Schultern und mir gehen ständig dieselben Worte durch den Kopf, unablässig pochen sie gegen meine Schädeldecke.

Er ist hinter mir her.

9

Nach und nach nehme ich außer meinem hämmernden Herzen und der Tatsache, dass ich noch am Leben bin, auch wieder andere Dinge wahr. Meine Wange brennt, und als ich vorsichtig mein Gesicht abtaste, zucke ich zusammen, weil sich der Schmerz wie eine Nadel hinter meine Augen bohrt. Meine Schultern beben wie eine Basstrommel. Als Nächstes fällt mir auf, dass meine Beine zerkratzt sind und bluten – das Blut hebt sich so deutlich von meiner Haut ab, als würde ich durch eine 3-D-Brille schauen. Danach verschwimmt alles vor meinen Augen und ich zwinge mich, woanders hinzuschauen. Ich konzentriere mich lieber auf Jaime, er umklammert das Lenkrad und lenkt das Auto schnell und geschmeidig durch den Verkehr, als würde er ein Videospiel spielen. Ich wünschte, das *wäre* ein Videospiel. Oder ein Albtraum. Irgendetwas, bei dem ich einfach nur den Stecker ziehen müsste oder aufzuwachen bräuchte.

Jaime sieht kurz zu mir herüber. Unter seiner hellbraunen Haut ist er ganz blass geworden und seine Halsschlagader pulsiert wie verrückt.

»Warum bist du noch hier?«, frage ich.

»Ich hatte so ein Gefühl«, sagt er und schaut zurück auf die Straße. »Ich habe umgedreht und das Auto irgendwo geparkt.

Ich wollte sichergehen, dass du in Ordnung bist.« Den letzten Teil murmelt er.

Das muss ich erst mal sacken lassen – allein die Vorstellung, dass ich jetzt tot sein könnte, nein, dass ich es ganz sicher *wäre*, wenn er mir nicht geholfen hätte.

»Danke«, sage ich, auch wenn das Wort noch nie so dürftig klang. Ich würde gern seinen Namen sagen, aber der will mir nicht über die Lippen.

Kurz sieht er zu mir, zieht dann auf eine andere Spur und nimmt die Ausfahrt vor der Brücke. Ich frage mich, wohin er will, hake aber nicht nach. Solange wir in Bewegung bleiben, ist mir alles egal … Es kommt mir vor, als würden wir vor einer Lawine davonlaufen. Ich drehe mich ständig um, weil ich wissen will, ob uns jemand folgt.

»Ich war dir was schuldig«, sagt er leise.

Ich sinke in meinem Sitz zurück und betrachte ihn aus den Augenwinkeln, Dankbarkeit macht sich in mir breit. *Wo sind wir da bloß hineingeraten?*, frage ich mich.

Er schweigt und konzentriert sich auf die Straßenkreuzungen. Kurz blitzt etwas Braunes auf – der trübe East River – und manchmal ragt zwischen grauen Gebäuden und betonierten Schnellstraßen die glitzernde Skyline in den Himmel. Unvermittelt biegen wir scharf rechts ab, Jaime kurbelt wie wild am Lenkrad. Wir holpern auf eine Art verlassenen Parkplatz unter der Schnellstraße. Andere Autos gibt es hier keine. Und Menschen auch nicht. Obwohl einige Kartons und die Planen, die zwischen den Betonpfeilern gespannt sind, eine andere Geschichte erzählen. Den Verkehrslärm von oben hört man sogar durch die geschlossenen Fenster. Jaime parkt das Auto im Schatten eines Pfeilers und zieht die Handbremse. Dann legt er seine Hände auf das Lenkrad und atmet tief ein. An seinem ganzen Arm ziehen sich Muskelstränge entlang, die ein klein wenig zittern. Aber wen wundert's, ich zittere schließlich auch. Sogar so sehr, dass ich mich anstrengen muss, damit ich nicht mit den Zähnen klappere.

»Wo hast du gelernt, so zu fahren?«, frage ich. Es ist eine blöde Frage, ich weiß, und wenn ich ehrlich bin, interessiert mich die Antwort nicht wirklich. Aber ich will nicht über das reden, was gerade passiert ist. Wenn ich nicht laut ausspreche, was die Stimme in meinem Kopf mir sagt – versuche ich mich selbst zu überzeugen –, dann ist das alles ja vielleicht gar nicht wahr.

Auf Jamies Lippen stiehlt sich der Anflug eines Lächelns. »Deswegen haben sie mich aufs Polizeirevier gebracht«, sagt er und schaut mich von der Seite an. »Schwerer Autodiebstahl.«

»Oh«, sage ich überrascht. Er ist ein Autodieb? Also, das hätte ich mir eigentlich denken können. Trotzdem starre ich ihn verblüfft an. Ich meine, wie groß ist die Wahrscheinlichkeit, dass der Junge, mit dem ich aus dem Polizeirevier fliehe, ausgerechnet ein Autodieb ist, der so gut fahren kann wie einer der Typen aus *The Fast and the Furious?* Das wirft ein ganz neues Licht auf ihn. Schwerer Autodiebstahl. Kein Mörder also. Ich schätze, das ist mal was Positives.

Als Jaime meine Reaktion bemerkt, blitzt etwas wie Trotz in seinen Augen auf. Sie funkeln grün und er sieht mich herausfordernd an. Er hebt eine Augenbraue, was er wohl immer macht, wenn er auf Abwehr geht. »Was? Dachtest du, ich hätte jemanden umgebracht?«, fragt er jetzt amüsiert und seine Mundwinkel gehen leicht nach oben.

Ich zucke mit den Schultern. »Du warst im Morddezernat. Was hätte ich denn sonst glauben sollen?«

»Es war die Abteilung für schwere Verbrechen. Die arbeiten im selben Raum wie das Morddezernat.«

»Klar, schwere Verbrechen, das ist ja auch viel besser«, erwidere ich und verdrehe die Augen.

Er sieht aus, als wollte er noch etwas sagen, doch dann wird er von meinen blutigen Beinen abgelenkt. Als er auf meine Schenkel guckt, bekommt er ganz große Augen. Jetzt, wo die Anspannung ein wenig nachlässt, sticht und brennt es überall. Es fühlt sich an, als wäre ich mit Brennnesseln ausgepeitscht worden und danach noch mehrere Treppenstufen hinabgestürzt. Jaime schnallt sich ab und lehnt sich zu mir, und ganz kurz frage ich mich, was zum Teufel er vorhat, und will ihn schon zurückstoßen, dabei hat er es nur auf die Schachtel mit Papiertüchern abgesehen, die in der Beifahrertür steckt. Er tupft mit einem davon mehrmals mein Bein ab, was aber nicht viel bringt, und sieht mich dann wieder an. Als er mir das Taschentuch reicht, werden seine Wangen ein wenig rot. »Vielleicht machst du das besser selbst«, murmelt er.

Ich nehme die Papiertücher und versuche, das Blut wegzuwischen. Meine Oberschenkel sind voller winziger Schnitte von der zerbrochenen Windschutzscheibe, und meine Knie sind noch vom Polizeirevier verschrammt, als ich durch die Glasscherben gekrochen bin – was ich bis jetzt gar nicht bemerkt habe. Ich schaue auf die dunklen Flecken auf meinen Knien. Wo kommt das ganze Blut her? Und dann wird mir schlecht, denn es fällt mir wieder ein.

Ich spucke auf das Taschentuch und reibe wie wild über

meine Knie, die scharfen Stiche ignoriere ich. Wahrscheinlich reibe ich gerade irgendwelche Glassplitter nur noch tiefer in meine Haut.

»Was machst du da?«, fragt Jaime. Er packt mich am Handgelenk und zieht meine Hand von den Knien weg.

»Das ist nicht meins«, sage ich und versuche, mich loszumachen. »Das Blut. Das ist nicht meins. Ich will, dass es weggeht.«

Jaime öffnet den Mund, klappt ihn aber wieder zu. Er lässt meinen Arm los, und während ich weitermache, reicht er mir schweigend ein Taschentuch nach dem anderen. Das ist nicht mein Blut. Es ist von dem Polizisten. Die Bilder brennen hinter meinen Augenlidern wie grelle Blitzlichter. Ich dachte, ich hätte mein Hirn ausgeschaltet und würde nicht mehr ständig zu dem Polizeirevier zurückwandern und zu dem Moment, als ich den Schlüssel für die Handschellen aus der Tasche des toten Polizisten geholt habe, aber anscheinend lag ich da falsch. Mein Hirn hat die Bilder nur weggepackt, sie archiviert und beschlossen, sie mir jetzt vorzuspielen.

Ich knirsche mit den Zähnen und reibe fester. Als die Glassplitter tiefer dringen, so tief, dass sie an der Kniescheibe entlangkratzen, atme ich scharf ein.

Am liebsten würde ich laut aufschreien, aber ich beiße mir auf die Zunge. Da nimmt Jaime meine Hand, zerrt an dem Taschentuch in meinen verkrampften Fingern und zwingt mich, ihn anzusehen. »Hör auf«, sagt er. Und dann noch einmal bestimmter, aber etwas leiser: »Hör auf.«

Ich lasse meine Hand sinken und er tupft mir behutsam mit einem sauberen Taschentuch das Gesicht, wobei er mich nicht aus den Augen lässt. Mit der anderen Hand hält er immer noch meine.

Oder ich seine? Halte ich ihn etwa fest? Ich komme nicht dahinter. Ich starre ihn an und bemerke die Stille, die sich im Auto ausgebreitet hat wie Hochwasser hinter einem Staudamm. Als er mir, ich weiß nicht, was, von den Wangen wischt, sind seine Lippen leicht geöffnet, und über seiner Nase hat sich eine kleine Falte gebildet.

Irgendjemand wollte mich gerade umbringen. Mehr als einmal. Und wir tun gerade alles, um nicht darüber zu sprechen, obwohl ein Elefant mitten durch das Auto trampelt und zur Kenntnis genommen werden will. Unvermittelt schnappe ich mir das Taschentuch aus Jaimes Hand, lasse mich in den Sitz zurücksinken und starre auf die hellen Bluttropfen, als ob sie aus einem Märchen wären. Eine Welle der Erschöpfung schlägt über mir zusammen, die so mächtig ist, dass ich ernsthaft darüber nachdenke, ob ich mich nicht einfach auf dem Sitz zusammenkauern soll und hundert Jahre lang schlafen.

»Was war das gerade?«, fragt Jaime.

Ich schließe die Augen und hole tief Luft. Als ich sie wieder öffne, sieht er mich unverwandt an.

»Ich dachte, dich wollte jemand aus dem Team deines Vaters abholen?«

»Ja, das dachte ich auch.«

»War das die Frau, die aus dem Auto ausgestiegen ist?«

Mir liegt schon eine Bemerkung auf den Lippen, aber dann fällt mir ein, dass er mich ja nur aus weiter Entfernung beobachtet hat. »Ja«, sage ich und denke an Agentin Kassel mit ihrem Pferdeschwanz, der gestärkten weißen Bluse und der polierten Dienstmarke.

»Warum bist du dann nicht eingestiegen?«, fragt Jaime. »Warum hast du gezögert?«

»Sie hat eine Pistole auf mich gerichtet.«

Jaime sieht mich ungläubig an. »Sie hat *was?*«

Ich zucke mit den Schultern. »Ich hatte ein ungutes Gefühl. Sie sagte, sie wäre Agentin, aber in dem Team meines Vaters gibt es keine Bundesagenten. Also wollte ich nicht einsteigen.«

»Und dann hat sie ihre Waffe gezogen?«

»Ja«, sage ich und nicke.

»Okay«, antwortet er langsam. Er wirkt gelassen, aber mir fällt auf, dass er das Lenkrad wieder so fest umklammert, als würde er ernsthaft überlegen, es aus seiner Verankerung zu reißen. »Also, diese Frau taucht auf und behauptet, für deinen Vater zu arbeiten, und dann zieht sie ihre Pistole, um dich zum Einsteigen zu bewegen, und ehe du dichs versiehst, taucht der Polizist mit seiner Pistole und der schießwütige Spacken auf. Aus heiterem Himmel. Einfach so. Wie hängt das alles zusammen?« Er sieht mich intensiv an, um herauszufinden, ob ich seinem Gedankengang folge. Aber ich folge ihm nicht nur, sondern ich bin schon viel weiter. Während er noch dabei ist, die einzelnen Anhaltspunkte miteinander zu verbinden, habe ich das schon längst getan. Als mir der Typ mit dem irren Lächeln auf dem Gehweg entgegengelaufen ist, haben meine Synapsen bereits auf Hochtouren gearbeitet und die Lösung gefunden.

Ich bin das verbindende Element.

Während über unseren Köpfen unablässig der Verkehr weiterrauscht, sitzen wir beide fassungslos da. Ich bin fast dankbar für den Lärm, der die Stille hier im Wagen füllt.

»Warum warst du überhaupt auf dem Polizeirevier?«, will Jaime plötzlich wissen.

»Was?«

»Du warst Zeugin, richtig? Aber wovon?«

»Ja«, sage ich. »Nein. Ich meine – ich habe nichts gesehen. Die Leute, bei denen ich gewohnt habe. Sie wurden …« Ich kann den Satz nicht beenden, denn ich verbinde gerade einen weiteren Punkt mit den anderen. Mir geht ein Licht auf. Vielleicht ist Jaime mir doch einen Schritt voraus.

»Umgebracht?«, fragt Jaime.

Ich nicke.

»Wurden sie erschossen?«, fragt er.

Ich nicke wieder.

»Und dann wird das Polizeirevier überfallen.« Er zieht eine Augenbraue nach oben, um seine Feststellung zu unterstreichen. »Und dann ist derselbe Killer auf einer Straße voller Leute hinter dir her.«

Ich starre ihn einfach nur weiter an.

»Erzähl mir nicht, dass das alles Zufall ist.«

»Wollte ich auch gar nicht«, sage ich. Mir wird kalt, und es fühlt sich an, als hätte mich jemand mit Alkohol eingerieben, die Kälte kriecht mir in Mark und Bein.

»Die Wahrscheinlichkeit, dass eine einzige Person in einer Nacht versehentlich drei Mal in eine Schießerei gerät, ist eher –«

»Gering«, beende ich den Satz für ihn. »Ich weiß.«

Er zögert einen Augenblick. »Eigentlich wollte ich ›faktisch nicht vorhanden‹ sagen. Zumindest wenn man so weit vom Irak weg ist wie wir.«

Ich verspüre nichts als den Wunsch zu schreien. Das alles ist meinetwegen. Alles nur meinetwegen. *Ich* bin schuld daran, dass all diese Menschen gestorben sind. Ich bin die Ursache und der Grund. Das ist unfassbar – und das Wissen darum übermächtig, und es stürmt von allen Seiten auf mich ein. Wenn ich das nicht abschütteln kann und jetzt gleich dieses verdammte Auto verlasse, werde ich bestimmt sterben. Einfach so. Dann werden meine Lungen zerdrückt und mein Schädel wird implodieren. Ich taste nach dem Türgriff, taumle hinaus, meine blutigen Knie schaben über den Beton und meine Stirn landet im Dreck.

Ich versuche, Luft in meine Lungen zu kriegen, sie tief einzusaugen, aber die Welt bricht über mich herein, der Himmel wird ganz dunkel und der Verkehrslärm vibriert in meinen Knochen. Da schlingen sich plötzlich Arme um mich, ziehen mich hoch und halten mich auf den Beinen.

»Olivia.«

Ich öffne die Augen. Jaime hält mich an den Oberarmen fest. Mein Kopf kippt nach hinten und Jaime starrt auf mich herab.

»Warum?«, fragt Jaime. »Warum will dich jemand umbringen?«

Und da muss ich lachen. Es ist schrecklich, aber ich kann nicht aufhören. Es fühlt sich an, als würde ich auseinanderbrechen.

Er hält mich fester und schüttelt mich. »Olivia!«

Ich habe keine Ahnung. Vielleicht habe ich ja wirklich alle Punkte verbunden, aber ich weiß nicht, was dieses verdammte Bild darstellen soll.

»Ich weiß es nicht«, sage ich, nein, ich fauche es nahezu.

Wir starren uns schwer atmend an, sind beide aufgebracht und verängstigt. Er schaut kurz zur Straße, als suche er nach einem Fluchtweg, und mir laufen auf einmal Tränen über die Wangen. Als er wieder zu mir sieht, seufzt er und zieht mich an seine Brust.

10

Wenn man von einem beinahe fremden Menschen so gehalten wird, sollte sich das eigentlich seltsam anfühlen. Man sollte meinen, dass es verkehrt ist, wenn man die Lippen gegen seinen Hals drückt, wenn seine Arme um einen geschlungen sind und sein Kinn auf meinem Kopf ruht. Aber das tut es nicht. Während diese Panik- und Angstattacken wellenartig über mich hinwegschwappen, ist es, als gäbe es keinen besseren Platz für mich. Also halte ich mich einfach fest, damit ich nicht fortgespült werde.

Nach ein paar Sekunden presse ich mein Gesicht an seine Schulter, hole ein paarmal tief Luft und zwinge mich, mit dem Weinen aufzuhören. Tränen bringen mich kein Stück weiter. Sie sind eine sinnlose Energieverschwendung. Ich muss alles wegschließen, jedes Gefühl unter Kontrolle bringen und einen klaren Kopf bewahren.

Ich weine fast nie. Das letzte Mal war, als Felix gestorben ist. Mein Vater hat keine Zeit für Tränen oder Wutanfälle, deshalb habe ich schon früh gelernt, dass Weinen mir nicht half, wenn ich etwas wollte oder mich über etwas ärgerte. Und Tränen haben auch Felix nicht wieder lebendig gemacht.

Ich löse mich aus Jaimes Armen und gehe ein paar Schritte

von ihm weg. Aber mich zieht es sofort wieder zu ihm, fast reflexartig. Ich will zurück in seine Arme. Ganz ohne Hintergedanken. Da ist einfach nur dieser Drang. Ich schüttle das Verlangen ab und den stechenden Schmerz, der damit einhergeht, und schlinge meine Arme um mich, auch wenn das nur halb so tröstlich ist. Ich bohre meinen Zeh in den Boden. Diese Leute sind hinter mir her, irgendjemand will mich umbringen, und jemand anders, möglicherweise eine Bundesagentin, versucht mich zu entführen. Wenn ich irgendwie heil aus dieser Geschichte herauskommen will, muss ich meine Sinne beisammenhalten. Und dann wird mir noch etwas klar. Ich darf keine andere, unschuldige Person in die Sache mit hineinziehen.

Nachdem ich mich wieder einigermaßen im Griff habe, drehe ich mich zu Jaime. Er ist ein paar Schritte gelaufen und hat seine Hände tief in die Hosentaschen vergraben. Er sieht mich mit einer Mischung aus Skepsis und Fürsorge an, als wäre ich eine Landmine, die jeden Moment hochgehen kann.

»Du solltest nicht bei mir bleiben«, sage ich. »Wenn die tatsächlich hinter mir her sind, bist du in Gefahr.« Dann verstumme ich und starre nach unten; ich ärgere mich, weil meine Stimme weggebrochen ist.

Als Jaime nichts erwidert, schaue ich ihn kurz an. Er sieht ziemlich wütend aus, und seine Kiefermuskeln arbeiten, als wollte er einen Zahn loswerden. »Ich werde dich bestimmt nicht einfach hier mitten im Nirgendwo stehen lassen«, sagt er und macht eine weit ausholende Geste.

»Jemand versucht, mich umzubringen«, sage ich noch einmal. »Und jemand, der möglicherweise für meinen Vater arbeitet, will mich außerdem entführen.«

Er hat seinen Kopf zu mir geneigt und sieht mich durch seine Wimpern an. »Sieht ganz danach aus«, erwidert er.

»Und da willst du mit mir herumhängen und darauf warten, dass noch mal jemand auf uns schießt?«

Da ist es wieder, der Anflug eines Lächelns. »Nenn mich einfach altmodisch.«

Obwohl ich ihm einen Ausweg gezeigt habe, nimmt er ihn nicht an. Die Erleichterung darüber jagt meinen Puls durch die Stratosphäre, und ich versuche, mir das nicht allzu sehr anmerken zu lassen.

Plötzlich kommt Jaime auf mich zu.

»Du hast gesagt, dass du nichts gesehen hast. Gestern Nacht. Und dass du den Mord nicht bezeugen kannst. Aber was, wenn er das nicht weiß? Wenn der Killer glaubt, dass du sehr wohl alles mitbekommen hast?«

Ich schließe kurz die Augen. Den Gedanken hatte ich verworfen, weil ich ja wirklich nichts bezeugen kann, aber vielleicht hat Jamie doch recht? Ich denke noch einmal darüber nach, schüttele dann aber den Kopf. »Warum sollte er das tun? Um seine Spuren zu verwischen, tötet er einfach ein paar Dutzend weitere Menschen, und das ausgerechnet in einem Polizeirevier, und dann geht er mal eben eine belebte Straße entlang und ballert wie wild um sich? Das ist doch Unsinn.«

Jaime schweigt einen Moment. »Und falls er ein Cop wäre, wüsste er von deiner Aussage, dass du nichts gesehen hast«, fügt er hinzu.

»Glaubst du, dass er ein Polizist ist?«, frage ich.

Jaime zuckt mit den Schultern. »Wer weiß? Wahrscheinlich hat er sich einfach nur eine Uniform ausgeliehen.«

Als über uns ein Lastwagen hinwegdonnert, schweigen wir beide. Der Boden unter meinen Schuhsohlen vibriert und einen Moment lang fühlt es sich an, als würde die Erde aufreißen, um mich zu verschlucken. Und ganz kurz wünsche ich mir, das würde wirklich passieren.

»Wenn er dich tot sehen will, warum hat er dann nicht abgedrückt?«, brüllt Jaime über den Verkehrslärm hinweg. »Er hatte dich genau im Visier. Aber er hat dich nicht erschossen, als wir in der Tiefgarage waren. Er hat auf das Auto geschossen. Und auf mich. Und draußen auf der Straße auch nicht. Dafür aber, ohne zu zögern, auf alle anderen. Das erklär mir bitte mal.«

Einen Schritt vor mir bleibt er stehen. Dann umrundet er mich, er platzt regelrecht vor Energie.

»Ich habe keine Ahnung, was die wollen«, sage ich, aber in meinem Kopf springen Warnlichter an, und Bilder flackern auf, aber nie lange genug, dass ich sie zu fassen bekomme.

Jaime bekommt große Augen. »*Die?*«

Der Gedanke, den ich gerade einfangen wollte, ist verschwunden. »In dem Auto saß noch jemand.«

Jaime nimmt diese Information schweigend auf. Er fährt sich über seine kurz geschorenen Haare, legt dann beide Hände auf das Autodach und bleibt mit gesenktem Kopf stehen.

»Jaime«, sage ich leise, nachdem ein paar Minuten vergangen sind und er sich immer noch nicht gerührt hat. Unruhig trete ich von einem Fuß auf den anderen und schaue immer wieder über meine Schulter. Wir müssen weiter. Wir können nicht hier bleiben. Aber wo sollen wir hin? Und soll ich wirklich zulassen, dass er mich begleitet? Ist das fair? Er könnte einfach nach Hause gehen, sich verstecken und so tun, als wäre das alles nie geschehen. Und ich könnte … Ich zögere. Ja, was? Wenn er das Auto nimmt, wo genau soll ich dann hin? Und wie komme ich dorthin? Ich habe kein Geld, und ich habe nur einen NYPD-Pulli und ultrakurze Shorts an meinem Leib. Ich sehe aus, als hätte mich gerade jemand ausgeraubt. Aus dem Augenwinkel sehe ich den Stapel Pappkartons, und einen Moment lang überlege ich ernsthaft, ob ich nicht besser dort hineinkrabbeln und mich verstecken soll. Aber wenn der Obdachlose zurückkommt und mich darin findet, wäre er wahrscheinlich nicht besonders begeistert.

»Jaime«, sage ich ein zweites Mal und gehe einen knirschenden Schritt auf ihn zu.

Er dreht sich zu mir, zwischen seinen Augen hat sich eine Falte gebildet, aber seine Lippen verziehen sich zu einem neugierigen Lächeln, und das nicht zum ersten Mal. »Woher weißt du, wie ich heiße?«, fragt er.

»Habe ich mitbekommen, als du es dem Cop gesagt hast«, erkläre ich entschuldigend.

Das Lächeln wird breiter, ganz kurz tauchen Grübchen auf. »Ich heiße Jay«, sagt er schließlich, kommt einen Schritt auf mich zu und streckt mir seine Hand entgegen. »Meine Freunde nennen mich Jay. Für die Polizei und meine Mutter bin ich Jaime.«

Jetzt bin ich es, die ihn skeptisch anschaut. Sind wir für ihn etwa befreundet? Oder passe ich einfach nicht in die Polizei-Mutter-Schublade? Bevor ich seine Hand ergreife, starre ich eine Weile lang darauf. Um sein Handgelenk windet sich ein blutunterlaufener, angeschwollener Striemen von den Handschellen, aber das scheint ihn nicht weiter zu stören. Fest und selbstsicher umschließen seine Finger meine Hand. *Genau wie er fährt,* denke ich.

»Liva«, sage ich und schüttle seine Hand. »Olivia bin ich nur für die Polizei und meine Mutter.«

»Schön dich kennenzulernen, Liva«, sagt er und jetzt erreicht sein Lächeln auch die Augen.

11

»Gehen wir«, sagt Jay. Und dann stiefelt er in großen Schritten über das verwahrloste Grundstück.

Ich jogge ihm hinterher. »Warte mal, wohin wollen wir?«, frage ich. Sobald man aus dem Schatten tritt, wird es heiß, es hat mindestens dreißig Grad. In meinem Pulli ist mir viel zu warm, aber unter meinem Hemd habe ich keinen BH, also lass ich den Pulli an. »Warum nehmen wir nicht das Auto?«, frage ich.

»Wir müssen es loswerden. Wenn die Cops merken, dass es fehlt, geben sie bestimmt bald eine Suchmeldung raus. Vielleicht hat es sogar einen Peilsender. Wir sollten uns besser beeilen.« Er geht jetzt schneller, schaut aber, ob ich mithalten kann – was kein Problem für mich ist. Er läuft in die entgegengesetzte Richtung von der Schnellstraße.

»Hast du noch die Pistole?«, frage ich ruhig.

Jay klopft sich auf eine Stelle an seinem Kreuz, wo sich sein T-Shirt wölbt. Ich runzle die Stirn. Hoffentlich weiß er, dass das Teil gesichert sein muss, damit er sich kein Loch in den Hosenboden bläst oder sonst was.

»Wohin gehen wir?«, frage ich. Ich denke, es wäre keine schlechte Idee, wenn wir das wüssten, bevor wir loslaufen, sonst verschwenden wir nur unnötig Energie.

»Fort von hier«, sagt Jay jedoch nur, »dann sehen wir weiter.« Und schon marschiert er weiter.

Ich folge ihm nur ungern, aber einen besseren Vorschlag habe ich auch nicht. Wir laufen ein paar Minuten schweigend nebeneinander her, dann wird der donnernde Verkehr leiser und die Straße ähnelt nicht mehr einem Schlachtfeld, sondern eher einem Erholungsgebiet. Schindelhäuser kommen in Sicht. Wir begegnen einer Frau, die ihr Kleinkind auf einem Roller schiebt. Als Jay an ihr vorbeiläuft, sieht sie zweimal hin und klimpert mit den Wimpern, meine blutige Wange, die Schlafanzughosen und die zerschrammten Beine scheint sie gar nicht wahrzunehmen. Vielleicht ist meine Sorge, aufzufallen, ja völlig unbegründet.

»Warum ist dein Vater nicht selbst gekommen und hat dich abgeholt?«, fragt Jay. »Warum hat er gesagt, dass er jemanden schickt?«

»Er ist in Nigeria.«

»Nigeria?« Er schüttelt den Kopf, als würde diese Neuigkeit ihm den letzten Rest geben. Verdammt, das macht meinen Tag auch nicht gerade besser, würde ich ihm am liebsten sagen.

»Er ist frühestens morgen früh zurück.«

Jay verdreht leicht die Augen und seine Kiefermuskeln treten verräterisch hervor. Beim Pokern wäre er echt mies. »Wir dürfen also vierundzwanzig Stunden lang in keine Schwierigkeiten geraten«, sagt er zu mir.

Ich schaue kurz in seine Richtung. Nachdem ich ihn auf der Polizei getroffen habe, weil er anscheinend ein Auto gestohlen hat, vermute ich mal, dass es nicht gerade zu seinen Stärken zählt, Ärger aus dem Weg zu gehen.

Wir hängen beide unseren Gedanken nach. Ich bin das Gegenteil von Jay. Ich habe in meinem Leben bisher nur zwei Mal in Schwierigkeiten gesteckt. Ein Mal vor fünf Jahren, als Felix umgebracht wurde, und das zweite Mal, als ich von der Schule geflogen bin. Das ist jetzt etwas mehr als einen Monat her. In beiden Fällen habe ich mich nicht an die Regeln gehalten. Nach Felix' Tod dachte ich, ich hätte das endlich kapiert. Ich habe fast fanatisch darauf geachtet, keine Grenzen zu überschreiten, nicht mal mit dem kleinen Zeh, und allen Autoritätspersonen zu gehorchen, auch wenn ich manches insgeheim infrage stellte. Der Rauswurf war mein Fehler, da habe ich kurz nicht aufgepasst. Aber bis dahin habe ich mich fünf Jahre lang aus sämtlichen Schwierigkeiten rausgehalten. Ohne jeden Fehler und mit lauter Einsen.

Ich werde langsamer und versuche, das Puzzle zusammenzusetzen. Passiert das gerade alles, weil ich irgendeine Regel gebrochen oder irgendwas falsch gemacht habe? Oder werde ich verwechselt? Vielleicht ist das ja die Erklärung! Womöglich jagen sie der falschen Person hinterher.

Ich bleibe mitten auf dem Gehweg stehen. »Wie haben die mich gefunden?«

Jay dreht sich zu mir. »Was?«

»Woher wussten die, dass ich dort sein würde? An der verabredeten Stelle?«

Er denkt nur kurz nach, und ich frage mich, ob er sich diese Frage selbst schon gestellt hat. »Wahrscheinlich hören sie das Telefon deines Vaters ab«, sagt er. »Oder sie haben Zugriff auf die Telefone seines Teams. Könnte doch sein, oder?«

Ich beiße mich in die Wange, bis ich Blut schmecke. Er hat recht. Hier geht es nicht um verwechselte Identitäten. Nicht, wenn sie Anrufe abhören. Sie wollen *mich*. Und wenn ich den letzten Punkt in dem Rätsel finden kann, finde ich womöglich auch heraus, warum.

»Also keine Telefonanrufe mehr«, sagt Jay. »Keine Gespräche mehr mit deinem Vater. Überhaupt keine Gespräche mehr. Abgemacht?«

»Abgemacht«, sage ich und dann gehen wir beide weiter. Es gibt sowieso niemanden, den ich anrufen könnte. Gut, da wäre noch meine Mutter, aber was würde das bringen? Was sollte sie vom anderen Ende der Welt aus schon unternehmen? Sie macht sich bestimmt Sorgen, aber vielleicht weiß sie noch nicht einmal, was passiert ist. Ich hoffe fast, dass das der Fall ist. Sonst tobt sie nur wieder wie wahnsinnig herum und schiebt meinem Vater die ganze Schuld in die Schuhe.

Wen ich wirklich gern anrufen würde, wäre Felix, aber dazu bräuchte ich eine Telefonleitung ins Jenseits. Obwohl ich seine Stimme noch immer ganz klar in meinem Kopf höre. Ich dachte, ich hätte sie verloren und sie wäre verblasst, genau wie die Erinnerung an sein Gesicht, aber als ich ihn heute im Polizeirevier in meiner Panik gebraucht habe, stand er in meinen Gedanken klar und deutlich vor mir und rief mir Anweisungen zu. Ich vermisse ihn. Sogar jetzt zieht sich mein Magen zusammen, wenn ich nur an ihn denke. Wenn er in diesem Moment hier wäre, was würde er mir raten? Ich horche in mich hinein, um herauszufinden, ob er immer noch da ist. Ich versuche es sogar mit einem stummen, vorsichtigen *Hallo?*. Aber dann schüttele ich die Vorstellung ab, dass ich meinen ganz persönlichen Obi-Wan habe, der mir nach seinem Tod noch Ratschläge erteilt. Felix hätte darüber bestimmt sehr gelacht.

Wir kommen zu einer Straßenkreuzung; dort wimmelt es nur so von Autos und Menschen. Ich werde langsamer. Dass ich mich in die Nähe von anderen Leuten begebe, macht mich nervös.

»Wir haben folgende Möglichkeiten«, sagt Jay, als er bemerkt, dass ich langsamer werde. Er bleibt stehen. »Wir könnten in ein Motel. Aber wir haben kein Geld.«

»Wie kann das dann eine Option sein?«, frage ich.

Er sieht mich ärgerlich an. »Ich bin noch nicht fertig. Wir könnten nach Queens.«

Ich schaue genauso ärgerlich zurück. »Queens?«

»Zu mir nach Hause. Aber wenn wir dorthin gehen, müssen wir durch den Stadtteil, aus dem wir vorhin gekommen sind.« Er deutet mit seinem Kopf auf die Straße, die vor uns liegt.

Ich schüttle den Kopf und verschränke die Arme. »Auf keinen Fall.«

Er zuckt mit der Schulter. »Wir müssen ja nicht zu Fuß gehen.«

Ich kneife argwöhnisch die Augen zusammen. Was genau meint er? Und dann kapiere ich es. »NEIN! Bloß nicht!«, schreie ich. »Ich dachte, du wolltest nichts unternehmen, was Aufmerksamkeit auf uns zieht. Aber wenn wir ein Auto klauen, fallen wir garantiert auf.«

Er hält beide Hände in die Höhe. »Mann, entspann dich mal. Ich will doch kein Auto stehlen.«

»Was hast du vor?«, will ich wissen.

Er kann seine Verärgerung kaum verbergen. »Einen Freund anrufen. Ich habe nicht vor, Autodiebstähle zur Gewohnheit werden zu lassen. Nur zur Information, das war eine einmalige Sache.«

»Klar«, sage ich und bohre meinen Schuh in die Risse auf dem Gehweg.

»Hoffentlich«, sagt er, schüttelt den Kopf und geht weiter.

Ich werde sofort wieder panisch, dabei hatte ich gedacht, dass ich das inzwischen unter Kontrolle habe, aber nichts da, die Panik hat mich fest in ihren Krallen. »Ich glaube nicht, dass es eine gute Idee ist, einen Freund anzurufen«, stottere ich. »Keine Telefongespräche. Hast du selbst gesagt. Lass uns nicht noch jemanden da mit reinziehen.«

Jay dreht sich zu mir und sieht mir zögernd in die Augen. Ich entspanne mich ein wenig.

»Wir könnten über die Brücke rüber und durch die Stadt gehen.« Doch als sein Blick auf meine Beine fällt, zuckt er zusammen. »In den Klamotten werden wir allerdings auffallen ... was in dieser Stadt schon was heißen will.«

Er hat natürlich recht, auch wenn es mich ärgert. »Es war mitten in der Nacht. Ich wurde von einem Heer an Polizisten aus dem Haus geschleppt. Wenn ich gewusst hätte, was mich heute erwartet, hätte ich mich entsprechend angezogen.« *Ich hätte eine kugelsichere Weste genommen.*

Er unterdrückt ein Lächeln. »Wir sollten uns irgendwo drinnen verstecken«, sagt er. »Wir müssen schlafen. Und essen. Und du brauchst andere Klamotten.« Er reibt sich über die Augen.

»Du musst das nicht machen«, sage ich. Wahrscheinlich überlegt er sich gerade, ob es wirklich eine gute Idee war, bei mir zu bleiben.

Er funkelt mich an. »Ich weiß«, knurrt er fast. »Du musst mich nicht ständig daran erinnern. Sagen wir einfach, ich begleiche eine Schuld. Und das betrifft nicht nur dich. Sondern auch mein Karma.«

Er glaubt an ein Karma? Diesmal bin ich diejenige, die eine Augenbraue hochzieht. Nach allem, was ich heute erlebt habe, glaube ich weder an Gott noch an Schicksal. Nicht, dass ich das davor getan hätte. Nachdem Felix das zugestoßen ist – ich war damals zwölf –, habe ich aufgehört, an Gott oder eine Gerechtigkeit zu glauben. Stattdessen bin ich überzeugt davon, dass der Mensch böse ist und das Leben im Grunde unfair. Was hat das Karma den Goldmans gebracht oder den Cops, die auf dem Polizeirevier gestorben sind?

»Ich bleibe bei dir, bist du zu deinem Vater kannst. Bis ich weiß, dass bei dir alles in Ordnung ist. Danach bin ich weg.«

Ich nicke Richtung Boden. Ich würde mich gern bedanken, aber ich kann nur schwer einschätzen, wie er darauf reagiert.

»Wir müssen etwas finden, wo wir uns verkriechen können.«

»Vielleicht die Wohnung meines Vaters?«, sage ich. »Dort könnten wir ein paar Kleider und Geld zusammensuchen. Ich könnte ihm eine Nachricht hinterlassen.« Ich rede schnell weiter, um ihm klarzumachen, was ich meine. »Im Safe liegt Bargeld. Für Notfälle …«

»Die Wohnung deines Vaters?«, unterbricht mich Jay. Er hebt seine rechte Augenbraue – die mit der Narbe.

»Ja«, sage ich aufgeregt. Warum ist mir das nicht schon früher eingefallen? Das liegt doch auf der Hand. »Sie ist in Manhattan«, sage ich. »Und bis zur Brücke ist es nicht mehr weit. Also können wir laufen. Das sind nur ein paar Kilometer.« Ich schaue mich um. Wenn ich ehrlich bin, habe ich keine Ahnung, wie weit es ist, ich weiß ja nicht mal, wo wir sind. Aber allein die Aussicht auf einen Plan gibt mir einen solchen Energieschub, dass es mir egal ist, ob es noch zehn Kilometer sind oder zwanzig. »Komm schon, gehen wir«, sage ich und laufe zügig zurück zum Fluss. »Wir müssen zur Brücke.«

»Liva.«

Ich schaue über meine Schulter. Jay hat sich keinen Zentimeter aus dem Schatten des Baumes bewegt. Seine ohnehin schon müden Augen wirken leer.

»Ja?«, sage ich. Warum rührt er sich nicht? Wir müssen uns verstecken.

»Sie haben dich in dem Haus aufgespürt. Sie haben dich im Polizeirevier aufgespürt. Sie haben dich sogar an eurem Treffpunkt aufgespürt. Meinst du nicht, dass sie auch dort nach dir suchen werden? In der Wohnung deines Vaters?«

Ich falle in mich zusammen, als hätte jemand die Luft aus einem Reifen gelassen. Verdammt noch mal. Ich sinke auf den Randstein nieder. Er hat recht. Warum muss er nur recht haben? Ich lege meinen Kopf auf die Arme. Er ist plötzlich schwer wie ein Zentner Kartoffeln. Ich bin so müde. Ich brauche etwas zu trinken. Ich will duschen. Ich will, dass das alles aufhört und wieder so wird, wie es war. Warum passiert das alles? Es ist Montagmorgen. Ich sollte jetzt auf den Weg zu meiner Tanzklasse sein und das erste Mal allein mit der U-Bahn fahren. Ich sollte nicht mit einem Bandenmitglied, das Autos klaut, auf der Straße sitzen und mir überlegen müssen, wie ich die nächsten vierundzwanzig Stunden überlebe.

»Vielleicht sollte ich einfach zur Polizei gehen«, nuschle ich in Richtung meiner Füße.

»Weil sich ja gezeigt hat, dass es auf einer Polizeistation sicher ist und die Polizei es auch nicht auf dich abgesehen hat. Nicht mal das kleinste bisschen.«

»Aber wohin sonst?«, brülle ich, was uns beide überrascht. »Wohin soll ich gehen? Und wem kann ich vertrauen?«

Darauf antwortet Jay nicht. Und nachdem ich ihn so lang angestarrt habe, wie ich nur kann, lasse ich meinen Kopf auf die Knie sinken und schließe die Augen.

»Okay«, sagt Jay schließlich. »Wir gehen zur Wohnung deines Vaters. Uns bleibt keine andere Wahl.«

Mein Kopf schießt nach oben.

»Aber wir müssen dort erst alles checken«, sagt er und betrachtet mich wachsam. »Wir gehen da nicht einfach rein. Wir schleichen uns rein. Wir machen es so, wie du gesagt hast, schnappen uns ein paar Kleider und Geld, hinterlassen deinem Vater eine Nachricht und hauen dann gleich wieder ab.«

Ich ignoriere die Tatsache, dass er das Wort *checken* so beiläufig gebraucht wie ich das Wort *okay* – als würde er öfter mal ein Objekt checken.

»Die Wohnung ist in der Upper East Side. Da kann man sich nicht einfach reinschleichen«, erkläre ich ihm und laufe wieder in Richtung Fluss.

»Das werden wir dann sehen«, sagt Jay und beschleunigt seine Schritte, um mich einzuholen.

12

Es geht nicht darum, dass ich eine Zeugin bin. Dieser letzte Punkt ist mir vor Kurzem klar geworden, aber ich habe ihn beiseitegeschoben, denn ich wollte das Bild, das langsam immer deutlichere Konturen annahm, nicht wahrhaben. Als Jay mich gefragt hat, warum sie mich nicht erschossen haben, habe ich behauptet, dass ich das nicht wüsste. Aber ich weiß es. Zumindest habe ich eine vage Vorstellung davon. Ich wollte es mir nur nicht eingestehen, und ihm schon gar nicht. Doch als wir die Stufen zur Brücke hinaufsteigen, ist das Bild so deutlich wie die Skyline von New York, die sich direkt vor uns abzeichnet.

Ich war zwölf. Wir lebten damals in Nigeria. Die Firma meines Vaters machte eine Menge Geschäfte mit den Ölfirmen in dieser Region. Wir wohnten auf einem eingezäunten Gelände, so wie jeder Ausländer, der nicht lebensmüde war oder entführt werden wollte, und ich ging auf eine internationale Schule, wo es mehr Sicherheitsleute gab als im Verteidigungsministerium. Wir hatten Dienstmädchen und einen Fahrer und ich hatte meinen ganz persönlichen Leibwächter – Felix. Hört sich übertrieben an? Nicht für meinen Vater, denn seine Firma ist ein privates Sicherheitsunternehmen. Felix war einer seiner Männer.

Und als Zwölfjährige kannte ich es nicht anders. Vor Nigeria waren wir in Pakistan – auch nicht direkt Disneyland. Ich habe meine ganze Kindheit hinter elektrischen Toren verbracht und zwischen Erwachsenen, die bis auf die Zähne bewaffnet waren und sich in einer Militärsprache über Sachen wie Kollateralschäden, weiche Ziele oder Kennungen unterhielten.

Mein Vater ist paranoid. Er behauptet, dass er das sein muss. Seine Paranoia hält seine Kunden am Leben und bei guter Gesundheit – und er zählt viele der reichsten Menschen der Welt zu seinen Kunden. Seine Firma bietet Ölbaronen, Adelsfamilien, Regierungsmitgliedern und Finanzleuten in Entwicklungsländern – also die Art von Menschen, die oft ins Visier von kriminellen Banden geraten – Überwachung und Personenschutz. In Ländern wie dem Irak oder Afghanistan stellt er auch private Dienstleister zur Verfügung. Das ist eine harmlosere Umschreibung für Söldner, also Leute, die dafür bezahlt werden, *Call of Duty* in echt zu spielen. Sie arbeiten für denjenigen, der sie am besten bezahlt, und nicht für König, Heimat oder etwa Vaterland.

Um Spezialaufträge kümmert sich mein Vater meistens selbst, dabei handelt es sich um Geiselnahmen oder Entführungen und das besonders in Ländern, wo die Korruption so verbreitet ist, dass man der Polizei vor Ort nicht trauen kann. In solchen Fällen steckt ziemlich oft die Polizei selbst dahinter. Vielleicht fällt es mir deshalb so schwer, ihnen jetzt zu vertrauen.

Felix war seit meinem siebten Lebensjahr an meiner Seite. Eine Konstante in meinem Leben, mit einer Glock 19 unter der Jacke und meiner Schultasche über dem Arm. Jeden Morgen hat er mich zur Schule begleitet und am Ende des Tages wieder abgeholt. Er hat mich zu den Ballettstunden gebracht und dort gewartet und mir dabei zugeschaut, wenn ich meine Pliés geübt oder versucht habe, Pirouetten zu drehen. Wenn sich meine Haare dabei auflösten, wusste er sogar, wie man einen Haarknoten bindet. Und mit seinen rauen, vernarbten Händen, mit denen er sonst eher Pistolen auseinanderschraubte und wieder zusammensetzte, steckte er mir behutsam Haarnadeln in die Frisur. Er begleitete mich, wenn ich mich zum Spielen verabredet hatte, und meistens war er selbst mein Spielpartner. Er hat mir Schwimmen beigebracht. Er hat mir Darts beigebracht. Er hat mir beigebracht, wie man Poker spielt (aber nur wenn mein Vater nicht da war). Er hat mir schlechte Witze beigebracht und die wichtigsten Tricks bei der Selbstverteidigung: mit den Daumen in die Augen stechen und auf die Eier zielen. Er hat mir beigebracht, Körpersprache zu entschlüsseln und die kleinen Anzeichen zu erkennen, wenn jemand lügt – die höhere Stimmlage, kein Zögern beim Beantworten von Fragen, solche Dinge eben. Er hat mir beigebracht, wie man Bacon-Karamell-Popcorn macht, und auch, dass ich mich im Dunkeln nicht fürchten muss.

Er ist am helllichten Tag auf offener Straße gestorben und vor meinen Augen verblutet.

Er ist wegen mir gestorben.

Damals wollten sie mich genauso wenig töten wie der Polizist heute. Die drei Männer, die uns auf dem Nachhauseweg von der Schule mit einem verrosteten Transporter den Weg abschnitten, aus dem Wagen sprangen, uns anschrien und mit ihren Gewehren vor unserer Nase herumfuchtelten, wollten mich entführen. Das zumindest hat mir mein Vater erzählt, aber erst Wochen nach Felix' Beerdigung, als ich langsam aus dem Schockzustand herauskam, mich aber immer noch weigerte zu sprechen.

Sie dachten, ich wäre ein Diplomatenkind. Jedenfalls ein Kind, dessen Eltern reich genug waren, um es in einem Mercedes mit getönten Scheiben auf die internationale Schule von Lagos zu schicken. Die Entführer konnten uns nicht mehr sagen, was sie sich dabei gedacht oder warum sie sich ausgerechnet mich ausgesucht hatten, denn sie haben alle mit ihrem Leben bezahlt. Felix hat zwei von ihnen in der folgenden Schießerei getötet, und der dritte – tja, der starb kurz danach auch. Mein Vater hat behauptet, die Polizei hätte ihn geschnappt und dann erschossen, als er flüchten wollte, aber ich habe meine eigene Theorie. Ich glaube nicht, dass die Polizei ihn überhaupt erwischt hat. Es hätte meinem Vater nicht besonders ähnlichgesehen, dass er sich ausgerechnet bei dieser Sache auf die Polizei verlässt. Wahrscheinlich hat er jemanden aus seinem Team auf ihn angesetzt. Lose Enden gibt es bei ihm nicht.

Ich schätze, die Entführer hätten sich im Vorfeld besser informieren sollen, wen sie sich als Ziel aussuchen.

Das alles geht mir im Kopf herum, während ich neben Jay herlaufe. Ich denke an Felix und an die Parallelen zwischen damals und heute. Sie haben nicht mich erschossen, sondern Felix und meinen Fahrer. Für das Lösegeld brauchten sie mich lebendig. Aber wenn sie mich auch heute entführen wollen, wer ist dann Agentin Kassel und was hat sie mit dem Ganzen zu tun?

Jay schaut zu mir herüber. »Was ist los?«, fragt er. »Du siehst aus, als wäre dir gerade ein Gespenst über den Weg gelaufen.«

»Nichts«, sage ich. »Ich bin einfach müde.«

Er murmelt etwas vor sich hin.

»Was war das?«, frage ich. »Spanisch?«

»Ja«, antwortet er.

Wir haben die Brücke halb überquert. Von hier oben hat man eine unglaubliche Aussicht. Ganz Manhattan schimmert einem stolz entgegen. Wenn man von irgendeiner Stadt behaupten kann, dass sie etwas Besonderes hat, dann sicher von Manhattan. Als Landzunge ragt sie ins Meer und die Gebäude in den Himmel. Selbst der Freedom Tower, der fast an der Stelle steht, wo einmal die Twin Towers waren, erhebt sich stolz und trotzig. Die kultige Brooklyn Bridge spannt sich etwas weiter entfernt über den Fluss, und ein Schwarm Menschen wuselt darüber wie Heuschrecken, die jeden Moment über die Stadt herfallen und alles kahl fressen. Ich bin froh, dass wir uns für die Manhattan Bridge entschieden haben. Hier gibt es fast keine Fußgänger, dafür rumpeln regelmäßig Züge über unsere Köpfe hinweg, und nach den Werbeplakaten mit den Sportklamotten zu urteilen, ist sie bei Joggern sehr beliebt.

Wir sind jetzt schon seit einer Stunde unterwegs, und ich habe es aufgegeben, mir den Schweiß von der Stirn zu wischen. Die Haare kleben mir im Nacken, und meine Lippen sind trocken und aufgesprungen. Meine Knie brennen und stechen bei jedem Schritt, und meine Schulter ist so empfindlich, dass sie bei der kleinsten Erschütterung wehtut.

»Wo kommst du eigentlich her?«, frage ich und blinzele den Schweiß weg.

»Aus New York«, antwortet Jay sarkastisch.

»Nein, ich meine deine Wurzeln«, hake ich nach. »Wo kommt deine Familie ursprünglich her?«

»Ich bin halber Kubaner. Zumindest die besser aussehende Hälfte.«

»Und die bescheidene Hälfte?«, frage ich.

Er lacht in sich hinein. »Mein Vater war irisch-amerikanisch. Aber er hat uns sitzen lassen, als ich drei Jahre alt war. Ich hoffe, dass ich den Scheiß nicht von ihm geerbt habe.«

Nur zu verständlich, denke ich mir, und betrachte ihn auf einmal mit ganz anderen Augen. Halber Kubaner, ja, das macht Sinn. Die Augen, die leicht gebräunte Haut, die Art, wie er sich bewegt, irgendwo zwischen sexy und *Leg dich nicht mit mir an.* Verdammt – habe ich jetzt wirklich gerade *sexy* gedacht? Halb verdurstet, wie ich bin, stehe ich eindeutig neben mir, vom Schock und den Endorphinen ganz zu schweigen. Er ist ein Autodieb und in irgendeiner Bande. Und ganz bestimmt nicht sexy. Ich sollte mich dringend zusammenreißen.

»Heiß, was?«

»Wie bitte?«, sage ich verwirrt und frage mich, ob mein weich gekochtes Hirn sich gerade verhört hat.

»Du siehst heiß aus.« Und als mir der Unterkiefer runterklappt, verdreht er die Augen. »Ich meinte, du schwitzt. Warum ziehst du nicht lieber den Pulli aus? Der ist nicht ganz unauffällig, kleine Miss NYPD.«

Was ich darunter trage, ist wahrscheinlich noch auffälliger, denke ich, schüttle aber nur den Kopf und beschleunige meine Schritte, auch wenn ich dadurch noch mehr schwitze.

»Ganz, wie du willst«, höre ich Jay sagen, ein paar Sekunden später hat er mich eingeholt. »Moment mal, bist du darunter etwa nackt?«

»Nein!«, sage ich empört und funkle ihn an. Himmel noch

mal, immer diese Fragerei. »Aber was geht dich das überhaupt an?«

»Nichts. Ich wollte dir nur mein T-Shirt anbieten, falls du deinen, na, du weißt schon, deinen Anstand wahren willst.«

»Echt?«, frage ich und bin mir nicht sicher, ob er das ernst meint.

»Nein. War ein Scherz«, sagt er grinsend, während er auf sein T-Shirt schaut. »Es ist irgendwie schmutzig.«

Oh Mann, denke ich, atme laut aus und puste mir die Haare aus dem Gesicht. Mir ist so heiß. Wenn ich noch lange diesen verdammten Pulli anlasse, bekomme ich entweder einen Hitzschlag oder ich trockne aus. »Wehe, du glotzt«, warne ich ihn. »Wenn du glotzt, ziehe ich ihn sofort wieder an.«

»Hey«, sagt er und hebt seine Hände wieder in diesem Ich-ergebe-mich-Stil. »Deine Entscheidung. Ich meine ja bloß. Du siehst heiß aus …« Und dann presst er seine Lippen zusammen, damit er nicht loslacht. »Verschwitzt, wollte ich sagen.«

Ich bringe ein paar Schritte Abstand zwischen uns und reiße mir den Pulli vom Leib. Die kühle Luft ist eine Wohltat auf meiner schweißbedeckten Haut. Ich schiele nach unten. Wenigstens ist das Hemd nicht weiß, sondern rosafarben. Dort, wo der Stoff an meiner Haut klebt, zupfe ich ihn weg und höre Jay plötzlich pfeifen.

Als ich meinen Kopf herumreiße, schaut er natürlich in die entgegengesetzte Richtung. Aber ich weiß, dass er grinst. Ich knülle den Pulli zusammen und drücke ihn gegen meine Brust, ich bin bestimmt knallrot geworden. Am liebsten würde ich ihm das Teil an den Kopf werfen.

»Du machst gerade eine Menge Jogger sehr, sehr glücklich«,

sagt Jay. Er hat sich an mich herangeschlichen, tritt in meinen Schatten, und als sein Atem über meinen Rücken streift, schaudere ich. Aber vielleicht liegt das ja auch nur am Wind, der vom East River zu uns weht. Oder noch immer am Schock. Darauf reagiere ich garantiert nicht, denke ich und beiße die Zähne zusammen, schließlich will ich ihm nicht zeigen, dass er mich provoziert hat. Also laufe ich einfach weiter, aber irgendwann hat er mich eingeholt.

»Wie weit ist es denn noch?«, fragt er. Seine Aufmerksamkeit gilt jetzt ganz dieser großen Stadt, die sich vor uns ausbreitet wie eine Bühnenkulisse.

»Ich weiß nicht«, gebe ich zu und schaue auf die unzähligen Hochhäuser, die in den unbeschreiblich blauen Bilderbuchhimmel ragen.

»Wie kannst du das nicht wissen? Es ist eure Wohnung, oder?«

»Nein. Es ist die Wohnung meines Vaters. Ich bin vor Kurzem erst hierhergezogen.«

Jay weicht einem Jogger aus. »Wo hast du davor gewohnt?«, fragt er.

»Im Oman.«

Er sieht mich ungläubig an. »Im Nahen Osten?«

Ich schaue zu ihm und versuche, mir meine Überraschung nicht anmerken zu lassen. Wenn ich das sonst erzähle, fragen mich die Leute normalerweise Sachen wie: *Ist das ein Bundesstaat im Mittleren Westen?* oder *Hat sich dort nicht Osama bin Laden versteckt?*

»Ja«, sage ich.

»Jetzt wärst du wahrscheinlich lieber dortgeblieben.«

Ich presse die Lippen aufeinander und denke an meine letzten paar Tage dort. Die waren auch nicht besonders lustig. Meine Mutter hat ständig rumgeschimpft, weil ich von der Schule geflogen bin, mein Vater hat auf sie eingeredet, dass ich mit ihm in die Staaten darf, und meine Freunde haben mich behandelt, als wäre ich hoch ansteckend oder komplett durchgeknallt.

»Du bist aber Amerikanerin, oder?«, fragt Jay.

»Zur Hälfte«, erkläre ich, »genau wie du.«

»Die heiße oder die bescheidene Hälfte?«, fragt er augenzwinkernd und wartet auf eine Reaktion oder ein Lächeln, aber ich bin vollkommen ausgelaugt. Ich habe kein Lächeln zu verschenken.

»Mein Vater ist Amerikaner«, sage ich müde. »Meine Mutter ist halb Engländerin und halb Russin.«

Jetzt ist er es, der mich mit neuen Augen betrachtet, aber ich starre nur geradeaus und konzentriere mich auf die Häuserdächer, die immer näher kommen. Ich wünschte, ich könnte wie Spider-Man einen großen Satz von dieser Brücke machen und dann ganz oben am Empire State Building kleben.

Jays Blick brennt sich regelrecht in mich. Ich habe blasse englische Haut, die slawischen Gesichtszüge meiner Mutter – ziemlich volle Lippen, leicht schräg stehende blaugraue Augen – und die ultraglatten, braunen Haare meines Vaters, was eine seltsame Mischung ergibt. Es hat ganz schön gedauert, bis ich mich damit angefreundet habe, und manchmal bin ich mir nicht sicher, ob das auch wirklich so ist oder ob ich mich jemals daran gewöhnen werde. Ich hasse es, wenn Leute mich mustern. Ich straffe meine Schultern und hebe mein Kinn, als würde ich im

Ballettstudio vor einem Prüfer stehen. Und dann konzentriere ich mich darauf, dass ich ein wenig kleiner wirke und meine Hüften ein bisschen schmaler, und presse den Pulli noch stärker an meine Brust. Meine Haut prickelt vor Hitze.

Diesmal pfeift Jay nicht. Und er gibt auch keinen Kommentar dazu ab, wie ich aussehe, woher ich komme oder über meine Familie. »Das Verbrechen gestern Nacht, das war aber nicht in dieser Wohnung, oder?«, ist schließlich alles, was er sagt. »Wir gehen jetzt nicht an einen Ort, der mit Absperrband zugeklebt ist und vor Polizisten nur so wimmelt, richtig?«

»Richtig«, sage ich. »Ich sollte ein paar Tage bei Freunden meines Vaters in Brooklyn bleiben, weil er noch im Ausland ist.«

»Hat dein alter Herr Angst, dass du in seiner Abwesenheit wilde Party feierst?«

»Nein. Er will nur wissen, wo ich bin.« *Was fast aufs Gleiche hinausläuft*, füge ich in Gedanken hinzu.

Nach dem Entführungsversuch in Nigeria sind wir in den Oman gezogen, wo es sicherer ist, aber mein Vater hat unseren Personenschutz nicht gelockert. Im Gegenteil, er hat ihn verdoppelt. In der neuen Schule war ich das einzige Kind, das bei unserem Schullauf nicht nur von einem, sondern gleich von zwei Leibwächtern begleitet wurde. Was auch einer der Gründe war, warum meine Mutter ihn verlassen und was mit Sven angefangen hat, einem Arzt mit so viel Persönlichkeit wie ein Glas eingelegter Heringe. Mein Vater war geradezu besessen davon, jeden unserer Schritte zu kontrollieren, und das wurde ihr irgendwann zu viel.

Was den Personenschutz betraf, wurde mein Vater erst letztes Jahr etwas lockerer. Wahrscheinlich war ihm klar geworden, dass er durch diese Paranoia seine Frau verloren hat und dass er gerade dabei war, auch seine einzige Tochter zu verlieren. Ich meine, versucht euch mal abends zu verabreden, wenn ihr von zwei 1,80 großen israelischen Leibwächtern begleitet werdet, die gern mal ihre Waffen hervorblitzen lassen, wenn eure Begleitung euch zu nahe kommt.

Aber auch wenn die Leibwächter für mein Sozialleben nicht gerade Wunder bewirkt haben – während Jay und ich die Brücke hinunter und in die Straßen von Manhattan laufen, grüble ich doch darüber nach, ob mein Vater mit dem Personenschutz nicht vielleicht recht hatte.

13

Ich sage Jay die Adresse und er führt uns in die richtige Richtung. Zumindest glaube ich das, bis er eine Straße überquert und auf eine U-Bahn zuläuft.

»Moment mal«, wende ich ein und halte ihn am Arm fest. »Ich dachte, du sagtest, wir hätten nicht genug Geld für die U-Bahn.«

»Haben wir auch nicht, aber ich laufe garantiert keine hundert Straßen entlang.«

»So weit ist es doch gar nicht mehr.«

»Aber auch nicht sehr nah. Wenn ich gewusst hätte, dass dein Vater im Trump Tower wohnt, wäre ich erst gar nicht losgelaufen. Ich dachte, du weißt, wo wir hinmüssen, und dass die Wohnung zu Fuß erreichbar ist. Nur falls es dir entgangen sein sollte, Manhattan ist ziemlich groß.«

»Er wohnt nicht im Trump Tower.«

»Aber in der Nähe.«

»Wie sollen wir in die U-Bahn kommen? Wir haben kein Geld.«

»Vertraue mir«, sagt er leicht ungeduldig.

»Hör auf, das ständig von mir zu verlangen«, erwidere ich ebenso ungeduldig.

Wir funkeln uns gegenseitig an, doch dann verzieht sich sein Gesicht zu einem Grinsen. »In Ordnung, aber hör wenigstens auf, misstrauisch zu sein«, sagt er.

Ich kenne dich nicht mal, würde ich am liebsten schreien. Stattdessen lasse ich ihm den Vortritt und gehe die Treppe hinter ihm her, allerdings nur schleppend.

Dort unten ist es so heiß wie in einer Höllensauna. Jay ist stehen geblieben und bindet sich seine Schnürsenkel. Was er natürlich nicht wirklich macht, stattdessen *checkt* er die Schalterhalle nach Leuten in Uniform. Ich lehne mich neben ihm an die Wand, und eine Menge Leute schieben sich an uns vorbei. Mein Körper meldet sich und meutert. Ich habe genug davon, bei knapp vierzig Grad Hitze herumzulaufen, ich habe genug vom Rennen und von Adrenalinschüben, und ich will nicht wie ein Müllsack herumgeschleudert werden. Ich brauche ein Bad und Salbe, und meine Schulter lechzt förmlich nach Kühlpacks.

Jay sieht zu mir, kramt das Wechselgeld aus seiner Tasche und zählt nach. »Also, für *einen* Fahrschein reicht es«, sagt er.

Er marschiert zum Automaten und steckt unser Wechselgeld hinein. Ich versuche die Schmerzen und die Müdigkeit zu ignorieren und muss mich höllisch anstrengen, um den letzten Rest an Energie zu mobilisieren. Dann drücke ich mich von der Wand ab und geselle mich zu Jay. Er gibt mir den Fahrschein, den der Automat ausgespuckt hat. »Nach dir«, sagt er und zeigt zu den Drehkreuzen.

Ich sehe ihn aus zusammengekniffenen Augen an. Falls die Aktion gleich darin endet, dass wir irgendwohin rennen müssen und uns jemand jagt, habe ich meine Zweifel, ob ich das überhaupt noch schaffe.

»Geh einfach durch. Ich bleibe direkt hinter dir«, drängt er und legt seine Hände auf meine Schultern. Ich zittere. Das letzte Mal, als seine Hände dort lagen, war ein Mann mit einer Pistole hinter uns her und Jay wollte, dass ich schneller laufe.

Ich schiebe mich durch das Drehkreuz, und als ich auf der anderen Seite bin, drehe ich mich um. Jay steht eins weiter bei den Drehkreuzen, die nach draußen führen. Er schaut kurz in alle Richtungen, legt eine Hand auf das Drehkreuz und springt so geschmeidig wie ein Panther darüber. Als er an mir vorbeischlendert, nimmt er meine Hand und zieht mich pfeifend zwei Treppenabsätze zu unserem Bahnsteig hinunter. Niemand ruft uns hinterher, und es schrillen auch keine Trillerpfeifen oder sonstige Alarmglocken. Ich reiße meine Hand los, um meine Arme über der Brust zu verschränken, und atme erleichtert aus.

Wir warten am anderen Ende des Gleises neben einer Gruppe etwa vierzehnjähriger russischer Mädchen, die Klamotten anhaben, die direkt von einer *Victoria's Secret*-Model-Show kommen könnten, doch das scheint Jay zu entgehen. Er ist zu sehr damit beschäftigt, den Bahnsteig im Auge zu behalten. Sein Blick huscht mal hierhin und mal dorthin, und er hat sich so dicht zu mir gestellt, als wollte er mich mit seinem Körper abschirmen. Überrascht bemerke ich, dass ich mich tatsächlich ein wenig in seine Richtung lehne, gehe dann aber gleich wieder auf Abstand und trete unauffällig zu den Mädchen.

Ich verstehe ein paar Worte Russisch, richtig fließend spreche ich es allerdings nicht. Meine Mutter hat Russisch immer nur am Telefon mit meinem Großvater gesprochen. Als ich ungefähr neun war und er gestorben ist, hat sie aufgegeben, es mir beizubringen.

Jay sind die Mädchen vielleicht nicht aufgefallen, er ihnen aber schon, und sie unterhalten sich auf eine Art und Weise über ihn, die sein Ego garantiert in die Stratosphäre katapultieren würde. (Sie wüssten zum Beispiel gern, was sich unter seinem Shirt verbirgt und in seiner … Das ist ja ekelhaft! Gott, seit wann sind Vierzehnjährige so albern?)

»Komm mal her«, sagt Jay plötzlich.

Ich starre ihn an.

»Komm mal her«, sagt er wieder, streckt die Hand nach mir aus und zieht mich zu sich.

Eigentlich will ich das nicht, aber er ist stärker als ich. Er hat einen Arm um meine Taille gelegt und seine andere geht zu meinem Kopf, und für einen irrwitzigen, vollkommen surrealen Moment glaube ich, dass er mich küssen wird, und mein Herz schlägt dermaßen schnell, als wollte es ein Loch durch meine Rippen bohren. Doch dann zieht er mir nur den Haargummi aus dem Zopf und meine Haare fallen auf meine Schultern.

»Was soll das?«, frage ich verärgert. Sein Arm liegt immer noch um meine Taille, und ich merke, dass ich rot werde.

Er lässt nicht los, streichelt mir aber mit seiner anderen Hand sanft über die Haare und legt sie auf meine Wange. »So«, sagt er, während er mich betrachtet, »jetzt verdecken sie den Kratzer. Das macht dich unauffälliger.« Sein Blick bleibt an meinen Beinen hängen, die auch nach dem ganzen Spuckeschrubben nicht wirklich sauber geworden sind, und er verzieht das Gesicht. »Zumindest ein bisschen.«

Als die U-Bahn einfährt, drängen wir uns hinein. Es ist voll, zur Hauptverkehrszeit füllen die Pendler fast jeden Quadratzentimeter. Die russischen Mädchen quetschen sich hinter uns.

Jay greift nach der Haltestange, und ich muss mich dafür fast auf die Zehenspitzen stellen. Wenigstens läuft die Klimaanlage auf Hochtouren und kühlt den Raum auf Flüssigstickstoffniveau. Endlich verflüchtigt sich der Schweiß auf meiner Haut, allerdings bekomme ich jetzt eine Gänsehaut. Hier sind so viele Leute um uns, dass ich mich fast sicher fühle, beschützt und versteckt. Ich schaue zu Jay, der im Rhythmus der U-Bahn leicht hin und her schwankt. Die Schatten unter seinen Augen sehen in dem grellen Licht wie blaue Flecken aus, aber zum ersten Mal, seit das alles angefangen hat, keimt in mir so etwas wie Hoffnung auf, dass wir es bis morgen früh schaffen. Würde ich das auch denken, wenn ich allein wäre?

»Wenn ich gewusst hätte, dass heute in der U-Bahn Unterwäsche angesagt ist, hätte ich meine besten Calvins angezogen«, murmelt Jay mir auf einmal ins Ohr. »Zwischen dir und denen«, sagt er und schaut zu den kichernden Russinnen hinüber, die ihn mit voller Absicht immer wieder anrempeln, »kommt mir mein Aufzug leicht übertrieben vor.« Sein Blick fällt flüchtig auf meinen Brustansatz.

»Klar, jede Sekunde zwischen uns ist eine Tortur für dich. Augen geradeaus, Moreno.«

»Oh, jetzt bin ich also der Moreno, ja?«, sagt er mit einem Grinsen.

Ich schüttle den Kopf. »Wie kannst du nur grinsen?«, flüstere ich, als wir quietschend in einem Tunnel zum Stehen kommen und ich dummerweise gegen ihn gedrückt werde. »Bei allem, was da gerade abläuft.«

Während ich mein Gleichgewicht wiederfinde, zuckt er nur mit den Schultern, aber sein Lächeln ist verblasst, als hätte ich es wegradiert, und ich merke, wie mein Körper unmittelbar darauf reagiert. Es ist, als hätte jemand den Stecker gezogen, und meine Stimmung kippt. Mir war gar nicht bewusst, wie sehr Jays unerschütterlicher Optimismus mir geholfen hat, das alles durchzustehen, er hat mich einfach wie die Kraft der Gezeiten mitgezogen.

Als wir in Lexington ankommen, lasse ich Jay wieder den Vortritt, und er bahnt sich einen Weg durch die kichernden, leicht bekleideten russischen Mädchen, die ihre Haare über die Schultern werfen. Als wir aussteigen, wird mir vor Aufregung fast übel. Wir nehmen die U6 in Richtung 77. Straße. Zurück im Tageslicht bin ich so vorsichtig wie ein Präriehund, der aus seinem Bau linst. Es ist, als hätten wir eine komplett andere Stadt betreten, eine, die auf Hochglanz poliert wurde – sie wirkt wie eine aufgebaute *Gossip-Girl*-Kulisse, in der jeden Moment jemand *Action!* ruft.

Die Gehwege sind breiter und sauberer, und der Verkehr läuft flüssiger. Es riecht sogar besser. Wenn man einatmet, hat man nicht sofort den Geruch nach verbrannten Brezeln, Abgasen oder Hot-Dog-Fett in der Nase. Beim Anblick der Markisen, die über den Gehweg ragen, und der livrierten Portiers an den Eingangstüren pfeift Jay durch die Zähne. Eine Dame, die mit ihren Stöckelschuhen schnell die Straße entlangklackert und mit einer übertrieben großen Sonnenbrille auf der Nase ihren übertrieben kleinen Dackel ausführt, weicht Jay weiträumig aus und drückt ihre Designerhandtasche enger an sich. Jay grinst sie zwar an, was das tiefe Grübchen in seiner rechten Wange zum Vorschein bringt, aber in seinen Augen blitzt Verärgerung. Eigentlich verwunderlich, dass die Frau ihren Dackel nicht auf ihn hetzt.

Der kleine Muskel, der an Jays rechtem Auge zuckt, und die Haltung seiner Schultern verraten mir, dass er genauso angespannt ist wie ich – was aber nicht an den Blicken liegt, die man ihm hier zuwirft. Was, wenn er recht hat und sie schon auf uns warten?

»So, jetzt sind wir da«, sage ich, als wir die Ecke zur 80. Straße erreicht haben und vor einem Feinkostgeschäft stehen bleiben, wo wir die Wassermelonenauswahl bewundern.

»Gibt es noch jemanden in der Wohnung?«, fragt Jay.

»Wie zum Beispiel wer?«

»Keine Ahnung. Deine Mutter? Eine Haushälterin? Ein Butler?«

»Meine Mutter und mein Vater sind geschieden. Sie lebt noch immer im Oman.« *Mit Sven, ihrem eingelegten Herings-Gynäkologen.* »Und nein, es gibt keine Angestellten. Die Putzfrau kommt immer dienstags und donnerstags.«

Jay brummt irgendetwas vor sich hin und schüttelt den Kopf, wahrscheinlich aus Empörung. Was er wohl sagen würde, wenn er wüsste, wie viele Angestellte wir im Oman haben? Allein für meinen Halbbruder Oscar hat meine Mutter zwei Kindermädchen engagiert, und dann gibt es noch einen Koch, einen Fahrer, eine Haushälterin und einen Gärtner.

»Wie genau wollen wir das hier jetzt checken?«, frage ich schnell.

»Also, du hältst dich im Hintergrund und ich sehe mich um und schaue nach, ob irgendjemand Seltsames da herumhängt.«

»Hört sich idiotensicher an«, sage ich trocken.

»Würdest du mir bitte einfach vertrauen?«, schnauzt er mich wütend an.

Ich fixiere ihn. Vertrauen findet man so selten wie Einhörner, hat Felix immer gesagt. Wenn dich jemand bittet, ihm zu vertrauen, ist es meistens am besten, genau das nicht zu tun. Wie alle anderen Ratschläge von Felix habe ich mir auch diesen in mein Hirn tätowiert. Ich habe mich nur einmal nicht daran gehalten, und zwar mit meinem Ex-Freund Sebastian. Er sagte mir, dass ich ihm vertrauen soll und dass er genau weiß, was er tut. Als klar wurde, dass er das absolut nicht wusste, schwor ich mir, diesen Fehler garantiert kein zweites Mal mehr zu machen. Aber wenn ich Jay so betrachte, wie er mich mit bebenden Nasenflügeln finster anstarrt, fällt mir wieder ein, dass er ein Autodieb und Mitglied einer Gang ist. Etwas auszuspionieren oder zu *checken* gehört wahrscheinlich zu seinem Handwerk.

»Gib mir das«, sagt Jay plötzlich und zeigt auf meine Brust.

»Was?«

Und bevor ich etwas einwenden kann, schnappt er sich schon den Pulli und schüttelt ihn aus. Ich bin sauer und verschränke meine Arme.

»Was hast du …?« Aber dann halte ich den Mund, denn er zieht den Pulli über sein T-Shirt.

Er rollt die Ärmel nach unten, die ich aufgerollt habe, und grinst mich auf seine typische Weise an. »Wie sehe ich aus?«

»Wie jemand, der sich so richtig auffällig als Cop verkleidet.«

Jetzt grinst er noch breiter und zieht mit übertriebener Geste etwas aus der Gesäßtasche seiner Jeans. Ich befürchte schon, dass es die Pistole ist, stürze mich auf ihn und halte seinen Arm fest, damit niemand was mitbekommt. Wir sind unter Leuten! Schnappt er jetzt komplett über? Amüsiert schaut er auf meine Brust, mit der ich mich gegen ihn drücke. Dann nickt er zu seiner Hand hinunter, die an meinen Bauch gequetscht ist. Er hat gar nicht die Pistole herausgeholt, sondern eine Polizeimarke und einen Ausweis.

»Woher hast du …?« Diesen Satz beende ich auch nicht, sondern hole stattdessen zittrig Luft. Die hat er demselben Cop abgenommen wie die Pistole. Dem toten Polizisten, um genau zu sein. Ich schaue auf die Sachen, als wären sie kontaminiert. Der Junge ist ganz schön mutig. Was er sicher weiß. Im Moment sieht er so zufrieden aus, als hätte er eben ein *Grand Slam*-Turnier gewonnen. Wer weiß, vielleicht schaut er genauso aus der Wäsche, wenn er seine Unterhosen mal richtig herum angezogen hat.

Der Ausweis in seiner Hand erinnert mich schlagartig wieder an die Polizeistation. In den letzten Stunden ist es mir gelungen, die Erinnerung daran in irgendeine entlegene Windung meines Gehirns zu schieben, doch jetzt stürzen die Bilder der vergangenen Nacht so massiv auf mich ein wie bei einem erbittert geführten Frontalangriff – Leichen überall, Blutlachen, das Rattern der schweren Waffen. Ich schlucke ein paarmal hintereinander und versuche, die bizarren Bilder von durchlöcherten Körpern und zwei gletscherblauen Augen aus meinem Kopf zu verdrängen.

Nach dem Entführungsversuch in Nigeria habe ich nicht mehr gesprochen, und die Therapeuten, zu denen man mich geschleppt hat, brachten mir ein paar Techniken bei, damit ich mit meinen Panikattacken und Flashbacks zurechtkam. Ich habe gelernt, mich auf meine Atmung zu konzentrieren oder auf einen völlig unverfänglichen Gegenstand, den ich in Gedanken so lange beschreibe, bis meine Angstzustände nachlassen. Dabei ging ich ziemlich oft irgendwelche Schrittfolgen aus dem Ballett durch. Dieses Mal entscheide ich mich für die Antenne auf dem Empire State Building. Wenn ich den Kopf in den Nacken lege, kann ich sie gerade noch sehen. Ich stelle mir vor, wie ich dort hinaufklettere, und male mir den Wind aus, der an mir zerrt, und den schwindelerregenden Blick hinunter auf die Straße – Leute, die klein sind wie Ameisen, und der Lärm der Stadt, der nur ganz gedämpft zu mir hochdringt. Mein Herz schlägt schneller. Aber auf eine gute Art und Weise, die nichts mit Angst zu tun hat.

Als die Bilder der letzten Nacht verblassen, widme ich mich wieder Jay. »Was hast du mit deiner Polizeiverkleidung vor?«, frage ich.

»He, das sind echte Polizeisachen«, antwortet er, zupft an dem NYPD-Pulli und sieht mich beleidigt an. »Und um auf deine Frage zurückzukommen – ich werde damit in deinen vornehmen Wohnturm spazieren und dem Pförtner sagen, dass ich ein Cop bin, der gerade dienstfrei hat.«

Ich hebe meine Augenbrauen noch ein Stück höher. »Weil Cops, die gerade dienstfrei haben, auch ständig mit Pullis in der Stadt herumlatschen, die jedem verraten, dass sie Polizisten sind, egal ob es draußen brütend heiß ist oder nicht. Und dann siehst du auch noch so aus wie der jüngste Cop, den es in der Polizeigeschichte je gab.«

Er schnalzt mit der Zunge. »Hast du nie *21 Jump Street* gesehen?«

Ich schließe die Augen und hole tief Luft.

»Ich werde denen erzählen, dass ich einem Hinweis aus der Bevölkerung über irgendwelche verdächtigen Vorkommnisse nachgehe«, sagt er und schiebt den Ausweis zurück.

»Verdächtige Vorkommnisse?«

»Ja, vielleicht ein versuchter Einbruch. Gibt es einen Hintereingang?«

»Wie bitte?«

»Zu dem Gebäude?«

»Ja«, antworte ich. »Es gibt eine Feuerleiter, die auf einen kleinen Hof führt. Aber da ist immer abgeschlossen.« Ich will wieder Herr der Lage werden, und zwar schnell.

»Die mache ich dir auf«, erklärt er mir. »Du wartest dort auf mich. Und während ich ihn ablenke, schleichst du dich rein, verstanden?«

Das ist gar kein schlechter Plan. Zumindest wenn man bedenkt, dass es der einzige ist, den wir haben. »Okay«, sage ich, allerdings nur widerwillig.

»Welche Nummer hat euer Apartment?«, fragt er knapp. Jetzt wird es ernst.

»Fünfundzwanzig. Neunzehnter Stock.«

»Wir sehen uns dort oben. Warte bei der Feuerleiter auf mich.«

»Wie willst du da hochkommen?«, frage ich.

»Mir wird schon was einfallen. Keine Sorge.«

Keine Sorge. Und das zusammen mit *Vertraue mir.*

»Nein«, sage ich, weil ich nicht will, dass er alle Fäden in der Hand hält. »*Mir* wird etwas einfallen.«

14

Fünf Minuten, zehn Minuten. Ich wippe nervös mit dem Fuß und mir läuft eine Schweißperle den Rücken hinunter, wo sie vom Hosenbund meiner Shorts aufgesaugt wird. Wo steckt Jay? Warum hat er mir noch nicht aufgemacht? Ich kauere im Hof hinter den Müll- und Recyclingtonnen. Mir steigt der Gestank von vergammelten Lebensmitteln in die Nase, und mein Magen, der vor einer Viertelstunde noch vor Hunger geknurrt hat, zieht sich vor Übelkeit zusammen.

Jay hat unsere Wohnanlage zunächst noch einmal allein umrundet und nach verdächtigen Personen Ausschau gehalten – oder nach jemandem in Polizeiuniform. Wir gehen davon aus, dass derjenige, der hinter mir her ist, Jay kurz gesehen hat, als der plötzlich mit dem Auto neben mir aufgetaucht ist. Aber es war wahrscheinlich nicht lange genug, sodass er ihn sicher nicht wiedererkennen würde.

Nachdem Jay alles gecheckt hat und nichts Verdächtiges feststellen konnte, sind wir die Seitenstraße hinuntergegangen, und Jay hat mir übers Tor geholfen, das zum Hof führt. Danach hat er seinen NYPD-Pulli zurechtgezupft und ist ganz lässig, als käme er direkt aus *Miami Vice*, nach vorn geschlendert.

Was für eine dumme Idee. Ich starre auf die Hintertür und würde sie am liebsten durch meine Willenskraft öffnen.

Während ich zwischen den Recyclingtonnen hocke und warte, versuche ich noch einmal, mir einen Überblick zu verschaffen, was da gerade passiert. Will mich wieder jemand entführen? Ich presse meine Handballen gegen die Augen. Es muss doch möglich sein, in dem ganzen Durcheinander einen klaren Gedanken zu fassen!

Mein Gefühl sagt mir Nein. Die meisten Geiselnehmer würden nach einem gescheiterten Versuch nicht noch einmal zurückkommen. Das wäre nicht unerbittlich, sondern *Terminator*-gnadenlos.

Scheiße. *Denk nach. Denk ganz genau nach.* Warum sollte mich jemand entführen wollen? Mein Vater ist wohlhabend, aber er ist nicht Bill Gates, es kann also nicht um Geld gehen. Bleiben Liebe, Lust oder Leidenschaft – die wahren Motive für alle Verbrechen, zumindest sagt mein Vater das, ich glaube allerdings, dass er es von Hercule Poirot geklaut hat. Ich denke, Liebe und Lust kann man getrost ausklammern, bliebe nur noch Leidenschaft.

Das heißt, entweder jemand hasst mich oder … mein Gehirn rattert … er hasst meinen Vater. Wahrscheinlich sind da tatsächlich ein paar Leute, die die Hand heben und zugeben würden, dass sie mich hassen. Aber Oscar ist zum Beispiel erst drei und hasst jeden, der ihm etwas verbietet, und mein Ex-Freund Sebastian postet zwar üble Beleidigungen auf Facebook, aber ich bezweifle stark, dass er so weit gehen würde.

Allerdings gibt es eine Menge Leute, die meinen Vater hassen, unter anderem meine Mutter, aber die klammere ich jetzt mal aus. Könnte es etwas mit der neuen Stelle meines Vaters zu tun haben? Mit dieser Sondereinheit für Bandenkriminalität, die er leitet? Doch das erscheint mir nicht besonders plausibel. Wenn dadurch irgendein Risiko für meine Sicherheit entstünde, hätte mein Vater mich nie und nimmer allein gelassen, ich hätte nicht mal allein aufs Klo gehen dürfen, ganz zu schweigen von einer Woche ohne ihn in New York.

Für den Bruchteil einer Sekunde höre ich Felix, der mir von hinten etwas zuflüstert. Ich schnelle herum und erwarte fast, dass er ebenfalls neben den Mülltonnen kauert. Aber außer ein paar überquellenden Plastiktüten ist da natürlich nichts. Ich überlege, was Felix an meiner Stelle tun würde, aber es lässt sich nun mal nicht leugnen, dass ich kein Ex-SAS-Soldat bin, der sich mit Militärtaktiken auskennt und gelernt hat, wie man überlebt.

Arbeite mit dem, was dir zur Verfügung steht, hat Felix immer gesagt. Ich schaue auf meine gepunktete Schlafanzughose und meine verkratzten Hände und Beine. Keine Ahnung, wie ich seinen Ratschlag damit umsetzen soll. Aber dann geht mir auf, dass ich sehr wohl etwas habe. Ich habe meinen Verstand. Und alles, was mir mein Vater und Felix jemals beigebracht haben! Das macht mich vielleicht nicht zu Nikita, aber völlig hilflos bin ich nicht. Und ich bin nicht allein – ich habe Jay, und das ist bestimmt für irgendwas gut.

Mir wird zum ersten Mal, seit das alles angefangen hat, bewusst, dass bisher immer andere bestimmt haben, was als Nächstes geschieht, und dass ich nur darauf reagiert habe – von Schock und Panik gesteuert. Das muss sich ändern. Ich muss meine Angst wegschieben und schlau sein. Ich habe mir ständig einen Kopf gemacht, dass ich immer schön die Regeln befolge, aber hier gelten keine Regeln mehr. Plötzlich bekomme ich einen Kick, es fühlt sich fast so an, als ob ich am Rand eines Gebäudes stehen und der Wind an mir zerren würde: diese Leere, der tote Raum überall um mich herum und die Sterne, die durch meine Adern rauschen.

Ich lege den Kopf in den Nacken und betrachte das massige Gebäude. In der Wohnung meines Vaters gibt es noch mehr, mit dem ich arbeiten kann. Ich muss nur dort reinkommen.

Wo steckt bloß Jay? Was macht er da drinnen? Macht er etwa mit dem Pförtner ein Date aus?

Ich stehe auf. Ich werde mich jetzt zur Tür schleichen, vielleicht kann ich durch das kleine Oberlicht ja etwas erkennen. Doch in dem Moment wird die Tür aufgerissen und Jay taucht auf. Mir schlägt das Herz bis zum Hals, ich hocke mich schnell wieder hin und ducke mich hinter die Tonnen.

»Ja, Sir, Sie haben recht«, sagt Jay zu jemandem im Gebäude. »Dort draußen ist niemand. Trotzdem gut, dass ich mich selbst davon überzeugen konnte.«

Er wendet sich ab und schiebt schnell seinen Fuß in die Tür, damit sie nicht ins Schloss fällt. Bis ich beim Hintereingang bin, ist er längst wieder drin. Zwischen Tür und Türrahmen steckt ein gefaltetes Stück Papier. Ich stemme mich so leise wie möglich gegen die Tür, schön vorsichtig. Die Stimmen verschwinden in Richtung Lobby – Jay und der Pförtner unterhalten sich angeregt über irgendein Spiel, über eine Siegesserie der Yankees – und ich nutze die Gelegenheit, schlüpfe unbemerkt hinein und verdrücke mich ins Treppenhaus.

Ich renne den ersten Absatz hoch, und als ich den ersten Stock erreiche, schieße ich durch die Treppenhaustür in den Flur und direkt zu den Aufzügen. Ich warte dort eine gefühlte Stunde, und als der Aufzug endlich kommt und die Türen sich mit einem *Pling* öffnen, flitze ich hinein. Glücklicherweise ist er leer. Ich zerquetsche eine Coladose, die ich aus der Recyclingtonne gefischt habe, und verkeile sie im Fußbodenschlitz, damit die Türen nicht mehr schließen, dann drücke ich auf den Notrufknopf.

Aus dem Aufzug dringt ein Heulton, und die Türen schlagen wie verrückt immer wieder gegen die Dose. Ich sause sofort wieder ins Treppenhaus, und als der Pförtner keuchend nach oben läuft und den verdammten Alarm im Aufzug leise verflucht, bin ich schon im dritten Stock.

Zum Glück habe ich den Aufzug im ersten Stock lahmgelegt und nicht im vierzehnten, sonst hätte der Arme noch einen Herzinfarkt bekommen, bevor er überhaupt dort angekommen wäre, und dann müssten wir uns auch noch darum kümmern. So erreicht der Pförtner zwar schnaufend, aber gesund den Flur, und kurz darauf höre ich, wie mir jemand schnell und leise folgt. Ich lehne mich über das Geländer. Es ist Jay, der immer drei Stufen auf einmal nimmt. Im Nullkommanichts ist er bei mir und zischt an mir vorbei.

»Ich dachte, du wolltest im neunzehnten Stock auf mich warten«, sagt er.

Ich beiße die Zähne zusammen und folge ihm. Ich ziehe mich am Geländer hoch und ignoriere das Brennen in meinen Schenkeln und Muskeln, die jeden Moment schlappmachen. Im elften Stock überhole ich ihn, und als ich den neunzehnten erreiche, habe ich einen ganzen Treppenabsatz Vorsprung. Ich warte auf Jay, hole keuchend Luft und zupfe mein Oberteil von meiner schweißnassen Haut. Als Jay mich erreicht hat, steht er ein paar Sekunden völlig außer Atem da, zieht dann die Pistole aus seinem Hosenbund und kauert sich hinter die Tür. Ich lege meine Hand auf seine Schulter und nehme ihm mit der anderen vorsichtig die Pistole ab.

»Was ist?«, fragt Jay.

»Die ist noch gesichert«, sage ich und zeige ihm, wie man den Abzug entsperrt. Ich nehme das Magazin heraus, weil ich wissen will, wie viele Kugeln wir haben. Als ich aufschaue, starrt Jay mich mit offenem Mund an.

Dann drücke ich das Magazin zurück. »Meinem Vater gehört eine Sicherheitsfirma. Ich bin mit Waffen groß geworden.«

»Ach du heilige Scheiße, wenn ich gewusst hätte, dass ich mit Rambo auf der Flucht bin, hätte ich dir von Anfang an die Führung überlassen.«

Ich drücke mich an ihm vorbei. »Bleib hinter mir.«

»Mit dem größten Vergnügen«, sagt er, während er mir Platz macht.

Ich strecke die Hand nach dem Türgriff aus.

»Warte!« Er hält mich am Arm fest. »Der Pförtner hat zwar keinen unerwarteten Besucher erwähnt, aber sie könnten sich ja auch an ihm vorbeigeschlichen haben. Ich meine, der Typ ist nicht gerade aufmerksam. Wenn ich ihm mit flauschigen Handschellen vor der Nase herumgewedelt hätte, wäre er glatt schwach geworden. Was, wenn wir hier durchmarschieren und sie schon auf der anderen Seite oder in eurer Wohnung warten?«

Ich atme tief ein und drücke meine Schultern durch, während ich auf die Tür starre und versuche, mir den Polizistenmörder vorzustellen. »Ich bin eine gute Schützin«, sage ich mit leicht zitternder Stimme. *Was, wenn dort zwei sind?*, fragt mich die Stimme in meinem Kopf. Aber ich ignoriere es. Wir haben keine Zeit für Bedenken.

Jay blinzelt. »In Ordnung«, sagt er und lässt mein Handgelenk los. Dort, wo er mich gehalten hat, bleibt ein roter Abdruck zurück.

Ich bin tatsächlich eine gute Schützin – dafür hat mein Vater gesorgt. Seit meinem dreizehnten Lebensjahr gehe ich einmal die Woche zum Schießtraining. Allerdings wird dir jeder, der im Personenschutz oder beim Militär arbeitet, bestätigen, dass es zwei völlig verschiedene Dinge sind, ob man auf eine Pappfigur schießt oder auf einen echten Menschen. Angeblich sind die Leute oft wie erstarrt, wenn sie einem Zielobjekt aus Fleisch und Blut gegenüberstehen. Mir zittern die Hände, und ich umschließe den Ellbogen des Arms, mit dem ich die Waffe im Anschlag halte, damit er ruhig bleibt.

Jay wartet auf mein Okay und öffnet mir dann die Tür einen Spaltbreit. Ich stoße mit dem Lauf der Waffe leicht dagegen. Die Tür schwingt auf und wir atmen beide aus. Der Flur dahinter ist leer. Während wir uns der Wohnungstür nähern, werden unsere Schritte durch den dicken Teppich gedämpft. Es ist, als würde man über eine Schneewehe gehen, aber ich will mich nicht beschweren. Lautlos zu sein, ist durchaus von Vorteil. Langsam bewegen wir uns durch den Flur und lauschen auf jedes Geräusch, bis wir vor der Tür meines Vaters stehen. Sie ist geschlossen und daneben blinkt das Tastenfeld rot. An dem Schloss hat sich niemand zu schaffen gemacht. Ich senke die Pistole.

»Mann«, flüstert Jay mir ins Ohr. »Was haben eigentlich alle mit diesen Hightech-Schlössern? Was spricht gegen einen guten alten Schlüssel?«

Ich antworte nicht, weil ich mich gerade darauf konzentriere, den achtstelligen Code einzutippen. Die Tastatur piepst und fordert mich auf, meinen Daumen auf das Display zu drücken.

»Heilige Scheiße«, murmelt Jay, als das Teil grün aufleuchtet und die Tür klickt. »Kommt jetzt der Zeitpunkt, wo du mir verrätst, dass dein Dad eigentlich Jason Bourne heißt?«

Wir betreten die Wohnung, die gespenstisch still ist. Als würde sie den Atem anhalten, um uns jeden Moment hinterrücks zu überfallen. Ich warte, bis sich nicht das geringste Lüftchen mehr regt, und signalisiere Jay mit erhobener Hand, dass er sich nicht rühren soll. Als ich schließlich sicher bin, dass niemand zu hören ist, drehe ich mich um und ramme die drei Sicherheitsschlösser zu.

Jay schaut sich bereits überall um, er späht hinter jede Tür und pfeift anerkennend, als er die Küche entdeckt. Er läuft direkt zum Wasserhahn, hält seinen Kopf darunter, trinkt in großen Schlucken und setzt sein Gesicht und die Hälfte des Küchenbodens unter Wasser. Als er sich wieder aufrichtet, schüttelt er sich wie ein nasser Hund, und ich hüpfe zur Seite. Ich greife neben ihm im Küchenschrank nach zwei Gläsern und gebe ihm eins. Wir trinken beide, bis wir nicht mehr können, und halten uns die vollen Bäuche.

»Weißt du, was? Ich glaube, dass diese Wohnung doch der beste Ort ist, um sich zu verstecken«, sagt Jay und öffnet die Schränke. »Ich denke nicht, dass sie durch diese Tür kommen. Und wir haben Essen. Das ist wie ein Fünfsterne-Schutzraum.«

Ich stelle mein Glas auf die Anrichte und wanke in die Diele. Jay liegt falsch. Wir müssen uns beeilen. Ich muss meine Sachen zusammenpacken und meinem Vater eine Nachricht schreiben, und dann sollten wir so schnell wie möglich weg. Sie haben es schon drei Mal erfolglos versucht. Da werden sie jetzt bestimmt nicht einfach aufgeben.

»Wir bleiben nicht hier«, sage ich und verlasse die Küche.

15

Wir müssen zwar hier weg, aber eins nach dem anderen – zuerst werde ich duschen. Die eine Hälfte meines Gehirns findet es zwar ziemlich beschränkt, dass ich zum jetzigen Zeitpunkt duschen will, aber der anderen Hälfte ist das herzlich egal. Ich rieche nach Schweiß und bin versifft, und wenn ich in den nächsten sechzig Sekunden nicht unter einen heißen Wasserstrahl komme, klebe ich noch irgendwo fest. Ich will das Blut von meinen Beinen wegschrubben und die Erinnerungen an diesen Vormittag auch. Mein Bedürfnis zu duschen ist sogar noch größer als das nach Essen oder nach Schlaf.

Sogar noch größer als das, zu leben?, brüllt Felix mich an.

Stocksteif bleibe ich mitten in der Diele stehen, als stünde mir sein Geist gegenüber. Die Worte klingen in meinen Ohren. Felix ist gestorben, weil ich nicht auf ihn gehört habe.

Seitdem habe ich versucht, Anweisungen immer zu folgen und genau das zu tun, was man mir gesagt hat. Das ging sogar so weit, dass ich zugestimmt habe, mich von israelischen Leibwächtern bei meinen Verabredungen begleiten zu lassen. Aber jetzt gibt es niemanden, der mir sagt, was ich tun soll – ich muss mich auf mich selbst verlassen. Daher beschließe ich, mir erst einmal zehn Minuten Zeit zu nehmen, um mich zu sammeln.

Mit den Konsequenzen werde ich leben müssen. Die Pistole nehme ich allerdings mit und lege sie auf den Badewannenrand.

Ich schließe ab, und als ich einen Schritt Richtung Spiegel mache, zucke ich vor der Gruselfratze zurück, die mir da entgegenstarrt. Himmel! Mein Gesicht sieht übel aus.

Ich schaue schnell weg, reiße mir die Kleider vom Leib und gehe in die Dusche. Als das Wasser auf meine Schenkel trifft, seufze ich erleichtert auf, zucke aber gleich darauf heftig zusammen. Ich ignoriere das Stechen meiner geschundenen Haut, schäume mich von Kopf bis Fuß ein, dusche mich ab und springe raus. Ich schnappe ein Handtuch und wische den beschlagenen Spiegel ab. Mein Gesicht starrt mir entgegen: blind und verzerrt, blass und staunend, mit dunklen Augenringen und eingefallenen Wangen. Das ist noch immer nicht richtig hübsch, aber schon viel besser. Der Schnitt unter meinem Auge ist nicht viel mehr als ein Kratzer, eine rosa Linie.

Als ich wieder im Flur stehe, höre ich Jay in der Küche rumoren. Ich gehe direkt zu meinem Zimmer, bleibe aber in der Tür stehen und sehe mich um. Dort scheint alles, wie ich es zurückgelassen habe. Nicht dass ich etwas anderes erwartet hätte. Das Bett ist gemacht. Meine Bücher stehen ordentlich aufgereiht im Regal. Das Foto von mir und Maddie – meine beste Freundin im Oman, wobei ich mir nicht sicher bin, ob sie das noch ist, schließlich redet sie nicht mehr mit mir – liegt nach wie vor auf meinem Schreibtisch, neben einem Stapel Infomaterial über meinen zweiwöchigen Intensivtanzkurs, der heute beginnen sollte. Von meinem Wecker blinkt mir die Uhrzeit entgegen: 10:07.

Ich mache einen Schritt in mein Zimmer. Meine Balletturkunden hängen gerahmt an der Wand – eine der Bemühungen meines Vaters, damit ich mich zu Hause fühle. Er hat sich so darüber gefreut, dass ich zu ihm nach New York ziehe und bei ihm wohne, dass er sofort losgerannt ist und neue Bettwäsche gekauft hat. Mein Zimmer hat er auch neu ausstaffiert, es sollte so einladend wie möglich sein. Mit seiner Vorstellung, was einer Siebzehnjährigen gefallen könnte, lag er allerdings leicht daneben. Ich war ziemlich erleichtert, dass er nicht sauer wurde, als ich beim Anblick der rosafarbenen Tagesdecke und des Teddybärs mit Ballettschuhen, der auf dem Kissen thronte, nur höflich lächelte.

Er ist sogar shoppen mit mir gegangen, hat mir seine Kreditkarte gegeben und mich aufgefordert, mir alles zu kaufen, was ich will.

Ich schiebe die Schranktüren auf und starre auf die wenigen Sachen, die ich dann tatsächlich erstanden habe, an den meisten davon hängt noch das Preisschild. Kurz stehe ich da wie ein Reh im Scheinwerferlicht. Dann springt mein Verstand wieder an. Ich brauche etwas Unauffälliges, etwas mit Taschen und in dem ich mich gut bewegen kann. Ich schnappe mir ein Paar Shorts, ein Tanktop, saubere Unterhosen und einen BH. Ich muss mich beeilen. Wir müssen weiter.

Aber zuerst muss ich mich um meine Beine kümmern. Sie fühlen sich an wie Pudding, als hätte ich den Everest bestiegen und wäre dann im Slalom heruntergefahren. Ich muss endlich die letzten Glassplitter rausholen. Aus dem Bad habe ich Pinzette und Desinfektionsmittel mitgenommen, was jetzt neben mir auf dem Bett liegt. Ich schlinge das Handtuch fester um mich und beuge mich mit der Pinzette in der Hand über meine

Schenkel. Die ersten Splitter gehen ganz gut raus, aber beim dritten atme ich scharf ein und fluche wie ein Kesselflicker.

»Brauchst du Hilfe?«

Ich reiße den Kopf nach oben. Jay steht in der Tür. Mein erster Impuls – ihm kurz und bündig zu sagen, dass alles in Ordnung ist – wird von seinem Gesichtsausdruck zunichtegemacht. Sein Grinsen und das spöttisch amüsierte Flackern in seinen Augen sind verschwunden. Stattdessen wirkt er ausgezehrt und verstört, wie jemand, der als Einziger unverletzt einen üblen Autounfall überlebt hat. Sein Adrenalinspiegel geht anscheinend gegen null und er stürzt gerade genauso ab wie ich.

Ich nicke und er schlurft zu mir. Seine Haare sind immer noch nass und sein T-Shirt klebt wie eine zweite Haut an ihm, jeder einzelne Muskelstrang zeichnet sich darunter ab. Er schaut sich im Zimmer um, und als sein Blick auf die rosafarbene Decke und den Teddybären fällt, stiehlt sich ein Lächeln auf seine Lippen. Ich funkle ihn an, wehe, er sagt etwas. Ich weiß nicht, ob es an dem Blick liegt, den ich ihm zuwerfe, oder an der Pistole auf meinem Nachttisch, aber er scheint es sich überlegt zu haben, und sein Lächeln verschwindet.

»Hier«, sagt er und drückt mir etwas in die Hand. Es ist eine Packung gefrorener Sojabohnen, um die er ein Geschirrhandtuch gewickelt hat. »Für deine Schulter«, sagt er.

Ich nehme den Gefrierbeutel, bedanke mich murmelnd und frage mich, wann ihm aufgefallen ist, dass mir meine Schulter wehtut. Er kniet sich vor mich und nimmt mir wortlos die Pinzette aus der Hand.

Ich drücke meine Knie zusammen und ziehe das Handtuch enger um mich, aber ihm scheint gar nicht aufzufallen, dass ich, von dem kleinen Rechteck aus ägyptischer Baumwolle abgesehen, im Grunde nackt bin. Er legt seine Hand unter meine Kniekehle und zieht mein Bein sanft zu sich. Ich atme hörbar ein, was aber nicht daran liegt, dass es wehtut.

»Ich habe doch noch gar nicht angefangen«, sagt Jay leise.

Ich schaue auf seinen dunklen Schopf, der über meinen Oberschenkel gebeugt ist, und mein Puls rast mindestens so schnell, wie Jay Auto fährt. Verärgert versuche ich, ihn unter Kontrolle zu bringen, und rede mir ein, dass das bestimmt noch die Nachwirkungen der letzten Stunden sind. Ich drücke den Gefrierbeutel gegen meine Schulter und hoffe, dass die Kälte die Wirkung, die seine Finger auf mich haben, aufhebt, aber da habe ich wohl kein Glück. Vorsichtig streicht er mit dem Daumen über die Oberseite meines Beines und sucht nach Splittern, und ich hüpfe fast einen halben Meter aus dem Bett.

»Noch mal zu deinem Vater – diese GRATS-Sache, was ist das genau? Du hast gesagt, es hätte etwas mit der Polizei zu tun«, sagt Jay, der gar nicht zu bemerken scheint, dass mein Bein jedes Mal, wenn er mit seinem Daumen darüber streicht, zuckt, als hätte ich einen Krampf. Als er plötzlich die Pinzette ansetzt, kann ich nur mühsam an mich halten.

»Na ja«, sage ich durch zusammengebissene Zähne, während er den Glassplitter rauszieht. »Es ist eine Eingreiftruppe, und sie arbeiten mit der Polizei zusammen. Unter dem Dach der Regierung. Sie versuchen, den Banden mit ihrem illegalen Handel das Wasser abzugraben.«

Jay schnappt sich das Desinfektionsmittel und schüttet etwas auf ein Wattepad. Er wischt damit über meine Knie und Oberschenkel, und ich stoße zischend die Luft aus und kralle mich an meinem Bett fest. »Was für eine Art von Handel? Waffen? Drogen?«, fragt er.

Ich zögere kurz. »Menschen«, antworte ich dann.

Er blinzelt verwirrt. »Wie bitte?«

»Menschen«, wiederhole ich und beobachte ihn aufmerksam. »Vor allem Mädchen.«

Ich warte darauf, dass er kapiert, was ich meine, und lasse ihn nicht aus den Augen. Schließlich rückt er ein Stück von mir ab und verzieht das Gesicht.

»Scheiße«, sagt er.

»Genau«, erwidere ich. »Es ist zurzeit der kriminelle Bereich, der am schnellsten wächst. Mehr als zweieinhalb Millionen Menschen pro Jahr, vor allem Frauen und Mädchen.«

Ich höre mich an wie der reinste UN-Bericht. Was daran liegt, dass ich tatsächlich einen wiedergebe, den ich letzte Woche auf dem Schreibtisch meines Vaters gefunden und quergelesen habe.

»Die Sondereinheit sucht nach einem Weg, wie sie die Machenschaften dieser Menschenhändler unterbinden können. Sie haben meinen Vater wegen seines Hintergrunds mit der Leitung betraut. Früher haben wir in Nigeria gelebt, und von dort wird viel in die USA verschoben. Ich habe ja schon erzählt, dass er ein privates Sicherheitsunternehmen hat. Deshalb hat er auch schon in Ländern, wo die UN und westliche Mächte keinen Fuß reinsetzen würden, Geiseln befreit und Sondereinsatzkommandos geleitet.«

Das klingt, als ob ich eine PR-Frau wäre, was mir auch einigermaßen peinlich ist. Aber das Bedürfnis, die Arbeit meines Vaters möglichst positiv darzustellen, ist bei mir wie ein Reflex. Eigentlich schon, seit ich dreizehn bin und kapiert habe, dass mein Vater mit einigen der übelsten Leute auf diesem Planeten sein Geld verdient – Banken, Ölfirmen und unverschämt wohlhabenden Menschen, die ihren unverschämten Reichtum wahren wollen. Sogar mit Warlords, die Söldner brauchen. Was mir absolut nicht schmeckt. Und glaubt mir, ich hinterfrage das Tag für Tag. Deswegen nehme ich auch nicht gern Geld von ihm. In den letzten zwei Jahren habe ich kleinen Kindern Tanzunterricht gegeben und jeden Cent für den Tag gespart, an dem ich achtzehn werde und aufs College gehe. Ich bin nur zu ihm nach New York gezogen, weil ich musste. Im Oman wollte mich keine Schule mehr nehmen. Und dann hat mein Vater diesen Beraterjob für die Regierung angenommen, und ich hatte das Gefühl, ich hätte etwas wiedergutzumachen. Den Umzug hat es mir auf jeden Fall erleichtert.

Jay geht in die Hocke. Er atmet flach, blickt mich aber fest und ruhig an. Das ist der Moment, als sich schwindelerregend schnell der letzte Punkt vor meinen Augen materialisiert und das Ganze wie ein buntes Gemälde von Bridget Riley vor mir auftaucht. Ich mache einen Satz nach hinten und in mir steigt ein Brechreiz auf.

»Und dir ist nicht in den Sinn gekommen, das schon früher zu erwähnen?«, fragt Jay fassungslos. Er steht auf, und ich muss meinen Kopf in den Nacken legen, wenn ich ihm weiter ins Gesicht schauen will. »Hast du nie daran gedacht, dass vielleicht, aber auch wirklich nur vielleicht, zwischen der Tatsache, dass dein Vater ein Sondereinsatzkommando leitet, das Jagd auf Menschenhändler macht, und der Tatsache, dass da draußen jemand hinter dir her ist wie nach einem gottverdammten Hauptgewinn, eine Zusammenhang bestehen könnte?«

Als ich ausatme, merke ich erst, wie lange ich die Luft angehalten habe. Mir ist, als wären meine Organe von meinen Rippen aufgespießt worden. »Doch«, flüstere ich.

Jay starrt mit glasigen Augen und leicht geöffnetem Mund auf mich herab.

»Als du mich gefragt hast, warum der Cop mich nicht erschossen hat, obwohl er freie Bahn hatte, da schon«, sage ich schnell und fürchte mich vor seiner Reaktion. »Da habe ich kurz überlegt, ob mich vielleicht jemand entführen will. Aber …« Ich schüttle heftig den Kopf, ich muss mich jetzt zusammennehmen. Es ist, als würden meine Gedanken auf einer Eisfläche herumschlittern. »Es passte nicht richtig zusammen. Und das tut es immer noch nicht. Ich meine, mein Dad ist fast schon zwanghaft besessen, was Sicherheit betrifft. Du hast ja die Tür gesehen! Ich wurde mein ganzes Leben lang von einem großen Mann mit einer großen Pistole begleitet. Für mich wurden mehr Sicherheitsvorkehrungen getroffen als für den verdammten Präsidenten. Ich weiß nicht nur, wie man mit einer Glock 19 schießt«, sage ich und zeige auf die Pistole, die ich auf die Ecke des Nachttisches gelegt habe. »Ich kann ein M4 Maschinengewehr auseinandernehmen, laden und damit feuern. Kennst du irgendeine andere Siebzehnjährige, die das kann?« Jay sieht mich an, als käme ich direkt aus der Irrenanstalt von *Einer flog über das Kuckucksnest.* »Wenn von den Leuten, gegen die er vorgeht, irgendeine Gefahr für mich ausgehen würde«, sage ich, während mir meine nassen Haare um die Ohren sausen, »wenn es nur das kleinste Risiko gäbe, hätte mein Vater mich niemals schutzlos in New York zurückgelassen. Auf gar keinen Fall.«

Jay sieht mich wachsam an und geht auf Abstand. Was vielleicht an meiner Bemerkung über das M4 liegt.

»Hör mal«, sage ich und senke meine Stimme, »spielt es eine Rolle, warum sie hinter mir her sind? Ernsthaft? Was ändert das?« Ich stehe auf und dränge mich an ihm vorbei. »Nichts«, fauche ich wütend. »Es ändert absolut nichts.«

Jay sagt kein Wort.

Ich drehe mich zu ihm um. Seinen Gesichtsausdruck kann ich nur schwer entschlüsseln – er wirkt halb wütend, halb gequält. »Du musst nicht hierbleiben. Ich kann allein auf mich aufpassen«, teile ich ihm mit.

Über sein Gesicht huscht kurz ein Schatten, der aber sofort wieder verschwindet. Was war das? Ist er gekränkt? Verärgert?

»Ich stecke genauso in der Sache mit drin wie du«, sagt er leise. »Glaubst du, ich kann hier einfach aus der Tür spazieren«, er gestikuliert wild Richtung Eingangstür, »und vergessen, was gerade geschehen ist? Nach Hause gehen und so tun, als wäre nichts passiert? Und keinen Gedanken mehr darauf verschwenden, was noch immer passiert?«

Die Pause, die jetzt entsteht, scheint an einem hauchdünnen Faden zu hängen, und mir ist klar, wie wichtig meine nächsten Worte sind. Wenn ich nicht will, dass er reißt … Wenn ich will, dass er bei mir bleibt.

»Ich muss mich anziehen«, sage ich betont ruhig und blicke ihm fest in die Augen. »Dann sollten wir gehen.«

Er braucht eine Sekunde, bis meine Worte bei ihm angekommen sind, dann nickt er und verlässt das Zimmer, und ich atme erleichtert aus. Ich weiß gar nicht, wovor ich mich im Moment mehr fürchte. Davor, dass meine Verfolger durch die Wohnungstür kommen oder dass Jay durch sie verschwindet.

16

Eine halbe Minute später komme ich in die Küche, die aussieht, als hätte eine Bombe eingeschlagen. Jay steht mit dem Rücken zu mir und ist gerade mit Aufräumen beschäftigt, vielleicht wühlt er sich aber auch nur durch das Chaos und richtet noch mehr Unheil an.

»Wow«, sage ich und starre auf die aufgerissenen Schränke und Lebensmittelpackungen und die ganzen Sachen, die lustig über den Boden verteilt sind. »Fühl dich ganz wie zu Hause.«

»Hier«, sagt er und reicht mir eine Schüssel, die voller Nudeln ist. »Habe ich dir gekocht.«

»Wie, jetzt gerade?«, frage ich und schaue ungläubig auf den Berg Spaghetti.

»Ja«, sagt er ruppig und schnappt sich seinen eigenen Teller von der Anrichte.

Eigentlich haben wir keine Zeit, uns hier gemütlich hinzusetzen und zu essen, wir sollten am besten so viel wie möglich in einen Rucksack stopfen und uns dann schnell verziehen, aber mein Magen überstimmt meine Vernunft. Als ich die Carbonarasoße rieche, beuge ich mich tief über die Schlüssel und inhaliere das Essen geradezu, mir bleibt kaum Zeit zum Luftholen.

Jay geht an mir vorbei ins Wohnzimmer am Ende des Flurs,

und wir lassen uns auf das Ledersofa gegenüber den bodentiefen Fenstern fallen, durch die man bis zum Central Park sehen kann.

»Wer braucht schon einen Flachbildschirm, wenn er so einen Ausblick hat?«, fragt Jay und fuchtelt mit seiner Gabel herum.

Ich bin so sehr damit beschäftigt, die Spaghetti in mich zu schaufeln, dass ich nicht zum Antworten komme.

»Ist das hier die Penthouse-Wohnung?«, fragt er.

Ich nicke, schlucke und schaue dann skeptisch auf das Essen in meiner Schüssel. »Ist da Sahne drin?«

Jays Gabel hängt auf halben Weg zum Mund in der Luft. »Das ist jetzt nicht dein Ernst!«, sagt er. »Du machst dir Gedanken über Cholesterin? Du hast Angst vor einem Herzinfarkt, während ein Psychokiller hinter dir her ist?« Er schüttelt enttäuscht den Kopf. »Prioritäten, Mensch!«

Ich spüre, wie meine Wangen glühen.

Er stopft sich den Mund voll. »Du trinkst keinen Kaffee, nimmst keinen Zucker, isst keine Sahne. Was bist du eigentlich?«, fragt er mit vollem Mund. »Magersüchtig?«

Ich knirsche mit den Backenzähnen. »Nein. Ich will einfach … ich muss darauf achten, was ich esse«, sage ich zu den Spaghetti, die von meiner Gabel baumeln.

»Warum?«, fragt er. »Du hast eine –«, er räuspert sich, »du brauchst dir echt keine Gedanken machen. Du solltest mal meine Cousine Maria sehen. Wenn die noch einen einzigen Donut isst, platzt sie aus allen Nähten.«

Ich schaufele mir eine weitere Gabel Nudeln in den Mund. Keine Ahnung, ob es daran liegt, dass ich fast am Verhungern bin und mir mein Körper wie ein Feldwebel befiehlt, ihn zack,

zack mit Kalorien zu versorgen, auf jeden Fall sind diese Nudeln das Leckerste, was ich je gegessen habe. »Mach ich doch auch nicht«, sage ich und mampfe weiter. »Ich esse ja, siehst du? Die sind gut.«

»Klar«, sagt er und beobachtet mich misstrauisch, bis ich heruntergeschluckt habe. »Schließlich hat mir meine Mutter das Kochen beigebracht.«

Seine Mutter. Als ich an das Stück Papier mit ihrer Telefonnummer denke, das Jay mir auf dem Polizeirevier zugesteckt hat, halte ich mir vor Schreck die Hand vor den Mund. »Du hast sie noch gar nicht angerufen«, sage ich. Und dann muss ich daran denken, wie seine Finger gegen meine drückten – an dieses Bitzeln, als wäre eine Verbindung zwischen uns entstanden, was mich ganz durcheinandergebracht hat, und wie ich mich gegen meinen ersten Eindruck gleich bereit erklärt habe, ihm zu helfen.

»Nein«, murmelt er. »Noch nicht.«

»Vielleicht solltest du das besser tun.«

»Ja«, antwortet er und sticht die Gabel ins Essen. »Aber lass uns erst von hier verschwinden.«

Wir essen, als wäre das unsere Henkersmahlzeit, zum Genießen bleibt uns keine Zeit, nur zum Nachtanken. Dann stehen wir beide auf. Mein Kopf und meine Gliedmaßen fühlen sich unnatürlich schwer an, als wäre mein Blut durch flüssiges Blei ersetzt worden, und jetzt weiß ich auch wieder, warum ich normalerweise kaum Kohlehydrate und Sahne esse. Ich werde dann immer ganz träge. Wenn man jeden Tag in einem Gymnastikanzug vor dem Spiegel steht, nimmt man jedes überflüssige Gramm

Fett überdeutlich wahr. Ich hasse diesen Körperwahn, der mit einer Karriere als Tänzer einhergeht, aus tiefstem Herzen.

»Ich packe ein paar Sachen zusammen. Wenn du willst, kannst du ja so lange duschen«, sage ich und versuche, die Müdigkeit abzuschütteln, die sich über mich legt.

»Haben wir dafür genug Zeit?«, fragt Jay, obwohl sein Gesicht bei dem Gedanken an eine Dusche richtiggehend aufleuchtet.

Da ich selbst schon geduscht habe, erscheint mir das nur fair. »Wenn du dein T-Shirt wechseln möchtest, kann ich dir ein neues holen.«

»Okay«, sagt er und folgt mir. »Aber ich glaube nicht, dass wir die gleiche Größe haben.«

Obwohl er hinter mir ist, spüre ich förmlich, wie sein Blick abschätzend über meinen Körper wandert. Ich gehe in das Schlafzimmer meines Vaters.

»Du kannst dir was von meinem Vater leihen«, sage ich. Ich öffne die Tür zu seinem Badezimmer, und Jay stürzt schnurstracks darauf zu, während ich mich dem Kleiderschrank widme.

Mein Vater trägt nur dezente Designerklamotten, die nicht besonders auffällig sind, aber seinem professionellen und seriösen Image gerecht werden; also genau dem Typ, den man gern als Leiter seiner Rettungsaktion hätte, wenn man im Golf von Aden von somalischen Piraten entführt wurde. Seine T-Shirts liegen ordentlich gestapelt in einer Schublade. Ich schüttle eins auseinander. Mein Vater ist ziemlich groß. Er war früher Soldat und ist immer noch gut in Form, aber das wird schon gehen. Jay ist ja auch nicht gerade klein. Mit dem T-Shirt in der Hand inspiziere ich den Wandschrank. Darin hängen zwei Dutzend Anzüge, und unten stehen fein säuberlich aufgereiht auf Hochglanz polierte Schuhe, und in dem Regal über den Anzügen liegt das, wonach ich gesucht habe. Auf den ersten Blick ist es nur ein kleiner schwarzer Rucksack, aber als ich ihn raushole und sein Gewicht auf meiner Schulter spüre, geht es mir sofort besser.

Ich gehe zum Bad, um Jay das T-Shirt zu geben. Dass das Wasser schon läuft, fällt mir erst auf, als ich bereits in der Tür stehe, aber da ist es längst zu spät, und ich erhasche einen Blick auf Jay, der splitterfasernackt in die Duschkabine tritt. Er dreht sich um, und ich muss mich regelrecht dazu zwingen, meinen Blick nicht zu seiner Brust und, na ja … noch tiefer wandern zu lassen. Ich muss mich wirklich zwingen. Ich kneife die Augen zusammen, werfe das T-Shirt in seine Richtung und stolpere aus dem Bad, während ich eine Entschuldigung hervorstoße. Den Anblick seines Hinterns krieg ich jetzt nicht mehr aus meinem Kopf.

Und zum ersten Mal, seit das alles angefangen hat, muss ich grinsen.

Das Zahlenschloss des Safes blickt mir ausdrucklos entgegen, als ob es mir sagen wollte, dass ich nicht meine Zeit mit ihm verschwenden soll. Aber ich kann um einiges länger starren. Der Safe ist neben dem Schreibtisch meines Vaters hinter der Wandverkleidung eingelassen.

Die Zahlenkombinationen, die mein Vater aussucht, mögen für Fremde vielleicht nicht zu knacken sein, aber ich kenne ihn. Etwas Naheliegendes kommt nicht infrage – also keine Geburtstage, Telefonnummern oder Jahrestage –, stattdessen benutzt er scheinbar zufällige Zahlenfolgen. Nur dass sie nicht zufällig sind. Als er den Safe einmal geöffnet hat, murmelte er völlig unerwartet eine Zeile aus dem zweiten Teil von *König Heinrich VI.* vor sich hin: »Als Erstes lasst uns alle Anwälte töten!« – Das war kurz nach der Scheidung meiner Eltern.

Ich habe ewig gebraucht, bis ich es herausgefunden habe – er kombiniert die Szene, den Akt und die Zeile. Und nachdem ich daraufgekommen war, probierte ich es aus, sobald sich die Gelegenheit bot, und – siehe da! – es hat geklappt.

Vor mir liegt die komplette Werkausgabe von Shakespeare, die ich aus dem Wohnzimmer hierhergeschleppt habe. Shakespeare hat allerdings jede Menge geschrieben. Unglaublich viel. Wie kann ein Mensch nur so viele Theaterstücke schreiben?, frage ich mich, während ich die Ausgabe zügig durchblättere. Mir sitzt die Zeit im Nacken und ich stelle mich nicht sehr geschickt an, die dünnen Seiten reißen. Während ich die Ausgabe zum vierten Mal durchblättere, werde ich allmählich panisch. Wenn ich den Safe nicht aufbekomme, sieht es schlecht aus. Wir brauchen, was darin aufbewahrt ist.

Ich bin kurz davor, das Buch in die nächste Ecke zu pfeffern und lieber die Anzugtaschen meines Vaters nach Wechselgeld oder irgendwelchen wertvollen Gegenständen zu durchsuchen, als etwas meine Aufmerksamkeit erregt. Ich streiche die Buchseite glatt und entdecke am inneren Seitenrand neben einem Zitat aus *König Johann* einen kleinen Punkt von einem Kugelschreiber.

»Wie oft bewirkt die Wahrnehmung der Mittel zu böser Tat, dass man sie böslich tut!«

2. Szene, 4. Akt, Zeile 114.

Ich drehe am Einstellring. 2 – 4 – 11 – 4.

So ein Klicken kann ein wunderbares Geräusch sein. Fast so

wunderbar wie der Anblick der Sachen im Innern des Tresors. Ein Stapel Bargeld – vermutlich genug, um Jay und mich in den entlegensten Winkel des Südpazifiks zu bringen, wenn wir uns gefälschte Pässe zulegen könnten –, eine Kreditkarte Platin, die auf meinen Vater ausgestellt ist, und eine seiner Pistolen, eine Smith & Wesson mit zwei Magazinen. Ich hole alles heraus und stopfe das Bargeld in den Rucksack, den ich aus dem Schrank meines Vaters genommen habe – seinen *Notfallrucksack*. Die Kreditkarte schiebe ich mir hinten in meine Shorts. Ich überprüfe die Waffe und stecke sie zusammen mit den zusätzlichen Magazinen und der Glock 19, die wir dem Polizisten abgenommen haben, in den Rucksack. Einen Augenblick lang kann ich mich selbst sehen – ein kniendes Mädchen, das ein Bündel Geldscheine und eine Pistole in einen Rucksack steckt – und würde am liebsten laut loslachen, so absurd ist das alles. Was ist nur aus mir geworden? Aber dann höre ich, wie das Wasser in der Dusche abgedreht wird, und springe sofort auf.

Ich lange über den Schreibtisch und kritzle eine Nachricht auf einen Klebezettel.

Dad, mir geht es gut. Lass uns Dienstag 9 Uhr treffen,
dort, wo wir die Freiheitsstatue gekauft haben. Sei vorsichtig.
Hab dich lieb, Liva

Ich lege das Papier in den Safe und drehe am Zahlenschloss. Ich kann nur hoffen, dass mein Vater den Zettel findet und weiß, was ich meine. Es war der einzige Treffpunkt, der mir auf die Schnelle eingefallen ist, aber er ist gut – viel Platz, viele Leute und, falls nötig, viele Fluchtmöglichkeiten.

Ich laufe zurück in den Flur und will Jay gerade zurufen, dass er sich beeilen soll, da erstarre ich. Mir rutscht das Herz tausend Meter tief und ich drehe mich langsam, ganz langsam zur Eingangstür. Da ist es wieder, dieses leise Kratzen – jemand macht sich am Tastenfeld zu schaffen. Mein Herz hämmert laut gegen meine Rippen, und ich schleiche so behutsam wie möglich zurück, wobei ich die Eingangstür nicht aus den Augen lasse.

Ohne mich umzudrehen, taste ich nach der Tür zum Zimmer meines Vaters, husche hinein, ziehe sie sanft hinter mir zu und schließe ab. Dann renne ich ins Bad. Jay hat ein Handtuch um die Hüfte gewickelt und hebt gerade seine Jeans vom überschwemmten Boden auf. Als ich hereinplatze, sieht er überrascht zu mir und richtet sich langsam auf. Er unterdrückt nur mühsam sein amüsiertes Grinsen. Wahrscheinlich glaubt er, ich wäre absichtlich hier hereingeplatzt, um noch einen Blick auf seinen nackten Körper zu werfen. Als er allerdings bemerkt, wie panisch ich bin und dass ich schon den Rucksack bei mir habe, ist er sofort in Alarmbereitschaft.

»Es ist jemand an der Tür«, flüstere ich.

Jay lässt das Handtuch fallen und schlüpft schnell in seine Jeans. Automatisch drehe ich den Kopf zur Seite, allerdings in Richtung Spiegel, und erhasche tatsächlich noch einen Blick auf ihn. Während er auf dem Badewannenrand sitzt und Socken und Schuhe anzieht, lausche ich angestrengt. Durch das Tastenschloss kommt man nicht so leicht hier herein, es ist kein Schloss zum Knacken. Und die Sicherheitsriegel werden ein unbefugtes Eindringen bestimmt zusätzlich verzögern, aber trotzdem ist es letztendlich bloß eine Tür. Und bisher haben sie sich von nichts aufhalten lassen.

»Gibt es hier noch einen anderen Ausgang?«, fragt Jay, während er sich die Schuhe zubindet.

Unsere Blicke begegnen sich im Spiegel. Von seinen Haaren tropft Wasser, das über seine Brust rinnt.

Ich nicke. »Ja.« *Aber der wird dir nicht gefallen,* sage ich mir.

17

Jay springt auf und schnappt sich sein T-Shirt, ich nehme den NYPD-Pulli, der im Wäschekorb liegt, und stopfe ihn in den Rucksack. Immerhin hat er uns schon gute Dienste geleistet.

»Gehen wir«, sage ich und lege meinen Zeigefinger auf die Lippen, als wir in das Schlafzimmer meines Vaters schleichen.

Plötzlich ist ein Krachen zu hören – wir zucken beide zusammen –, das so klingt, als würde sich jemand mit voller Wucht gegen die Tür werfen. Wenn sie die erst mal aufhaben, bleiben uns ungefähr zehn Sekunden, bis sie bei uns sind. Ich schnalle mir den Rucksack auf die Brust, mache auf dem Absatz kehrt, halte mich am Fenster fest und schiebe es auf.

Wir sind im neunzehnten Stock. Der Wind pfeift in Orkanstärke ins Zimmer.

»Was, verdammt –?«, beginnt Jay, aber seine Worte werden vom Flattern des Vorhangs und dem Stadtlärm, der die Stille erfüllt, übertönt.

»Es gibt nur noch diesen Ausgang«, rufe ich ihm über den Wind hinweg zu.

Er schaut mich wieder so an, als hielte er mich für völlig durchgeknallt. »Wir haben genau zwei Möglichkeiten«, sage ich und nicke mit dem Kopf Richtung Wohnungstür, wo die Schläge immer lauter werden. Sie wird nicht mehr lange halten.

Als ein Schuss zu hören ist und gleich danach das Geräusch einer Kugel, die von etwas Metallenem abprallt, zuckt Jay zusammen. Zentimeterweise bewegt er sich zum Fenster, die Arme weit von sich gestreckt. »Hast du einen Fallschirm oder so was?«, fragt er.

»Wir wollen nicht nach unten«, erkläre ich und schiebe ihn zur Seite. »Wir wollen nach oben.«

Vorsichtig beugt er sich neben mir nach draußen, wobei er sich links und rechts an der Wand festkrallt. Ich zeige aufs Dach, das nur eine Armlänge von uns entfernt ist. Ein Penthouse hat noch andere Vorteile außer der schönen Aussicht – etwas, das ich gleich beim ersten Mal, als mein Vater mich hier allein ließ, entdeckt habe.

Jay zieht den Kopf zurück und die Angst steht ihm buchstäblich ins Gesicht geschrieben. Er grummelt irgendetwas auf Spanisch vor sich hin. Dann schaut er noch einmal zur Tür, als würde er ernsthaft erwägen, ob die Begegnung mit einer Pistolenkugel nicht das kleinere Übel ist.

Ich ignoriere ihn, steige in den Fensterrahmen und halte mich in den Ecken fest.

»Verdammt. Du willst da nicht wirklich raus, oder?«, fragt Jay und packt mich am Handgelenk.

Ich sehe ihn an, nicke, und als ihm dämmert, dass es mir ernst ist, lässt er mich los.

Ich hole ein paarmal Luft und konzentriere mich auf meinen Körper. Ich werde ruhig. Genauso geht es mir immer in dem Augenblick, bevor ich meinen ersten Schritt auf die Bühne mache. Da gibt es nur noch mich und meinen Atem und jede Zelle meines Körpers, ich strotze nur so vor Kraft, alles ist aufeinander abgestimmt und läuft völlig synchron. Beim Ausatmen mache ich den ersten Schritt und wappne mich gegen den heftigen Wind. Er zerrt an mir, peitscht mir die Haare um die Ohren und drückt mir die Kleider gegen den Körper, aber ich bin ganz bei mir, der Wind wird mich bestimmt nicht aufhalten. Ich taste an der Fassade entlang, bis ich eine schmale Rille finde, den Anfang der Regenrinne, und dann bin ich draußen.

Jay flucht leise vor sich hin, aber ich taste mich weiter und schiebe mich am Sims entlang. Ich schaue nicht nach unten, konzentriere mich nur auf mein Gleichgewicht, dank des Rucksacks ist mein Schwerpunkt leicht verschoben. Als ich die Regenrinne erreiche, schiebe ich meine Hand langsam unter eine Metallschelle und halte mich gut fest. Dann nehme ich einen Fuß vom Fenstersims und schwinge meinen Körper um die Rinne, bis ich das Plastikrohr schließlich vor der Nase habe, das seitlich am gesamten Gebäude hinunterläuft. Mit der anderen Hand kralle ich mich an eine zweite Metallschelle. Jetzt stehen meine Füße wie bei einer Ballettposition weit auseinander und geben mir sicheren Halt.

Ich drehe den Kopf. »Komm«, sage ich zu Jay, der sich aus dem Fenster lehnt und die Augen so weit aufgerissen hat, dass sie fast sein ganzes Gesicht ausmachen.

Ganz kurz glaube ich, dass er Nein sagen und wieder im Zimmer verschwinden wird, aber dann hören wir ein gewaltiges Krachen und splitterndes Holz, und in der nächsten Sekunde steht er im Fenster.

»Nicht nach unten schauen, lass dir Zeit«, ermahne ich ihn.

Jay fixiert mich, und ich muss mich stark zurückhalten, um ihm nicht eine Hand entgegenzustrecken. Dann holt er tief Luft und macht einen Schritt auf den Sims, und mir bleibt fast das Herz stehen. Ich atme für ihn mit und würde seinen Körper am liebsten zwingen, zu entspannen. Er schaut nicht runter, er schaut die ganze Zeit nur auf mich, und ich halte seinen Blick, als wäre ein Seil zwischen uns gespannt. Stück für Stück schiebt er sich zu mir, bis sich unsere Finger fast berühren.

»Sehr gut«, sage ich über das Heulen des Windes hinweg. »Siehst du, wo meine Hand liegt? Du machst jetzt, was ich mache. Und zwar ganz genau. Okay?«

Er würde wohl am liebsten mit mir darüber diskutieren, doch dann ändert er seine Meinung und nickt einfach und schluckt seine Angst so gut wie möglich hinunter. Er schließt die Augen, drückt den Kopf gegen die Hauswand und murmelt irgendetwas vor sich hin, das sich fast wie ein Gebet anhört.

Ich drehe mich um, meine Hände werden langsam schwitzig, mein Halt unsicher. Ich muss mich beeilen. Ich beiße die Zähne zusammen und dann klettere ich los. Es ist nicht schwierig. Die Regenrinne ist gut verankert und meine Füße sind geschickt. Mein Oberkörper ist gut trainiert, sodass ich mich ohne allzu große Schwierigkeiten hinaufziehen kann. Dabei geht es vor allem darum, zu vergessen, was unter einem ist. Wenn man sich nur eine Sekunde lang nicht richtig konzentriert und darüber nachdenkt, wie tief es bis zur Straße ist, hat man schon verloren.

Das letzte Stück ist das schwerste. Ich muss eine Hand lösen, mich mit den Armen hochziehen und ein Bein über die Dachkante schwingen. Doch es gelingt mir, und oben angekommen rolle ich mich auf den Bauch. Eigentlich hatte ich erwartet, dass

Jay noch wie erstarrt an der Regenrinne hängt, aber er orientiert sich an meinen Schritten und klettert mir bereits ziemlich sicher und selbstbewusst hinterher.

Als seine Hand über der Kante auftaucht, halte ich sie fest und ziehe ihn aufs Dach. Erleichtert legt er sich auf den Rücken, hält sich die Seite und atmet schwer.

Ich beuge mich über ihn, schultere den Rucksack und ziehe an seinem Arm. »Komm, steh auf.«

Er reißt die Augen auf und starrt mich an, als hätte er mich noch nie gesehen, was mir einen Stich versetzt – aber dann ist er schon auf den Beinen, wenn auch etwas wacklig.

Ich nehme ihn an der Hand und ziehe ihn zur Feuerleiter, die dicht am Gebäude hängt. Ich bezweifle, dass uns irgendjemand aufs Dach folgen wird. Wenn sie uns abfangen wollen, müssen sie wieder nach unten und haben dann sogar einen Vorsprung. Das wird mir allerdings erst klar, als wir schon halb bei der Feuerleiter sind. Schlitternd komme ich zum Stehen und kugele Jay fast den Arm aus.

»Was ist?«, fragt er.

»Sie werden garantiert unten auf uns warten«, sage ich und ziehe ihn in die andere Richtung, weg von der Feuerleiter. Er zögert keine Sekunde und dreht mit mir um, er kapiert sofort, was ich meine. Die Rückseite unseres Wohnblocks schließt fast nahtlos an das Nachbargebäude an. Es gibt allerdings einen Höhenunterschied von vier, fünf Metern. Jay geht zuerst, er hangelt sich seitlich hinunter und landet in der Hocke. Als ich mich fallen lasse, steht er schon wieder, fängt mich auf und hält mich an der Taille fest. Die Begleiterscheinungen unserer Kletterei hat er wohl abgeschüttelt, er ist jetzt viel schneller als ich.

Wenn ich mithalten will, muss ich mich anstrengen, doch als er den größer werdenden Abstand zwischen uns bemerkt, wird er langsamer und streckt mir die Hand entgegen. Ich laufe weiter und greife danach, bis wir gemeinsam auf die Feuerleiter dieses Gebäudes springen. Den Aufprall spüre ich im ganzen Körper.

Die Feuerleiter vibriert unter unseren schnellen Schritten. Wir halten uns am Geländer fest und stürzen oft in einem einzigen Satz ganze Treppenabsätze hinab. Beim letzten Absatz pumpt wieder Adrenalin durch meine Adern, vor uns liegen noch einmal dreieinhalb Meter bis zum Gehweg. Ein paar Leute sind stehen geblieben und gaffen. Jay beachtet sie gar nicht, schwingt sich elegant nach unten und breitet seine Arme aus. Inzwischen haben wir schon Übung, es wirkt wie einstudiert, wie er mich fängt und sanft auf dem Boden absetzt. Dann rennen wir um die Ecke, und Jay spurtet direkt auf die Straße. Der Verkehr, die Autos, die ihm ausweichen und hupen, sind ihm egal. Er hält ein gelbes Taxi an, stellt sich einfach davor, und es muss eine Vollbremsung hinlegen. Jay reißt die Tür auf, und wir hechten keuchend hinein und brüllen beide den Fahrer an, dass er *losfahren* soll. Der Fahrer schüttelt den Kopf, tut uns aber den Gefallen und steigt aufs Gaspedal.

Jay und ich rutschen ganz tief in die Sitze und blicken immer wieder nervös aus dem Fenster. Ein paar Leute starren uns ungläubig nach, und ein paar andere sind stehen geblieben und schauen die Feuerleiter hinauf, weil sie sich wahrscheinlich fragen, wo es denn brennt, aber unsere Verfolger scheinen wir abgeschüttelt zu haben. Kein Typ in Polizeiuniform weit und breit.

Wir haben sie überlistet.

Erleichtert atmen wir auf, und dann merke ich, dass wir uns

immer noch an den Händen halten, und zwar ziemlich fest. Jay scheint das auch gerade aufgefallen zu sein. Er sieht mich an und drückt kurz darauf meine Hand, und ohne weiter darüber nachzudenken, drücke ich zurück. Dann lässt Jay seinen Kopf gegen die Sitzlehne fallen und lacht, bis er fast keine Luft mehr bekommt, mit der anderen Hand hält er sich den Bauch. Ich starre ihn an und frage mich, ob er jetzt wohl durchdreht, doch dann blubbert auch in mir ein Lachen hoch, und im nächsten Moment prusten wir beide und lachen Tränen. Aber so plötzlich wir angefangen haben, hören wir auch wieder auf und werden wie auf Knopfdruck still. Wir sitzen da, schauen aus unserem Fenster und halten uns hier auf dem Rücksitz noch immer an den Händen.

Jetzt kommt endlich der Fahrer zu Wort. »Wohin wollt ihr?«, fragt er.

18

Jay sieht mich an. »Hast du Geld in der Wohnung gefunden?«

Ich nicke und klopfe auf den Rucksack.

»Und wohin sollen wir? In ein Hotel?«

Ich schüttle den Kopf. Das ist zu offensichtlich. Und wer auch immer hinter uns her ist, ist sicher bestens organisiert und hat Zugang zu Onlinedaten und allen Kommunikationsmitteln – wie sonst hätten sie das Telefon meines Vaters anzapfen und mich an unserem Treffpunkt finden können? Hotels müssen Ausweispapiere überprüfen. Hotels müssen Buch führen. Und wenn zwei Menschen in unserem Alter ohne Gepäck und Ausweis auftauchen, wird das mehr als nur ein paar fragende Blicke auf sich ziehen.

»Das ist zu gefährlich«, sage ich, schaue aus dem Fenster und denke nach. Mir kommt eine Idee. Erst ist sie noch ganz klein und schwer greifbar irgendwo in meinem Hinterkopf, aber in der nächsten Sekunde schon voll ausgereift und gut sichtbar. »Wir müssen genau das Gegenteil von dem tun, was sie von uns erwarten«, sage ich zu Jay. »Wir müssen sie verwirren.«

Jay sieht mich wieder mit diesem seltsamen Gesichtsausdruck an, als versuche er mich zu ergründen.

»Können Sie uns bitte zu einem Elektrogeschäft bringen?«, frage ich den Fahrer, der als Antwort nur grunzt.

»Elektrogeschäft?«, fragt Jay besorgt.

»Wir brauchen ein Handy.«

Er entspannt sich sichtlich, und ich frage mich, was er wohl gedacht hat – dass ich die Bauteile für eine Streubombe kaufen will?

»Was hast du noch im Rucksack?«, fragt Jay.

Ich ziehe meine Hand zu mir und öffne den Reißverschluss, meine Finger zittern leicht. Ehrlich gesagt weiß ich gar nicht genau, was außer den Sachen, die ich aus dem Safe genommen habe, sonst noch darin ist. Es ist der Notfallrucksack meines Vaters. Jeder, der in diesem Business arbeitet, hat so eine Tasche gepackt, damit er für den Notfall vorbereitet ist. Ich bin froh, dass ich im Schrank danach gesucht habe.

Während ich den Fahrer im Auge behalte, der nur durch eine verschrammte Plexiglasscheibe von uns getrennt ist, hole ich den NYPD-Pulli heraus und schiebe schnell das Bargeld und die Pistolen auf die eine Seite des Rucksacks. Dann wühle ich mich durch die anderen Sachen und lege sie zwischen uns auf den billigen Kunststoffsitz. Es gibt eine kleine Kurbeltaschenlampe, die ich gleich ausprobiere. Sie funktioniert. Natürlich funktioniert sie. Wahrscheinlich kontrolliert mein Vater diesen Rucksack jeden Monat, um sicherzugehen, dass auch alles seinen Zweck erfüllt. Ich werfe zwei Wundverbände und einen Venenstauer auf den Sitz, und Jay hört auf, mit der Taschenlampe herumzuspielen, und schaut mir zu. Als Nächstes hole ich eine Wasserflasche aus dem Rucksack, ein paar Sicherheitsleinen – kurze Stücke eines dehnbaren Seils –, einen Block, einen wasserfesten Stift, ein kleines Fernglas und ein Springmesser mit rasiermesserscharfer Klinge, vor dem Jay zurückzuckt, als ich es aufschnappen lasse. Im vorderen Fach sind ein paar Plastikhandfesseln.

»Pervers«, sagt Jay nicht ohne Bewunderung.

Ich werfe ein paar Honigpäckchen daneben.

»Noch perverser«, sagt er, während seine Augen kurz zu mir huschen. »Zumindest wenn man die beiden Sachen kombiniert.«

»Das ist eine Zuckerdosis. Wenn man ganz rasch Energie braucht«, sage ich und verschwinde mit dem Kopf fast im Rucksack, damit er nicht sieht, dass ich rot werde. Ich möchte ihn fragen, warum Handschellen mit Honig pervers sind, aber meine Gedanken haben sich schon selbstständig gemacht und bringen die beiden Gegenstände mit dem Bild zusammen, das ich von Jay noch im Kopf habe, als er seine Jeans angezogen hat, und das ist zugegebenermaßen eine sehr anschauliche Antwort. Dabei schießt mir das Blut noch schneller durch den Körper und meine Gedanken wandern an Orte, wo sie nicht sein sollten. Ich habe keine Ahnung, wie mein Hirn das anstellt. Ich brauche gerade wirklich keine Ablenkung, doch die Art und Weise, wie ich mich in Jays Gegenwart fühle, dieses Magenziehen, sobald er mich ansieht, ist ziemlich ablenkend; von allem anderen mal ganz zu schweigen.

Und alles andere werde ich jetzt garantiert nicht aufzählen.

Ich konzentriere mich auf die restlichen Sachen im Rucksack, krame ein paar Energieriegel und einen Türstopper aus Gummi hervor und werfe sie auf den immer größer werdenden Haufen.

»Was zum Geier soll das denn? Hast du vielleicht auch noch die Küchenspüle eingepackt?«, fragt Jay.

»Ich habe überhaupt nichts eingepackt. Das ist die Notfalltasche meines Vaters.«

»Notfalltasche?«

»Ja, die Tasche, die man immer fertig gepackt bereithalten sollte, falls man nur noch dreißig Sekunden hat und um sein Leben laufen muss.« Ich riskiere einen kurzen Blick. Er spielt noch immer mit den Handschellen, und meine Haut glüht regelrecht, als ich plötzlich daran denken muss, wie seine Hände um meine Taille lagen oder wie sehr er mir vertraut hat, als er nach mir aus dem Fenster aufs Dach geklettert ist.

»Wofür ist der Türstopper?«, fragt Jay und betrachtet das Teil genauer. Vielleicht glaubt er ja, dass es ein Geheimfach oder einen Geheimknopf daran gibt, den man nur drücken muss, damit er zu einem Blasrohr oder zu einem Stück Plastiksprengstoff wird.

Aber es ist tatsächlich leider nur ein Türstopper.

»Das macht deinen Feind langsamer. Wenn jemand versucht, sich in dein Zimmer zu schleichen oder mit Gewalt reinkommen will, kann ein Türstopper dir wertvolle Sekunden verschaffen«, erkläre ich ihm. Ich kann mich noch gut daran erinnern, wie mein Vater mir den Inhalt seiner Notfalltasche erklärt hat. Damals bereitete er sich auf eine Reise nach Afghanistan vor, und ich sah ihm beim Packen zu, während meine Mutter nach unten abgezischt ist und sich einen extragroßen Gin Tonic nach dem anderen gegönnt hat. Ich habe meinem Vater nie erzählt, dass ich, noch Monate nachdem er mir den Inhalt seiner Notfalltasche gezeigt hat, unter Albträumen litt. Ich hatte ständig Angst, dass er in Situationen geraten könnte, wo er diese Tasche braucht, und landete in meiner Fantasie an lauter richtig fiesen Orten – was teilweise damit zusammenhing, dass ich kurz zuvor Star Wars geschaut hatte, aber auch einige ausführliche Nachrichtenbeiträge über al-Qaida. Ich beruhigte mich erst wieder, als Felix mir versicherte, dass es in Wirklichkeit weder Sandleute noch einen Darth Vader gibt. Er erklärte mir auch, dass mein Dad der beste Soldat war, den er kannte – immerhin ein ehemaliger Späher der Marine –, und falls ich mir Sorgen machen wollte, dann lieber um die Leute, die so dumm waren, sich mit ihm anzulegen. Wenn ich jetzt daran denke, geht es mir gleich ein bisschen besser. Mein Vater wird bald zurück sein. Und dann werden die, die mich jagen, jede einzelne Kugel bereuen, die sie abgefeuert haben.

Als ich noch ein letztes Mal den Rucksack durchsuche, schließen sich meine Finger um etwas Kleines, Weiches. Ich ziehe es heraus, und mir schlägt das Herz bis zum Hals. Verwundert blicke ich auf das winzige Sorgenpüppchen, das da auf meiner Hand sitzt. Es ist aus Wolle und Perlen und schon etwas ramponiert und ausgebleicht.

»Was ist das?«, will Jay wissen. »Eine verkappte Handgranate?«

»Nein. Das ist …« Ich starre auf die Puppe. Die habe ich fast zehn Jahre nicht mehr gesehen. Das letzte Mal an dem Tag, als ich sie in den Rucksack geschmuggelt habe. Als mein Vater mir die Sachen darin gezeigt und alle erklärt hat. Falls er mal vor irgendwelchen Verbrechern wegrennen musste, wollte ich, dass er etwas hat, das ihn an mich erinnert – an zu Hause. Und er hat sie all die Jahre aufgehoben! Mir kommen fast die Tränen und mein Hals fühlt sich an, als hätte mir jemand den Venenstauer darum geschlungen. »Das ist ein Glücksbringer«, presse ich hervor, während ich die Puppe zurück in den Rucksack fallen lasse.

Als ich die anderen Sachen wegpacke, streift meine Hand über ein Stoffetikett, das ganz unten festgenäht ist. Ich reiße es mit einem Ruck nach oben, und man hört das typische Ratschen eines Klettverschlusses. Unter dem eingelegten Boden steckt ein Umschlag. Es dauert eine Weile, bis ich ihn herausgepfriemelt habe.

Verwundert drehe ich den Umschlag hin und her, Jay fängt meinen Blick auf, und schließlich ziehe ich meinen Finger die Umschlagkante entlang und öffne ihn. Es sind Kopien vom Ausweis und von der Geburtsurkunde meines Vaters und ein Blatt Papier mit einer Reihe von Zahlen. Telefonnummern? Während wir diese Zahlen studieren, lehnen unsere Köpfe aneinander.

»Was meinst du, wofür sind die?«, fragt er.

Ich will gerade mit den Schultern zucken, als der Taxifahrer uns unterbricht. »Bitte schön! Elektroladen. Das macht zehn Dollar fünfzig.«

Ich hebe ruckartig den Kopf. Wir stehen vor einem Best Buy. Ich stopfe den Rest der Sachen in den Rucksack und fische aus dem Stapel einen Zwanzigdollarschein, den ich dem Fahrer in die Hand drücke. Den Rest darf er behalten.

19

Eine Viertelstunde später verlassen wir mit zwei Smartphones und sechs SIM-Karten das Best Buy.

»Und wohin jetzt?«, fragt Jay, der unsere Beute trägt.

»Telefonzelle«, sage ich und suche die Straße bereits nach einer ab.

»Wir haben gerade zwei Handys gekauft«, erwidert Jay und hält mir die Tüte vors Gesicht.

»Ja, weiß ich.«

Das muss ich Jay lassen, er fragt nicht weiter nach. Als wir uns auf den Weg machen, linse ich mehrmals zu ihm hinüber und mir fällt auf, dass seine Kiefermuskeln mal wieder Überstunden machen. Er ist in höchster Alarmbereitschaft, und obwohl er hundemüde wirkt – seine Augenringe haben inzwischen Augenringe bekommen –, dreht er ständig den Kopf von links nach rechts, um alles genau zu beobachten und jede ungewöhnliche Bewegung oder auffällige Person sofort zu registrieren. Ich frage mich, ob ich eine der Pistolen nicht besser bei mir behalten und sie in meinen Hosenbund gesteckt hätte, obwohl ein Hosenbund ein ziemlich dämlicher Ort für eine Pistole ist. Davon abgesehen, wäre es wirklich das Letzte, wenn wir deswegen festgenommen würden und uns auf einem anderen Polizeirevier wiederfänden. Und auf diesen Gedanken folgt die ernüchternde Erkenntnis, dass Jay ja praktisch ein Flüchtiger ist.

In welchen Schwierigkeiten wird er wohl stecken, wenn das hier erst einmal vorbei ist? Mich juckt es in den Fingern, die Hand nach seiner auszustrecken. Obwohl ich nicht genau weiß, warum. Vielleicht, weil ich ihn wissen lassen möchte, wie dankbar ich bin, dass er bei mir geblieben ist? Dass es mir leidtut, dass ich ihn in die Sache mit reingezogen habe? Oder nur um sicherzustellen, dass er nirgendwo anders hingeht? Aber ich presse meine Hände lieber an meine Schenkel. Im Taxi hat sich das Händehalten, sein Puls, der mit meinem verschmolz, wie die natürlichste Sache der Welt angefühlt. Es war, als wären wir unbesiegbar, solange wir nur zusammenbleiben. Aber jetzt, hier auf der Straße, wäre das einfach seltsam. Nicht angemessen. Ich meine, wir sind uns immer noch so gut wie fremd.

Ich versuche, all diese Gedanken zu verdrängen. In weniger als einem Tag wird er verschwunden sein – entweder stellt er sich oder er ist für den Rest seines Lebens auf der Flucht. Ich werde ihn jedenfalls bestimmt nicht wiedersehen.

Schweigend laufen wir zwei Querstraßen weiter, bis wir endlich eine Telefonzelle finden. In einer Welt, wo alles digitalisiert ist und jeder ein Handy besitzt, verschwinden Telefonzellen leider allmählich von der Bildfläche. Genau wie Pferdefuhrwerke sind sie ein Relikt aus einer anderen Zeit. Immerhin haben wir eine gefunden, die noch funktioniert, auch wenn sie mit einer klebrigen Schicht überzogen ist, die ein prähistorisches Seeungeheuer abgesondert haben muss.

Ich bitte Jay, uns ein Taxi anzuhalten, das mit laufendem Motor warten soll, ehe ich mit dem Telefonieren anfange. Jay braucht ganze zehn Sekunden, bis er eins aufgetrieben hat. Er setzt sich rein, wartet mit geöffneter Tür, beobachtet mich und pocht mit dem Fuß auf den Gehweg. Ich drehe ihm den Rücken zu, was aber auch nicht hilft, denn da ist es wieder, dieses kribbelige Ameisenhaufengefühl.

Als ich fertig bin, nehme ich den Rucksack und gehe zum Taxi. Jay rutscht zur Seite und ich setze mich neben ihn.

»Zur High Line bitte«, sage ich zum Fahrer und drücke gegen meine Schläfen, in einem aussichtslosen Versuch, die Kopfschmerzen abzuwenden, die hinter meinen Augen pochen.

»Worum ging es?«, fragt Jay. »Wen hast du angerufen?«

Ich halte ihm die Kreditkarte meines Vaters entgegen. »Ich habe gerade einen Flug vom LaGuardia Flughafen nach San Francisco gebucht.«

Jay funkelt mich an und weicht zurück.

»Und eine Zugfahrkarte vom Grand Central nach Philadelphia.«

Jetzt wechselt sein Gesichtsausdruck von Verärgerung zu Missbilligung.

»Und ein Doppelzimmer im Greenwich. Und alles schön auf die Kreditkarte meines Vaters.«

Langsam verschwindet die Missbilligung und auf seinem Gesicht macht sich ein Lächeln breit. »Glaubst du, sie überwachen seine Karte?«

Ich zucke mit den Schultern. »Vielleicht. Wahrscheinlich. Wenn es so ist, sind sie auf jeden Fall für eine Weile beschäftigt. Und auch wenn sie nicht wirklich darauf reinfallen, müssen sie es trotzdem überprüfen. Könnte ja sein, dass ich tatsächlich dort bin.«

»Warum hast du keins von den Handys genommen?«

»Wenn die Nummer bei einer der Telefonzentralen zu sehen ist, die ich gerade angerufen habe, können sie die SIM-Karte zum Best Buy zurückverfolgen, und dann wissen sie, was wir gekauft haben, und kennen auch die anderen SIM-Nummern. Eine Telefonzelle ist einfach eine Telefonzelle. Und bevor sie herausfinden, dass wir die hier benutzt haben, sind wir längst über alle Berge.«

Jay lächelt noch immer und schüttelt ungläubig den Kopf. »Du bist echt raffiniert. Mann, du bist überhaupt nicht so, wie ich zuerst gedacht habe.«

Ich beiße auf meine Lippe und lasse mir die Haare übers Gesicht fallen. Was dachte er denn, wie ich bin? Das würde mich wirklich mal interessieren. Danach fragen werde ich ihn allerdings bestimmt nicht.

Aber er hält mich ohnehin auf dem Laufenden. »Du hast echt Eier«, sagt er.

Ich sehe ihn durchdringend an.

»Okay«, rudert er zurück, »nicht wirklich, keine richtigen Eier, du bist einfach knallhart und hast Eier in der Hose.«

Ich räume noch ein bisschen im Rucksack herum und ziehe den Reißverschluss dann fast ein bisschen zu energisch zu. Ich bin mir nicht sicher, ob ich es gut finde, dass er meint, dass ich Eier habe – egal ob wirklich oder nicht oder knallhart und in der Hose.

»Und das Zimmer im Greenwich willst du wirklich nicht riskieren?«, fragt Jay und lässt sich auf den aufgerissenen Kunststoffsitz des Taxis zurückfallen. »Mann, das wäre jetzt genau richtig.«

Ich werfe ihm einen kurzen Blick zu. Er grinst mich an, aber seine Augen sehen aus, als würden dunkle Wolken über einen stürmischen Himmel ziehen. »Wir könnten ein paar Sachen aus der Notfalltasche ausprobieren«, sagt er verschmitzt.

Ich gebe mich genervt, obwohl gerade alles in mir Karussell fährt und meinen Magen in den Würgegriff nimmt.

»Der Türstopper. Ich meinte den Türstopper«, sagt er und schaut mich ganz unschuldig an. »Was hast du denn gedacht?«

Mir liegt schon auf der Zunge, dass das Einzige, was wir testen sollten, die Schärfe des Springmessers ist, als Jays Miene sich plötzlich ändert. Seine Aufmerksamkeit ist auf den Bildschirm gerichtet, der vor mir angebracht ist. Eine weitere Kehrseite des modernen Fortschritts – egal wo man hingeht, überall wird man berieselt. In New York scheinen sämtliche Taxis mit Fernsehern ausgestattet zu sein. Dort laufen reißerisch aufgemachte, nicht wirklich neutrale Nachrichten, die von irgendwelchen Supermodels oder heftig sonnengebräunten und merkwürdig faltenfreien älteren Herren vorgetragen und immer wieder von Werbung unterbrochen werden. Jay lehnt sich über mich und drückt den Lautstärkeknopf.

Auch in unserem Taxi laufen Nachrichten. Das Studio sieht aus wie bei allen Nachrichtensendern und die Nachrichtensprecherin, als wäre sie gerade vom Laufsteg der New York Fashion Week heruntergestiegen. Sie ist der Augenschmaus, während der Nachrichtensprecher an ihrer Seite die grauhaarige Seriosität verkörpert. Was einer von vielen Gründen ist, warum ich in Amerika keine Nachrichten anschaue.

Ich will Jay gerade bitten auszuschalten, als der Nachrichtensprecher sein ernstes Gesicht aufsetzt und mit dunklem Bariton über die schockierenden Ereignisse des Morgens berichtet. Mir gefriert das Blut in den Adern, als auch schon das Bild des Polizeireviers über den Bildschirm flimmert, aus dem Jay und ich vor gerade mal ein paar Stunden flüchten konnten. Die Kamera schwenkt zum Eingang des Gebäudes, der vor Polizisten in blauen NYPD-Jacken nur so wimmelt. Ein ganzes Heer von Presseleuten wird durch das Absperrband auf Abstand gehalten, und mehrere Transporter sind so geparkt, dass sie den Blick auf die Eingangsstufen fast ganz versperren. Während der Nachrichtensprecher von einem unbekannten Täter spricht, der im 84. Bezirk die Polizeizentrale von Brooklyn angegriffen hat, sieht man im Hintergrund, wie ein schwarzer Leichensack nach dem anderen zu den parkenden Leichenwagen gebracht wird.

Durch den Ticker, der unten über den Bildschirm lauft, erfährt man, dass dreizehn Menschen getötet und sechs weitere verwundet wurden, Polizisten und Zivilisten.

Ohne groß darüber nachzudenken, packe ich Jays Hand und zerquetschte sie fast, mit der anderen Hand umklammere ich mein rechtes Knie.

Dann taucht kurz das Bild des Schützen auf dem Bildschirm auf. Es ist ziemlich unscharf, wahrscheinlich von einer der Überwachungskameras auf dem Revier. Mir läuft ein Schauer über den Rücken und mir bricht der Angstschweiß aus.

»Mach das aus«, flüstere ich heiser.

Jay schüttelt ganz leicht den Kopf. »Nein«, sagt er, »vielleicht erfahren wir noch was Brauchbares.«

Jetzt wird wieder zurück ins gut ausgeleuchtete Studio geschaltet, wo das Supermodel und der Opa ihre einstudierten erschrockenen Gesichter in die Kamera strecken.

»Der Polizeipräsident möchte zurzeit keine Angaben zur Identität des Mörders oder zum Motiv für diese schrecklichen Gräueltaten machen«, sagt der Mann. »Immerhin wurde inzwischen bekannt gegeben, dass der Mörder kein, ich wiederhole, *kein* Polizist ist. Die Bürger werden aufgefordert, sich dem Mann unter keinen Umständen zu nähern. Er ist bewaffnet und gilt als extrem gefährlich.«

Danach schnappe ich nur noch ein paar Worte über die allgemeine Panik und das Chaos auf, über den Wunsch nach Aufklärung und die Beileidsbekundungen des New Yorker Bürgermeisters, bevor Jay mein Knie aus dem Klammergriff befreit und den Ausschalter drückt.

Wir sinken beide in unsere Sitze zurück und wagen kaum zu atmen. Eine Zeit lang sagt keiner etwas, und ich lasse meinen Blick vom dunklen Bildschirm auf die Straßen dort draußen hinter der Autoscheibe wandern; auf die Stadthäuser von Chelsea und die Touristen in Turnschuhen mit ihren Reiseführern in der Hand, auf die unbeschreiblich hippen Paare, die Händchen haltend spazieren gehen, auf die Schaufenster und Plakatwände, die überteuerte Jeans und Parfums anpreisen und die mich auffordern, die 1-800 zu wählen, um ordentlich abzunehmen, und für einen Moment kann ich nicht sagen, was real ist und was nicht. Es ist, als würde ich noch immer eine Fernsehshow anschauen. Nur dass ich nicht weiß, auf welcher Seite des Bildschirms ich mich gerade befinde.

20

Die High Line ist eine alte Güterzugtrasse, die sich über gut zwei Kilometer vom Meatpacking District bis zu Manhattans West Side erstreckt. Ein paar nette Menschen, unter anderem auch mein Vater, haben vor einigen Jahren den Umbau der baufälligen Hochbahnlinie zu einer Parkanlage gesponsert. Inzwischen wird sie regelmäßig von Supernannys in Designerklamotten und mit Tausend-Dollar-Kinderwägen frequentiert, von staunenden Touristen mit zerfledderten Lonely-Planet-Reiseführern, Schulkindern, die Picknicks machen, oder New Yorkern, die in dem ganzen Chaos ein bisschen Sonne und Ruhe tanken wollen. Das Gelände ist wie eine Oase. Besonders gefällt mir, dass die High Line etwas erhöht ist. Sie schwebt über den Straßen und man hat einen fantastischen Rundumblick.

Von hier oben sieht die Welt ganz anders aus. Natürlich knallt die Sonne genauso heftig, aber durch die Brise, die vom Hudson herüberweht, ist es einigermaßen erträglich. Das permanente Gehupe, Quietschen von Reifen und die Martinshörner, die typischen Hintergrundgeräusche von New York, sind weit weg und nicht zu laut. Von hier oben sieht die Stadt wunderschön aus. Jay schaut sich misstrauisch um.

»Ich wusste nicht mal, dass es das hier gibt«, sagt er. Skeptisch betrachtet er eine Minigiraffenstatue, die jemand auf der Wiese aufgestellt hat, bevor er einer Gruppe Kindern ausweicht, die Warnwesten anhaben und ihren Lehrern zu einem schattigen Plätzchen folgen.

»Hat mir mein Dad gezeigt, als ich das letzte Mal in New York war«, sage ich.

Ohne uns abgesprochen zu haben, steuern wir auf eine Reihe hölzerner Liegestühle zu, die unter ein paar Bäumen stehen, und lassen uns erschöpft darauf fallen.

»Du magst es wohl gern, wenn etwas hoch ist«, sagt Jay, legt sich zurück und verschränkt die Hände unter seinen Kopf. Er wirkt entspannter, nicht mehr in Alarmbereitschaft, obwohl mir seine Stimmlage und die Art, wie er sich ständig zwischen den Augen reibt, verrät, dass er noch immer nervös ist.

Ich zucke mit den Schultern und setze mich so hin, dass ich meine hinteren Oberschenkelmuskeln dehnen kann, bevor ich noch einen Krampf bekomme. Wenn ich jetzt nichts unternehme, werde ich das Rennen und Klettern und die Adrenalinschübe später heftig zu spüren bekommen. Das weiß ich aus jahrelanger Erfahrung – ich sage nur Ballettunterricht. Ich mag gar nicht an das Aufstehen nach unserer Rast hier denken.

»Du bist da schon mal hochgeklettert, oder?«, fragt Jay.

Ich nicke und beuge mich nach vorn, um mich noch weiter zu dehnen. »Ja.«

»Heilige Scheiße.« Er ist total baff. »Wie kommt man auf so was?«

Ich zucke wieder mit den Schultern.

»Nee. Jetzt sag schon. Du hast gerade echt ein paar krasse Spider-Man-Moves abgezogen.«

»Du doch auch«, erwidere ich und widme mich meinem anderen Bein. Mir tut alles weh – Knochen, Muskeln, Fasern –, und ich fühle mich, als hätte mich jemand durch den Fleischwolf gedreht. »Und überhaupt, so schwierig war das doch gar nicht. War ja nicht die Brooklyn Bridge oder so.« Trotz der Schmerzen muss ich grinsen. »Also, das wäre wirklich mal eine Herausforderung.«

Jay starrt mich unsicher an. Wahrscheinlich fragt er sich, ob ich das gerade ernst meine. »Du würdest auf die Brooklyn Bridge klettern?«, will er wissen. »Nur wegen dem Kick?«

Wer weiß? Die Brooklyn Bridge reizt mich seit dem Tag, als ich sie zum ersten Mal gesehen habe. Die wirbelnden Wassermassen darunter und die unglaubliche Kraft und Schönheit dieses Bauwerks. Ich kann mir das überschwängliche Gefühl von Freiheit, das ich beim Erklettern eines solchen Objekts sicher bekommen würde, nur zu gut vorstellen.

Ich nicke, allerdings in Richtung seiner Beine. Er liegt dermaßen lässig auf dem Stuhl, dass man meinen könnte, er würde einen Tag auf einer Wellnessfarm vertrödeln. »Du solltest ein paar Dehnübungen machen«, sage ich.

»Warum?«, fragt er.

»Weil du sonst steif wirst.«

Ich bereue meine Wortwahl sofort, aber bevor ich etwas hinzufügen kann, hat er sich schon aufgesetzt. »Nein, das meinte ich nicht. Ich wollte wissen, warum du dich plötzlich entschieden hast, auf das Dach eines neunzehnstöckigen Gebäudes zu klettern? Und warum du gern auf die Brooklyn Bridge klettern willst? Ich würde das echt gern kapieren, für mich hört es sich nämlich ganz schön verrückt an oder wie der reine Selbstmord, wahrscheinlich sogar beides. Aber eigentlich passt weder das eine noch das andere zu dir.«

Ich lockere mein Bein, setze mich aufrecht hin und schaue ihm ins Gesicht. Sein forschender Blick lässt mir die Röte den Hals hochkriechen wie Quecksilber in einem Thermometer. »Warum fährst du gern schnell?«, frage ich ihn.

Sein Gesicht verzieht sich sofort zu einem Grinsen. »Weil es sich gut anfühlt. Wie ein Rausch.« Jetzt grinst er sogar noch breiter und sein Grübchen wird wieder sichtbar. »Es gibt nur eine einzige Sache, die noch besser ist.«

»Genau«, sage ich atemlos. Er hat's kapiert. Aber dann merke ich, was er da gerade gesagt hat, und meine Wangen brennen. Ist ja klar, was er mit der einzigen Sache gemeint hat: Sex. Also murmele ich noch schnell etwas wie »ich meine, ja, vielleicht«.

Jay verengt seine Augen zu Schlitzen wie ein Wolf, der Blut geleckt hat. Jetzt ist er eindeutig neugierig geworden. Wenn man vor Verlegenheit sterben könnte, läge ich jetzt auf dem Boden und würde blau anlaufen.

Ich hatte bisher erst ein Mal Sex, und wahrscheinlich genügt es, wenn ich sage, dass ich die Erfahrung nur zu gern gegen eine Portion Eis oder gegen einen gemütlichen Leseabend eintauschen würde (meinetwegen auch gegen ein langweiliges Buch, zum Beispiel einen dicken Wälzer meines Vaters über byzantinische Militärgeschichte). Das Gefühl ist nicht annähernd mit dem vergleichbar, was ich beim Klettern empfinde.

Jays Blicke brennen auf meiner Haut, und ich starre auf meinen Schoß und rede einfach weiter. Vielleicht lenkt ihn dieser Wortschwall ja ab und vielleicht vertreibt er auch das Bild von Jay, das mir gerade in den Sinn kommt, nämlich wie er splitterfasernackt Sex hat. Und zwar mit mir. Vielen Dank auch, liebes Gehirn.

»Das erste Mal, als ich auf ein Dach geklettert bin, wollte ich jemandem entkommen«, verrate ich ihm.

»Wem?«, will Jay sofort wissen.

»Meinem Leibwächter.«

»Du hast einen Leibwächter?«, fragt er.

»Hatte ich. Im Oman«, erkläre ich ihm. »Na, auf jeden Fall hat der Typ früher zu einem Sondereinsatzkommando des israelischen Militärs gehört. Er hieß Liron.«

»Leon?«

»Nein, Liron. Das ist Hebräisch und heißt *ich freue mich,* was vollkommen paradox war, weil dieser Kerl nie gelächelt hat. Kein einziges Mal. Ich habe ihm ständig Witze erzählt, weil ich ihn zum Lachen bringen wollte – aber keine Spur. Vielleicht war er ja ein Cyborg mit einem kaputten Persönlichkeitschip.«

»Und was hat er getan, dass du weglaufen wolltest?«

»Eigentlich nichts. Ich hatte es nur ziemlich satt, überall in seiner Begleitung aufzutauchen. Ich konnte mich nicht mal mit einem Jungen verabreden, ohne dass Liron am nächsten Tisch saß, seinen Kaffee schlürfte und die anderen Gäste mit seinem Killerroboterstarren in den Wahnsinn trieb.«

»Wow.«

»Ich weiß. Ich konnte nicht mal auf die Toilette, ohne dass er davor wartete.«

»Ich meinte eher, wow, es gab Jungs, die genug Eier hatten, um sich mit dir zu verabreden?«

»Nicht viele. Also ehrlich gesagt, nur einen.« Nicht dass mir das was ausgemacht hätte. Wenn man einen Leibwächter hat, der stärker bewaffnet ist als eine der Figuren aus dem Halo-Universum, ist das einer der wenigen Vorteile. Jungen machten für gewöhnlich einen großen Bogen um mich.

»Und dann bist du abgehauen, damit du dich mit deinem Freund treffen kannst?«

Jay will ganz schön viel über meine festen Freunde wissen.

»Nein«, sage ich gedehnt. »Ich wollte einfach nur weg. Es war, als stünde ich die ganze Zeit unter Hausarrest.« Ich denke nach. »Und der einzige Ausweg führte durch das Fenster. Also bin ich aufs Dach geklettert und habe die Nacht dort oben verbracht. Schlafen konnte ich nicht. Ich war viel zu aufgeregt.« Ich muss lächeln, als ich daran zurückdenke. Ich weiß noch genau, wie es sich angefühlt hat, als ich mich über die Dachkante gehievt habe und mit zittrigen Beinen dort stand und nach unten schaute. Ich war das erste Mal in meinem Leben ganz allein, und niemand wusste, wo ich steckte. Ich fühlte mich wie neugeboren. Nach Felix' Tod hatte ich meine Gefühle lange Zeit weggesperrt und war wie unter einer Glocke aus Benommenheit gefangen gewesen. Aber dort oben auf dem Dach war ich hellwach und ganz bei mir. *Lebendig.* Ja, so fühlte ich mich. Als wäre alles möglich. Als könnte ich sogar die Sterne vom Himmel pflücken.

Ich schaue zu Jay. Er sitzt immer noch aufrecht da, seine Arme ruhen auf den Knien und er beobachtet mich genau. Ich hole Luft. Ich würde ihm das gern erklären, hätte gern, dass er es versteht. Da ist etwas an ihm, an dem Funkeln seiner Augen, dass ich glaube, er würde es kapieren. »Wenn ich klettere und am Rand des Daches entlangbalanciere«, sage ich, »spüre ich immer dieses Kribbeln im Bauch.« Ich presse meine Hand auf den Nabel. »Es ist unglaublich, als wäre mein Blut aus lauter Lichtteilchen. Als wäre ich leichter als eine Feder.« Ich atme aus. »Wahrscheinlich war das zum ersten Mal in meinem Leben, dass ich mich … vollkommen frei gefühlt habe.«

Jay nickt. »Aus genau demselben Grund habe ich mit Motorrennen angefangen«, sagt er.

»Du fährst Rennen?«, frage ich überrascht.

»Ja. Seit ich vierzehn bin. Wenn ich hinter dem Steuer saß und aufs Gas gehen konnte, kam es mir vor, als würde ich gleich abheben, könnte überall hin und alles sein. Es gab nichts, was mich aufhalten würde. Schätze mal, es war für mich auch eine Art Flucht.«

Ich würde ihn gern fragen, wovor er damals davonlaufen wollte, aber da schüttelt er die Erinnerung schon ab. »Komisch«, sagt er, »auf der Wache dachte ich, du wärst eine hochnäsige, reiche Tusse …« Als er meinen Gesichtsausdruck sieht, unterbricht er sich und zuckt mit den Schultern. »Als ich dich angesprochen habe, hast du dich nicht einmal umgedreht.«

»Was hast du denn erwartet?«, sage ich. »Wir waren im Morddezernat. Und du hattest Handschellen an. Und überhaupt, was meinst du mit *hochnäsig?*«

Er hebt entschuldigend seine Hände und grinst. »He, du dachtest, ich wäre ein Mörder, also sei gefälligst nicht so streng mit mir. Ich sage nur, dass du stocksteif dort gesessen und dich wie jemand aus einem Bond-Film angehört hast.«

»Wie bitte?«

»Dein britischer Akzent. Du klingst wie diese Frau, na, du weißt schon, diese Sekretärin in den Bond-Filmen.«

»Moneypenny«, sage ich so schrill, dass die Vögel in den Bäumen aufflattern.

»Ja, oder wie die Queen«, macht Jay weiter und merkt gar nicht, wie sehr er mich beleidigt. Er hat mich gerade in einem Atemzug mit einer spießigen Sekretärin und einer neunzigjährigen Greisin verglichen. »Du hast mich einfach links liegen lassen.«

Ich öffne und schließe meinen Mund wie ein debiler Goldfisch. »Du wolltest, dass ich etwas Illegales tue, und das, obwohl ich dich überhaupt nicht kannte.«

»Ich habe dich nur um einen kleinen Gefallen gebeten. Das war nicht illegal. Ich habe das Gesetz bloß ein bisschen freier ausgelegt.« Er zeigt mir mit Daumen und Zeigefinger, wie winzig das bisschen war. »Einen Moment lang hab ich echt geglaubt, du würdest mich am Schreibtisch festgekettet sitzen lassen.«

Er sieht mich an, als wollte er *Ich weiß, das ist verrückt. Mein Fehler* sagen. Ich gebe mir alle Mühe, ihm zu zeigen, wie entsetzt ich bin, dass er so etwas von mir auch nur denken konnte. Gleichzeitig winde ich mich innerlich wie ein Regenwurm, weil er recht hat. Ich habe tatsächlich kurz überlegt, ob ich ihn losmachen soll oder nicht.

»Was wieder mal zeigt, dass man jemanden nicht nach dem ersten Eindruck beurteilen sollte. Und auch nicht nach dem NYPD-Pulli, den er anhat«, fügt er augenzwinkernd hinzu.

»Oder einen Jungen nach seinen Handschellen.«

»He, das war das erste Mal, dass ich festgenommen wurde«, sagt er. Sein Lächeln weicht einem mürrischen Gesichtsausdruck.

Ich sehe zur Seite und sage nichts. Die plötzliche Erinnerung daran, wer er ist – ein Bandenmitglied und Straftäter –, ist wie eine Ohrfeige, die mich abrupt in die Realität zurückholt. Ich starre auf das matschig-braune Wasser vor uns.

»Was?«, höre ich ihn sagen. »Hast du noch nie gegen ein Gesetz verstoßen? Noch nie eine Dummheit gemacht? Kein einziges Mal? Also, ich spreche jetzt nicht davon, auf Dächer zu klettern.«

»Nö«, sage ich und drehe mich wieder zu ihm.

Er sieht mich skeptisch an. »Du hast noch nie ein Bier getrunken? Oder einen durchgezogen?«

Ich schüttle den Kopf. Okay, auf Geburtstagsfeiern meiner Eltern habe ich schon mal ein paar Gläser Wein getrunken, aber nie Bier. Selbst wenn Bier keine Kalorien hätte, ich finde Alkohol nicht wirklich verlockend, und sich zu bekiffen auch nicht, nicht wenn man sieben Tage die Woche frühmorgens im Ballettstudio antanzen muss wie ich. Und selbst wenn mir mal danach gewesen wäre – versucht einmal, Alkohol an einem israelischen Soldaten vorbeizuschmuggeln. Das könnt ihr vergessen.

Jay schüttelt verwundert den Kopf. »Tja, schätze mal, wir leben in zwei verschiedenen Welten«, sagt er und blickt dann Richtung New Jersey.

»Was soll das denn heißen?«, frage ich.

Ein leichtes Schulterzucken. »Einfach, dass wir unterschiedlich aufgewachsen sind. Du in Nigeria und ich in Queens. Du warst schon überall auf der Welt. Ich kenne nicht mal die amerikanische Westküste. Scheiße, Mann, ich kannte ja noch nicht mal diesen Teil von Manhattan. Ich musste im Kindergarten lernen, wie man sich verteidigt, und du warst immer von Leibwächtern umgeben.« Er unterdrückt ein Lachen. »Aber wo steckt dein israelischer Killerroboter, wenn du ihn mal wirklich brauchst, hm?« Er wendet sich wieder ab und schaut übers Wasser. »Wir sind einfach verschieden, du und ich, das ist alles.«

In mir brodelt es, was ich aber nicht zeige.

»Na ja«, sagt er und lächelt entschuldigend, »wahrscheinlich ist es auch ziemlich schwer, irgendwas anzustellen, wenn Leon oder Liron oder wie immer er heißt jede deiner Bewegungen überwacht. Da klaut man wohl nicht so leicht ein Auto.«

Ich lache leise, obwohl ich mich immer noch darüber ärgere, was er gerade gesagt hat. »Wir sind nicht verschieden«, sage ich schließlich, »immerhin sehnen wir uns beide nach einer Flucht aus unserem Leben.« Er beurteilt mich nach den wenigen Informationen, die er über mich hat, und ich mach das ehrlicherweise bei ihm nicht anders. Was nicht wirklich verwunderlich ist. So macht man das eben. Wir beurteilen Menschen, und dann stimmen wir unsere Gefühle und Gedanken über sie auf das ab, was sie sagen oder tun. Ich finde das unbefriedigend. Ich weiß zum Beispiel, dass ich Jay nie wiedersehen werde, wenn dieser Tag vorbei ist, aber aus irgendeinem Grund, vielleicht gerade weil ich ihn nie wiedersehen werde, will ich, dass er mich anders wahrnimmt. Ich will, dass er mein wahres Ich kennenlernt. Aber ist das überhaupt möglich? Kann man eine andere Person bitten, einen zu erkennen, wenn man nicht mal weiß, ob man sich selber richtig kennt?

Ich zögere und atme tief ein. »Es liegt nicht am Leibwächter.«

Jay ist verwirrt. »Hä?«

»Ich breche keine Regeln, weil das letzte Mal, als ich das getan habe, jemand gestorben ist.«

Jays Kopf fährt herum. »Wer?«, fragt er.

»Er hieß Felix. Er war vor Liron mein Leibwächter. Wir lebten in Nigeria.«

Warum erzähle ich ihm das? Ich weiß es nicht. Das habe ich

noch nie jemandem erzählt. Nicht einmal meine Therapeuten konnten mir alle Details entlocken. Aber aus irgendeinem Grund möchte ich Jay auf einmal unbedingt von Felix erzählen und auch, was passiert ist. Vielleicht liegt es daran, dass ich glaube, Felix hätte Jay gemocht, seinen Sinn für Humor und seine Loyalität. Humor und Loyalität waren Felix wichtiger als alles andere.

»Hat er dir das alles beigebracht?«, fragt Jay ganz sanft.

»Was genau meinst du?«, frage ich und binde meine Haare zurück. »Wofür man einen Türstopper braucht?«

Jay grinst. »Nein. Wie man Verbrecher erschießt.«

»Ich habe noch nie jemanden erschossen«, sage ich. »Das Schießen habe ich von meinem Vater gelernt«, füge ich schnell hinzu, bevor wir zu stark an die zurückliegenden Ereignisse erinnert werden. »Aber Felix hat mir andere Dinge beigebracht.«

»Und welche?«, fragt Jay.

Ich lehne mich auf meinem Liegestuhl zurück. »Er hat mir Poker beigebracht«, sage ich und muss plötzlich lächeln. »Und wie man richtig schwierige Knoten bindet.«

»Alles wichtige Sachen«, sagt Jay lächelnd. Dann verschwindet sein Lächeln. »Mein Vater hat mir einen Scheiß beigebracht.«

Die Schlinge um meinen Magen zieht sich enger. Ich will ihm gerade erklären, dass Felix nicht mein Vater war, doch dann fällt mir ein, dass er das ja weiß. Und mich trifft die Erkenntnis, dass genau das der Grund dafür ist, warum es noch immer so wehtut, sie trifft mich, als hätte jemand ein Messer in mich gerammt. Felix *war* wie ein Vater für mich. Deshalb vermisse ich ihn auch so sehr. Warum ist mir das noch nie aufgefallen?

Ich werde still und denke daran, wie er immer in seiner kleinen Küche herumgewerkelt hat, seine Wohnung lag über der Garage. Er hat mir verschiedene Segelknoten gezeigt, während er über einem winzigen Gaskocher sein Abendessen zubereitet hat. Ab und zu hielt er inne, lehnte sich zu mir und schaute, wie ich mich anstellte. Und wenn ich die Knoten richtig geknüpft hatte, rieb er mir mit seinen Fingerknöcheln über den Kopf.

»Er war ein ziemlich mieser Koch«, erzähle ich Jay, als mir das alles wieder einfällt. »Aber er konnte das beste und seltsamste Popcorn machen, das man sich nur vorstellen kann. Geschmacksrichtungen, die eigentlich überhaupt nicht zusammenpassen.«

Jay grinst. »Was denn zum Beispiel?«

»Bacon-Karamell zum Beispiel. Oder Kürbis-Blauschimmel-Chili.«

Jay versucht, sich das vorzustellen. »Das könnte schmecken«, sagt er. »Klingt, als wäre er großartig gewesen«, fügt er hinzu.

Ich schaue auf das kleine Stück vom Hudson, das uns aus der Ferne blau entgegenglitzert. »Ja«, sage ich, »das war er.«

»Wie ist er gestorben?«

Und auf einmal überflutet mich der Schmerz, wie er das immer tut; er ist wie eine Windbö, die mich vom Rand des Daches zu fegen droht. Ich atme tief ein und konzentriere mich auf Jay.

»Ein paar Leute wollten mich entführen.«

Auf Jays Gesicht spiegeln sich gleich mehrere Empfindungen: Kummer, Verwirrung, Überdruss und Schmerz. Ich glaube, dass er seine letzte Frage sicher bereut. Er bohrt trotzdem weiter. »Was ist passiert?«

»Willst du das wirklich wissen?«, frage ich.

Jay nickt. »Ja.«

Ich hole die Wasserflasche aus dem Rucksack und trinke

einen Schluck. »Ich war mit ihm und unserem Fahrer im Auto und dann haben sie uns überfallen. Es waren drei Männer – sie haben ihr Auto quer auf die Straße gestellt und uns den Weg abgeschnitten. Ich weiß nicht mehr ganz genau, was passiert ist. Es ging alles so schnell. Sie haben den Fahrer erschossen und auf unsere Reifen gezielt, und dann hat Felix mich plötzlich aus dem Auto gezerrt. Er hat versucht, sie aufzuhalten.«

Jay sieht mich mit großen Augen an. Ich weiß, dass er jetzt ganz bei mir ist. Er ist mit mir auf dieser Straße in Lagos, hört, wie die Kugeln vom Auto abprallen und in den Dreck der Straße spritzen. Er hört, wie mein Herz in der Brust hämmert, und schmeckt die Angst, die wie Galle meinen Hals hochsteigt. Er sieht Felix, der sein Gesicht an meines presst und mich so fest am Arm packt, dass ich blaue Flecken kriege, die noch nach einem Monat zu sehen waren.

»Er sagte, dass ich auf drei losrennen soll. Ich sollte, so schnell ich konnte, zurück zur Schule laufen. Die war nur eine Kreuzung von uns entfernt. Ich konnte die Schultore sogar sehen. Er sagte, dass er dicht hinter mir bleiben würde.«

»Und?«, fragt Jay leise.

Ich schlucke. »Ich bin nicht gerannt. Ich bin geblieben. Ich wollte ihn nicht allein lassen.« Ich weiß noch, wie Felix aussah. Er war immer ganz ruhig. Immer. Aber in diesem Moment lag eine schreckliche Angst in seinen Augen. Ich konnte mich nicht mehr rühren. Ich hatte solche Angst um ihn, dass ich ihn nicht zurücklassen wollte. Zu dem Zeitpunkt war mir nicht klar, dass er sich Sorgen um mich machte. – Er starb, sage ich, und man kann mir meine Fassungslosigkeit noch immer anhören. »Er wurde direkt vor meinen Augen in die Brust getroffen. Weil er mich beschützen wollte.«

Nach einer Weile hebe ich den Kopf und rechne damit, dass Jay genauso reagiert wie meine Therapeuten. Auch wenn sie es zu verbergen suchten, war da immer dieser leicht vorwurfsvolle Ausdruck in ihren Augen. Aber bei Jay entdecke ich nichts Vergleichbares. Eher eine Mischung aus Wut und Mitgefühl. Er streckt seine Hand aus und nimmt meine und sieht mir dabei fest in die Augen. »Das war nicht deine Schuld«, sagt er, als könnte er erzwingen, dass das wahr ist, einfach indem er es sagt. Seine Finger drücken meine.

Dieses Mal drücke ich nicht zurück. »Du warst nicht dabei«, sage ich matt.

»Du warst noch ein Kind«, sagt er. »Du hast weder auf den Fahrer noch auf ein Kind geschossen. Felix ist gestorben, weil er dich beschützt hat. Das war sein Job.« Er drückt meine Hand noch etwas länger, aber als ich nicht reagiere, zieht er sie weg.

»Wenn ich auf ihn gehört hätte, würde er noch leben«, sage ich leise.

Jay schüttelt entschieden den Kopf. »Das ist nicht gesagt.«

Zwischen uns breitet sich Schweigen aus wie eine weiche Daunendecke. Bis zu einem gewissen Punkt weiß ich, dass Jay recht hat. Ich kann mich nur nicht überwinden, das zu akzeptieren. Dabei geht das jetzt schon so lange, dass ich bezweifle, ob es mir jemals gelingen wird.

»Es ist dasselbe wie heute«, sage ich. »Alle sterben wegen mir. All diese Menschen.« Und dann verstumme ich. Mir brennt die Kehle, aber weinen kann ich nicht. Es ist falsch, dass ich das nicht kann, ich möchte weinen. Aber ich bin ausgelaugt, ausgetrocknet.

Plötzlich liegt Jays Hand unter meinem Kinn, und er hebt es an, damit ich ihn ansehe.

Seine Augen leuchten in einem unglaublichen Grün. »Du bist nicht für den ganzen Mist auf dieser Welt verantwortlich, Liva.«

Ich schaue zu den kleinen Kindern, die sich auf einige Treppenstufen gesetzt haben, ihre Brote essen, lachen und schwatzen.

»Du hast mir das Leben gerettet«, sagt Jay. Er hat mich noch immer nicht losgelassen und zwingt mich, meinen Kopf zurückzudrehen.

Ich blinzele. Wir holen beide Luft, atmen aber nur flach, als wäre unsere Brust fest umschnürt. Und dann zieht er mich plötzlich an seine Schulter und schlingt die Arme um mich. Ich vergrabe mein Gesicht in der Wärme seines Halses und atme den sauberen Seifengeruch und den leichten Moschusduft seiner Haut, und ganz kurz lasse ich los und falle vom Rand des Gebäudes ins Vergessen.

»Du hast uns beide gerettet«, flüstert er mir ins Ohr.

21

Ich bin diejenige, die zuerst zurückweicht, mein Herz schlägt nur zögerlich, aber ich tue ganz geschäftig, wühle mich durch den Rucksack und krame unsere Handys und den NYPD-Pulli hervor. Jay legt seine Beine mit Schwung auf den Liegestuhl, der neben meinem steht, und lehnt sich mit hinter dem Kopf verschränkten Armen zurück. Ein Teil von mir würde sich am liebsten an seiner Seite zusammenrollen und das Gesicht in seiner Schulter vergraben. In seiner Umarmung habe ich mich geborgen gefühlt. Einen Augenblick lang konnte ich alles vergessen, was gerade passiert, und mich fallen lassen. Ich wollte so gerne glauben, dass er vielleicht recht hat – dass das, was Felix passiert ist, doch nicht mein Fehler war. Aber jetzt bin ich wieder nervös, mein Puls rast und ist im nächsten Moment schon wieder langsam, das geht ständig hin und her.

Als ich die Handys aufmache und die SIM-Karten hineinstecke, weiß ich, dass Jay mich beobachtet. Mir ist, als würde jemand ganz langsam und bedächtig mit einer Feder über jeden Zentimeter meiner Haut streichen – mit einer elektrisierenden Feder. Meine Hände zittern. Gott, was ist bloß los mit mir? Vielleicht bilde ich mir seinen intensiven Blick ja nur ein. Vielleicht schaut er mich überhaupt nicht an. Womöglich bewundert er nur die Aussicht. Oder er überprüft, ob uns jemand gefolgt ist. Ich reibe mir die Augen. Ich bin so müde. Ich weiß nicht, ob ich schon jemals so müde war. Ich werfe einen Blick auf die vor sich hin schwatzenden Touristen und die Schulkinder mit ihrem Picknick und mir kommt es so vor, als wären wir durch eine Glaswand von ihnen getrennt.

Sind wir hier sicher? Ich weiß es nicht. Aber wo *ist* es schon sicher? Bisher – nirgendwo. Das hier ist der beste Ort, der mir eingefallen ist. Instinktiv schiebe ich meine Hand zum Rucksack, um nach der dicken Ausbuchtung der Pistolen zu tasten. Vielleicht sollte ich unauffällig eine herausholen und sie unter den Pulli stecken? Aber dann dringen das Kreischen und Lachen der Kinder an mein Ohr, und ich weiß, dass das eine dämliche Idee ist. Es ist zu gefährlich.

Nachdem ich beide Handys eingerichtet habe, reiche ich Jay eins davon. »Du solltest deine Mutter anrufen. Sie macht sich garantiert Sorgen«, sage ich.

Er nimmt das Handy und schiebt es in seine Gesäßtasche. »Ja«, murmelt er.

Ich runzle die Stirn. Dafür, dass er so wild darauf war, dass ich, eine vollkommen Fremde, seine Mutter über seine Verhaftung benachrichtige, verhält er sich irgendwie seltsam.

»Möchtest du lieber, dass ich das mache?«, frage ich.

Er sieht mich unvermittelt an und mein Herz schlägt schneller. »Nein«, sagt er ungehalten.

Ich lasse mich auf die Liege zurückfallen, ziehe die Knie an und stopfe den Pulli als Kissen unter meinen Kopf. »Denkst du, die Polizei hat versucht, dich zu finden? Und ist vielleicht zu dir nach Hause gegangen?«, frage ich.

Jay starrt zornig zum Horizont und schielt in Richtung Freiheitsstatue. Er wirkt so finster, dass es mich nicht wundern würde, wenn sich jetzt auf einmal eine Wand aus Gewitterwolken auftürmen und die ganze Stadt verschlucken würde.

»Keine Ahnung«, sagt er betont gelassen, aber ich bin mir ziemlich sicher, dass er auch schon darüber nachgedacht hat. »Gut möglich.«

Meine Bauchmuskeln sind angespannt und ich warte einen Moment, bevor ich ihm die Frage stelle, die mir schon die ganze Zeit unter den Nägeln brennt. »Warum hast du ein Auto geklaut?«

Bevor Jay seinen Kopf in meine Richtung dreht, atmet er tief ein. »Ich musste.«

Ich versuche, mir nichts anmerken zu lassen – setze mein Pokerface auf –, aber in mir meldet sich die Zynikerin, und ich hebe unbeabsichtigt die Augenbrauen. »Du *musstest?* Wie das? Hat dir jemand eine Pistole an den Kopf gehalten und dich gezwungen?«

Jetzt blickt er noch finsterer drein, und mein Magen zieht sich zusammen. »Nein«, sagt er, schaut dann weg und schüttelt den Kopf. »Das ist kompliziert«, murmelt er. »Aber ich habe ihn nicht geklaut«, fügt er hinzu.

»Du bist also nicht ohne die Erlaubnis des Besitzers mit einem Auto gefahren, das dir gar nicht gehört?«, frage ich süffisant.

Jay dreht langsam den Kopf zu mir und sieht mich durch seine Wimpern an. Er ist wütend, denke ich und bereue sofort den Ton, den ich angeschlagen habe. Aber dann sehe ich, wie seine Mundwinkel zucken.

»Doch«, gibt er zu. »Bin ich.«

»Ich weiß natürlich nicht, ob sich die Bedeutung von ›stehlen‹ inzwischen geändert hat, ohne dass ich es mitbekommen habe«, sage ich und kann meine Augen nicht von seinem Mund und dem leichten Lächeln darauf lösen. »Aber falls das nicht der Fall ist, waren die Kriterien für ›stehlen‹ meiner Meinung nach erfüllt.«

Vielleicht bilde ich mir das ja nur ein, aber Jay scheint von meinen Lippen genauso fasziniert zu sein wie ich von seinen – was mein Herz schneller schlagen lässt.

»Ich wollte es wieder zurückbringen«, sagt er. »Theoretisch fällt das dann eher unter ›ausleihen‹ und nicht ›stehlen‹!«

»Theoretisch«, sage ich und mein Herz schlägt mir bis zum Hals. »Aber mir ist nicht bekannt, dass im Landesrecht von New York ›ausleihen‹ in einer Verteidigungsschrift Bestand hätte.«

»Wow«, sagt er, »du kennst dich aus.«

»Meine Mutter ist Anwältin. Sie *war* Anwältin«, verbessere ich.

»Was macht sie jetzt?«

Ich zucke mit den Schultern. »Sie gibt Dinnerpartys, wie ihre Nachbarn. Nee, falsch, sie übertrumpft ihre Nachbarn und zertrampelt sie bis zur Bedeutungslosigkeit.«

Jay grinst. »Also, falls ihr euch nur ein kleines bisschen ähnlich seid, hat sie wahrscheinlich einen unfairen Vorteil euren Nachbarn gegenüber.«

»Moment mal«, sage ich. »Warum sprechen wir eigentlich schon wieder über mich? Es geht gerade um dich. Warum hast du ein Auto geklaut?«

»Ich habe ein Auto *ausgeliehen*, weil ich musste. Weil ich dachte, dass es in Ordnung wäre, und weil ich keine andere Wahl hatte.«

Ich mache einen Schmollmund, aber wahrscheinlich werde ich keine weiteren Details aus ihm herausbekommen. »Ist das der Grund, warum du mir jetzt hilfst?«, frage ich. »Hast du das gemeint, als du gesagt hast, du müsstest eine Schuld des Karmas begleichen? Willst du damit alles wieder ins Lot bringen?«

»Ja, so ähnlich«, murmelt er und richtet seinen Groll wieder gen Himmel, als wollte er Gewitterwolken heraufbeschwören.

Wahrscheinlich sollte ich jetzt besser aufhören, aber es gibt noch eine Sache, die mich wirklich interessiert. »Warum rufst du deine Mum eigentlich nicht an?«, frage ich.

Er legt den Kopf zur Seite und betrachtet mich abwägend. Mein Puls spielt mal wieder verrückt. »Ich mag deinen Akzent«, sagt er, »die Art, wie du *Mum* sagst.«

Womit er mir wieder ausgewichen wäre. Ich seufze. »Das sind meine englischen Wurzeln«, erkläre ich. »Meine Mum hasst es, wenn ich Mom sage. Und im Oman habe ich die internationale englische Schule besucht. Aber du brauchst gar nichts zu sagen, *Jaime.*« Ich gebe mein Bestes, um den spanischen Tonfall nachzuahmen, doch irgendwie hört es sich an, als würde ich einen Batzen Schleim hochwürgen. Jay muss so heftig lachen, dass er sich den Bauch hält. Ich lehne mich zu ihm und boxe ihn aufs Bein, treffe aber daneben und lande fast auf seinem besten Stück. Er schnappt meine Faust.

»Langsam, Rambo, Vorsicht. Den brauche ich noch.«

Den? Oh Gott. Und schon habe ich wieder Jays Bild vor Augen, wie er in seine Jeans schlüpft – und zwar die direkte Frontalansicht, in Farbe und 3-D.

»Heb dir die harten Schläge für die Leute auf, die uns umbringen wollen, in Ordnung?«, witzelt er.

»Entschuldigung«, nuschle ich, meine Wangen sind knallrot.

Er lässt meine Hand los und schließt die Augen. »Ich glaube, es ist Zeit für ein Nickerchen«, sagt er und gähnt.

Ich rücke mir noch einmal den Pulli zurecht und presse den Rucksack fest an meine Brust – der Kolben der Pistole, der sich in meine Rippen bohrt, ist zugegebenermaßen ein wenig tröstlich. Nach ein paar Minuten wandern meine Augen unwillkürlich zu Jay, der nicht mal eine Armlänge von mir entfernt daliegt. Seine Brust hebt und senkt sich in einem langsamen, gleichmäßigen Rhythmus. Schläft er etwa schon? Ist es in Ordnung, wenn ich auch schlafe? Sollte nicht einer von uns Wache halten?

Ich setze mich hin und sehe mich um. Ich bin mir unsicher und bleibe deshalb einfach sitzen und betrachte Jays Gesicht. Er wirkt so verletzlich, was plötzlich meinen Beschützerinstinkt weckt, aber auch das schlechte Gewissen, weil ich ihn in diese Sache mit hineingezogen habe. Er sieht sehr jung aus, wie er da liegt, und komischerweise auch so, als könne er kein Wässerchen trüben. Aber dann fallen mir die dunklen Bartstoppeln und die breiten Schultern auf, die das T-Shirt meines Vaters ausfüllen, und mit einem einwandfreien Timing blitzt wieder das Bild von ihm im Badezimmer auf, und ich atme lang und langsam aus und rufe mir ins Gedächtnis, dass er kein Kind mehr ist. Wie alt ist er eigentlich? Neunzehn? Zwanzig?

Mein Blick wandert über den Rest seines Gesichts und bleibt ein Moment an seinen Lippen hängen. Das Lächeln, nach dem ich immer Ausschau halte und das mir verrät, in welcher Stimmung er gerade ist, ist verschwunden. Seine Lippen sind leicht geöffnet. Wie es wohl wäre, ihn zu küssen? Ich stelle mir vor, wie er mich zu sich zieht und festhält, so, wie er es vorhin getan hat, und …

»Ich weiß, dass du mich anstarrst.«

Ich rühre mich nicht. Jay lässt seine Augen geschlossen.

»Tue ich gar nicht«, stottere ich, während ich knallrot anlaufe.

Jay lässt seine Augen immer noch zu, streckt seine Hand in meine Richtung und legt seine Finger um mein Handgelenk. Ich frage mich schon, was das soll, als er vorsichtig zieht und ich plötzlich auf ihn kippe, mein Kopf landet auf seiner Schulter. Sein Gesicht bleibt unbewegt und ausdruckslos, als würde er schlafen, aber er zieht mich so selbstverständlich zu sich, als hätte er das schon tausendmal gemacht.

Ich bin wie paralysiert. Ich mache mich ganz steif und mein Atem geht so schnell, dass Jay garantiert mitbekommt, wie sich mein Brustkorb ganz rasch hebt und senkt. Ich starre auf seine glatte, leicht gebräunte Haut, auf der sich Bartstoppeln abzeichnen, atme tief ein und spüre, wie ich mich an seiner Seite ein kleines bisschen entspanne. Ich rücke sogar noch etwas näher, mein Bauch drückt gegen seine Hüfte. Am liebsten würde ich ein Bein über seine Taille legen, damit ich ihm noch näher sein kann. Na gut, ich gebe es zu. Ich fühle mich von ihm angezogen. Und selbst wenn ich es nicht zugeben wollte, würde mein Körper mich Lügen strafen. Aber ich werde mich nicht in ihn verlieben. Das hier hängt bestimmt irgendwie mit dem Überlebenden-Syndrom zusammen. Das habe ich schon mal im Kino gesehen. Unsere Gefühle werden nur durch den Druck ausgelöst, der momentan auf uns lastet. Ich habe mich vollständig im Griff.

22

Ich werde mit einem Ruck wach und reiße die Augen auf, mein Herz explodiert wie eine Sprengladung in meiner Brust. Ich brauche ein paar Sekunden, bis ich mich orientiert habe – der Schrei, der mich geweckt hat, stammt nur von einem Kind, das ein Eis haben will, und nicht von jemandem in Todesangst.

Und dann bemerke ich, wo ich liege. Oder besser gesagt, *wie* ich liege. Immer noch eng an Jay geschmiegt. Sein Arm liegt über meiner Taille, seine Hand lose auf meiner Hüfte, und ich habe es mir im Schlaf wohl ziemlich bequem gemacht: Mein Kopf liegt auf seiner Brust und mein angewinkeltes Bein ungeniert über seinem Schenkel. Schnell setze ich mich kerzengerade auf und rücke ein Stück von ihm weg.

»Morgen«, sagt Jay lächelnd. Er ist bereits wach. Gott, wie lange ist er schon wach?

Ich blinzle zum Himmel. Es ist kein Morgen mehr. Dem Stand der Sonne nach zu urteilen und der Schatten, die über die Holzliegen fallen, haben wir schon Nachmittag. Ich streiche mir die Haare aus dem Gesicht und reibe mir die Augen. Ich bin total erschöpft, meine Güte, mein Körper fühlt sich an, als wäre er durch eine Mangel gedreht worden. Als ich aufstehen will, falle ich beinahe hin, meine Muskeln verkrampfen sich und ich muss mich gegen die Liege lehnen. Die Abschürfungen an meinen Knien brennen, in meinen Schultern pocht es heftig und ich komme mir vor wie ein wandelnder Brummschädel.

Jay springt wie eine junge Bergziege neben mich, was für ein verdammter Mist! »Alles in Ordnung?«, fragt er besorgt.

Ich nicke unausgeschlafen, sehe mich um und versuche nach wie vor, einen klaren Kopf zu bekommen. Die High Line ist jetzt sogar noch stärker besucht als vorhin, und es ist richtig heiß. Zum Glück standen unsere Liegestühle im Schatten, denn wenn ich der direkten Sonne ausgesetzt bin, verbrennt meine Haut sofort. Jay sieht gut aus. Die Augenringe sind nicht mehr so tief, mit seinen Bartstoppeln und dem verknitterten Shirt wirkt er allerdings ein bisschen wie ein Landstreicher.

»Konntest du schlafen?«, frage ich ihn verlegen.

»Ja, aber dann hatte ich eine Portion Haare im Mund.«

Mann, ist das peinlich! Aber neben der Verlegenheit macht sich noch ein anderes Gefühl breit: Da sind Schmetterlinge in meinem Bauch, die mit ihren Flügeln schlagen. Was total unangebracht ist, sage ich mir und verdrehe frustriert die Augen.

»Hast du Hunger?«, fragt Jay.

Während ich noch darüber nachdenke, meldet sich mein Magen und knurrt laut. Jay deutet zu ein paar Essensständen, die etwas weiter entfernt im Schatten stehen. Die Gerüche werden vom Wind zu uns getragen: eine Mischung aus Vanille und Zucker und Chili und Zwiebeln, die einem das Wasser im Mund zusammenlaufen lässt.

»Du bleibst hier«, sagt er, »und ich besorge uns etwas.«

Ich gebe ihm Geld und schaue ihm hinterher. Während ich meine Schultern lockere, fällt mir zum ersten Mal auf, wie katzenhaft und geschmeidig er sich bewegt, es hat fast etwas von einem protzigen Gangsta-Rapper. Das Einzige, was ihn davor bewahrt, nicht wie ein totales Arschloch rüberzukommen, ist, dass er das nicht mit Absicht macht. Das ist kein Gehabe. So bewegt er sich eben. Und als hätte Jay bemerkt, dass ich ihn beobachte, dreht er sich plötzlich um. Erwischt! Obwohl er schon ein Stück entfernt ist, sehe ich einen Anflug von Triumph in seinen Augen aufblitzen, und als er mir zulächelt, ist da auch wieder das Grübchen in seiner Wange. Verdammt noch eins. Ich drehe mich weg, wühle im Rucksack nach den Handys und fluche vor mich hin. *Ist das dein Ernst, Liva? Ausgerechnet jetzt musst du dich verlieben?*

Ich verliebe mich nicht in irgendwelche Jungs. Auf gar keinen Fall. Ich war ja nicht mal in Sebastian verliebt, den Typ, der mutig genug war, auf mich zuzugehen. Ich hab mich mit ihm verabredet, weil ich es überraschend fand, dass er überhaupt gefragt hat, und weil ich der Meinung war, sein Mut müsse belohnt werden. Außerdem hatte ich mit Sebastian alles gut im Griff. Weil eben keine Gefühle darin verwickelt waren. Aber ich habe ihn wirklich gemocht. Er sah ganz gut aus und hat mich manchmal zum Lachen gebracht. Wir gingen auf dieselbe Schule und unsere Eltern hatten keine Einwände. Es war einfach, mit ihm zusammen zu sein, so zu tun als ob, weil ich mir keine Gedanken machen musste, dass ich etwas total Unsinniges anstellen würde oder mich wie ein Teenager Hals über Kopf verliebe. Ich verliebe mich nicht in irgendwelche Jungs. Ich verliebe mich nicht! Basta. Weshalb ich auch diese wenig hilfreichen und eher verwirrenden Gedanken über Jay ignorieren muss und mich besser auf das konzentriere, was vor uns liegt, bevor wir beide noch sterben.

Ich schaue auf dem Handy nach der Uhrzeit. Es ist 15:46 Uhr. Wir haben beinahe fünf Stunden geschlafen. Echt erstaunlich, wenn man bedenkt, dass unsere Betten nur aus ein paar Holzlatten bestanden, auch wenn ich Jays Schulter als Kissen hatte. Kein Wunder, dass ich mich so steif fühle wie die Bretter, auf denen wir lagen. Komisch, dass die Ehrenamtlichen, die in der High Line arbeiten, uns nicht verscheucht haben. Dann überlege ich, wohin wir als Nächstes könnten. Die Nacht können wir hier jedenfalls nicht verbringen, die High Line schließt um elf.

Als Jay fünf Minuten später zurückkommt, zerbreche ich mir immer noch den Kopf, eine Parkbank muss es ja nicht unbedingt sein. In einer Hand hält Jay zwei tropfende Wassereis und in der anderen eine fetttriefende braune Tüte. Er reicht mir ein Eis.

»Es gab leider keins mit Bacon-Karamellgeschmack, also habe ich dir Erdbeer-Rhabarber besorgt.«

Ich nehme es und sehe ihn fragend an.

»Heute gibt es den Nachtisch zuerst, sonst schmilzt er«, erklärt Jay.

Er setzt sich neben mich und leckt begeistert an seinem Eis, und ich muss mich sehr zusammennehmen, dass ich nicht ständig auf seinen Mund schaue.

»Willst du mal probieren?«, fragt Jay und hält mir sein Eis hin. »Ich habe Zitrone-Basilikum. Ich glaube, Felix hätte das gemocht.«

Ich lächle ihn an.

»Hoffentlich vergeht dir nicht gleich das Lächeln«, warnt er mich. »Die Hälfte des Geldes ist für diese Sachen hier draufgegangen. Nicht zu fassen, was sie dafür verlangen, wenn man bedenkt, dass es nur gefrorenes Wasser am Stiel ist.«

Als ich mich zu ihm lehne und meine Haare aus dem Gesicht streiche, zieht er in letzter Sekunde seine Hand weg und ich kippe fast auf seinen Schoß. Ich funkle ihn grimmig an, aber er lacht nur und hält mir das Eis direkt vor den Mund. Dabei sieht er mich die ganze Zeit halb neckend und halb neugierig an. Ich beiße einmal ab und erwidere seinen Blick.

Im Gegenzug biete ich Jay auch von meinem Eis an, und als er sich zu mir beugt, umfasst er mein Handgelenk, wahrscheinlich, damit ich es ihm nicht heimzahle.

»Ich glaube, das ist genau mein Geschmack«, sagt er und lässt mich nicht aus den Augen.

»Hände weg, das ist meins«, erkläre ich. Mein Puls führt mal wieder ein Eigenleben, was Jay bestimmt mitbekommt – immerhin liegt sein Daumen um mein Handgelenk. Seine Augen werden ein wenig schmaler und über sein Gesicht huscht ein seltsamer Ausdruck, ehe er schnell wegsieht.

Als wir beide fertig sind, halte ich meine klebrigen Hände hoch. Jay leckt sich seine Finger sauber. »Was denn?«, fragt er arglos.

»Hast du ein Taschentuch?«

Er schüttelt den Kopf. Doch dann zieht er sein Bandana aus der Hosentasche und gibt es mir. »Hier.«

Als ich es nehme, versuche ich, mir meinen Widerwillen nicht anmerken zu lassen. Aber Jay ist wie ein Adler, der auch aus großer Entfernung seine Beute entdeckt. »Ist was?«, fragt er.

Insgeheim verfluche ich mich und setze einen möglichst neutralen Gesichtsausdruck auf. »Nein.«

Er zuckt mit den Schultern und widmet sich der braunen Tüte. Mir steigt der Duft nach mexikanischem Essen in die Nase.

»Die sehen richtig gut aus«, sagt Jay und holt zwei ordentlich gefüllte, mit Alufolie umwickelte Burritos heraus. An der Seite quellen schwarze Bohnen und Schmand hervor.

Jay beißt herzhaft in seinen, aber ich starre meinen nur an und berechne die Kalorien.

»Liegt es am Ballett?«, fragt Jay plötzlich.

Ich reiße meinen Kopf nach oben. »Was?«

»Geht es bei deinem *Ich darf nichts mit Kalorien essen*-Gehabe darum?«

»Woher weißt du, dass ich Ballett mache?«, frage ich überrascht und ignoriere den Kalorien-Kommentar, obwohl mich schon interessieren würde, woher zum Teufel er weiß, was ich gedacht habe?

»Ich habe die Urkunden in deinem Zimmer gesehen. Und du siehst wie eine Tänzerin aus. Ich meine, schau dir mal deine Körperspannung an. Du hast, was meine Mom eine gute Körperhaltung nennen würde. Und dann deine Beine. Du hast die Beine einer Tänzerin.«

Ich erröte, und als ich seinen Blick auf meinen Schenkeln spüre, schlage ich verlegen die Beine übereinander. Bis jetzt hat mich noch niemand – nicht einmal meine Mutter – bei meiner Kalorienzählerei ertappt. Ich bin nicht magersüchtig, ganz bestimmt nicht, aber ich muss auf mein Gewicht achten. Mir ist die Statur einer Tänzerin nicht von Natur aus gegeben. Ich habe Brüste und Hüften und lange Beine, aber auch einen langen Oberkörper. Als ich Jays Blick erwidere, sieht er mich eindringlich und entwaffnend an. Mir ist noch niemand begegnet, der so scharfsinnig ist, der mich so leicht durchschaut, und seine Aufmerksamkeit ist mir fast unangenehm.

»Magst du's?«, fragt er mich und beißt noch einmal ab.

Ich schaue perplex auf den Burrito. Er sieht doch, dass ich ihn noch nicht angerührt habe.

»Dein Ballett«, sagt er, als er mein Zögern bemerkt.

Ich zucke mit den Schultern. »Ich mache das schon mein ganzes Leben.«

»Das habe ich nicht gefragt.«

Ich überlege und spiele mit der Alufolie meines Burritos. »Ich mag Tanzen«, sage ich.

»Warum?«, will er sofort wissen.

Wie vorhin schon überkommt mich der plötzliche Wunsch, ihm alles von mir zu erzählen, ich will, dass er mich versteht. »Ich mag die Perfektion«, sprudelt es aus mir heraus. »Verstehst du?« Er nickt. Er kann mir folgen. »Die ganzen Schritte sind schon da, festgelegt«, fahre ich fort, »von Experten choreografiert, und wenn man sie richtig hinbekommt, schafft man etwas Schönes, nein, mehr noch, etwas Erlesenes.«

Er nickt noch immer. »Und das ist genau dein Problem.«

»Was?«, frage ich verwirrt.

»Glaubst du echt, dass man sich bloß an Regeln halten muss, damit alles perfekt wird?« Er lächelt mich fast mitleidig an. »So funktioniert das Leben nicht. Wenn man sich an die Regeln hält, heißt das noch lange nicht, dass dir oder den Leuten um dich herum nicht doch irgendein übler Mist passiert. Ich denke, das ist hinlänglich bewiesen.«

Ich will widersprechen, halte dann aber meinen Mund. Hat er recht?

»Was ist mit zeitgenössischem Tanz? Mit freiem Tanz? Das kann auch schön sein«, sagt er.

Ich sehe ihn an, während ich noch über seine vorigen Bemerkungen nachdenke. Dann runzle ich die Stirn. *Wie bitte?* Jetzt reden wir also übers Tanzen?

»Was weißt du denn über Tanz?«, frage ich.

Er grinst mich mit funkelnden Augen an. »He, ich bin halber Kubaner. Wir wissen alles übers Tanzen.«

Ich versuche mir vorzustellen, wie Jay tanzt, und beiße mir auf die Lippe. Ich muss zugeben, dass ich ihm gern dabei zusehen würde. Die Anmut eines Tänzers hat er sicher, und er bewegt sich mit einem gewissen Rhythmusgefühl – aber wenn ich ihn mir in eng anliegenden Hosen und Oberteil vorstelle, muss ich doch grinsen.

Während Jay seinen Burrito mit einem letzten Bissen verschlingt, lässt er mich nicht aus den Augen. Dann ballt er die Alufolie zu einer Kugel, wirft sie in den nächsten Abfalleimer und wischt sich mit dem Bandana, das neben mir liegt, die Finger sauber.

»Willst du den noch?«, fragt er und deutet auf den unberührten Burrito in meinen Händen.

Ich ziehe die Folie ab und knabbere ein bisschen daran.

Er verzieht missbilligend den Mund.

»Sind das die Farben einer bestimmten Gang?« Ich zeige auf das Bandana, um ihn von meiner Kalorienzufuhr abzulenken, die ihn wirklich nichts angeht.

Jay schaut zum Bandana und wirft mir einen langen, kalten Blick zu.

»Du bist ganz schön direkt, was?«, sagt er.

Ich zucke unbestimmt mit den Schultern.

»Hast du deswegen so komisch reagiert, als ich es dir geben wollte?«

Ich hebe wieder meine Schultern, was alles bedeuten kann.

»Weißt du überhaupt irgendetwas über die Gangs in dieser Stadt?«, fragt er.

»Nur das, was mir mein Vater erzählt hat. Was nicht besonders viel ist«, gebe ich zu.

»Das hier ist einfach nur ein Bandana, es hat keine Bedeutung.« Er dreht sich weg und guckt noch immer kopfschüttelnd in die Ferne.

»Tut mir leid«, sage ich leise. Warum habe ich das überhaupt zur Sprache gebracht?

Er schießt zu mir herum. »Ich bin in keiner Gang«, sagt er mit kaum unterdrücktem Zorn. »Das war ich noch nie. Und das werde ich auch nie sein.« Er beißt die Zähne zusammen, seine Hände sind zu Fäusten geballt. Sein plötzlicher Stimmungsumschwung bringt mich voll aus dem Konzept. Da bin ich wohl selbst dran schuld.

»Tut mir leid«, sage ich wieder und schlucke, in meiner Kehle scheint plötzlich eine Klinge zu stecken. »Da war ich wohl zu voreilig.« Was dämlich von mir war, da ich das ja nicht mehr sein wollte.

»Ja«, murmelt er.

»Keine voreiligen Schlüsse mehr, in Ordnung?«

Und dann lacht er ganz unerwartet. »Klar doch, Moneypenny.«

Ich schneide eine Grimasse, muss aber grinsen.

»Also«, sagt er gedämpft, »mein älterer Bruder Luis, der ist in einer Gang. Bei den Latin Blades.«

Er hat einen Bruder. Jetzt bin ich hellwach und lehne mich nach vorn. Das muss ich hören. Das will ich *wirklich* hören, um endlich auch mal etwas über ihn zu erfahren. Bis jetzt war der Austausch an Informationen über unser Privatleben doch eher einseitig. Jay nimmt mich unter die Lupe wie jemand, der unbedingt einen Fehler finden will, also sorge ich dafür, dass mein Gesicht nichts verrät. »Er sitzt im Gefängnis«, fährt er fort. »Schon seit zwei Jahren. Sechs liegen noch vor ihm.«

Ich hefte meinen Blick auf Jay. Ich weiß, dass er jede noch so kleine Regung registriert, und wenn dabei nur ein Hauch von Vorurteil mitschwingt, hat er ein gefundenes Fressen. Ich würde gern wissen, warum sein Bruder im Gefängnis ist, aber das frage ich besser nicht.

»Mein mittlerer Bruder – Teo – mischt in derselben Gang mit.« Er presst seine Lippen so stark aufeinander, dass alles Blut daraus weicht. »Meine Mutter hat jetzt nur noch mich, auf den sie bauen kann. Ich bin derjenige, auf den sie stolz ist und mit dem sie prahlen kann.« Er atmet hörbar aus und stützt seinen Kopf auf die Hände. »Und jetzt habe ich alles versaut.«

Eine Zeit lang rühre ich mich nicht. Ich schaue ihn nur an, zwischen uns ist eine hohe Mauer niedergerissen worden. Ich weiß nichts von seiner Welt. Aber er wusste auch nichts von meiner und hat trotzdem versucht, mich zu verstehen. Seine Schultern sind verkrampft, er sieht aus, als würde er jeden Moment aufspringen, wie ein Kampfhund, dem jemand zu nahe kommt. Ich setze mich trotzdem neben ihn, und mein Schenkel streift seinen. Vorsichtig lege ich meinen Arm um seine Schultern. »Wenn wir das hier hinter uns haben, helfe ich dir«, sage ich.

Er macht sich unter meiner Berührung ganz steif und dreht den Kopf leicht zu mir.

»Da gibt's nichts zu helfen«, sagt er.

»Aber wir können der Polizei doch sagen, dass du mir das Leben gerettet hast. Das müssen sie berücksichtigen!« Meine Stimme wird ganz hoch. »Mein Vater ist einflussreich. Er kennt Leute. Er kann bestimmt etwas tun. Ich werde mich darum kümmern, versprochen.«

Jay schüttelt den Kopf und lächelt verhalten. »Vor der Polizei habe ich am wenigsten Angst.«

Er hat Angst?

»Um die muss ich mir keine *Sorgen* machen«, verbessert er sich schnell.

»Wer dann? Um wen musst du dir Sorgen machen?«, frage ich und nehme meinen Arm runter.

Er verzieht das Gesicht und streicht sich über den Kopf. »Ich habe meinem Bruder Teo einen Gefallen getan. Er ist auf Bewährung draußen.«

Ich runzle die Stirn.

»Er saß wegen Drogenbesitz. *Mota.* Marihuana.« Jay sieht mich vorsichtig an. »Er ist ein Idiot. Aber er ist mein Bruder. Und wenn sie ihn dieses Mal erwischt hätten, wäre er nicht so leicht davongekommen. Zehn oder zwanzig Jahre.«

»Moment mal«, sage ich und endlich machte es klick bei mir. »Habe ich das richtig verstanden? Eigentlich sollte *er* das Auto klauen und dann hast du es für ihn gemacht?«

Er nickt und in seinen Augen flackert Wut, aber auch noch etwas anderes – etwas, das einer Verzweiflung sehr nahe kommt.

»Sie wollten ihn als Fahrer«, erklärt er und drückt mit den

Fingerknöcheln gegen seine Stirn. »Die Blades. Und er war ihnen noch etwas schuldig. Sie wollten, dass er seine Schuld begleicht. So funktioniert das dort. Wenn sie einen auffordern, eine Schuld zu begleichen, gibt es kein Zurück. Die hatten irgendwas Großes am Laufen. Sie brauchten einen Fahrer. Und dann ist Teo bei mir aufgetaucht, ist fast ausgeflippt und hat mich angefleht, das für ihn zu machen.« Jay zuckt mit den Schultern, als wäre ihm das peinlich. »Aber ich habe wirklich noch nie ein Auto geklaut«, sagt er und sieht schnell zu mir. »Ich hab dir die Wahrheit gesagt. Geklaut hat es jemand anders. Ich war nur der Fahrer. Nur hatte das Auto, das sie sich ausgesucht haben, einen von diesen Peilsendern. Deshalb bin ich auch nicht besonders weit damit gekommen.«

»Und jetzt glaubst du, dass die Latin Blades sauer auf dich sind?«, frage ich.

»Nein«, antwortet Jay verbissen. »Ich *weiß*, dass sie sauer auf mich sind. Und sauer ist noch untertrieben. Diese Leute werden nicht sauer, das ist etwas für höfliche, reiche Menschen. Diese Leute sind rachsüchtig und zornig. Und so was endet meistens mit dem Gebrauch von Hohlspitzgeschossen.«

»Ist deine Mutter okay?«, frage ich. Mein Hirn kommt allmählich auf Touren und ich überlege, welche Konsequenzen das für Jay haben könnte – oder für uns beide. »Ich meine, würden sie ihr etwas antun, um es dir heimzuzahlen?«

Er schüttelt den Kopf und sieht verlegen zur Seite. »Nein«, sagt er mit einem Seufzen. »Aber hör mal, ich habe sie schon angerufen.«

Ich schrecke auf. »Was? Wann?«

»Als du geduscht hast. Ich hab's dir nicht gleich erzählt, weil ich dachte, dass du sauer wirst. Ich habe vom Arbeitszimmer deines Vaters aus angerufen.«

Ich starre ihn an, während mir allmählich klar wird, was er da erzählt.

»Du hast das Telefon benutzt?«

Er nickt. Als er den Ausdruck auf meinem Gesicht sieht, wird er blass. »Was?«, fragt er.

»Die haben das garantiert abgehört, Jay. Ich meine, denk doch mal nach, die Leute, die hinter mir her sind, haben sogar das Handy meines Vaters abgehört. Diese Typen sind gut. Wenn sie noch nicht wussten, wer du bist, wissen sie es jetzt garantiert.«

23

Wir nehmen das erste Taxi, das wir auftreiben können. Als Jay dem Fahrer die Adresse gibt, brummt der vor sich hin.

Jay beugt sich nach vorn. »Wie lange brauchen wir?«, fragt er.

Der Fahrer nuschelt irgendetwas von wegen Feierabendverkehr und Queens Tunnel und dass es eben so lange dauert, wie es dauert.

»Willst du lieber die U-Bahn nehmen?«, frage ich Jay, der kaum still sitzen kann.

»Nein«, sagt er kopfschüttelnd. »Zu viel Polizei.«

»Am besten rufst du sie noch einmal an«, sage ich. »Dein Anruf sollte nur nicht länger als dreißig Sekunden dauern, falls ihr Telefon inzwischen auch angezapft ist.«

Jay nickt und zieht bereits sein Handy heraus, seine Finger fliegen über die Tasten. Er presst es gegen sein Ohr und ich warte mit angehaltenem Atem.

Nach einer Minute legt er auf. »Niemand da«, sagt er, sein Knie hüpft nervös auf und ab.

»Als du mit ihr gesprochen hast, was hast du ihr da erzählt?«

Ein paar Sekunden lang sieht er mich ausdruckslos an, dann schüttelt er den Kopf. »Ich habe nicht mit ihr gesprochen«, sagt er. »Ich hab nur eine Nachricht auf dem Anrufbeantworter hinterlassen, sie war nicht da.«

Er rutscht nach vorn und stützt mit einer Hand seinen Kopf.

»Was hast du draufgesprochen?«, frage ich und lege meine Hand auf seinen Rücken.

»Nur, dass es mir gut geht und sie sich keine Sorgen zu machen braucht.«

Ich schlucke meine eigenen Sorgen herunter. »Es ist bestimmt alles in Ordnung«, murmle ich.

Er setzt sich aufrecht hin. »Wenn sie meiner Mom auch nur ein Haar krümmen«, knurrt er, »dann schwöre ich bei Gott, ich bringe sie um.«

Ich nehme seine Hand und drücke sie. »Es ist bestimmt alles in Ordnung. Ihr geht es sicher gut.« Ich frage mich, ob Jay merkt, wie hohl meine Worte klingen.

»Sie müsste jetzt in der Arbeit sein«, sagt Jay plötzlich erleichtert. »Wahrscheinlich kann sie gar nicht rangehen, weil ihr Handy in ihrer Handtasche steckt oder so was.« Er sieht mich verzweifelt an. Ich lächle ihm übertrieben begeistert zu.

»Wo arbeitet sie?«, frage ich.

»Sie ist Arzthelferin in einer Klinik.«

»Kennst du die Telefonnummer auswendig?«

Er schüttelt den Kopf.

Ich schnappe mein Handy und stelle die mobilen Daten an. Wir googeln und Jay tippt die Nummer ein. Diesmal ist er derjenige, der meine Hand fest drückt. Mir tun die Knochen weh, aber ich sage keinen Ton. Jemand nimmt ab, aber so wie Jay aussieht, ist es nicht seine Mutter.

»Hallo, ich suche Lucy Moreno«, sagt er zu der Person am anderen Ende der Leitung. »Ist sie da?«

Pause.

Jay schluckt und lockert seinen Griff ein wenig. »Okay, trotzdem danke.«

Er legt auf. »Sie ist nicht da. Ist heute gar nicht aufgetaucht.«

»Könnte sie woanders sein? Sich einen Tag freigenommen haben?«, frage ich, mich an einen Strohhalm klammernd. »Vielleicht ist sie krank.«

»Nein. Sie nimmt sich nur in den Schulferien und an Geburtstagen frei. Und sie ist nie krank.«

Jay lässt meine Hand los und klopft gegen das Plexiglas. »Hallo, geht das vielleicht ein bisschen schneller?«, fragt er den Fahrer.

Der antwortet nicht. Offenbar hat er uns nicht gehört. Ich lehne mich nach vorn. »Ich verdoppele den Fahrpreis, wenn wir in zwanzig Minuten da sind«, sage ich zu ihm.

Jetzt tritt der Fahrer aufs Gas. Die Leute haben recht – in dieser Stadt regiert das Geld.

Ich lasse den Taxifahrer ein Stück von Jays Wohnung entfernt anhalten. Wir sind jetzt in Jackson Heights.

»Glaubst du, das ist eine kluge Entscheidung?«, frage ich, als wir in einen Mini-Markt huschen.

Jay starrt mich nur an. »Ich muss wissen, ob es ihr gut geht.«

Ich nicke. Er ist die ganze Zeit bei mir geblieben, also werde ich ihn jetzt nicht im Stich lassen.

»Okay«, sage ich und schultere den Rucksack. »Gehen wir.«

Jay weiß, wie man unbemerkt in das Mietshaus gelangt, in dem er wohnt. Wir müssen durch ein paar Gassen und schlüpfen dann durch den Lieferanteneingang im Keller. Er trägt wieder seinen Kapuzenpulli und hat die Kapuze tief ins Gesicht gezogen.

Erstaunlich, wie eng hier die unterschiedlichen Viertel beieinanderliegen. Wo wir ausgestiegen sind, sah es aus wie in Mumbai – Frauen in Saris, und in den Geschäften Goldschmuck und lebensgroße Ganesha-Figuren –, und nur eine Straßenkreuzung weiter landet man in einem Viertel, das wie ein Vorort von Mexiko City wirkt. Von den verschiedenen Gerüchen und grellen Farben, den Geräuschen und Sprachen, die hier gesprochen werden, wird mir fast schwindelig. Wir laufen an einem Essensstand vorbei, wo eine kleine, untersetzte Frau Tamales zubereitet und ein Mann nach Polizisten oder sonst wem Ausschau hält, der etwas gegen einen nicht lizensierten Verkaufsstand haben könnte. Ein paar Meter vor uns kommen zwei Typen mit kahl rasierten Schädeln und schwarzroten Bandanas aus einem Spirituosenladen. Jay dreht sich weg und tut so, als ob er zur mir schauen würde.

»Ist das hier das Revier der Latin Blades?«, frage ich, als sie an uns vorbeigelaufen sind.

»Noch nicht ganz. Aber ein Stück weiter im Osten schon.« Jay ist höllisch nervös, er hat seine Schultern hochgezogen und sein Kinn gegen die Brust gedrückt. Er schreitet zügig voran, weicht geschickt den Passanten aus und verschwindet dann zwischen zwei Geschäften in einer schmalen Gasse.

Ich bleibe ihm dicht auf den Fersen und umklammere die Smith & Wesson meines Vaters, die ich inzwischen in den Hosenbund meiner Jeans gesteckt habe. Verdeckt wird sie von dem Pulli, den ich mir um die Hüfte geknotet habe. Ich missachte gerade völlig Felix' Sicherheitsratschläge, was Pistolen betrifft. Aber ich habe kein Holster und auch sonst nichts, worin ich sie verstecken könnte, und falls wir in Schwierigkeiten geraten, kann ich ja nicht mal eben die Hand heben und eine kleine Auszeit verlangen, um in Ruhe nach meiner Waffe zu suchen. Dieses ganze Gerede von Straßengangs macht mich nervös. Sogar so nervös, dass ich die letzten zwanzig Minuten, wenn nicht sogar noch länger, den Polizisten, der hinter uns her ist, und Agentin Kassel mitsamt ihrem Partner vollkommen vergessen habe.

Am Ende der Gasse bleibt Jay stehen und schaut, ob die Luft rein ist. Als er sich davon überzeugt hat, dass uns niemand folgt, winkt er mich zu sich, verschränkt seine Hände und streckt sie mir entgegen. Ich starre auf die Mauer, vor der er steht, und seufze. Dann stelle ich meinen Fuß in seine Hände und er wuchtet mich hinauf.

Da Jay danach niemanden hat, der ihm hilft, muss er Anlauf nehmen. Ich sitze rittlings auf der Mauer, und während Jay nach oben klettert und sich lautlos auf der anderen Seite runterfallen lässt, halte ich die Augen nach irgendwelchen Zuschauern offen. Jay fängt mich nun schon zum dritten Mal auf, und dann geht es über einen heruntergekommenen, schmutzigen Hinterhof, der an ein schäbiges Mietshaus grenzt. Ich schaue nach oben. Fünf Stockwerke, eine rostige Feuertreppe, ein Flachdach mit Regenrinne, die klapprig und alt aussieht. Hoffentlich müssen wir nicht noch mal über ein Dach abhauen. Auf der einen Seite des Hinterhofes ist ein verschlossenes, rostiges Tor, durch das man wahrscheinlich auf die Straße gelangt, wo wir gerade waren, und einige Treppenstufen weiter oben ist eine Tür mit vernagelter Glasscheibe. Jay führt uns ein paar schmuddelige Betonstufen hinunter zu einer massiven Metalltür, die uns rostrot entgegenleuchtet.

Er fährt mit der Hand oben an der Türzarge entlang und findet, was er gesucht hat – einen Schlüssel. Er schiebt ihn ins Schloss und zieht mich dann in einen düsteren Keller.

Wir schleichen uns an ein paar Drahtverschlägen vorbei, die voller Umzugskartons, alter Fahrräder und ausrangierter Sportgeräte stehen. In dem Wohnturm meines Vaters gibt es auch solche Lagermöglichkeiten, nur dass dort hochwertige Skier und Snowboards oder sogar Kajaks stehen, teilweise noch mit der Geschenkschleife von Weihnachten.

Als wir die Kellertür erreichen, die wahrscheinlich zum Treppenhaus führt, bleibt Jay plötzlich stehen und dreht sich zu mir. »Ich glaube, es ist besser, wenn du hier wartest«, sagt er, zwischen seine Augen haben sich tiefe Sorgenfalten gegraben.

»Auf keinen Fall«, erwidere ich. Ich folge ihm, wo immer er hingeht. Wir bleiben zusammen, darüber brauchen wir gar nicht mehr diskutieren.

Er kaut auf seiner Unterlippe, hat sich aber offenbar entschlossen, mich nicht weiter zu bedrängen. Wahrscheinlich hat er eingesehen, dass ich nicht einfach brav und untätig hier unten bleibe. »Es gibt nur einen Weg nach oben«, sagt er. »Wir wohnen im dritten Stock.«

Ich dränge mich an ihm vorbei und ziehe die Pistole. »Bleib hinter mir. Lass uns beeilen. Wenn es irgendwo nach Ärger riecht, machen wir kehrt und verschwinden. Einverstanden?«

Jay versperrt mir mit seinem Arm den Weg. »Gib mir die andere Pistole«, verlangt er.

Ich starre ihn überrascht an. Woher weiß er, dass es eine zweite Pistole gibt? Die aus dem Safe meines Vaters habe ich immer gut versteckt.

»Das ist nicht die, die ich dem Polizisten abgenommen habe«, sagt er und nickt zu der in meiner Hand.

Ich blicke ihn finster an, aber er rührt sich keinen Millimeter.

»Na gut«, schnaube ich und hole die andere Pistole aus dem Rucksack. »Weißt du überhaupt, wie man mit so einer schießt?«

Jay nimmt sie. »Das finde ich bestimmt heraus«, sagt er, entsichert sie und grinst mich an. »Ich lerne schnell«, sagt er, als er sieht, wie überrascht ich bin.

»Dann lass ich dir den Vortritt«, sage ich. »Ich hab nämlich keine Lust, dass du mir den Kopf wegpustest.«

»Angst vor Beschuss von eigener Seite?«

»Nimm sie in beide Hände und ziele tief, ungefähr auf Brusthöhe«, erkläre ich ihm und leg ihm die Pistole entsprechend in die Hände. »Der Rückstoß von einer Glock ist nicht sehr stark, aber man zielt leicht zu hoch, besonders beim zweiten Schuss.«

Jay nickt, jeder Anflug von Ironie ist verschwunden.

»Gibt es noch andere Fluchtwege?«, frage ich.

»Nur die Haus- und die Hintertür«, sagt er. »Und die Feuerleiter. Aber bitte keine Dächer mehr.«

Ich grinse kurz und gebe mir einen Ruck. Obwohl ich gerade gesagt habe, dass er vor mir bleiben soll, möchte ich das jetzt lieber doch nicht. Adrenalin schießt blitzartig durch meinen Körper und treibt mich regelrecht die Stufen hinauf. Doch im ersten Stock macht sich meine Angst bemerkbar. Sie schneidet mir wie mit einer Rasierklinge die Energiezufuhr ab und ich stolpere.

Was zur Hölle tun wir hier?

Aber Jay ist dicht hinter mir und drängt mich weiter, er will mich sogar überholen, also zwinge ich mich vorwärts, während ich Felix' Stimme ignoriere, die mir zuflüstert, dass wir geradewegs in eine Falle tappen könnten.

Und dann stehen wir auch schon auf dem Treppenabsatz im

dritten Stock, und Jay ist auf einmal vor mir und versperrt mir den Weg. Ich dränge mich neben ihn. Jetzt verstehe ich, warum er so plötzlich stehen geblieben ist! Die Tür zu seiner Wohnung steht sperrangelweit offen.

Jay geht einen Schritt weiter, aber bei mir springen sämtliche Warnsignale an, wir sollten umdrehen und weglaufen! Ich packe Jay am Arm und ziehe ihn zur Treppe. Es ist nicht sicher. Wir hätten nie kommen dürfen.

Jay schüttelt mich ab und geht nach drinnen. Ich bleibe zögernd in der Tür stehen, schaue noch einmal zurück ins Treppenhaus, blende alle Warnsignale aus und folge ihm mit der Pistole im Anschlag.

Die Wohnung ist gespenstisch still. Das Einzige, was ich höre, ist ein Fernseher aus einer Nachbarwohnung, auf dem in voller Lautstärke irgendeine spanische Soap läuft, und dann noch die wummernden Bässe eines Raps von der Straße her.

Die Küche ist bis auf ein Glas Wasser und einen Teller mit einem halb aufgegessenen Toast, die auf dem Tisch stehen, aufgeräumt. Wir schieben uns den Flur entlang bis zu einem kleinen Wohnzimmer. Mir fallen die Heiligenbilder und goldgerahmten Fotos von drei dunkelhaarigen, lächelnden Kindern unterschiedlichen Alters auf, und ich seufze erleichtert, weil es keine Kampfspuren gibt. Und eine Leiche auch nicht.

Als ich mich umdrehe, ist Jay verschwunden. Ich gehe zurück in den Flur, und mir stellen sich die Nackenhaare auf. Ich werde das Gefühl nicht los, dass mich jemand beobachtet, aber wahrscheinlich sind es nur die tieftraurigen Augen von dem Jesus dort an der Wand. Jay tritt aus einem der Zimmer in den Flur.

»Sie ist nicht da«, sagt er.

»Warum stand die Wohnungstür offen?«, frage ich flüsternd.

In dem Moment hören wir ein Knarren und verstummen. Mir zieht sich der Magen zusammen und ich kralle mich an Jay. Er legt einen Finger auf den Mund und zeigt dann zur Wohnzimmertür, hinter der wir uns so leise wie möglich verstecken, wir müssen den Bauch einziehen, damit wir dahinterpassen. Jay stellt sich vor mich, seine Schulter drückt gegen meine Wange.

Schwere, langsame Schritte nähern sich. Ich schließe die Augen und hebe die Pistole, meine Hände sind feucht und mein Herz hämmert gegen meinen Brustkorb. Ich versuche mir vorzustellen, dass Felix an meiner Seite steht. Er gibt mir ruhig Anweisungen, sagt, dass ich mich gerade hinstellen soll, Waffe entriegeln und zielen.

Hinter der Tür bleibt jemand stehen. Jay zittert förmlich vor Anspannung. Er hat die Pistole gegen seine Schulter gepresst, genau wie ich meine. Wir wagen kaum zu atmen. Wer immer da auf der anderen Seite steht, rührt sich nicht. Weiß er, dass wir hier sind?

Scheiße. Ich schaue kurz zu Jay und er schaut zu mir. Wir denken wohl beide dasselbe. Wir können nicht einfach nur dastehen und abwarten. Ich nicke ihm zu. Er nickt zurück, und dann springen wir mit unseren Waffen im Anschlag hinter der Tür hervor.

Es ist pures Glück, dass wir die Frau, die dort steht, nicht mit unseren Kugeln durchsieben. Ich schlage Jays Arm nach unten und er meinen, und wir brüllen gleichzeitig: »Nicht schießen!«

Die Frau, die vor uns steht – eine große, rüstige ungefähr siebzigjährige Dame mit langsam ergrauenden, eng am Kopf geflochtenen Zöpfen, einem blumigen Sommerkleid und großen Wollhausschuhen, die auf den ersten Blick aussehen wie zwei tropfnasse Katzen –, stößt einen Schrei aus. Ihre Hand fliegt zu ihrer Brust. »Herr im Himmel! Heilige Mutter Gottes! Untersteht euch, auf mich zu schießen.«

»Mrs Francis?«

Jay rennt zu ihr, nimmt sie stützend am Arm und führt sie zu einem der Sofas. Sie bricht regelrecht darauf zusammen, fächert sich Luft zu und hält sich noch immer das Herz. Aber egal, wie schnell ihr Herz auch schlägt, meines schlägt garantiert fünfzigmal schneller.

»Ihr habt mich fast umgebracht«, schimpft sie. »Was wolltet ihr? Eine alte Dame zu Tode erschrecken? Wieso hast du überhaupt eine Pistole?«

»Entschuldigung, Mrs Francis. Entschuldigung«, sagt Jay, der neben ihr kniet. »Ich suche meine Mutter.« Er sieht kurz zu mir. »Sie ist eine Nachbarin«, erklärt er und wendet sich dann wieder der Frau zu. »Haben Sie sie gesehen?«

Mrs Francis setzt sich aufrecht hin und zupft ihr Kleid am Hals etwas höher. »Natürlich habe ich sie gesehen«, sagt sie. »Sie ist heute Morgen mit diesen zwei Polizisten weggegangen.«

»Polizisten?«, unterbricht Jay sie, und das Entsetzen in seiner Stimme ist deutlich zu hören. »Mrs Francis, was soll das heißen – Polizisten?«

»Ich dachte natürlich«, sagt sie und ignoriert seine Frage, »es geht um Teo. Ist ja auch schlimm, mit was für Leuten er sich zurzeit rumtreibt.«

Die Sehnen an Jays Hals sind dermaßen gespannt, dass man fast Angst bekommt, sie könnten jeden Moment reißen, aber das scheint Mrs Francis gar nicht aufzufallen. »Und jetzt wird mir klar, dass sie sich um dich genauso große Sorgen machen sollte. Dabei bist *du* doch der Sohn, auf den deine Mama immer so stolz war.« Beim Anblick der Waffe, die Jay immer noch hält, schüttelt sie missbilligend den Kopf und verzieht angewidert den Mund. »Du solltest dich schämen.«

»Mrs Francis, was war mit den Polizisten?«, unterbreche ich sie, bevor Jay gleich ausflippt.

»Also eigentlich geht mich das ja nichts an«, antwortet die alte Dame, und als ihr Blick auf mir landet, verengen sich ihre Augen zu Schlitzen. »Ich habe vor mich hin gewerkelt, aber die haben ganz laut gegen die Tür gerumst, bis Lucia endlich aufgemacht hat.«

»Wie haben sie ausgesehen? Das ist wichtig«, fragt Jay, der sich nur mühsam zusammenreißen kann. »Wissen Sie das noch?«

»Es waren zwei Polizisten«, sagt sie und rümpft die Nase. Offensichtlich mag sie die Männer in Blau auch nicht besonders. »Und dann haben sie deine Mutter mitgenommen.«

»Wie sahen sie aus?«, wiederhole ich und muss mich selbst schwer zusammennehmen, ihr nicht die Pistole unter die Nase zu halten, damit sie uns endlich Auskunft gibt.

Mrs Francis wirft mir einen Blick zu, mit dem sie einen gestandenen Mann auf fünfzig Schritte Entfernung aus den Schuhen hauen könnte. Aber nach dem Tag, der hinter uns liegt, lass ich mich nicht mehr so leicht einschüchtern. Ich lächle einfach nett zurück und versuche, mir meinen Unmut nicht anmerken zu lassen.

»Sie waren zu zweit, habe ich doch schon gesagt«, antwortet sie. »Ein Mann, eine Frau.«

Mein Magen zieht sich zusammen. »Eine Frau?«

»Mmm-hmmm«, erwidert Mrs Francis. »Nicht dass ich gelauscht hätte, wohlgemerkt, aber die haben so laut gesprochen, dass man sie bestimmt bis nach Jersey hören konnte. Sie hat gesagt, sie wäre eine Agentin. Sah aus wie diese Jennifer Lopez. Hübsch. So um die dreißig. Und der andere war ein Schwarzer. Gut aussehend, wie Sidney Portier.«

Jay starrt mich an.

»Das ist sie«, sage ich. »Hört sich ganz nach Agentin Kassel an. Die Frau, die mich ins Auto zerren wollte. Und nach Agent Parker. Der Typ, der gefahren ist.«

Jay runzelt verwirrt die Stirn.

»Und meine Mutter ist mit ihnen gegangen?«, fragt er.

»Mmmh, ja, das ist sie.« Mrs Francis nickt.

»Und sie haben sie nicht dazu gezwungen?«

»Nein, sie war sanft wie ein Lamm.«

Das zum Schlachter geführt wird, schießt mir durch den Kopf.

»Und dann, ungefähr eine Stunde später, kamen diese beiden anderen Polizisten«, fügt Mrs Francis hinzu und sieht Jay unerbittlich an.

»Was für andere Polizisten?«, fragen Jay und ich gleichzeitig.

»Das waren zwei Männer in echten Polizeiuniformen – keine Leute in Zivil wie die anderen – und die haben sich gewaltsam Zutritt zu eurer Wohnung verschafft. Ich habe sie durch mein kleines Guckloch genau beobachtet. Die beiden sind da rein, haben sich umgesehen und sind dann wieder verschwunden. Jetzt habe ich nur vorbeigeschaut, weil ich mitbekommen habe, dass sie die Tür sperrangelweit offen gelassen haben. Und ich wollte nachsehen, ob dein Bruder, dieser Nichtsnutz, zu Hause ist.«

»Hatte einer der beiden blonde Haare und blaue Augen?«, frage ich und bohre meine Finger in Jays Schulter.

Mrs Francis saugt laut an ihren Zähnen. »Ja. Draußen im Gang hat er sich plötzlich umgedreht und genau auf meine Tür geschaut. Und das war ungelogen so, als würde ich dem Teufel persönlich ins Antlitz blicken. Das Gesicht werde ich mein Lebtag nicht vergessen.«

24

Wir stolpern aus der Wohnung und bitten auch Mrs Francis höflich hinaus. Mir schwirrt der Kopf, so viele neue Informationen. Das ergibt doch alles keinen Sinn. Schätzungsweise geht es Jay wie mir, zumindest brütet er schweigend vor sich hin. Wahrscheinlich geht er vom Schlimmsten aus. Ich würde jetzt gern seine Hand nehmen und ihm sagen, dass alles gut wird, dass uns schon irgendetwas einfällt, aber wir haben beide noch unsere Pistole in der Hand, und Mrs Francis stiert uns an, als würden uns gleich Hörner aus dem Schädel wachsen.

»Wir sollten gehen«, sage ich zu Jay. »Wer weiß, vielleicht kommen sie zurück. Gut möglich, dass sie eure Wohnung sogar überwachen.«

Jay reagiert kaum. Er sieht vollkommen fertig aus, also packe ich ihn am Arm und ziehe ihn die Treppe hinunter. Mrs Francis bleibt oben stehen, hält sich am Geländer fest und macht wieder dieses saugende Geräusch mit ihren Zähnen. Und sie murmelt irgendetwas von der Jugend heutzutage.

Als wir schon halb unten sind, frage ich Jay, ob er noch etwas holen möchte, wenn wir schon mal hier sind – Kleider oder Geld –, aber er schüttelt nur stumm den Kopf.

Ich lotse ihn zurück in den Keller und entdecke eine dunkle, staubige Ecke, die nach Schimmel riecht. Trotzdem ziehe ich zwei alte Kisten dorthin, und Jay lässt sich erschöpft auf eine davon fallen.

»Was glaubst du, wer das ist?« Seine Stimme klingt so, dass ich mich am liebsten in der Dunkelheit zu ihm lehnen und seine Hand nehmen würde.

»Ich weiß nicht«, antworte ich. »Aber lass uns keine voreiligen Schlüsse ziehen. Wenn die Polizisten zuerst hier gewesen wären, dann …« Ich muss den Satz nicht beenden, er hat selbst gesehen, was dann passiert wäre.

»Was, wenn diese Agenten – Agentin Kassel und der andere – *doch* von deinem Vater geschickt wurden? Hast du dir das schon mal überlegt?«, fragt Jay. »Was, wenn du dich geirrt hast? Ich meine, wer sollen sie sonst sein? Sie wussten, wie du heißt, und sie sind an der Straßenecke aufgetaucht, die du deinem Vater genannt hast.«

»Sie haben eine Waffe auf mich gerichtet.«

»Ja, stimmt«, gibt Jay zu und sieht grübelnd zu Boden.

»Ich frage mich auch ständig, wer die sind«, sage ich. Obwohl sie mich mit Waffengewalt zum Einsteigen bringen wollten, sind sie mir schließlich trotzdem zu Hilfe geeilt und haben das Polizeiauto gerammt.

»Sie hat gesagt, sie wäre Agentin. Was heißt das? Meinst du, die sind vom FBI?«, fragt Jay.

»Ich habe keine Ahnung.«

»Aber warum kreuzen sie hier auf?«, fragt Jay. »Bei mir zu Hause?«

»Irgendwie müssen sie herausgefunden haben, dass wir zusammen sind – vielleicht wegen dem Anruf, den du von meinem

Vater aus gemacht hast, oder von den Überwachungsfilmen aus dem Polizeirevier. Ich weiß es nicht.«

»Aber was wollen sie von meiner Mutter?«

Ich hebe die Schultern. Das alles ist ein einziges Durcheinander, und wenn ich hier im Dunklen herumsitze, fühle ich mich nur noch verlorener und verwirrter. Ich habe plötzlich das Bedürfnis, wieder draußen zu sein, zurück im High Line Park im Sonnenlicht. Ich will Eis schlecken, neben Jay liegen und an nichts von all dem hier denken und auch keine Entscheidungen treffen müssen. Jays Mutter steckt wegen mir in Schwierigkeiten. Ich weiß nicht, was ich sagen soll. Am liebsten würde ich auf den Drahtverschlag dort vorn einprügeln.

»Und was ist mit Teo?«

»Was soll mit ihm sein?«, frage ich und traue mich nicht, Jay in die Augen zu sehen.

»Wo steckt er?«, bohrt Jay weiter nach. »Normalerweise hängt er die meiste Zeit zu Hause rum. Vor zwölf steht der nicht auf.«

»Wie wär's, wenn du ihn anrufst?«, schlage ich vor.

Und schon hat Jay das Handy gezückt und tippt die Nummer ein. Das Display wirft ein gespenstisches Licht auf sein Gesicht. Er steht auf und läuft unruhig hin und her. Ich wünschte, ich könnte ihm helfen, am liebsten würde ich meinen Kopf in den Nacken legen und wie ein Wolf heulen. Ich bin mit den Nerven am Ende und meine Emotionen fahren Achterbahn. Durch mich ist Jay erst in den ganzen Schlamassel geraten, und jetzt ist auch noch seine Mutter verschwunden und sein Bruder steckt Gott weiß wo. Ich starre auf die Pistole in meiner Hand. Wie konnte es nur so weit kommen? Aber was noch viel wichtiger ist: Wie bekommen wir das alles wieder in den Griff? Ich weiß nicht mehr, was wir tun sollen. Ich wünschte, Felix wäre hier und könnte es mir sagen.

Jay legt auf und knallt das Handy in seine Hand. »Er geht nicht ran«, sagt er.

Da kommt mir eine Idee. Wahrscheinlich ist sie idiotisch, aber versuchen können wir es trotzdem. »Gib mal her«, sage ich und strecke ihm meine Hand entgegen. Jay reicht es mir.

Ich schalte die mobilen Daten an und tippe *FBI Büro New York* ein. Dann drücke ich auf die Nummer der Telefonzentrale. Ein paar Sekunden später steht die Verbindung und ich höre das Freizeichen.

»Wen rufst du an?«, fragt Jay.

»Das FBI«, antworte ich.

»Was?«, fragt er und springt von seiner Kiste auf.

In dem Moment nimmt jemand ab.

»Ich würde gern mit Agentin Kassel sprechen«, höre ich mich selbst sagen.

Am anderen Ende der Leitung entsteht eine kurze Pause. »Ich stelle Sie durch«, höre ich dann.

Mir rutscht das Herz in die Hose. Ehrlicherweise hatte ich diese Antwort nicht erwartet. Ich dachte eher an ein *Es tut mir leid, aber es gibt niemanden mit diesem Namen, der hier arbeitet.* Was aber noch nicht heißt, dass es ein und dieselbe Person ist, sage ich mir, während ich darauf warte, durchgestellt zu werden. Könnte doch gut sein, dass beim FBI noch jemand arbeitet, der Kassel heißt.

Ein Mann hebt ab – er ist schroff und hört sich müde an. »COU«, meldet er sich.

»Ähm, ich wollte Agentin Kassel sprechen«, sage ich.

»Sie ist nicht im Büro. Kann ich weiterhelfen?«, fragt der Mann, und vielleicht bilde ich mir das ja bloß ein, aber plötzlich hört er sich nicht mehr müde an, sondern wachsam.

»Ähm …«, sage ich und reagiere schnell. »Was ist mit Agent Parker?«

»Er ist auch nicht da.«

Mein Herz schlägt jetzt hundert Mal pro Minute. Jay kauert neben mir und versucht mitzuhören. Er umklammert mein Knie und hat seinen Kopf gegen meinen gedrückt.

»Was bedeutet COU?«, frage ich, und mein Mund ist plötzlich trockener als eine ganze Wüste.

»*Criminal Organisation Unit*«, sagt der Mann, »wir kümmern uns um kriminelle Vereinigungen.« Und dann nach einem kurzen Zögern. »Kann ich Ihnen denn behilflich sein?«

»Nein, nein, schon in Ordnung«, stammele ich und lege auf. Mit zitternden Fingern öffne ich das Handy, nehme die SIM-Karte heraus und zermalme sie unter meinem Absatz.

Jay starrt mich durch die Dunkelheit an. »Ich dachte, dein Vater arbeitet für eine Sondereinheit für Bandenkriminalität.«

»Ja, das macht er auch.«

Es entsteht eine lange Pause. »Dann verstehe ich das nicht«, sagt er schließlich.

»Ich auch nicht«, antworte ich. »Der Typ eben hat gesagt, dass sie sich um kriminelle Vereinigungen kümmern.«

»Und was bedeutet das?«

»Ich weiß es nicht.«

»Glaubst du, sie haben meine Mom?«, fragt er mich mit einem Anflug von Hoffnung.

»Ja, ich schätze schon.«

»Aber warum?«

»Ich weiß nicht«, sage ich wieder und fühle mich hilfloser und verlorener als noch vor ein paar Minuten. Zu wissen, dass die vom FBI sind, ist einerseits beruhigend – aber bedeutet das andererseits, dass ich ihnen unbedingt trauen kann?

»Vielleicht wollen sie sie nur schützen«, sage ich. Jay soll sich keine Sorgen mehr machen. »Vielleicht wussten sie ja, dass diese Typen hier nach uns suchen würden, und haben sie vorsorglich in Schutzhaft genommen.« Als Hypothese ist das gar nicht schlecht, und Jay scheint diese Vorstellung auch zu erleichtern. Aber wenn das tatsächlich FBI-Agenten sind, warum haben sie dann eine Pistole auf mich gerichtet? Und was wollten sie dort überhaupt?

»Wir könnten zu ihnen fahren«, sage ich, obwohl es wirklich das Letzte ist, was ich will. »Wenn du möchtest. Dann wissen wir Bescheid.«

Jay schüttelt verbissen den Kopf. »Ich kann da nicht hin. Außerdem muss ich Teo finden, und ich habe versprochen, bei dir zu bleiben, bist du wieder bei deinem Vater bist.«

Logisch, Jay wird ja immer noch gesucht. Ich reibe mir die Augen. Was sollen wir machen? Ich will ihn nicht allein lassen. Und ich habe weder Vertrauen zur Polizei noch zum FBI. Felix und mein Vater sagen immer, dass es bei der Polizei und anderen Regierungsorganisationen mehr Korruption und Kriminelle gibt als sonst wo – was auch ein Grund dafür ist, dass die Sondereinheit, für die mein Vater arbeitet, hauptsächlich mit Zivilisten und Leuten aus regierungsunabhängigen Organisationen besetzt wurde. Und selbst wenn wir ihnen vertrauen könnten, heißt das noch lange nicht, dass sie uns vor den Leuten beschützen können, die hinter mir her sind. Schließlich war ich nicht einmal in einem voll besetzten Polizeirevier sicher.

Ich schaue hoch zu Jay. Seine Augen glänzen in der Dunkelheit und er wartet auf meine Antwort. Vertrauen findet man so selten wie Einhörner, aber ich habe es gefunden. Ich habe schon lange niemandem mehr vertraut, doch ich vertraue Jay.

Bis jetzt sind wir gut allein zurechtgekommen, entscheide ich. Also schaffen wir das auch noch bis morgen, bis ich meinen Vater treffe. Und dann kann er uns alle Informationen geben, die wir brauchen. Aber was noch wichtiger ist – er kann Jay beschützen.

»Also gut«, sage ich und stehe auf. »Wir bleiben zusammen. Wir suchen nach Teo. Und morgen treffen wir uns mit meinem Vater, dann kann er übernehmen.«

25

Ich ziehe mir die Yankee-Mütze ins Gesicht, die ich gerade einem Typen abgekauft habe, der an einem Straßenstand nachgemachte Chanel-Handtaschen und Baseball-Fanartikel anbietet, und schaue über meine Schulter. Das hier gefällt mir nicht. Meine Nerven liegen blank und mir klappern geradezu die Zähne. Und dann wird mir klar, warum es mir so geht – ich bin nämlich plötzlich ganz allein. Da ist kein Jay mehr an meiner Seite, der mich locker angrinst oder mich mit seinen sarkastischen Kommentaren ablenkt.

Ich atme ganz bewusst tief ein und laufe weiter. Das Geschäft ist gar nicht mehr weit; ich kann die Leuchtreklame schon erkennen – eine aufblinkende Schere –, deutlicher kann Reklame nicht sein. Ich schau noch einmal über meine Schulter und hoffe, dass mit Jay alles in Ordnung ist und dass er sich wirklich nicht blicken lässt. Wir sind übereingekommen, dass es zu gefährlich ist, wenn er in dieser Gegend auftaucht. Deshalb versteckt er sich ein paar Straßen weiter hinter einem Müllcontainer.

Als ich die Tür zum Friseur aufdrücke, dringt das Plappern der Frauen, das leise Schnippeln der Scheren und der Gesang von Jesse J zu mir. Auf einigen Stühlen, die an der Wand aufgereiht sind, bekommen drei Frauen gerade ihre Haare und Nägel gemacht. Alle drei schauen mich über den Rand ihrer Zeitschriften hinweg an und mustern mich von Kopf bis Fuß, wobei ihnen meine aufgeschürften Knie, meine ramponierten Toms und meine chaotische Frisur garantiert nicht entgehen.

»Kann ich Ihnen helfen?«

Das kam von einer Frau, die eine echt üble Dauerwelle und rot lackierte Krallen hat, in der Mitte des Friseursalons steht und mich kritisch beäugt. In einer Hand hält sie einen Föhn, in der anderen eine Bürste. Gibt es tatsächlich jemanden, der diese Frau freiwillig an seine Haare lässt? Als mein Blick auf den ausgefransten, heftig gebleichten Haarmopp fällt, an dem die Frau gerade arbeitet, vergesse ich für einen Augenblick, warum ich gekommen bin.

»Ähm«, sage ich und wünschte, ich könnte Spanisch oder würde wenigstens so aussehen, als käme ich aus diesem Teil der Stadt. »Ich würde gern wissen, ob Marisa Zeit hat.«

»Was? Willst du deine Nägel gemacht bekommen?«, sagt die Frau und rümpft misstrauisch die Nase. Während sie mich betrachtet, stemmt sie ihre Hand in die Hüfte. Zugegeben, ich sehe nicht gerade aus wie jemand, der regelmäßig in Nagelstudios geht, und meine Haare, die ich unter die Kappe gestopft habe, wirken, als hätten sie schon lange keine Bürste mehr gesehen. Trotzdem würde ich sie garantiert nicht einmal in die Nähe meiner Haare lassen!

Eine junge Frau, die wahrscheinlich nicht viel älter ist als ich, steht hinter der Furcht einflößenden Krallendame von ihrem Maniküre-Tisch auf. »Ich bin Marisa«, sagt sie und mustert mich argwöhnisch. Sie ist etwa 1,50 Meter groß und äußerst üppig gebaut, und ihr Ausschnitt ist so freizügig, dass es mir für einen Moment die Sprache verschlägt.

»Können wir uns kurz unterhalten?«, frage ich, während noch immer alle Blicke auf mich gerichtet sind. Alle Unterhaltungen sind verstummt, jetzt ist nur noch Jesse J zu hören, die über irgendwelche Klunker singt und dass sie die ganze Welt zum Tanzen bringen will.

Marisa sieht zu der Frau, die wohl ihre Chefin ist. Die Frau wirft mir einen Blick zu, der eine Dauerwelle zum Erschlaffen bringen würde, und gibt ihr Okay. »Ja, fünf Minuten. Aber denk dran, nur fünf Minuten.« Marisa stellt einen kleinen Ventilator an und legt die feuchten Nägel ihrer Kundin darunter, dann nickt sie in Richtung des Perlenvorhangs an der Hintertür.

Wir gelangen auf einen kahlen Hinterhof, der von Zigarettenkippen und Schokopapier übersät ist. Die Tür wird von einem klapprigen Holzstuhl aufgehalten, und die Geräusche aus dem Friseursalon dringen gedämpft zu uns, vor allem die Stimmen der Frauen, die mit hundertfünfzig Stundenkilometern auf Spanisch schnattern.

Marisa dreht sich mit verschränkten Armen zu mir und starrt mich an. Ihre Ähnlichkeit mit Jay ist verblüffend. Klar, sie sind Cousin und Cousine, aber sie könnten genauso gut Geschwister sein. Zugegeben, sie ist um die dreißig Zentimeter kürzer als Jay und um einiges runder, aber sie haben die gleiche tolle Haut, und obwohl sie braune Augen hat, sind sie von den gleichen kräftigen Wimpern eingerahmt. Und die Gewohnheit, immer wieder die Augenbrauen hochzuziehen, scheint auch in der Familie zu liegen.

»Du wolltest mich sprechen?«, fragt sie. Obwohl sie noch immer argwöhnisch wirkt, ja fast schon abweisend, habe ich ihre Neugierde geweckt. Ihre Nägel sind in einem komplizierten Muster mit tropischen Blumen bemalt, was bestimmt Stunden gedauert hat.

»Es geht um Jay«, erkläre ich.

Ihr Gesichtsausdruck verändert sich augenblicklich, sie lässt ihre Arme sinken und geht einen Schritt auf mich zu. »Wo ist er?«, fragt sie aufgeregt. »Ist er okay?«

Ich nicke wieder, und als ich sehe, wie erleichtert sie ist, zieht sich mein Magen zusammen. Sie hat keine Ahnung, in welcher Gefahr er sich befindet.

»Er ist ganz in der Nähe«, sage ich. »Aber er steckt in Schwierigkeiten. *Wir* stecken in Schwierigkeiten.«

»Moment mal«, sagt sie, nun wieder eindeutig misstrauisch. »Wer bist du überhaupt?«

»Ich heiße Liva und bin eine Freundin von ihm.«

Sie hebt ihre Augenbrauen, und ich muss mich zusammenreißen, dass ich sie nicht anfahre. Ist es wirklich so abwegig, dass Jay und ich befreundet sind?

»Was ist passiert? Wo steckt er?«, will sie wissen.

»Wir brauchen deine Hilfe.« Mir fällt auf, wie verzweifelt ich klinge, und ich versuche, mich ein wenig zusammenzureißen. Jay war so zuversichtlich, dass sie uns helfen würde, aber jetzt, wo sie vor mir steht und mich skeptisch beäugt, bin ich mir nicht so sicher.

»Und warum fragt er mich nicht selbst?«, sagt sie.

»Er hat im Salon angerufen, aber als er nach dir gefragt hat, hat deine Chefin einfach aufgelegt.«

»Das war er?«, sagt Marisa. »Gloria dachte, es wäre mein Freund, und Privatgespräche dürfen wir nicht annehmen.«

»Und hier aufgekreuzt ist er nicht, weil wir Angst hatten, dass ihn jemand erkennt.«

Ihre Kiefermuskeln spannen sich an, und ich bin ziemlich

sicher, dass sie irgendwas über die letzte Nacht und die Schwierigkeiten, die er mit dieser Gang hat, weiß.

»Wenn ich Teo zu fassen kriege, bringe ich ihn um«, faucht sie.

»Du weißt also Bescheid?«, frage ich und bin erleichtert, dass ich nicht alles erklären muss.

»Nein. Ich hab nur gehört, dass Teo irgendetwas verbockt hat und Jay da mit reingezogen hat. So ein Idiot!« Keine Ahnung, ob sie mit dem Idioten Jay oder Teo meint. »Und ich weiß, dass Jay festgenommen wurde«, macht sie weiter. »Stimmt es, dass er ein Auto geklaut hat?«

»Na ja«, sage ich, »er hat das geklaute Auto zumindest gefahren.«

Sie verdreht ihre Augen Richtung Himmel und sagt etwas auf Spanisch. Ich kann mir schon denken, was.

»Und stimmt es auch, dass er von der Polizei abgehauen ist?«

»Na ja, das sind wir beide. Aber wenn wir geblieben wären, würden wir jetzt nicht mehr leben.«

Marisa bekommt ganz große Augen und ihre Hand schießt zum Mund. »*¡Dios mío!*«, flüstert sie. »Dann stimmt es also, dass er gestern Nacht auf dem Polizeirevier war. Auf dem in Brooklyn, oder?«

Ich nicke.

Sie schluckt nervös, ihr Blick huscht über den Hof. »Nachdem ich Teo nicht erreicht habe, wollte ich heute Morgen mit Tia Lucia telefonieren, aber sie hat nicht abgenommen. Ich wollte nach der Arbeit gleich zu ihr.«

»Nein, mach das nicht. Geh nicht dorthin«, sage ich und danke im Stillen Gott, dass sie nicht schon heute Morgen dort war.

Mit aufeinandergepressten Lippen starrt sie mich an. »Was ist da eigentlich los?«

»Als gestern Nacht das Polizeirevier überfallen wurde, waren wir beide im Gebäude. Aber dank Jay konnten wir fliehen.« Mich überkommt ein Gefühl von Übelkeit und ich schließe die Augen. »Und jetzt stecken wir in Schwierigkeiten, in großen Schwierigkeiten.«

Sie wirkt ungehalten. »Welche Schwierigkeiten? Um was geht es überhaupt? Hat Teos Gang etwas damit zu tun?«

Ich schüttle den Kopf. »Nein. Hör mal, wir wissen auch nicht genau, was da los ist. Aber wir hatten keine Ahnung, wo wir sonst hinsollen.«

»Was braucht ihr?«, fragt sie sofort, und da ist dieses Feuer in ihren Augen, der gleiche brennende Stolz, den ich auch schon bei Jay bemerkt habe, als wir uns das erste Mal begegnet sind.

»Einen Unterschlupf. Nur bis morgen früh«, erkläre ich ihr schnell.

»Marisa!« Ihre Chefin mit den Nägeln wie Edward mit den Scherenhänden streckt den Kopf durch die Tür. »Die fünf Minuten sind um.«

Marisa nickt ihr zu und geht zur Tür. Als sie an mir vorbeikommt, drückt sie mir etwas in die Hand. »Hier, gib das Jay.« Sie schaut auf ihre Uhr. »Es ist fast sechs. Sobald ich hier Schluss machen kann, komme ich nach, gegen sieben wahrscheinlich. Sag ihm, dass ich mit ihm reden will.«

Ich schaue auf die Schlüssel, die sie mir gegeben hat. »Danke.«

Einen Augenblick bleibt sie in der Tür stehen und sieht nachdenklich zu mir. »Seid vorsichtig.«

26

Ich schlüpfe in die Gasse, wo Jay sich versteckt hält, und stoße prompt mit jemandem zusammen. Ich will schon losschreien, als mich vertraute Hände an den Armen festhalten.

»Immer langsam, Moneypenny, ich bin's nur.«

»Mann, hast du mich erschreckt«, sage ich und sehe zu Jay hoch. »Warum bist du nicht in deinem Versteck?«

»Ich wollte nach dir sehen«, sagt er und lässt mich los. »Du warst ewig weg.«

»Wir haben geredet. Hier.« Ich zeige ihm die Schlüssel. »Die hat sie mir gegeben.«

Als Jay mir die Schlüssel abnimmt, hellt sich seine Miene auf. »Komm schon«, sagt er, »gehen wir.«

»Ist es weit?«, frage ich.

»Ungefähr vier Querstraßen.«

»Warte«, sage ich, ziehe mir die Mütze vom Kopf und setze sie ihm auf. Ich drücke sie ihm so tief ins Gesicht, dass seine Augen verdeckt sind.

»Danke«, sagt er, und einen Moment lang sieht es so aus, als wollte er noch etwas hinzufügen, doch dann überlegt er es sich anders.

Wir gehen direkt auf die große Straße. Jay nimmt plötzlich

meine Hand, und ich spüre sofort wieder diese besondere Verbindung zwischen uns und entspanne mich. Mit ihm an meiner Seite fühle ich mich stärker. In der anderen Hand hält er den Rucksack, und als ich mich verstohlen umdrehe, entdecke ich die Glock, die sich in seinem Kreuz unter dem T-Shirt abzeichnet. Er kann froh sein, dass das T-Shirt so weit ist, dass man die Waffe nicht auf den ersten Blick erkennen kann. Ich habe mir den NYPD-Pulli um die Hüfte geknotet, mein Trägerhemd liegt zu eng an, als dass ich irgendetwas darunter verstecken könnte.

Wir laufen über Umwege zu Marisas Wohnung, einem kleinen Einzimmerapartment, das über einer Pizzeria liegt. Der Geruch von Peperoni und Knoblauch verfolgt uns die Treppen hinauf bis ins Wohnzimmer. Mein Magen knurrt.

Jay verriegelt die Tür hinter uns und hängt die Kette ein. Ich nehme ihm den Rucksack ab, wühle nach dem Türstopper und schiebe ihn in den Spalt am Boden. Wir treten einen Schritt zurück und begutachten unsere Sicherheitsmaßnahmen. Die Tür wirkt nicht allzu massiv und der Türstopper wie ein lächerliches Anhängsel, es ist, als wollte man eine Pistolenkugel mit einem Tablett aufhalten, und wir wissen, dass diese Typen vor nichts haltmachen. Aber erst einmal müssen sie uns finden. Und wie wahrscheinlich ist das? Wir scheinen sie abgeschüttelt zu haben – vielleicht hat unser Kreditkartentrick ja funktioniert und vielleicht glauben sie ja auch, dass wir um Jays Viertel einen großen Bogen machen. Vorläufig sind wir hier sicher, hoffe ich zumindest, denn ich möchte Marisa auf keinen Fall in irgendetwas mit hineinziehen.

Jay scheint sich bei seiner Cousine gut auszukennen. Er holt Gläser aus dem Schrank über der Spüle und füllt sie mit Wasser, dann wühlt er sich durch die Fächer über dem Kühlschrank und öffnet eine alte Eiscremeschachtel, in der ein Geheimvorrat an Schokolade steckt.

Er bricht die Tafel entzwei und hält mir die eine Hälfte entgegen. Ich nehme ein Stück davon, ich bin wirklich schon wieder fast am Verhungern.

Jay lässt sich neben mir aufs Sofa fallen. Er stützt seinen Kopf auf die Hände.

»Alles in Ordnung?«, frage ich. Was für eine blöde Frage! Kaum dass sie mir rausgerutscht ist, tut sie mir auch schon leid.

»Ja, ich mach mir nur Sorgen um meine Mom«, sagt er. Sein Fuß trommelt einen wütenden Rhythmus auf den Boden. »Und um Teo.«

»Deiner Mutter geht es bestimmt gut«, sage ich. »Wenn du willst, könnten wir noch mal versuchen, Agentin Kassel zu erreichen.«

»Vor allem möchte ich Teo finden. Vielleicht weiß er ja etwas. Vielleicht hat meine Mutter ihn angerufen. Und dann muss ich herausfinden, was mit den Blades passiert ist.«

Wenn ich an Teo denke, werde ich unwillkürlich wütend, und das, obwohl ich ihm noch nie begegnet bin. Erst zieht er seinen Bruder in dieses totale Chaos, und jetzt, wo es ernst wird, lässt er ihn im Stich.

»Du bist also der Jüngste, oder?«, frage ich, damit Jay auf andere Gedanken kommt.

»Ja«, antwortet Jay und sinkt zurück ins Sofa. »Luis ist dreiundzwanzig und Teo einundzwanzig.«

»Und du?«, frage ich.

»Fast zwanzig.«

»Wow, da hatte deine arme Mutter aber alle Hände voll zu tun, als ihr noch klein wart.«

»Nichts im Vergleich zu jetzt«, antwortet Jay düster. »Weißt du, als mein Vater uns verlassen hat, hat meine Mutter sich nie beschwert. Sie ist einfach losgezogen, hat sich eine Arbeit gesucht und alles am Laufen gehalten. Sie hat sich den Arsch aufgerissen, damit es uns an nichts fehlt, und meine beiden Brüder danken es ihr, indem sie sich den Blades anschließen und sich in allen möglichen Scheiß reinziehen lassen.«

Ich lege meine Hand auf seinen Arm, spüre, wie hart seine Muskeln sind, ganz angespannt ist er vor Zorn.

»Und du warst also der Gute, ja?«, frage ich. Mir ist eingefallen, was Mrs Francis gesagt hat, und ich möchte nicht, dass er noch wütender wird.

Jay lacht freudlos. »Ja, so richtig gut. Ich bin nur gerade wegen Autodiebstahl geschnappt worden.«

»Ich hab dir doch gesagt, dass wir das wieder in Ordnung bringen. Es gibt da Wege und Möglichkeiten, versprochen.« Das kenne ich von meiner Mutter, die einmal eine Ölfirma vertreten hat, die wegen illegalen Bohrungen und anderen Sachen beschuldigt wurde. Es gibt immer einen Ausweg, und die Bösen kommen meistens davon. Nicht dass Jay einer der Bösen wäre – deshalb müsste es bei ihm ja erst recht klappen.

»Klar gibt es Wege und Möglichkeiten, wenn du Geld hast und einen guten Verteidiger«, blafft Jay mich an.

»Wir besorgen dir einen. Darüber brauchst du dir wirklich keine Gedanken zu machen.«

Als er mich anfunkelt, weiß ich, dass ich ihn an seiner Achillesferse getroffen habe – seinem Stolz.

»Und weshalb bist du der Gute?«, frage ich, um die Anspannung zu lösen.

Er schaut kurz zu mir und lässt seinen Kopf gegen das Sofa sinken.

»Ich habe in der Schule immer Einsen geschrieben und einen Platz an der Hochschule bekommen«, seufzt er.

»Du gehst auf die Hochschule?« Und wieder einmal könnte ich mich dafür ohrfeigen, dass man mir meine Verwunderung so deutlich anhört.

Als ich merke, wie er mich ansieht, ducke ich mich innerlich zusammen. »Ja«, sagt er, »ich hab ein Stipendium an der Universität von Michigan, um Automobildesign zu studieren.«

»Wow«, sage ich beeindruckt. »Autodesigner.«

Er strahlt. »Ja. Autos haben mich schon immer total fasziniert, und dann hat mich Pfarrer Gomez zum Rennsport gebracht. Ich habe mit Motocross angefangen und –«

»Pfarrer Gomez?«, frage ich.

»Unser Priester hier. Er nimmt ganz gern Jungs aus unserem Viertel unter seine Fittiche, von denen er glaubt, dass sie etwas aus ihrem Leben machen können. Damit sie zu Vorbildern für die anderen werden, verstehst du?«

Während er mir das erzählt, verändert sich sein Gesicht, in seinen Augen brennt ein Feuer, seine Stimme ist voller Leidenschaft, und wenn ich ihn so sehe, bekomme ich fast einen Kloß in den Hals.

»Das ist so eine Art Anti-Banden-Projekt. Nicht, dass er das so nennen würde. Aber es funktioniert. Es gab da einen Jungen in Teos Klasse, mit dem ist er zum Chorsingen gegangen – und der arbeitet jetzt als Architekt. Ein anderer ist Trainer in der

National Football League. Und ich sollte diesen Herbst auf die Uni …«

Plötzlich bricht er ab und wird ganz still. »Die Betonung liegt auf *sollte*«, sagt er. »Schätze mal, dass ich den Traum jetzt vergessen kann. Ich werde diesen Herbst ja nicht mal hier sein.«

Ich habe keine Ahnung, was ich darauf erwidern soll. Ich möchte ihn fragen, was er damit meint. Spielt er darauf an, dass er dann schon hinter Gittern sitzt, oder denkt er ans Weglaufen? Ich würde ihm gern noch einmal sagen, dass alles in Ordnung kommt, dass mein Vater helfen wird, dass uns etwas einfallen wird, aber als ich daran denke, wie sehr ich seinen Stolz verletzt habe, was für einen Blick er mir zugeworfen hat, und auch die Skepsis, die da mitschwang, als ich ihm das vorgeschlagen habe, tue ich es lieber nicht. Und er hat recht. Wir wissen ja nicht mal, wo wir morgen um diese Zeit sein werden, ganz zu schweigen von in ein paar Monaten. Aber während ich hier sitze, neben diesem Jungen, den ich kaum kenne, wird mir bewusst, dass allein der Gedanke, ihn nicht wiederzusehen, mich ziemlich panisch werden lässt.

Jay fährt sich durch seine kurzen Haare und steht dann auf, während er seine Schultern lockert. »Bin gleich wieder da«, sagt er und verschwindet in einem der Zimmer, schätzungsweise dem Bad. Ich höre Wasser laufen und ergreife die Gelegenheit, mir die Wohnung anzuschauen. Wahrscheinlich lebt Marisa hier allein, es sieht sehr nach einer Mädchenwohnung aus – auf dem Couchtisch liegt ein Stapel Frauenzeitschriften, auf dem Fernseher steht eine Vase mit Blumen, und am Kühlschrank klebt die Einkaufsliste. An der Wand hängt eine gerahmte Fotografie von Marisa, die ihren Arm um einen riesigen jungen Mann gelegt hat. Beide tragen ihre Highschool-Abschluss-Robe und grinsen in die Kamera. Und dann gibt es noch eins von Marisa mit einer älteren Frau, vermutlich ihrer Mutter, und mit einem anderen, etwas älteren und wesentlich dickeren Mädchen – vielleicht Jays andere Cousine, Maria, die so gern Donuts mag.

Aus dem Fenster schaue ich auf die belebte Straße, aber als ich irgendwann anfange, systematisch nach Polizisten zu suchen, ziehe ich die Vorhänge zu. Werde ich jetzt immer so sein? Immer Angst haben? Jedem Menschen in Uniform misstrauen? Ich schiebe den Gedanken beiseite. Zusammen mit allen anderen Gedanken. Mir ist völlig bewusst, dass ich mich schon den ganzen Tag dazu zwinge, nicht über die Goldmans nachzudenken oder darüber, was auf dem Polizeirevier geschehen ist. Jedes Mal, wenn meine Gedanken dorthin abschweifen, mache ich dicht. Jetzt wandere ich unruhig durch die Wohnung, versuche mich abzulenken und irgendetwas zu finden, worauf ich mich stattdessen konzentrieren kann.

Ich linse in Marisas Schlafzimmer. Darin steht ein Doppelbett mit einer Patchworkdecke und einem wahren Kissenberg, der mich verführerisch anlockt. Doch ich wende mich ab. Ich bin zwar müde und auch die Kopfschmerzen machen sich mit einem leichten, ständig pulsierenden Pochen wieder bemerkbar, aber Marisa wird bald nach Hause kommen und wäre bestimmt nicht sonderlich begeistert, mich in ihrem Bett vorzufinden. Wahrscheinlich könnte ich sowieso nicht einschlafen.

Dann fällt mir ihre Kommode auf, die unter dem Gewicht von ungefähr fünfzig Nagellackfläschchen und einem Make-up-Koffer aus Metall fast zusammenbricht. Er ist so groß, dass man darin ohne Weiteres einen atomaren Sprengkopf transportieren könnte. Am liebsten würde ich einen Blick in den Spiegel werfen und mir vielleicht die Haarbürste ausleihen, die dort liegt, aber dann möchte ich doch lieber nicht wissen, was mir aus dem Spiegel entgegenblicken wird, und gehe stattdessen zu der kleinen Küchenzeile, um dort irgendwelche Schränke zu öffnen.

Sie sind voller Lebensmittel, die ich kaum kenne – Kochen zählt nicht gerade zu meinen Stärken, schließlich bin ich in einem Haushalt groß geworden, in dem es immer einen Koch gab. Der Kühlschrank ist voll mit frischen Früchten und Gemüse, einer halb aufgegessenen Lasagne, Diät-Coladosen und noch mehr Schokolade. Mir läuft das Wasser im Mund zusammen. Mann, ich habe es so satt, ständig darauf zu achten, was ich essen darf. Was hat Jay gesagt? Ich bräuchte garantiert keine Kalorien zu zählen? Als ich daran denke, wie sein Blick meinen Körper entlanggewandert ist und wie sich eine Wärme in mir ausgebreitet hat, muss ich lächeln.

Genau in diesem Moment rüttelt jemand an der Eingangstür und ich fahre fast aus der Haut.

»He, lasst mich rein!«

Das ist Marisa. Mein Adrenalin verpufft und ich renne ganz zittrig zur Tür, nehme den Türstopper beiseite und schiebe die Kette weg. Marisa stürmt herein, betrachtet mich misstrauisch und inspiziert dann die Wohnung.

»Wo ist Jay?«, fragt sie und lässt ihre Handtasche auf den Boden fallen.

Wie auf Kommando fliegt die Badezimmertür auf. Jay hat sein T-Shirt ausgezogen und steht einfach in Jeans und mit einem Handtuch über der Schulter da. Er hat sich rasiert, was ihn jünger wirken lässt, allerdings ruht mein Blick nicht lange auf seinem Gesicht, meine Aufmerksamkeit wird ziemlich schnell von seinem Oberkörper in Anspruch genommen. Diesmal schaue ich genauer hin – ich muss einfach –, und ich hole Luft, hoffentlich nicht zu laut. Ich hatte recht. Was die Körperspannung betrifft, hätte er das Zeug zu einem Tänzer, oder auch zu einem Athleten. Seine Schultern und Brustmuskeln sind extrem gut ausgebildet, und seine Bauchmuskeln zeichnen sich auch deutlich ab. Nicht, dass ich sie nachzeichnen wollte. Als Marisa sich in seine Arme wirft, kann ich ihn nicht länger ungestört betrachten, und ich rufe mir in Erinnerung, dass sie nur seine Cousine ist.

Während sie sich an Jay klammert, hält er sie ganz fest, und ich muss einen weiteren Anflug von Eifersucht unterdrücken. Sie reicht ihm gerade mal bis zum Schlüsselbein, und auch als sie endlich zurückweicht, hält sie ihn noch an beiden Armen fest. Ihre Unterlippe zittert, und sie atmet heftig ein und aus. Dann schlägt sie Jay ohne Vorwarnung auf den Arm und er lässt sie los.

»Au! Für was war das denn?«

Ihr kommen die Tränen. »Dafür, dass du ein Idiot bist. Was hast du dir bloß dabei gedacht? Weißt du, was du deiner Mutter damit antust? Was du uns allen damit antust?«

»Du brauchst mich nicht auch noch daran erinnern, okay?«, erwidert er knapp.

»Das ganze Viertel spricht darüber. Es heißt, dass du einen Job übernommen hast, den eigentlich Teo erledigen sollte, und dass du dann festgenommen wurdest. Bist du total verrückt? Jetzt suchen also die Blades *und* die Polizei nach dir.« Man muss ihr zugutehalten, dass sie nicht auch noch gesagt hat: *Und dann bist du auch noch hierhergekommen.*

»Ich wusste nicht, was ich sonst tun sollte«, sagt Jay, und ganz kurz stehen die beiden einfach nur da und sehen sich an. Marisa mit in die Hüfte gestemmten Händen und Jay wie ein begossener Pudel.

»Wo steckt Teo?«, will sie schließlich wissen. »Und wo deine Mom? Ich erreiche weder den einen noch den anderen.«

Jay sieht kurz über ihren Kopf hinweg zu mir. »Sie ist, ähm … wir glauben, dass sie beim FBI ist.«

Marisa blinzelt und sagt mindestens zehn Sekunden lang nichts. Dann geben ihre Beine nach, und sie lässt sich so schwer auf das Sofa fallen, dass die Kissen hüpfen. »Beim FBI?«, fragt sie und wippt mit dem Oberkörper vor und zurück.

Jay nickt und setzt sich neben sie. Sie dreht sich zu ihm und klammert sich an seinen Knien fest. »Was soll das heißen, beim FBI? Hat das was mit Teo zu tun? Oder mit den Blades? Was ist hier los?«

Jay macht eine beschwichtigende Geste. »Wir wissen es auch nicht genau«, sagt er. »Wir glauben, dass es mit Liva zusammenhängt.«

Marisa dreht sich zu mir und wirft mir einen vernichtenden Blick zu, sodass ich mir vorkomme, als hätte sie mich an die Wand gespießt.

»Mit ihr?«, faucht sie und starrt Jay an, als wäre er völlig verrückt. »Und warum geht dich das was an? Oder deine Mom? Und was hat das FBI mit dem Ganzen zu tun?«

Ich funkle Jay an – hätte er ihr das nicht anders erklären können? Ohne dass ich als Sündenbock dastehe?

Jay sieht mich entschuldigend an.

»Wir glauben, dass sie vielleicht zu ihrem eigenen Schutz in Gewahrsam genommen wurde.«

»Zum Schutz wovor?«, kreischt Marisa.

»Du hast doch die Nachrichten gesehen, oder? Du hast das Polizeirevier gesehen, das überfallen wurde, richtig?«

Marisa nickt, ihre Lippe zittert wieder. »Das war doch nur irgendein verrückter Ex-Cop, oder? Haben sie zumindest gesagt.«

»Nein. Wir glauben, dass die hinter Liva her sind«, sagt er. »Sie ist gestern Nacht Zeugin eines Mordes geworden. Sie war auf dem Polizeirevier, weil sie eine Aussage machen sollte. Und nachdem wir fliehen konnten, hat derselbe Typ, der im Polizeirevier rumgeballert hat, uns wieder aufgespürt.«

Marisa starrt mich inzwischen an, als wäre ich Gevatter Tod und würde in ihrem Wohnzimmer meine Sense schwingen. Sie versucht, ihr Entsetzen nicht einmal zu verbergen. »Warum?«, will sie von Jay wissen. »Was wollen die von ihr?«

Ich zwinge mich, ruhig stehen zu bleiben, obwohl das Blut in meinen Schläfen pocht und ich am liebsten wegrennen würde. Ich sollte gar nicht hier sein. Wir hätten niemanden mit hineinziehen dürfen. Wir hatten beschlossen, nichts darüber zu erzählen. Und es war idiotisch, dass wir uns nicht daran gehalten haben. Ich schaue schnell zur Tür.

»Wir wissen es nicht genau«, sagt Jay ruhig, »aber wahrscheinlich hat es etwas mit Livas Vater und seiner Arbeit zu tun.«

»Wer ist dein Vater?« Marisa schenkt mir jetzt ihre ganze Aufmerksamkeit.

»Er arbeitet für die Regierung, in einer Sondereinheit gegen illegalen Handel«, erkläre ich. Ich wünschte, Jay hätte den Mund gehalten.

»Illegalen Handel?«, fragt sie stirnrunzelnd. Und dann dämmert es ihr. »Menschen?« Ihre Stimme wird laut und ihre Augen ganz groß.

»Ja«, sagt Jay, und ich merke, dass er sich auch allmählich fragt, ob es klug war, hierherzukommen und ihr so viel zu erzählen.

Marisa sinkt in die Sofakissen und betrachtet uns beide kopfschüttelnd. »*Mierda*«, sagt sie.

»Ja.« Jay lächelt schief. »Das kannst du laut sagen.«

Plötzlich springt sie auf. »Woher wisst ihr, dass sie euch nicht gefolgt sind?« Sie schaut zur Tür, als würde sie ernsthaft erwarten, dass dort jeden Moment jemand hereinstürmt.

Jay steht auf und legt seine Hand auf ihre Schulter. »Alles gut, Marisa, wir haben sie heute Morgen abgeschüttelt. Sie wissen nicht, wo wir sind. Uns ist niemand gefolgt, ganz bestimmt nicht.«

Marisa betrachtet ihn, ihre Schultern heben und senken sich und dann holt sie tief Luft. Sie schließt die Augen, und als sie sie wieder öffnet, nickt sie. »Okay. Natürlich könnt ihr bleiben. So lange ihr wollt.« Ihre Augen huschen wieder zur Tür und ihr nervöses Schlucken verrät mir, dass ihre Gefühle für Jay mit ihrer Vernunft ringen. Wenn Jay hier von echten Polizisten gefunden würde, könnte sie angeklagt werden, weil sie einen Flüchtigen versteckt. Und wenn die anderen uns finden, tja, diese Vorstellung würde ihr wahrscheinlich noch mehr Angst einjagen. Ich schaue kurz zu Jay. Hoffentlich ist ihm klar, was für eine dumme Idee es war, hierherzukommen, und hoffentlich schlägt er bald vor, dass wir gehen. Aber er sieht nicht in meine Richtung, sondern grinst Marisa an.

»Danke, Risa«, sagt er. »Es ist nur bis morgen, versprochen.«

Marisa schüttelt den Kopf, wahrscheinlich bereut sie ihren

Vorschlag schon, doch dann drückt sie die Schultern durch und marschiert in die Küche. »Hat jemand Hunger?«, fragt sie.

»Ja, wir könnten beide etwas vertragen«, beantwortet Jay ihre Frage. Wir hören, wie sie Schränke öffnet und dann plötzlich auf Spanisch flucht.

»Was ist?«, frage ich Jay erschrocken.

Jay zuckt zusammen. »Sie hat gerade herausgefunden, dass wir ihren geheimen Schokoladenvorrat aufgefuttert haben.«

»Oh.«

Dann scheppern Töpfe und Pfannen.

»Bist du sicher, dass es in Ordnung für sie ist, wenn wir bleiben?«, frage ich flüsternd.

Jay kommt zu mir. »Ja, keine Sorge. Sie ist cool. Sie ist nie lange sauer. Und auf dich sowieso nicht, sie macht sich nur Sorgen.« Also *ist* ihm das aufgefallen.

»Denkst du, es war schlau, hierherzukommen?«

»Wo sollten wir sonst hin? Hättest du etwa irgendwo im Freien übernachten wollen?«

Obwohl die Vorstellung nicht sehr verlockend ist – doch, ich glaube, das hätte ich. So würden wir wenigstens niemanden in Gefahr bringen. Und wir wären in Bewegung. Einfach nur die Füße still zu halten und an einem Ort zu bleiben, macht mich ganz hibbelig. Da bleibt zu viel Zeit zum Nachdenken und ich will nicht nachdenken.

In dem Augenblick streckt Marisa ihren Kopf durch die Tür. »Isst du gerne scharf?«, fragt sie mich.

»Ähm, ja«, sage ich.

Sie grinst, und ich überlege, wie viele Chilis mir diese Antwort gerade eingebracht hat.

»Keine Sorge«, flüstert Jay mir leise ins Ohr. »So ist sie immer, wenn ich ein Mädchen mitbringe.«

Ein scharfer Stich fährt durch meinen Bauch, der sich leider sehr nach Eifersucht anfühlt. Wie viele hat er wohl schon mitgebracht? Gleichzeitig wird mir warm, er atmet mir nämlich noch immer in den Nacken und ich bekomme am ganzen Rücken Gänsehaut.

»Nicht, dass ich ständig Mädchen mitbringen würde«, ergänzt er schnell. »Es waren nur ein paar.«

Er schwafelt. Bis jetzt hat Jay noch nie herumgeschwafelt. Ich drehe mich langsam zu ihm um, und mir fällt auf, dass seine Wangen rot geworden sind. Ist er etwa verlegen?

»Willst du dich frisch machen, Liva? Nur zu«, sagt Marisa, die wieder hereinschaut und eine Zwiebel und eine Tüte Chili in der Hand hält.

»Ja, danke«, antworte ich und blicke zwischen ihr und Jay hin und her. Irgendwie glaube ich fast, dass sie mich loswerden will, damit sie sich in Ruhe mit Jay unterhalten kann, also verschwinde ich im Bad. Ob sie ihm wohl einen Strafpredigt hält und ihn fragt, ob er den Verstand verloren hat? Wenn man bedenkt, was wir ihr eben alles vor die Füße geworfen haben – die Tatsache, dass Jay verhaftet wurde und geflohen ist und dass wir von der Polizei und vom FBI gejagt werden, und dazu noch von Menschenhändlern und den Latin Blades –, würde ich nur zu gut verstehen, wenn sie uns doch noch rauswerfen würde. Oder Jay ordentlich den Kopf waschen.

»Frische Handtücher liegen im Badezimmerschrank, nimm dir einfach, was du brauchst«, sagt Marisa mit einem gezwungenen Lächeln.

Bevor ich die Badezimmertür schließe, schaue ich noch einmal kurz zu Jay. Er lächelt mir aufmunternd zu. Wie ein Henker, bevor er den Schalter umlegt.

27

Als ich die Badezimmertür abschließe, höre ich den ersten wütenden Schwall Vorwürfe, den Marisa in Spanisch auf Jay loslässt. Ich drehe den Wasserhahn auf und schleiche zurück zur Tür, das gurgelnd ablaufende Wasser wird meinen Lauschangriff hoffentlich überdecken. Als ich dann allerdings an der Tür stehe und mein Ohr gegen das Holz presse, wird mir klar, dass drei Jahre Schulspanisch mich vielleicht dazu befähigen, Fragen über das Wetter zu beantworten oder mich nach dem Weg zu einem Strand zu erkundigen, aber keineswegs dazu, einer Unterhaltung zu folgen, die schnell und wütend geführt wird. Jays Stimme dringt leise und gleichmäßig zu mir, während Marisa sich wie ein Maschinengewehr anhört. Ich habe keine Ahnung, worüber sie reden. Allerdings fällt mein Name ein paarmal inmitten blumig klingender Adjektive, und irgendwann bin ich sogar froh, dass ich nicht verstehe, was da gesprochen wird.

Ich gehe zurück zum Waschbecken und zwinge mich, den Streit zu ignorieren. Stattdessen konzentriere ich mich auf mich selbst. Ich werde mich jetzt sortieren, und wenn mir das gefühlsmäßig schon nicht gelingt, dann bringe ich wenigstens mein Aussehen in Ordnung. Ich spritze mir kaltes Wasser ins Gesicht und hoffe, dass meine Lebensgeister wieder zurückkehren, und dann nehme ich meinen Mut zusammen und werfe einen Blick in den Spiegel. Meine Haare sind zu einem Pferdeschwanz gebunden, einzelne Strähnen haben sich gelöst und umrahmen mein Gesicht, das blass und verwaschen aussieht. Meine Augen wirken eher grau als blau. *Gehetzt* wäre wohl der richtige Ausdruck, fällt mir ein, als ich meine Augenringe betrachte. Marisa hat um das Waschbecken herum und im Schrank so viele Gesichtsreiniger, Feuchtigkeitscremes und andere Lotionen aufgestellt, dass sie einer Drogerie durchaus Konkurrenz machen könnte. Also bediene ich mich. Vielleicht taut Marisa ja etwas auf, wenn ich ein wenig zurechtgemacht bin. Aber als ich mir von der Feuchtigkeitslotion aufs Gesicht tupfe, die meine Haut beruhigen, mit Feuchtigkeit versorgen und sie zum Strahlen bringen soll, weiß ich, dass ich mir da etwas vormache. Ich will nicht für Marisa gut aussehen. Ich will es für Jay.

Fünf Minuten später habe ich mir die Haare gebürstet und die Zähne mit den Fingern geputzt, der Schmutz ist weggeschrubbt und meine Wangen haben wieder etwas Farbe angenommen. Da sieht man doch gleich etwas menschlicher aus. Schade, dass sich mein Inneres nicht genauso leicht aufpolieren lässt. Jetzt, wo wir etwas durchatmen können und mir Zeit zum Nachdenken bleibt, fahren meine Gefühle Achterbahn. Der Knoten im meinem Bauch ist so groß, dass mir fast schlecht wird, als die Essensgerüche aus der Küche ins Bad ziehen. Ganz kurz wandern meine Gedanken zu meinem Dad. Ob er wohl schon zurück ist? Wird er den Zettel finden, den ich für ihn in den Safe gelegt habe? Wird er morgen da sein? Weiß meine Mum darüber Bescheid, was gerade passiert? Ist sie verrückt vor

Sorgen? Ich stelle mir vor, wie sie über die Marmorböden in unserem Haus im Oman tigert und Sven vergeblich versucht, sie zu beruhigen. Sollte ich dort anrufen? Ich drücke mit den Händen gegen meinen Kopf und versuche, die Müdigkeit zu verscheuchen, damit ich klar denken kann, aber dann passiert, was ich schon den ganzen Tag befürchtet habe. Meine Gedanken wandern zu den Familien der Menschen, die heute auf dem Polizeirevier getötet wurden. Inzwischen wissen sie ja, was ihren Ehemännern, Frauen … vielleicht sogar ihren Kindern angetan wurde. Kaum vorstellbar, was sie gerade durchmachen. Ich muss an die Frau mit dem Kinderwagen denken, die mich von hinten umgefahren hat, und an das blanke Entsetzen in ihrem Gesicht, und ich denke an Jays Mutter und frage mich, wo sie jetzt gerade sein mag und was ihr wohl im Kopf herumgeht. Und dann denke ich an die Goldmans und wie sie in den schwarzen Leichensäcken aus ihrem Haus getragen wurden.

Ich denke an all die Menschen, die den Weg dieser Männer gekreuzt haben, die mich finden wollen. *Mich.* Und ich frage mich, wie es möglich ist, dass so viele Menschen sterben mussten, während ich noch immer hier stehe, noch immer atme. Das ist nicht gerecht. Ich versuche, mir ins Gedächtnis zu rufen, was Jay gesagt hat: Ich bin nicht schuld und auch nicht für den ganzen Mist verantwortlich, der auf der Welt passiert. Aber ich weiß nicht, ob ich das jemals akzeptieren kann. Ich starre mich unverwandt durch einen Film aus Tränen im Spiegel an und blinzle. War Felix nicht genug? Wie soll ich weiterleben, wenn ich all diese Leute auf dem Gewissen habe.

Und dann schleicht sich ein Gedanke ein, schiebt sich an allen anderen vorbei und setzt sich in meinem Bewusstsein fest. Vielleicht sollte ich nicht länger davonlaufen. So würde wenigstens niemand mehr verletzt werden. Aber diese Vorstellung beschert mir einen kalten, schweren Wackerstein im Bauch. Sollte ich das wirklich tun? Mich ihnen ausliefern? Ich könnte einfach einen Anruf tätigen, den sie zurückverfolgen können. Und dann warten, bis sie mich finden. Hätte ich das vielleicht schon heute Morgen tun sollen? Hätte ich damit verhindert, dass das alles passiert? Wären alle noch am Leben, wenn ich nicht auf das Dach der Goldmans geklettert wäre?

Ich klammere mich am Waschbecken fest und zittere unkontrolliert. Meine Beine sind wie Kaugummi, und nur meine Arme halten mich noch aufrecht. In meinen Lippen kribbelt es, und jetzt erst bemerke ich, dass ich hyperventiliere und mein Atem nicht bis in die Lunge gelangt.

Ich schließe die Augen, um mich herum dreht sich alles. Im meinem Mund schmecke ich die Schokolade, die ich vorhin gegessen habe, ekelhaft süß und irgendwie ätzend – ich glaube, mir wird schlecht. Ich beuge mich übers Waschbecken und konzentriere mich auf die Atem- und Visualisierungstechniken, die Felix mir beigebracht hat, damit ich meine Angst vor der Dunkelheit verliere.

Er saß mit mir in dem feuchten, nasskalten Keller in unserem Haus in Nigeria, wo sich oft Ratten, die so groß waren wie Katzen, tummelten, und redete mir gut zu, während ich schluchzte und meine Angst mich lähmte. Er zeigte mir, dass diese Angst nichts anderes war als ein Hirngespinst und dass ich sie vertreiben konnte, wenn ich meine Einstellung dazu änderte, meine Gedanken kontrollierte und der Angst zeigte, wer der Boss war. So wurde meine Angst zu einem Tier, das ich an die Kette legen und in einen Käfig sperren konnte.

Ich muss jetzt einfach nur diese Technik anwenden, meine Angst einfangen wie ein Tier und sie wegsperren. Wenn ich das hier überleben und Jay helfen will, muss ich klar denken können. Nach ein paar Sekunden habe ich meinen Atem wieder unter Kontrolle und die Übelkeit lässt nach. Meine Gedanken fliehen noch immer in tausend verschiedene Richtungen, kämpfen wie verrückt gegen die Angst und die Panik, aber ich zwinge mich, in Richtung Tür zu gehen. Ich bin schon viel zu lange hier drin und Jay wird bestimmt bald nach mir schauen. Außerdem weiß ein Teil von mir ganz genau, dass ich meine Angst besser im Griff habe, wenn er in meiner Nähe ist.

Als ich die Hand nach der Türklinke ausstrecke, unterhalten Jay und Marisa sich immer noch leise, diesmal allerdings in Englisch.

»Ich muss ihn finden«, höre ich Jay sagen. »Was denkst du, wo er steckt?«

»Ich habe keine Ahnung«, antwortet Marisa. »Vielleicht irgendwo bei einem Mädchen und gibt sich dort die Kante. Warum willst du ihn überhaupt finden?«, fragt sie, und ich höre, wie in einer Pfanne zischend Wasser verdampft. Wahrscheinlich reden sie über Teo.

»Ich muss wissen, was bei den Blades los war, nachdem ich verhaftet wurde. Ich muss endlich Klarheit haben.«

Dann verpasse ich etwas, weil es jetzt laut brutzelt. Der Geruch von gebratenem Fleisch dringt zu mir.

»Was hast du vor?«, höre ich Marisa fragen.

»Ich nehme alle Schuld auf mich«, antwortet Jay. »Und werde den Mund halten. Aber nur, wenn sie dafür Teo und Mom in Ruhe lassen.«

Marisa seufzt laut. »Jay –«

»Hör mir auf damit«, unterbricht er sie. »Ich hab keine andere Wahl! Selbst wenn ich davonlaufe, früher oder später werden sie mich schnappen, und dann wird alles nur noch schlimmer. Aber erst einmal muss ich Teo finden. Mit ihm reden. Er muss sich zusammenreißen, die Sache in Ordnung bringen und endlich Verantwortung übernehmen. Wenn ich nicht da bin, wird Mom ihn brauchen. Jemand muss sich um sie kümmern.«

Ich höre Marisa schluchzen.

Jays Stimme wird jetzt sanfter. »Versprich mir, dass du dich auch um sie kümmerst, Risa. Sie braucht dich.«

»Versprochen«, sagt Marisa tränenerstickt. »Das musst du mir aber nicht extra sagen. Du weißt, dass ich das tue.«

Eine Schublade wird aufgezogen und krachend wieder zugemacht. Besteck landet klirrend auf einer harten Oberfläche.

»Was solltest du überhaupt erledigen? Und warum hast du es gemacht?«

»Weil ich ein Idiot bin, genau wie du gesagt hast. Sie haben einen Fahrer gebraucht. Haben mir die Adresse gegeben und gesagt, dass ich keine Fragen stellen soll und einfach dorthin fahren soll, wohin sie wollten.«

»Und darauf hast du dich eingelassen?«, fragt Marisa ungläubig. Ich lehne meine Stirn gegen das kühle Holz der Badezimmertür.

»Was hätte ich denn tun sollen?«, fragt Jay wütend. »Teo war nicht in der Lage, irgendwohin zu fahren. Und außerdem ist er auf Bewährung.«

»Und jetzt wanderst du für ihn ins Gefängnis. Was ist mit der Uni?«

»Das war nur ein Traum«, sagt Jay verbittert. »Das hätte sowieso nie geklappt.«

»Das will ich nicht noch einmal hören«, faucht Marisa. »Es war mehr als ein Traum. Du warst doch schon auf dem Weg dorthin. Du hast es verdient, dort anzufangen.«

»Nein. Habe ich nicht«, sagt Jay entschieden.

Es entsteht eine Pause. Jemand deckt den Tisch. Dann: »Wann willst du dich stellen?«

Jetzt bloß keinen Ton von mir geben.

»Wenn Liva in Sicherheit ist. Wahrscheinlich morgen.«

»Was?«, schreit Marisa nahezu.

»Ich habe es versprochen. Ich muss das einfach tun, okay?« Jay seufzt, es ist klar, dass sie das Thema besser fallen lassen sollte.

Das tut sie aber nicht. »Was kümmert es dich überhaupt, was aus diesem Mädchen wird?«, will sie wissen. »Du kennst sie doch kaum.«

Ich halte die Luft an, meine Arme sinken nach unten.

Jay zögert. »Sie hat mir einen Gefallen getan. Und wenn sie mir nicht geholfen hätte, wäre ich jetzt noch immer im Polizeirevier, und zwar tot. So einfach ist das. Deshalb werde ich sie jetzt bestimmt nicht im Stich lassen.«

Ich atme leise aus.

»Aber diese Leute –«, wendet Marisa ein.

»Es ist alles okay, versprochen«, fällt Jay ihr ins Wort. »Nur noch ein paar Stunden und dann …« Er schweigt, und ich weiß, was er sagen wollte: *und dann ist alles vorbei.* Nur hängt die erdrückende Erkenntnis in der Stille, dass für Jay dann eben doch nicht alles vorbei ist. Noch lange nicht.

Inzwischen bin ich schon viel zu lange im Bad, und wenn ich

noch länger hier drin bleibe, wissen die beiden, dass ich gelauscht habe. Also ringe ich mir ein Lächeln ab, öffne die Tür und gehe raus.

»Das riecht gut«, sage ich, obwohl sich mein Magen beim Anblick des Essens zusammenzieht.

Marisas Lächeln gefriert. Schnell dreht sie mir den Rücken zu und füllt die Teller. Jay trägt die Teller wortlos zum Tisch und zieht einen Stuhl für mich zurück. Ich lasse mich dankbar darauf fallen, wahrscheinlich hätte ich mich nicht mehr viel länger auf den Beinen halten können.

»Magst du etwas zu trinken?«, fragt er mich.

»Nur ein Wasser, bitte«, sage ich und beobachte ihn, wie er an der Spüle ein Glas Wasser einlaufen lässt und es mir bringt. Die Pistole steckt noch immer in seinem Hosenbund, genau wie bei mir. Ich schätze mal, dass es keine gute Idee ist, sie direkt vor Marisas Nase herauszuholen, also lasse ich sie, wo sie ist, und schaue nur schnell, ob der Rucksack noch an der Tür steht.

Marisa setzt sich und nimmt Messer und Gabel. Jay hat mir gegenüber Platz genommen und scheint darauf zu warten, dass ich anfange. Also nehme ich zittrig meine Gabel und pikse sie in ein Stück Hühnchen. Marisa hat ein Pfannengericht mit Hühnchen gemacht. Ich schiebe mir eine Gabel voll in den Mund. Wie vermutet, hat sie mit Chilis nicht gespart. Ich kaue und schlucke, und mein Mund fängt Feuer.

»Zu scharf?«, fragt Marisa.

»Nein, es schmeckt toll«, sage ich, lächle gezwungen und schlucke. Eigentlich komme ich mit Chilis ganz gut klar. Als Kind habe ich ein paar Jahre in Pakistan gelebt und das Essen dort ist nicht gerade mild.

»Jay hat gesagt, du hast ihm das Leben gerettet«, unterbricht Marisa nach einer Weile das unangenehme Schweigen.

Ich blicke auf. Über den Rand ihres Wasserglases hinweg beobachtet sie mich.

»Er meins auch«, antworte ich.

»Wir sind ein gutes Team«, meldet Jay sich zu Wort. Er will die Stimmung auflockern, mich zum Lächeln bringen, aber ich schaffe es nicht, zurückzulächeln. Ich schaue auf meinen Teller. Sogar das Essen fällt mir schwer. Ich konzentriere mich auf das Brennen in meinem Mund. Damit ich nicht an die Dinge, die mir durch den Kopf schwirren, denke.

Wir verstummen, jeder von uns hängt seinen eigenen Gedanken nach. Marisa wischt sich eine Träne weg und Jay legt seine Gabel hin, um ihr unter dem Tisch die Hand zu drücken. Ich betrachte ihn und frage mich, ob er wie ich daran denkt, dass dies für eine lange Zeit das letzte Mal sein wird, dass er mit seiner Cousine zu Abend isst.

28

Ich esse, so viel ich kann, aber den kaum angerührten Tellern der anderen nach zu urteilen, hat es uns allen den Appetit verdorben. Also fange ich an, den Tisch abzuräumen, und trage die Sachen in die Küche. Als ich zurückkomme, steht Jay in der Tür.

»Wie geht es dir?«, fragt er.

Ich zucke mit den Schultern und starre auf seinen Brustkorb. »Und dir?«, frage ich und schaue kurz in sein Gesicht.

Er lächelt traurig, was schon alles sagt. Dann schiebt er mir fast gedankenverloren die Haare hinters Ohr und berührt dabei sanft die Haut hinter meinem Ohrläppchen. Mir wird bis in die Fingerspitzen heiß.

»Nicht mehr lange«, flüstert er.

Ich schließe die Augen und taumle gegen ihn. Am liebsten würde ich meine Stirn jetzt an ihn lehnen, mich ausruhen, während er mich hält. Irgendwie habe ich den Eindruck, dass ich mit Jay zusammen all meine Ängste bezwingen und in einen Käfig sperren könnte, obwohl ich weiß, dass mir das ganz allein gelingen muss. Es hat keinen Zweck, sich dabei auf jemand anders zu verlassen. Am besten, man verlässt sich nur auf sich selbst.

Er legt seine Hände um meinen Nacken, ganz behutsam und vorsichtig, und ich halte für einen Augenblick die Luft an, um dann umso heftiger zu atmen. Als ich nicht zurückweiche, zieht er mich zu sich, und mein Körper reagiert sofort – alles in mir löst sich. All die Gedanken, die ich im hintersten Winkel verschlossen habe, stürzen hervor und drängen wie wild an die Oberfläche. Einen schrecklichen Moment lang glaube ich, dass ich gleich zusammenbrechen und losheulen, oder noch schlimmer, dass ich losschreien werde. Ich kralle mich ganz fest an sein T-Shirt und klammere mich verzweifelt an ihn – an etwas Zuverlässiges, einen Fels in der Brandung.

»Alles ist gut«, flüstert Jay. Seine Stimme streicht ganz sanft über meine Haut, jetzt fällt es mir noch schwerer, mich zusammenzunehmen.

Er presst seine Lippen auf meine Stirn und verharrt, und da ist sie wieder, diese Verbindung, die ich zwischen uns spüre – elektrisierend, fast magnetisch. Etwas, das mich zu ihm zieht. Plötzlich muss ich an nichts mehr denken, mein Kopf ist vollkommen leer. Jay streicht mit dem Daumen meinen Hals entlang, und mein Körper wird von Empfindungen überflutet, die in jede meiner Zellen vordringen. Wie Glühwürmchen in meinen Adern brennen sie sich durch meine Knochen und versengen meine Haut. Und mit diesen Gefühlen erwacht das unbändige Verlangen, meine Hände unter sein T-Shirt zu schieben, sie gegen seinen Bauch zu pressen und mit meinen Fingerspitzen seine Muskeln nachzuzeichnen.

Ich kämpfe gegen den Drang, meine Arme um seinen Hals zu schlingen und seinen Kopf zu mir zu ziehen, damit ich seine Lippen auf meinen spüre. Jay umarmt mich ein wenig fester, und ich spüre, wie er Luft holt. Er hält den Atem an, streicht mit einer Hand über meine Taille und lässt sie auf der Hüfte liegen.

Ich kralle mich noch fester in sein T-Shirt und höre den Seufzer, der meine Lippen verlässt. Und mehr braucht es nicht. Plötzlich hält Jay meinen Kopf, hebt mein Kinn und streicht mit den Daumen meinen Kiefer entlang. Ich schaue ihn an und sehe das Leuchten in seinen Augen – sein Blick ist so intensiv, als wäre ich das Einzige, was in diesem Moment für ihn zählt. Und ich halte seinem Blick stand, ohne zu blinzeln, während mein Atem schneller und schneller wird. Er öffnet leicht seine Lippen und beugt sich zu mir. Ich schließe die Augen.

Da räuspert sich Marisa und ich reiße die Augen auf. Ich mache einen Satz zurück und die Glut verlischt, ich halte mich wackelig auf den Beinen. Mein Herz rast immer noch und ich atme, als wäre ich gerade einen Marathon gelaufen. Marisa schiebt sich mit dem restlichen Geschirr an uns vorbei und blitzt Jay unmissverständlich an.

»Ich werde jetzt das Sofa im Wohnzimmer herrichten. Das kann man auch als Bett benutzen«, sagt sie über ihre Schulter. »Das nimmst dann du, Jay. Liva kann bei mir im Zimmer auf dem Boden schlafen.« Sie wirft Jay noch einen vielsagenden Blick zu, und ich wende mich mit hochrotem Kopf ab. Jetzt, da Jay mich nicht länger berührt, funktioniert mein Hirn wieder, und mir wird klar, was gerade fast passiert wäre. Wollten wir uns wirklich küssen? Bei dem Gedanken bekomme ich wieder dieses Achterbahngefühl. Ich spüre noch immer, wie seine Finger an meinem Kinn entlangstreichen, und muss an den Ausdruck in seinen Augen denken, als er sich zu mir gelehnt hat, um mich zu küssen – dieses Feuer, als wollte er mich gerade genauso wie ich ihn. Und, Gott, wie gern hätte ich ihn geküsst. Ich würde ihn *noch immer* gern küssen.

Jay sagt gerade, dass er Marisa helfen will, als jemand mit den Fäusten gegen die Tür hämmert. Ich mache einen Satz und greife nach der Pistole. Während ich ins Wohnzimmer trete, schaue ich kurz zu Jay. Er ist sofort an meiner Seite und hat ebenfalls die Pistole gezückt. Aber da drängelt sich Marisa an uns beiden vorbei, schreit uns an und stellt sich energisch vor die Tür. Sie sieht aus, als würde sie gleich Feuer speien.

»*¿Qué coño?* Was glaubt ihr, was ihr da tut?«, schimpft sie. »Das ist doch bloß Yoyo! Steckt die Waffen weg«, brüllt sie uns an.

»Risa? Mach auf!«, hören wir jemanden hinter der Wohnungstür brüllen. »Was ist da los bei dir?«

Marisa reißt die Tür auf.

»Was verdammt noch mal ist da los?«

Vor uns steht ein Typ Anfang zwanzig, der so breit wie ein Kühlschrank ist. Marisa zieht ihn in die Wohnung, wirft die Tür hinter ihm ins Schloss und verriegelt sie. Sobald er Jay sieht, leuchtet sein Gesicht auf. Er durchquert mit zwei großen Schritten das Zimmer und zieht Jay in eine wuchtige Männerumarmung. Jay ist gleich viel entspannter. Dieser Yojo ist mindestens 1,95 Meter groß und fast genauso breit, und so wie er Marisa anstarrt, mit einer Mischung aus Zuneigung und Verärgerung, nehme ich stark an, dass er ihr Freund ist.

Yoyo (heißt der wirklich so?) geht einen Schritt zurück und klopft Jay kräftig auf den Rücken. »Mann, wo hast du gesteckt? Wir haben allen möglichen Mist gehört.«

Jay sieht mich rasch über Yoyos Schulter hinweg an. »Das ist eine lange Geschichte.«

»Er steckt in Schwierigkeiten, Yo«, sagt Marisa, die sich an seine Seite stellt.

Yoyo funkelt Jay an. »Bullen?«, fragt er.

»Ja, die Polizei. Aber das ist das kleinste Problem«, antwortet Marisa und klammert sich an seinen Arm.

»Den Rest möchtest du gar nicht wissen«, schaltet Jay sich ein, bevor Marisa loslegen kann. Und dafür bin ich ihm dankbar. Marisa würde wahrscheinlich mir die ganze Schuld geben, obwohl Jay es war, der mit einem gestohlenen Auto erwischt wurde, und wir beide werden von eiskalten Killern gejagt.

»Das ist Liva«, sagt Jay und nickt in meine Richtung.

»Hi«, sage ich, während Yoyo mich von oben bis unten mustert.

Er dreht sich zu Jay und grinst anzüglich. »Du mal wieder, Moreno …«

Jay schüttelt fast unmerklich den Kopf, er möchte nicht, dass Yoyo das weiter ausführt, aber ich sehe, dass er ein Lächeln unterdrückt.

»Wo hat er dich denn aufgegabelt?«, fragt Yoyo und streckt mir seine Hand entgegen, die fast so groß ist wie ein kleiner Hinterschinken.

»Auf dem Polizeirevier«, sage ich.

»Warum haben sie dich festgenommen?«, will Yoyo wissen, der mich gleich ganz anders wahrnimmt.

»Sie ist eine Zeugin«, beantwortet Jay die Frage.

Yoyo geht einen Schritt zurück und versucht mich noch immer einzuschätzen. »Ja, also, schön, dich kennenzulernen. Jeder Freund von Jay …« Er lässt das Ende des Satzes in der Luft hängen, und mir fällt die besondere Betonung von *Freund* auf.

»Hast du ihn gefunden?«, unterbricht Marisa plötzlich.

Yoyo dreht sich zu ihr. »Ja. Er wurde auf einer Party gesehen.«

Jays Kopf fährt herum. »Wer?«, fragt er. »Teo?«

»Ja«, sagt Yoyo und verzieht das Gesicht. »Nachdem wir erfahren haben, was passiert ist, hat Risa mich gebeten, nach ihm Ausschau zu halten. Ich hab das ganze Viertel durchkämmt.«

»Wo ist er?«, fragt Jay ungeduldig.

»Mein Freund Mike hat ihn aufgespürt und zwar in einem Club auf Roosevelt Island. Er hat gerade angerufen.«

»Worauf warten wir dann noch? Los, gehen wir«, sagt Jay und steht schon an der Tür.

Marisa stellt sich energisch vor ihn. »Du kannst nicht einfach da draußen herumspazieren, Jay«, sagt sie. »Nicht, wo alle nach dir suchen.«

»Wir reden hier von Roosevelt. Von den Blades setzt garantiert keiner einen Fuß in das Revier der Kings«, sagt Yoyo, der Marisa eine Hand auf die Schulter gelegt hat und sie zur Seite schieben will.

»Und was macht Teo dann dort?«, schießt Marisa zurück und schüttelt seine Hand ab. Ich glaube, nicht einmal Yoyo schafft es, gegen sie anzukommen.

»Er versteckt sich«, antwortet Yoyo. »Hör mal«, sagt er, »am besten, ich gehe mit Jay, und ihr beiden Hübschen bleibt hier.«

Ich schaue schnell zu Jay. Ich werde auf keinen Fall hierbleiben.

»Uns wird nichts passieren«, fährt Yoyo fort. »Und so wie es aussieht, ist Jay ja gerade gut ausgerüstet.« Er nickt in Richtung der Pistole, die aus Jays Hosenbund herausschaut. »Wo hast du das Teil überhaupt her?«, fragt er.

»Habe ich einem Cop abgenommen«, antwortet Jay und lässt aus, dass der tot war.

Yoyo zieht die Augenbrauen hoch, was ulkig aussieht, weil sie jetzt fast an seinen Haaransatz stoßen, aber dann schüttelt er den Kopf. »Du hast recht, den Rest möchte ich gar nicht wissen.« Anschließend wendet er sich an Marisa. »Würdest du bitte aus dem Weg gehen?«

»Nö«, antwortet die, verlagert ihr Gewicht und zieht einen Schmollmund. »Wie wär's, wenn Yoyo alleine losgeht und Teo hierherbringt, sobald er ihn gefunden hat?«, schlägt sie vor.

»Er wird nicht mitkommen, wenn Yoyo ihn darum bittet«, sagt Jay bestimmt. »Ich kenne meinen Bruder. Ich muss persönlich mit ihm reden, und ab morgen werde ich diese Gelegenheit nicht mehr haben.«

Marisas Entschlossenheit bröckelt. Yoyo sieht verwirrt zwischen den beiden hin und her.

»Okay«, sagt Marisa und tritt zur Seite.

Jay schiebt die Sicherheitsriegel zurück.

»Ich komme mit«, sage ich, ohne weiter darüber nachzudenken.

Jay sieht mich an. Er öffnet den Mund, klappt ihn aber wieder zu und nickt.

»Sicher?«, fragt Yoyo ihn zweifelnd.

»Ja«, erwidert Jay und lässt mich dabei nicht aus den Augen. »Sie kommt mit mir.« So, wie er das gesagt hat, ist jede weitere Diskussion zwecklos, und ich werde fast euphorisch. Er hat es also auch gespürt –, diese stillschweigende Übereinkunft zwischen uns – wenn einer von uns geht, geht der andere auch. Und vielleicht schwingt da noch etwas anderes mit: in seinem Ton, seiner Ausdrucksweise, seiner Haltung. Wer weiß? Nach dem, was gerade in der Küche passiert ist, bin ich mir nicht sicher, ob ich meinem Gefühl und meiner Intuition noch trauen kann. Und ich weiß auch nicht, ob ich das überhaupt will.

»Wenn das so ist«, sagt Marisa einigermaßen verärgert, »dann komme ich auch mit.« Sie funkelt Yoyo an. »Und versuch nicht, mir das auszureden.«

Yoyo und Jay werfen sich einen Blick zu, und dann zuckt Yoyo einfach mit den Schultern. »Frau, willst du auch noch meine Eier in deine Handtasche packen?«

»Die sind doch längst schon drin, oder?«, sagt Jay und weicht dann schnell Yoyos Fäusten aus.

»Ich bin gleich so weit«, sagt Marisa, »fünf Minuten, okay?«

»O Mann«, sagt Yoyo und schaut zur Decke, »wir wollen Teo finden, Mami, wofür musst du dich da umziehen und auftakeln?«

»Ich bin in fünf Minuten fertig«, sagt Marisa, lässt ihn einfach stehen und zieht die Tür hinter sich zu.

Yoyo verdreht die Augen. Ja, er war garantiert schon viele Male hier. Jay behält unruhig die Tür im Blick. Ich schnappe mir den Notfallrucksack und überlege, was ich mitnehmen soll. Ich entscheide mich für die Kreditkarte und Bargeld, alles andere lasse ich drin. Ist es sinnvoll, die Pistole mitzunehmen? Mich von ihr zu trennen, ist keine echte Option, also sehe ich zu, dass ich sie gut unter dem Pulli verstecke, den ich um meine Hüften gebunden habe.

Ich schiebe den Rucksack unter ein Sofakissen, und als ich mich umdrehe, bemerke ich, dass Jay mich beobachtet. »Sicher, dass du mitkommen willst?«, fragt er. Er lässt mir einen Ausweg, genau wie ich ihm einen gelassen habe. Aber da ist ein leichtes Zögern, als er fragt.

Yoyo schaut noch einmal zwischen uns beiden hin und her und verschwindet dann schnurstracks in der Küche. Er ist wohl der Meinung, dass wir uns ungestört unterhalten sollten.

»Ich bleibe nicht allein zurück«, erkläre ich Jay, als Yoyo verschwunden ist. »Ich muss hier raus. Wenn ich noch lange einfach nur rumsitze …«, sage ich und spreche dann nicht weiter. Denn eigentlich will ich sagen: Wenn ich in dieser Wohnung bleibe, gibt es nichts mehr, was mich von den Bildern im meinem Kopf ablenkt. Aber ich bin noch nicht so weit, mich damit auseinanderzusetzen. Ich kann einfach nicht. Deshalb muss ich in Bewegung bleiben. Als ich sehe, wie erleichtert Jay ist, gestehe ich mir ein, dass ich nicht nur in Bewegung, sondern auch in seiner Nähe bleiben will.

»Ja«, sagt Jay und nickt, »das verstehe ich.«

Da taucht auch schon Marisa aus dem Schlafzimmer auf. Das blaue Kleid, das sie anhat, ist so tief ausgeschnitten, dass Yoyo in der Küche sich an den Resten des Hühnchens verschluckt. Marisa ignoriert ihn und zieht nur eine Augenbraue hoch. »Und jetzt du«, sagt sie im Befehlston.

Ich rühre mich nicht.

»Hör mal, so wie du aussiehst, lasse ich mich nicht mit dir blicken«, sagt sie mit Nachdruck. Sie schaut mich ziemlich angewidert an, ein Gesichtsausdruck, den man normalerweise nur beim Anblick von Gammelfleisch aufsetzt. »Wenn du willst, dass du angestarrt wirst, gib den Leuten wenigstens einen guten Grund.«

»Marisa«, sagt Jay, »nun mach mal halblang. Sie sieht doch gut aus.«

»Hast du gesehen, was sie anhat?«, fragt Marisa. »Wir gehen in einen Club!«

»Auf Roosevelt«, weist Jay sie leicht ungeduldig hin. »Ich glaube nicht, dass es dort einen Dresscode gibt.«

»Wenn sie sich nicht umzieht, wird sie dort auffallen wie eine Chilischote im Vanilleeis«, blafft Marisa zurück. Dann stemmt sie wieder ihre Hand in die Hüfte, was so ähnlich ist, wie wenn ein Richter mit dem Hammer zur Ordnung ruft. »Überlegt mal: Alle werden so damit beschäftigt sein, uns nachzuschauen, dass ihr euch ungestört umsehen könnt.«

Jay überdenkt den Hinweis und schaut mich dann grinsend an. »Da hat sie wohl nicht ganz unrecht.«

Doch ich bezweifle das. Jay könnte sich eine Papiertüte über den Kopf ziehen und würde wahrscheinlich trotzdem noch in einem Umkreis von mehreren Metern alle Blicke auf sich ziehen. Aber irgendwie ist da was dran. Aufzufallen ist keine gute Idee.

29

Marisa hat ihren Kopf in den Kleiderschrank gesteckt. Ich stehe unruhig in der Tür. Jay zuckt entschuldigend mit den Schultern. Wahrscheinlich ist er froh darüber, dass es mich trifft und nicht ihn.

Marisa taucht wieder auf, wirft mir etwas zu und knallt Jay die Tür vor der Nase zu. Ich betrachte, was sie mir zugeworfen hat, es ist ein kurzes schwarzes Kleid.

»Das sollte passen«, sagt sie, während sie mich von oben bis unten mustert. »Obwohl du eher einer *sardina* ähnelst.«

»Einer Sardine?«, frage ich entrüstet.

»Mager«, antwortet sie und gibt sich keine Mühe, ihre Missbilligung zu verbergen, was meinen Mangel an Fettzellen betrifft.

»Ich bin nicht mager«, antworte ich verärgert. »Ich bin schlank.«

»Zieh es einfach an«, sagt sie und steht schon am Schminktisch, wo sie sich durch einen Berg von Make-up wühlt.

Ich drehe ihr den Rücken zu, ziehe die Pistole aus meinem Hosenbund und lege sie aufs Bett, dann schäle ich mich vorsichtig aus Shorts und Trägerhemd.

»Ahhh«, sagt Marisa. »Wie hast du das denn angestellt?«

Marisa meint den Bluterguss auf meiner Schulter.

»Hingefallen«, erkläre ich und schnappe mir schnell das Kleid, weil sie jetzt auch den Rest meines Körpers scannt. Ich ziehe das Kleid über meine Hüften und drehe mich zu ihr um. Sie zuckt zusammen, hoffentlich liegt das nicht an der Figur, die ich in ihrem Kleid abgebe.

»Tut mir leid«, sagt sie, was mich dann doch überrascht. »Jay hat mir erzählt, was du durchgemacht hast.« Sie schüttelt den Kopf. »Das ist schrecklich«, flüstert sie. »Gar nicht auszudenken.«

»Ja«, sage ich und schaue auf meine Füße. Schrecklich trifft es nicht ganz, aber ich möchte gar nicht, dass sie eine genauere Vorstellung davon bekommt.

»Was für eine Schuhgröße hast du?«, fragt sie mich plötzlich und ringt sich ein Lächeln ab. Wahrscheinlich hat sie gespürt, dass ich nicht darüber reden will. »Ich könnte dir ein Paar von meinen High Heels leihen.«

»Ich kann in High Heels nicht laufen.« Von Rennen ganz zu schweigen, aber das binde ich ihr nicht auf die Nase.

»Wie wär's mit Sandalen? Warte mal.« Sie durchsucht den unteren Teil des Kleiderschranks und taucht mit einem Paar hellbrauner Ledersandalen auf. »Meinst du, die passen?«

Ich nehme sie und halte sie an meine Sohle. »Ja«, sage ich, setze mich hin und ziehe sie an. Ich komme mir ziemlich blöd vor und habe ein schlechtes Gewissen, weil ich mich schick mache, um in einen Club zu gehen. Das ist irgendwie nicht richtig. Aber wir wollen uns dort ja nicht amüsieren. Wir gehen dorthin, weil wir Jays Bruder suchen. Marisa kommt zu mir, bürstet mir die Haare und steckt sie hoch, ohne mich vorher zu fragen. Mir fehlt die Kraft, mich mit ihr zu streiten, also lasse ich sie einfach machen.

»Hör mal«, sagt sie, während sie an meinen Haaren herumzupft, »ich wollte vorhin nicht unhöflich sein. Ich mache mir nur Sorgen, um Jay. Er hilft ständig irgendwelchen Leuten und kassiert dafür nichts als Ärger.«

Ich habe keine Ahnung, was ich darauf erwidern soll, also sage ich nichts.

»Er ist ein guter Kerl, weißt du. Er hat es nicht verdient, dass er für Teo den Kopf hinhalten muss.«

»Ich werde dafür sorgen, dass er Unterstützung bekommt«, sage ich. »Versprochen! Mein Vater kennt alle möglichen Leute. Wir werden uns für ihn einsetzen. Ich möchte genauso wenig wie du, dass er im Gefängnis landet.«

Marisa zupft nicht länger an meinen Haaren herum. Ich schaue auf und betrachte mein Spiegelbild. Marisa nickt mir zu. »Bitte schön«, sagt sie und lächelt vorsichtig. »Fertig. Vielleicht nur noch …« Sie nimmt mein Kinn, pinselt einmal über meine Wangenknochen, tupft mir etwas auf die Lippen und verteilt ein wenig Concealer auf meinem Schnitt an der Wange. Dann tritt sie einen Schritt zurück und betrachtet ihr Werk. »Ja, so kannst du gehen«, sagt sie.

Ich stehe auf und schaue noch einmal schnell in den Spiegel. Ich gefalle mir nicht. So ein Kleid würde ich niemals anziehen. Es ist zu kurz, man kann meine verschrammten Knie sehen, und es bedeckt zwar meine Oberarme, hat aber einen tiefen Ausschnitt. Meine Haare hat Marisa mir in einem lockeren Haarknoten hochgesteckt, so fünfzigerjahremäßig. Dafür ist das Make-up zum Glück kaum sichtbar, und die Farbtupfer auf meinen Wangen und Lippen lassen mich frischer und munterer wirken als nach meinen eigenen Versuchen vor dem Badezimmerspiegel.

Ich schaue zur Waffe auf dem Bett. Das Kleid hat keine Taschen.

»Hast du eine Handtasche, die ich mir leihen kann?«, frage ich.

Marisa überfliegt einige, die an der Schlafzimmertür hängen, und reicht mir eine schwarze Ledertasche mit einer Goldkette als Riemen. Sie ist viel protziger als das, was ich sonst mit mir herumtrage, aber ich kann sie immerhin über die Schulter hängen. Ich nehme sie und stopfe mein Geld und die Kreditkarte hinein. Als ich die Pistole dazustecke, gibt Marisa einen missbilligenden Laut von sich, was ich einfach ignoriere. Sie wird schließlich nicht von irgendwelchen Leuten gejagt, die sie umbringen wollen.

Yoyo klopft an die Tür. »Kommt ihr langsam, oder was?«, fragt er.

Marisa zieht ihre Schuhe an und verdreht dabei die Augen. »*Sí*, wir kommen«, ruft sie zurück und öffnet die Tür.

Als ich ins Wohnzimmer trete, schaut Jay mich kurz an, seine Augenbrauen schnellen überrascht nach oben, und dann wird sein Blick irgendwie finster. Ist es Irritation, Wut oder vielleicht etwas anderes? Ich sehe weg und erwische Yoyo dabei, wie er Jay zublinzelt.

Irgendwas liegt in der Luft, eine kaum merkliche Spannung, ganz fein nur, aber unangenehm. Sie ist nahezu greifbar. Vermutlich hat Jay Yoyo erzählt, in welchen Schwierigkeiten er steckt und dass er sich morgen stellen will. Ich schaue wieder zu

Jay, der nervös und ruhelos wirkt. Kein Wunder, wahrscheinlich ist das für eine sehr lange Zeit seine letzte Nacht in Freiheit. Ob er daran jetzt auch denkt? Oder konzentriert er sich eher darauf, jeden Moment zu nehmen, wie er kommt, und die Zukunft einfach Zukunft sein zu lassen?

»Alle startklar?«, fragt Yoyo.

Jay steht schon an der Tür.

Und ich gehe zu ihm rüber.

30

Wir nehmen Yoyos alten, verbeulten Ford. Jay klettert neben mich auf die Rückbank und versucht nicht einmal, den Beifahrersitz für sich in Anspruch zu nehmen. Ich seufze erleichtert auf. Seine Hand liegt nur Zentimeter von meiner entfernt, er hat sich ziemlich ausgebreitet, sein Knie berührt fast meins. Nimmt er mich gerade genauso intensiv wahr wie ich ihn? Jede Bewegung und jeden Atemzug?

Ich werfe ihm einen kurzen Blick zu. Jetzt starrt er finster aus dem Fenster. Ich frage mich, ob er sich in meiner Gegenwart wohl genauso fühlt wie ich mich in seiner? Wahrscheinlich eher nicht. Momentan würde ich mich nämlich am liebsten an ihn klammern, in ihn hineinkriechen, alles von mir offenlegen, enthüllen und das wortwörtlich wie im übertragenen Sinn. Der Gedanke, dass ich das wirklich tun könnte – dass ich mich von meinen Gefühle leiten lasse –, verängstigt mich mehr, als ich mir eingestehen möchte. Ich habe auch so schon genug, wovor ich mich fürchte.

Der rational gesteuerte Teil meines Hirns, der jede Minute zu schrumpfen scheint, fragt sich, ob das wohl so ist, damit ich mich nicht mit den Bildern im meinem Kopf auseinandersetzen muss. Ist meine Fixierung auf Jay womöglich nur ein Mittel, um die Schreie der Sterbenden und das Peitschen der Kugeln, die von Metall abprallen, zu verdrängen? Geht es nur darum? Psychologen würden das wahrscheinlich als Übertragungsphänomen bezeichnen. Und dass sich Entführungsopfer in ihre Entführer verlieben, kommt immer wieder vor. Greift der gleiche Mechanismus vielleicht auch bei Opfern einer Schießerei und ihren Mit-Flüchtlingen?

Ich starre jetzt ebenfalls aus dem Fenster. Das alles zu verarbeiten, ist einfach zu viel. Deshalb konzentriere ich mich lieber auf meine Umgebung statt auf mein Gefühlschaos. Das scheint mir einfacher zu sein. Draußen ist es dunkel und ich schaue kurz auf die Uhr am Armaturenbrett. Es ist schon fast zehn. Auf den Straßen ist immer noch viel los, Imbissstände, Leute, die gefälschte Handtaschen an provisorisch aufgebauten Buden kaufen, und Bars und Restaurants, die mit ihren bunten Leuchtreklamen Kunden anlocken.

Während Yoyo vorsichtig durch die Straßen fährt, und zwar weit unter der zugelassenen Geschwindigkeit, wippt Jay nervös mit dem Fuß. Einmal rutscht er tief in den Sitz und duckt sich, und als sein Knie meines berührt und er es dort lässt, konzentriere ich mich nur noch darauf. Alles da draußen ist auf einmal egal, ich spüre, wie Jays Puls in mir lebendig wird und im Gleichtakt mit meinem eigenen unberechenbaren Herz schlägt.

»Sag mal, Liva«, meldet Yoyo sich von vorn. »Bist du hier aus dieser Gegend?«

Marisa versetzt ihm über die Handbremse hinweg einen Klaps. »Sieht sie aus, als wäre sie von hier?«, faucht sie. »Hört sie sich an, als wäre sie von hier?«

»Nein«, übertöne ich sie. »Ich bin nicht aus dieser Gegend.

Ich bin im Ausland aufgewachsen und gerade erst nach New York gezogen.«

»Ach, ja? Wo hast du vorher gewohnt?«

»Im Oman«, sage ich.

»Wo ist das?«, fragt Yoyo.

»Das ist im Nahen Osten, Bruder«, sagt Jay grinsend.

»Im Nahen Osten?«, fragt Yoyo. Er überlegt und schaut rasch zu mir nach hinten. Wahrscheinlich fragt er sich, wo meine Burka geblieben ist. Wenn ich erzähle, wo ich aufgewachsen bin, machen die meisten Leute einen dummen Scherz. »Hat es dir dort gefallen?«

»Ja«, antworte ich. Kurz versuche ich, mir unser Haus und meine Freunde in Erinnerung zu rufen, aber das alles scheint so weit weg zu sein wie eine Geschichte aus einem Buch. Ob ich es jemals wiedersehen werde?

»Warum bist du dann von dort weggegangen?«

Gute Frage.

»Ärger mit einem Freund?«, fragt Yoyo, was ein ziemlich plumper Versuch ist, meinen Beziehungsstatus herauszubekommen – und das garantiert in Jays Auftrag.

»Nein, ich bin von der Schule geflogen«, antworte ich schnell, weil ich nicht möchte, dass Jay glaubt, ich hätte einen festen Freund. Allerdings war es ein bisschen zu schnell – ohne nachzudenken.

Jay klappt der Unterkiefer herunter. Er dreht sich leicht, damit er mir direkt ins Gesicht schauen kann. »*Du* bist von der Schule geflogen?«

»Ja, ist das so abwegig?«, frage ich fast ein wenig beleidigt.

Er schüttelt erstaunt den Kopf. »Du steckst echt voller Überraschungen, Moneypenny.«

Und da ist es wieder, dieses Kribbeln in der Magengegend. Allmählich macht es mir nicht einmal etwas aus, wenn er mich Moneypenny nennt.

»Was hast du angestellt? Das Cheerleader-Training zu oft ausfallen lassen?« Das kam von Marisa.

»Ich bin nicht bei den Cheerleadern. Also, nein.«

»Drogen?«, fragt Yoyo.

»Nein. Mit Drogen habe ich nichts am Hut.«

»Alkohol?«

»Nein.«

»Da hast du aber eine ganz Vernünftige gefunden, Jay.« Yoyo lacht.

»Oh, das würde ich so nicht unterschreiben«, antwortet Jay und lächelt mir wissend zu.

»Weshalb dann?«, bohrt Marisa nach und dreht sich zu mir um. Jetzt ist sogar sie neugierig geworden.

»Ich war an einem Ort, wo ich besser nicht gewesen wäre«, sage ich und schaue kurz zu Jay, der mich immer noch mit Argusaugen beobachtet.

»Wie zum Beispiel?«, fragt Yoyo. »Warte! Vielleicht eher mit wem? Hattest du eine Affäre mit einem Lehrer?«

»Nein. Igitt!«, sage ich.

»Lass mich raten«, sagt Jay und grinst mich an. »Du bist aufs Schuldach geklettert.«

»Nein«, erwidere ich und mache eine lange Pause. »Auf den Glockenturm.«

»Mit einer Pistole?«, fragt Yoyo. »Dann könnte ich nämlich verstehen, warum sie dich rausgeworfen haben.«

»Nein, ohne Pistole.«

»Was hast du da oben gemacht?«

»Ich wollte einfach wissen, wie die Aussicht ist«, sage ich und verschweige den Kick, den ich immer bekomme, wenn ich auf Dachkanten herumspaziere – also den eigentlichen Grund, warum ich dort war. Ich kann dieses Triumphgefühl nur schwer beschreiben. Aber wenn ich am Rand des Daches stehe, mir die Arme und Beine vom Aufstieg noch brennen und ich auf das winzige Rasenrechteck hinunterschaue, dann schießt mir das Blut wie Quecksilber durch die Adern, fast so schnell wie jetzt, wo Jays Knie gegen meines drückt. Ich schaue kurz zu Jay, der mich versteht. Er weiß genau, warum ich auf das Dach geklettert bin und wonach ich gesucht habe – und vielleicht versteht er auch, wie ich mich dabei fühle.

»Wie hoch war das?«, fragt Yoyo.

»Vier Stockwerke«, sage ich.

»Ach, du Scheiße. Und deswegen wird man rausgeworfen?«

»Regeln sind eben Regeln. Sie dachten, dass –« Ich spreche nicht weiter.

»Was?«, hakt er nach.

Ich hole tief Luft. »Sie dachten, ich würde springen«, sage ich. Die Vorstellung schmerzt noch immer. Und das ist es auch, was meine ganzen Freunde im Oman denken – sie glauben, dass ich Selbstmordabsichten hatte. Ob wohl deswegen keiner von ihnen mir bisher eine Mail oder eine Nachricht auf Facebook geschickt hat? Wenn ich allerdings tatsächlich Selbstmordabsichten gehabt hätte, wäre ich über ihr mangelndes Mitgefühl jetzt ziemlich angefressen.

»*Wolltest* du dich denn umbringen?«, fragt Yoyo.

Im ersten Moment verschlägt es mir die Sprache. Ganz schön

direkt! Aber außer meinen Eltern ist er der Erste, der mich das überhaupt fragt. »Nein«, sage ich. *Um Selbstmordgedanken zu haben, muss man etwas fühlen,* füge ich im Stillen hinzu. Und ich bin ziemlich gut darin, meine Emotionen auszublenden.

»Was wolltest du dann dort oben?«

»Musst du nicht die Nächste rechts abbiegen?«, unterbricht Jay ihn und lehnt sich zwischen Yoyo und Marisa nach vorn. Ich starre auf seine Schultern, seine Arme liegen locker um die Kopfstützen. Jay hat die Fragerei absichtlich unterbrochen, weil er mich beschützen will. Ich weiß diese Geste zu schätzen, und am liebsten würde ich mich auch nach vorne lehnen und meine Wange an seinen Rücken schmiegen.

Doch da schaltet sich schon wieder der nervige vernünftige Teil meines Gehirns ein. Anscheinend ist es inzwischen genug geschrumpft und gibt sich zur Abwechslung kämpferisch. Ich brauche niemanden, der mich beschützt. Oder? *Denk dran, was beim letzten Mal passiert ist,* sagt es. Und es hat recht. Ich muss auf diese Stimme hören. Das letzte Mal, als ich zugelassen habe, dass jemand mich beschützt und abschirmt, ist er gestorben. Und wenn ich mir vorstelle, dass Jay wegen mir etwas zustößt, gefriert mir das Blut in den Adern.

Was ich mit Felix erlebt habe, will ich nicht noch einmal durchmachen. Ich kann es einfach nicht. Ich empfinde schon viel zu viel für Jay, und das macht alles nur noch komplizierter – es trübt mein Urteilsvermögen.

Es gibt nur eine Möglichkeit, Jay zu schützen, und die hätte ich längst ergreifen sollen. Ich war bloß zu feige. Ich wollte das nicht allein durchstehen. Aber jetzt wird mir klar, dass ich es muss.

Ich verlagere ein wenig mein Gewicht. Die letzten Minuten unserer Fahrt gehe ich auf Abstand und betrachte eingehend den zitronenförmigen Duftspender, der vom Rückspiegel baumelt. Ich konzentriere mich so lange darauf, bis mein Herz wieder normal schlägt. Dann treffe ich eine Entscheidung: Ich werde warten, bis Jay Teo gefunden hat, und wenn wir wieder bei Marisa sind, werde ich verschwinden. Den Rest ziehe ich allein durch.

Und ich treffe noch eine weitere Entscheidung, na ja, es ist eher ein Versprechen. Ich werde gegenüber Jay und Marisa mein Wort halten. Ich werde mich darum kümmern, dass mein Vater ihm den besten Anwalt besorgt. Notfalls werde ich die ganze Geschichte vor Gericht erzählen. Ich werde ihnen alles über Jay erzählen und wie oft er mein Leben gerettet hat.

31

Sobald ich den Club betrete, bin ich Marisa unendlich dankbar, dass sie darauf bestanden hat, mich zurechtzumachen. Wenn ich hier in meinen Shorts und dem Trägerhemd aufgetaucht wäre, hätte mich der Türsteher wahrscheinlich gar nicht reingelassen. Obwohl, vermutlich wäre ich ihm überhaupt nicht aufgefallen. Er war dermaßen gebannt von Marisas Ausschnitt, dass ihm unsere Handtaschen keinen Blick wert waren. Das hatte schon fast etwas von einem Kaninchen vor der Schlange … Und Yoyo gefiel es überhaupt nicht. Während wir uns durch die übervolle Tanzfläche zur Bar schlängeln, grummelt er noch immer vor sich hin.

Die meisten Typen hier tragen tief sitzende Baggy Pants, Nikes, Snapback Caps und T-Shirts, auf denen fett irgendwelche Logos prangen, es sieht aus wie eine Art Möchtegern-Gangstermode. Aber wer weiß, vielleicht sind das ja gar keine Möchtegern-Gangster. Als Teenager war ich schließlich nur im Oman, wo ich von reichen Privatschulkindern umgeben war, deren Kleiderschränke unter dem Gewicht der ganzen Poloplayer- und Krokodil-Logos fast zusammengebrochen sind. Ein kurzer Blick auf die Mädchen, die sich in Richtung Bar schieben oder auf der Tanzfläche herumwirbeln, sagt mir, dass Haarverlängerung hier wohl gerade ziemlich angesagt ist, genau wie mörderisch hohe Absätze und Kleider, die wie Frischhaltefolie an jeder Rundung kleben.

Jay und Marisa scannen die Menschenmassen. Yoyo hängt am Handy und versucht zu telefonieren, mit einem Finger hält er sich das andere Ohr zu. Die Musik ist extrem laut, doch der Beat ist gut. Ich schau mich um. Aber da ich nicht weiß, wie Teo aussieht, bin ich keine große Hilfe.

Yoyo legt auf. »Mike sagt, vor einer halben Stunde war er noch hier, seitdem ist er verschwunden.«

»*Mierda*«, flucht Jay schlecht gelaunt.

»Da drüben sind ein paar Mädchen, die ich kenne, ich frag sie mal, ob sie ihn gesehen haben«, sagt Marisa und zeigt zu einem kleinen Tisch am anderen Ende der Bar, wo sechs oder sieben junge Frauen stehen. Sie sehen aus, als hätte Marisas Chefin Gloria einen ganzen Tag darauf verwendet, ihre Haare zu toupieren. Und noch bevor Yoyo oder Jay antworten, stürzt Marisa sich schon in die Menge.

»Ich werde mich auch mal umhören, vielleicht hat ihn ja sonst noch jemand zu Gesicht bekommen«, sagt Jay. Seine Stimmung ist fast auf dem Nullpunkt. »Du bleibst bei Yo. Geh nirgendwo anders hin, okay?«

Der Einfachheit halber nicke ich, obwohl ich Yoyo weder als Beschützer haben will noch brauche. Schließlich habe ich eine Pistole in meiner Tasche. Nicht dass ich die in einem rappelvollen Club jemals auspacken würde, aber allein die Tatsache, dass sie da ist, gibt mir eine gewisse Sicherheit.

Jay verschwindet zwischen all den Menschen, und mein Magen zieht sich vor Angst zusammen. Es gefällt mir nicht, dass ich ihn nicht im Auge behalten kann.

»Wie sieht's aus?«, sagt Yoyo und wippt auf seinen Füßen. »Möchtest du was zu trinken oder so?«

»Nein, danke. Ich brauche nichts«, antworte ich und stelle mich auf die Zehenspitzen, weil ich wissen will, wohin Jay verschwindet.

»Willst du tanzen?«, fragt Yoyo.

Überrascht drehe ich mich zu ihm. »Was – hier? Jetzt? Zu der Musik?« Spinnt der?

Yoyo zuckt mit seinen breiten Schultern. »Ja, warum nicht? Jay hat erzählt, dass du Tänzerin bist.«

»Hat er?«, frage ich erstaunt.

Er grinst mich an. »Ja.« Würde mich interessieren, was Jay ihm sonst noch alles erzählt hat. »Was ist los, hast du Angst, dass ich auf der Tanzfläche besser aussehe als du?«, fragt er und setzt einen Schmollmund auf.

Ich werfe ihm einen schneidenden Blick zu und nehme mir ein Beispiel an Marisa, wenn sie Männer in ihre Schranken weist: Ich stemme meine Hand in die Hüfte und ziehe amüsiert eine Augenbraue hoch.

Aber bei mir funktioniert das nicht. Yoyo geht einen Schritt rückwärts auf die Tanzfläche und wackelt provokativ mit seinem Hintern, was mich echt zum Lachen bringt. Dieser Kerl ist riesig. Er ist das menschliche Gegenstück zu einem Supertanker. Sein Bizeps ist so breit wie mein Oberkörper. Um ihn herum wird es leer, die Tänzer verhalten sich wie ein Schwarm Fische beim Anblick eines Trawlers. Aber dann bewegt er sich und mir klappt der Unterkiefer bis zum Boden. Heilige Scheiße! Yoyo kann tatsächlich tanzen. Jetzt wird es noch leerer in seinem Umkreis, aber nicht weil sich die Leute vor dem riesigen Kerl in

Sicherheit bringen wollen, sondern weil sie ihn anstarren. Er beherrscht jeden bekannten Hip-Hop-Schritt perfekt, und da gibt es einige. Und dann fängt er auch noch mit Popping an, sodass ich vor Lachen fast Seitenstechen bekomme.

Als er fertig ist, rollt er seine Schultern, lässt seine Knöchel knacken und stolziert über die Tanzfläche zu mir, während das Publikum ihm wie verrückt zujubelt und applaudiert. »Was hast du eben gesagt?«, fragt er und wischt sich mit einer Hand die Stirn.

Ich bin echt sprachlos. Das alles kommt mir noch surrealer vor als ohnehin schon. Als würde mein Leben von David Lynch inszeniert werden.

»Jetzt bist du dran«, sagt Yoyo und zeigt zur Tanzfläche.

Ich schüttle schnell den Kopf. Auf keinen Fall. Aber Yoyo legt mir seine esstellergroßen Hände auf den Rücken und schiebt mich einfach dorthin.

»Wovor fürchtest du dich?«, flüstert er mir ins Ohr.

»Na gut«, sage ich, reiße mir die Tasche von der Schulter und drücke sie ihm in die Hand. »Halt mal.«

Er grinst so breit, dass ich seine gesamten Zähne sehen kann, sogar den mit Goldkrone. Er ist wie ein riesiger Junge, und wie er so dasteht und meine Tasche umklammert, hat schon fast etwas Drolliges, da muss man einfach zurücklächeln. Was hat Jay noch einmal über mich gesagt? Dass ich ein gutes Herz habe? Langsam verstehe ich, was er damit meinte – denn genau das denke ich auch, wenn ich Yoyo betrachte. Er hat ein gutes Herz.

Ich drehe Yoyo den Rücken zu, schließe die Augen und versuche, mich auf die Musik zu konzentrieren und ein Gefühl für den Beat zu bekommen. Das ist extrem weit vom klassischen Ballett entfernt, aber ich habe auch Modern Dance gelernt und außerdem ein paar Hip-Hop-Kurse belegt.

Wenn ich tanze, bekomme ich nichts mit, was um mich herum geschieht. Es ist eine der wenigen Gelegenheiten, bei denen ich aus meinem Gedankenkarussell aussteigen kann. Deswegen macht es mir auch nichts aus, drei bis vier Stunden pro Tag in einer Ballettschule zu verbringen. Während dieser Zeit bin ich voll und ganz in meinem Körper. Wenn ich auf dem Dach stehe und in die Tiefe schaue, ist das so ähnlich. Dann schießt durch meine Adern eine vergleichbare Explosion aus Licht und Luft, und ich fühle mich fast genauso berauscht. Es ist eine rein körperliche Reaktion und hat nichts mit meinem Geist oder meinen Gefühlen zu tun.

Während ich mich zur Musik bewege, nehme ich nur am Rande wahr, dass die Leute mir Platz machen. Als Yoyo kurz in meinem Blickfeld auftaucht, sehe ich, dass ihm fast die Augen übergehen, und als ich irgendwann ganz atemlos mit dem Tanzen aufhöre und mir der Schweiß über den Rücken läuft, ist er es, der am lautesten klatscht.

»Verdammt noch eins, er hat recht. Du kannst wirklich tanzen.«

Ich wische mir über die Stirn und streiche ein paar Haarsträhnen zurück. Gott, hat das gutgetan, vermutlich habe ich ein paar überschüssige Emotionen verbrannt. Ich bin entspannter und nicht mehr so panisch.

Yoyo schaut plötzlich über mich hinweg und scheint verärgert. »Bin gleich wieder da«, knurrt er und stapft mitten über die Tanzfläche, wobei er meine Handtasche noch immer fest umklammert. Als ich ihm nachschaue, entdecke ich Marisa, die sich gerade mit drei Typen unterhält. Wahrscheinlich will Yoyo seine Besitzansprüche anmelden.

»Hey, schön getanzt.«

Ich wirble herum. Vor mir steht ein Typ mit sorgfältig gestutztem Bart und einem Diamantohrstecker. Er hat den Baggy-Pants-Look gewählt und seine Arme sind von oben bis unten tätowiert.

»Danke«, antworte ich, verschränke meine Arme über der Brust und überlege, wie ich mich am besten zurückziehen kann.

Meine verschränkten Arme scheinen ihn nicht abzuschrecken. Er kommt sogar noch einen Schritt näher, und mir schwappt ein Schwall Zigaretten- und Alkoholgeruch entgegen. »Magst du was trinken?«, fragt er.

In diesem Moment legt jemand selbstbewusst seinen Arm um meine Taille und stellt sich dicht hinter mich. »Wir wollten gerade gehen«, höre ich Jay sagen.

Ich hole tief Luft. Jays Hand liegt jetzt besitzergreifend auf meinem Bauch, und ohne nachzudenken, lehne ich mich gegen ihn.

Der Typ sieht Jay finster an. »Dein Freund?«, fragt er mich.

»Äh, nein«, gebe ich zu.

»Was ist dann dein Problem?«, will der Typ von Jay wissen.

»Es gibt kein Problem«, sage ich laut, als ich spüre, wie Jay sich hinter mir anspannt. Ich drehe mich um und nehme seine Hand. »Gehen wir«, sage ich zu ihm.

Jay funkelt den Typen an, bis ich ihn in Richtung Bar ziehe.

»Hast du Teo gefunden?«, brülle ich über die Musik hinweg.

Allmählich schenkt er mir wieder seine Aufmerksamkeit. Er

schüttelt den Kopf. »Nein.« Er sieht sich um. »Wo steckt Yoyo? Er sollte sich um dich kümmern.«

»Ich kann allein auf mich aufpassen«, erwidere ich verärgert. »Er hat nach Marisa gesehen. Dort drüben ist er«, sage ich und zeige in die Richtung. So jemanden wie Yoyo übersieht man nicht so leicht.

Jay entspannt sich allmählich. »Schöne Tanzschritte übrigens«, sagt er, und sein Lächeln berührt mein Herz und lässt meinen Entschluss, ihn zu verlassen, sobald wir wieder bei Marisa sind, sowohl absurd als auch unmöglich erscheinen.

»He, *cabrón.*«

Wir fahren beide herum. Hinter Jay steht der Typ mit dem Diamantohrstecker, nur diesmal ist er in Begleitung. Er wird von zwei Typen flankiert wie von zwei Rottweilern.

Jay stellt sich sofort vor mich, seine Arme hängen zwar locker nach unten, aber seine Hände hat er zu Fäusten geballt. Scheiße, denke ich, warum haben wir ständig irgendwelche Scherereien? Ich schiebe mich an seine Seite.

»Was gibt's?«, fragt Jay ganz ruhig.

»Wir haben gehört, dass du unseren Kumpel gedisst hast.«

Jay unterdrückt ein Lachen und ich schaue ihn scharf an. Jetzt zu lachen, ist nicht gerade schlau, wenn man bedenkt, dass uns beiden gerade drei Typen gegenüberstehen und Yoyo ungünstigerweise mit meiner Tasche verschwunden ist.

»Ich habe niemanden *gedisst*«, sagt Jay fast ein bisschen müde und schiebt mich wieder hinter sich. Hat er eigentlich seine Pistole dabei? Mein Blick huscht zu seinem Hosenbund. Soll ich sie mir schnappen? Aber wie dämlich wäre das denn? Wenn ich in einem überfüllten Club mit einer Pistole herumwedle, werden wir garantiert festgenommen, und so soll der Abend bestimmt nicht enden.

»*¡Te voy a matar!*«, sagt der Wortführer, dehnt seine Halsmuskeln und knackt mit den Fingerknöcheln.

Obwohl ich kein Spanisch spreche, verstehe ich sehr wohl, was er vorhat, und drücke fest Jays Arm, aber der beachtet mich gar nicht. Er geht einen Schritt nach vorn und steht jetzt fast Brust an Brust mit dem Typen.

»Hör mal«, sagt er leise. »Ich und mein Mädchen hier«, er nickt kurz in meine Richtung, »wir beide hatten einen echt beschissenen Tag. So richtig *mierda*, das kannst du dir gar nicht vorstellen. Auf uns wurde geschossen, wir wurden gejagt«, zählt er an seinen Fingern auf, »wir sind aus dem Fenster einer Wohnung im neunzehnten Stock auf ein verdammtes Dach geklettert, und zwar ohne Feuerleiter. Dann gibt es da noch zwei Typen, die sich als Polizisten verkleidet haben und uns umbringen wollen«, sagt er lächelnd und beugt sich noch etwas näher, seine Stimme ist nicht viel lauter als ein verschwörerisches Flüstern. »Und wisst ihr, was – diese Typen lassen euch drei wie die größten Pussys aussehen.«

Ich drücke Jays Arm noch fester. *Was macht er da?* Hat er jetzt komplett den Verstand verloren? Die sehen überhaupt nicht aus wie Pussys. Aber er ist noch nicht fertig. Ganz im Gegenteil, jetzt kommt er erst richtig in Fahrt. Er macht einfach weiter und zählt noch ein paar andere Sachen auf.

»Meine Mutter wird irgendwo vom FBI festgehalten und wir wissen nicht, warum. Ich kann meinen Bruder nicht finden«, jetzt holt er tief Luft, »– und dann musste ich noch irre viel Geld für zwei Stängel gefrorenes Wasser ausgeben, auch wenn ich ehrlicherweise zugeben muss, dass es nicht mein eigenes war.« Er atmet hörbar aus. »Deshalb können wir gerade extrem gut auf dich und deine beiden *amigos* und eure Scheißanmache verzichten, *¿me entiendes?*«

Der Typ mit dem Diamantohrstecker starrt Jay an, als würde er Suaheli sprechen, an seinem Hals pulsiert heftig eine Ader. Nervös schaue ich zu seinen Kumpels, ich glaube nicht, dass Jays kleine Rede uns geholfen hat. Ich bin nicht mal sicher, ob sie ihn verstanden haben, wahrscheinlich haben sie sich bei dem Wassereis ausgeklinkt.

Der Typ links mit dem kahl rasierten Schädel und angeknabberten Ohrläppchen knackt hörbar mit den Fingerknöcheln, und der rechts mit seiner dicken Goldkette und dem schwarzen Bandana um den Kopf fasst in seine Gesäßtasche. Ich suche nach Yoyo, aber weder er noch Marisa sind irgendwo in der Nähe. Das ist wieder mal typisch, wenn man sie braucht, sind sie wie vom Erdboden verschluckt – egal ob es ein Kerl ist, der so breit wie ein Kühlschrank ist, oder ein israelischer Leibwächter, der einem Killerroboter ähnelt. Jay und ich haben heute irgendwie kein Glück.

»Hört mal«, sage ich, bevor irgendeiner von ihnen etwas unternimmt oder Jay noch etwas Kluges von sich gibt.

Die drei drehen sich überrascht zu mir. Wahrscheinlich sind sie es nicht gewohnt, dass sich junge Frauen zu Wort melden. Der zur Rechten hält mitten in seiner Bewegung inne und zieht erst mal nichts aus seiner Hosentasche.

»Ihr habt genau zwei Möglichkeiten«, brülle ich, damit sie mich durch den Hardcore-Rap überhaupt hören. »Entweder ihr macht euch jetzt hier ganz schnell vom Acker oder –«

»Oder was?«, fragt der Typ mit der Hand hinterm Rücken höhnisch. Er scheint das Ganze sehr amüsant zu finden.

Ich zucke einfach mit den Schultern. »Oder ihr werdet es bereuen«, sage ich mit einem Lächeln.

Der Typ mit dem Ohrstecker schaut mich an, als hätte ich mich über seinen Bartwuchs lustig gemacht. Und dann lacht er laut los.

»Ich würde lieber nicht lachen, Alter«, warnt Jay ihn und schüttelt ernst den Kopf. »Ich hab sie schon kämpfen sehen. Rambo ist nichts dagegen.«

Der Typ hört mit dem Lachen auf und starrt mich verwirrt an. Wahrscheinlich fragt er sich, ob Jay sich über ihn lustig macht. Als er zu dem Schluss kommt, dass Jay immer noch Unsinn erzählt, verzieht sich sein Mund zu einem Grinsen. Er gibt seinen Kumpels ein Zeichen, und der zu seiner Rechten lässt vor unserer Nase ein Messer aufschnappen. Nur einen Wimpernschlag später schiebe ich Jay mit meiner Schulter zur Seite, schnappe den Typ mit dem Diamantohrstecker am Kragen und ziehe ihn vor den mit der Klinge, während ich ihm gleichzeitig mein Knie in den Schritt ramme. Er stößt einen schrillen Schrei aus, der allerdings in dem Lärm von zerberstendem Glas und den Schreien der Leute auf der Tanzfläche, die das Messer entdeckt haben und sich jetzt panisch zu den Ausgängen drängen, untergeht.

Der Typ mit dem Ohrstecker klappt zusammen und greift sich schützend an den Schritt, und seine Augen quellen hervor, als würden sie gleich aus dem Kopf ploppen. Als ich aufschaue, werfen sich die beiden anderen kurz einen Blick zu und stürzen sich dann wutentbrannt auf uns.

32

Wir rennen los. Jay bahnt uns einen Weg durch die Menge und brüllt die Leute an, damit sie Platz machen. Wir stürmen durch den Notausgang bei den Toiletten, biegen knapp vor einer Backsteinmauer ab und springen über ein paar verschreckte Raucher, die sich dort hingesetzt haben. Hinter uns wird rumgebrüllt und Türen krachen gegen Beton. Als wir die Straße erreichen, empfängt uns der Lärm aus dem Club. Wir rennen mit Volldampf am Türsteher vorbei, der uns einen finsteren Blick zuwirft, aber das ist mir egal. Wieder einmal spüre ich meinen Adrenalinspiegel ansteigen, es pulsiert in meinen Adern, und ich sprinte, als wären meine Beine federleicht. Jay hält mein Handgelenk fest umklammert und reißt mich hart um eine Ecke und dann eine andere Gasse entlang.

Er schubst mich hinter einen riesigen Müllcontainer, der uns ein wenig zur Straße hin abschirmt. Sein Brustkorb drückt gegen meinen, und er schiebt uns noch tiefer in den Schatten hinein. Seine Unterarme liegen jetzt neben meinem Kopf, als wolle er uns vor einem Aufprall schützen. Sein Gesicht ist so tief zu mir gebeugt, dass ich seinen warmen Atem an meiner Wange spüre. Mein Herz schlägt wie verrückt, Schweiß rinnt meinen Rücken hinab. Ich lausche. Verfolgen sie uns?

Genau in dem Moment hören wir, wie jemand den Gehweg

entlangtrabt. Am Anfang der Gasse bleibt er stehen, und Jay presst sich nun so stark gegen mich, dass sich die Knöpfe seiner Jeans unangenehm in meine Taille bohren und sein Schlüsselbein gegen meine Stirn drückt. Wir halten beide die Luft an. Meine Hand gleitet seinen Rücken hinab, und meine Finger umschließen den Knauf der Pistole. Jay hat überhaupt nicht daran gedacht, sie zu ziehen. Als ich die Waffe nehme, spannt er sich an und weicht ein wenig zurück, gerade so viel, dass ich das Weiße in seinen Augen sehen kann. Er schüttelt kaum merklich den Kopf und legt einen Finger auf seine Lippen.

Ich starre ihn an und wir warten gespannt, lauschen. Ich entsichere die Waffe. Sie diskutieren, in welche Richtung wir gelaufen sind. Jemand kommt ein paar Schritte in die Gasse, ich höre einen Reißverschluss, und dann spritzt ein Strahl Urin gegen Metall. Ich rümpfe die Nase und presse mein Gesicht gegen Jays T-Shirt.

Einen Schritt weiter, und er sieht uns. Ich überlege, was ich dann tun muss. Wenn es mir gelingt, Jay zur Seite zu stoßen, kann ich die Pistole auf sie richten und die Typen hoffentlich so lange in Schach halten, bis wir weglaufen können.

Wir geben keinen Mucks von uns und hören, wie der Typ seinen Reißverschluss wieder hochzieht und zu den anderen zurückläuft. Die drei diskutieren noch ein wenig weiter – allerdings habe ich keinen Schimmer, was sie sagen –, und nach einer gefühlten Ewigkeit verschwinden sie endlich. Jays Anspannung lässt minimal nach, aber er drückt mich noch immer gegen die Wand, und dann fällt mir auf, dass wir beide wieder schneller atmen – als würden wir immer noch rennen. Ich lehne meinen Kopf zurück an die Backsteinmauer, damit ich sein Gesicht sehen kann. Er schaut zu mir, aber hier in der Dunkelheit erkenne ich nur sein markantes Kinn und den Schwung seiner Lippen. Seine Mimik bleibt mir verborgen, auch wenn ich sie mir gut vorstellen kann.

Er verlagert sein Gewicht, und sein Oberschenkel drückt gegen meine Hüfte. Meine freie Hand liegt auf seiner Brust. Ich sehe ihn fest an, streiche über seine Schulter bis zum Rücken und ziehe ihn noch näher, so nah, bis er vollkommen an mich gepresst ist und ich durch sein T-Shirt und seine Jeans seine Muskeln spüre. Als ich meinen Kopf noch weiter zurückbeuge, mich auf die Zehenspitzen stelle, und seine Lippen in der Dunkelheit meine finden, explodiert mein Herz.

Sein Kuss ist fest, leidenschaftlich und unkontrolliert.

Um mich herum dreht sich alles, die Welt zerbirst in Abertausende von Stücken. Als Jays Hand an mir hinabstreicht, leuchten hinter meinen Augenlidern blendend weiße Blitze, und ich kralle mich an seiner Schulter fest, damit ich auf den Füßen bleibe.

Seine Hand bleibt kurz über dem Steißbein auf meinem Rücken liegen, und er zieht mich zu sich, mit der anderen hält er meinen Kopf. Und ich lasse es zu, von mir aus dürfte er mich noch fester halten und noch fester küssen. Ich möchte mit ihm verschmelzen und bin noch ungestümer als er. Es ist, als würden die gesamte Energie, der Frust und die Gefühle, die sich den Tag über in uns aufgestaut haben, auf den anderen übergehen, und die Verzweiflung, die hinter unseren Küssen steckt, entwickelt sich zu einem unstillbaren Hunger. Da ist das Verlangen nach mehr, ein Verlangen nach Berührung, nach Zusammensein, nach nackter Nähe.

Ich zerre an Jays T-Shirt, will endlich seine Haut spüren, will alles an ihm berühren, was ich dann auch tue. Meine Finger zeichnen die Muskeln nach, die von seinem Bauch zu seiner

Brust führen. Er murmelt etwas an meinem Hals und fährt mit seinen Lippen meine Schultern entlang und dann wieder zurück, bis er schließlich meinen Mund findet.

Gott, wie ich ihn will. So wollte ich noch nie jemanden.

»Jay!«

Ich atme so laut, dass ich Marisa zuerst gar nicht höre. Erst als Jay aufhört, mich zu küssen, und ich die Außenwelt allmählich wieder wahrnehme, bemerke ich ihr Rufen.

Mir zittern die Knie. Mein Herz fühlt sich zerbrechlich an, als läge es nicht länger im meinem Brustkorb, sondern würde durch den Weltraum sausen. Ich packe Jay an den Schultern und stelle mein Bein wieder auf den Boden, das sich irgendwie selbstständig gemacht hat und um seine Hüfte geschlungen war. Jay atmet tief ein, neigt sein Kinn, atmet langsam aus, und dann liegen seine Hände nicht länger auf meiner Hüfte, und er macht einen Schritt zurück. Ohne seine Arme, die mich halten, breche ich beinahe zusammen.

Er fährt sich durch die Haare und wartet, bis ich mich gesammelt habe, dann streift er den Ärmel meines Kleides nach oben. Die leichte Berührung seiner Finger auf meiner nackten Schulter genügt, um mich zusammenzucken zu lassen, Feuerzungen lecken über meine Haut. Er spürt es und hält seine Hand nur wenige Zentimeter von mir entfernt, als würde er sich an den Flammen wärmen. Die Versuchung, einfach wieder einen Schritt auf mich zuzugehen, mich in seine Arme zu schließen und weiter zu küssen und Marisa zu ignorieren, ist offenbar ziemlich groß. Und ich versuche, ihn mit jeder Faser meines Seins dazu zu bringen.

»Jay!«

Er beißt die Zähne zusammen und macht noch einen Schritt zurück. »Hier!«, antwortet er heiser und lässt mich dabei nicht aus den Augen.

Und keine Sekunde später tauchen Marisa und Yoyo beim Müllcontainer auf.

»Was zum Teufel habt ihr dahinten getrieben?«, will Marisa wissen.

»Was ist passiert?«, fragt Yoyo gleichzeitig und stutzt, sobald er uns sieht. Jay versucht noch immer, mich vor ihren Blicken abzuschirmen. Sehe ich wirklich so zerzaust aus? Den Gesichtern von Yoyo und Marisa nach zu urteilen, schon. Marisa schürzt ihre Lippen und wirft Jay einen Blick zu, der einen gestandenen Mann sogar noch auf fünfzig Schritt Entfernung in die Knie zwingen und jede Missetat gestehen lassen würde. Yoyo grinst nur, zieht Marisa aus der Gasse und zwinkert Jay zu. *Das habe ich gesehen*, würde ich ihm am liebsten sagen, aber mir ist die ganze Geschichte zu peinlich.

Jay räuspert sich und lässt mir den Vortritt. Ich ziehe mein Kleid nach unten, bringe meine Haare halbwegs in Ordnung und stolpere mit unsicheren Schritten über irgendwelchen Müll. Meine Lippen pochen dermaßen, dass ich das Gefühl habe, jeder müsse das mitbekommen.

»Und ich denke, er liegt in irgendeinem Hinterhof und verblutet – aber nein, der Herr knutscht«, schimpft Marisa, während wir zurück auf die Straße stolpern. »Wie alt bist du eigentlich? Fünfzehn?«, giftet sie Jay an.

»Warum steckt ihr bloß ständig in Schwierigkeiten?«, will Yoyo kopfschüttelnd wissen.

»Ich hatte euch doch gesagt, dass das eine dumme Idee ist«,

schaltet Marisa sich ein. »Ihr hättet mich losschicken sollen. Wie schaffst du es eigentlich immer, so viele Leute gegen dich aufzubringen, Jay? Du ziehst Ärger magisch an. Wenn wir noch ein bisschen hier rumstehen, haben wir wahrscheinlich gleich noch die al-Qaida am Hals.«

»Habt ihr herausbekommen, wo Teo ist?«, unterbricht Jay sie, der ganz eindeutig keine Lust zum Streiten hat.

»Er ist wie vom Erdboden verschluckt«, antwortet Yoyo.

»Und ich habe keine Lust mehr, weiter nach ihm zu suchen«, sagt Marisa ungehalten. »Es ist spät.« Sie wühlt in ihrer Tasche. »Hier«, sagt sie und streckt ihre Hand aus. »Meine Schlüssel. Ihr könnt zu mir. Liva kann mein Bett nehmen und du kannst auf der Couch schlafen. Ich gehe mit Yoyo.«

Als Jay die Schlüssel nimmt, reicht Yoyo mir grinsend meine Handtasche. Er klopft Jay auf die Schulter und zwinkert ihm schon wieder so offensichtlich zu, dass ich ihn am liebsten anfauchen würde. *Ich bin nicht blind.* Obwohl mein Magen bei dem Gedanken, dass ich mit Jay allein sein werde, eine preisverdächtige Gymnastikeinlage hinlegt, tue ich so, als hätte ich nichts bemerkt.

»Danke, Risa«, sagt Jay.

»Schon gut«, seufzt sie. »Du kannst dich bedanken, wenn alles vorbei ist.« Dann sieht sie ihn finster an. »Ansonsten bleibt ihr, wo ihr seid, okay? Zumindest, bis wir wieder da sind, versprochen?«

»Ja, okay. Versprochen.«

Aber seine Kiefermuskeln sind angespannt und in seinem Augenwinkel zuckt es, und ich frage mich, ob Marisa weiß, dass er sie gerade angelogen hat.

33

Für den Rückweg nehmen wir ein Taxi. Jay springt auf den Beifahrersitz und lässt mich auf der Rückbank mit meiner Verwirrung allein, die sich wie ein Tentakel um mich legt. Meine Nerven liegen blank, meine Lippen pochen noch immer und fühlen sich wund an.

Ich muss ständig zu Jay schauen und frage mich, was er gerade denkt, ob er gern rückgängig machen würde, was eben passiert ist. Aber er schaut stur geradeaus, und ich kann keinen Blick auf sein Gesicht werfen. Ich versuche, meine Gefühle in den Griff zu bekommen. *Was genau will ich eigentlich?*, frage ich mich.

Ich will ihn.

Und zwar ganz. Ich will seine Berührungen und seinen Atem auf meiner Haut und seine Hände, die über meinen Körper streichen, als wollten sie mich besitzen. Allein die Vorstellung, dass er mich berührt, genügt, und ich bebe am ganzen Körper und mir wird heiß. Das ist besser als jeder Kick, den ich beim Klettern auf irgendwelche Dächer bekomme. Und viel besser als eine ganze Wagenladung voll Ben & Jerry's Eiscreme.

Rational gesehen weiß ich natürlich, dass das eine körperliche Reaktion darauf ist, dass ich fast gestorben wäre und dass noch immer Unmengen an Adrenalin durch meinen Körper rauschen, und außerdem ist es auch eine verspätete Reaktion auf den Schock. Aber das ist mir egal. Ich habe mich noch nie so gefühlt, mein ganzes Leben nicht, und ich kann es nicht einfach abstellen. Selbst wenn ich wüsste, wie. Weil es nämlich meine ganzen anderen Gefühle – Schuld und Verzweiflung – in den Hintergrund drängt. Und es mag vielleicht nur vorübergehend sein, aber das ist mir gleich, jetzt, wo ich mich endlich rundherum lebendig fühle und ungeheuer stark und gebraucht.

Als ich mit Sebastian geschlafen habe, hoffte ich, etwas zu empfinden, aber da war nichts – weder davor noch währenddessen oder danach – außer einer leichten Enttäuschung und Langeweile. Auf eine Wiederholung konnte ich gut verzichten. Deshalb hat Sebastian mich auch fallen lassen und frigide genannt (und das auch noch auf Facebook). Ich dachte damals, der Junge hat recht, und ich konnte mir überhaupt nicht vorstellen, jemals wieder mit ihm oder irgendeinem anderen zu schlafen. Doch das hat sich mit einem Schlag geändert.

Ich habe Jay zwar nur geküsst, aber trotzdem fühle ich mich wie berauscht. Erst durch Jay habe ich eine Ahnung davon bekommen, wie es ist, wieder Gefühle zu haben. Und jetzt bin ich süchtig danach. Wenn ich so fühle, ist alles besser, lebendiger, irgendwie greifbarer. Mein Herz schlägt stärker. Mein Blut fließt schneller, es rauscht wie eine Flut durch meinen Körper. Meine Sinne sind besser aufeinander abgestimmt. Dass Verlangen so sein kann, hätte ich mir nicht einmal in meinen wildesten Träumen ausgemalt.

Verärgert rufe ich mir ins Gedächtnis, dass ich Jay nach dieser Nacht nicht wiedersehen werde. Aber darüber will ich mir jetzt nicht den Kopf zerbrechen. Ich will diesen Augenblick festhalten, diese Nacht, die von der Realität abgekoppelt ist.

Als wir bei Marisa ankommen, steige ich schnell aus, und Jay stapft wortlos vor mir her zur Wohnung, verriegelt hinter uns die Tür und geht dann in die Küche, um etwas trinken. Die Stimmung ist aufgeladen. Es ist, als würden wir durch einen Ölteppich waten und uns nur ganz langsam und schweigend fortbewegen, weil er mit einem einzigen Funken in Flammen aufgehen könnte. Jay schaut nicht einmal in meine Richtung.

Ich muss meine Gedanken sortieren und verschwinde im Bad. Aber duschen nutzt nichts. Erst nachdem ich in ein Handtuch gewickelt vor dem Spiegel stehe und ein paarmal tief durchgeatmet habe, traue ich mich wieder ins Wohnzimmer.

Jay liegt auf dem Sofa, seine Beine hängen über der Lehne. Er hat die Augen geschlossen, und es sieht aus, als würde er schlafen. Aber seine Gesichtszüge sind nicht entspannt. Er tut nur so. In meinen Armen und Beinen kribbelt es.

»Ich bin fertig im Bad«, sage ich.

Er öffnet ein Auge, schaut aber nur flüchtig zu mir. »Gut«, murmelt er.

Ich bleibe unschlüssig beim Sofa stehen und weiß nicht, was ich sagen oder tun soll. Irgendetwas hat sich zwischen uns verändert. Die Verbindung ist gekappt. Sogar die Stimmung ist anders – sie ist nicht mehr aufgeladen. Stattdessen herrscht ein Vakuum, in dem nichts mehr existiert.

Jetzt nagt an mir vor allem der Stolz, sodass ich schließlich mit hocherhobenem Kopf zum Schlafzimmer gehe, was eigentlich egal ist, denn Jay hat seine Augen ohnehin schon wieder geschlossen. Mistkerl. Was ist passiert? Was geht in ihm vor?

Auf der Schwelle zu Marisas Zimmer drehe ich mich ein letztes Mal zu ihm um. Er tut noch immer so, als würde er schlafen. War das etwa alles? Es könnte das letzte Mal gewesen sein, dass ich ihn sehe oder mit ihm spreche. Bei Tagesanbruch bin ich hier weg. Ich werde mich an ihm vorbeischleichen. Da wäre dann nur noch das Problem mit dem Notfallrucksack, den er sich gemütlich unter den Kopf geschoben hat.

Ich gehe zum Sofa, klammere mich an mein Handtuch und an meinen Stolz.

Jay öffnet ein Auge, und bevor er es verhindern kann, gleitet sein Blick über meinen Körper, und es fühlt sich an, als hätte er mich ausgezogen.

»Ich brauche den Rucksack«, erkläre ich, und das Blut pocht hinter meinen Schläfen.

Jay sieht mich verständnislos an.

»Er liegt unter deinem Kopf.«

Jay setzt sich auf, zieht den Rucksack unter dem Kissen hervor und dreht sich zu mir. Als er ihn mir reicht, berühren sich unsere Finger.

Mein Puls wird sofort schneller. Da umfasst Jay mein Handgelenk. Er atmet flach und starrt auf meine Taille, die auf seiner Augenhöhe ist. Er bewegt sich nicht und ich auch nicht. Die kurze Berührung lässt meine Haut prickeln. Schließlich hebe ich meine Hand und lege sie sanft an Jays Wange, die warm und weich ist. Jays Griff um mein Handgelenk wird fester, ich spüre seine Anspannung, den inneren Kampf, den er gerade austrägt, während es zwischen uns immer stärker knistert. Aber dann steht er plötzlich auf und schiebt sich an mir vorbei. Energisch geht er zum Fenster auf der anderen Seite des Zimmers und wendet mir den Rücken zu.

»Du solltest besser schlafen gehen«, sagt er.

Ich zögere, denke nach. »Nein.«

Wütend dreht er sich zu mir. »Liva«, sagt er, »kapierst du nicht?«

»Was soll ich kapieren?«, frage ich, und in mir brodelt es.

»Dass ich dir am liebsten das Handtuch herunterreißen würde und –« Er spricht nicht weiter, sondern starrt mich hungrig an und atmet schnell. Aber ich verstehe auch so haargenau und bis ins allerletzte intimste Detail, was er gern tun würde.

»Tu es einfach«, sage ich.

Jay blinzelt. Dann reißt er sich zusammen und schüttelt wütend den Kopf. »Nein«, sagt er. »Ich werde die Situation bestimmt nicht ausnutzen und dich wie einen billigen One-Night-Stand behandeln. Genau das wäre es nämlich am Ende, eine *einzige* Nacht.« Er funkelt mich an, als hätte er die Diskussion nur durch dieses Argument entschieden. »Oder ist es das, was du willst?«

Ich recke mein Kinn nach vorn, drücke meinen Rücken durch und gehe einen Schritt auf ihn zu. »Nein. Aber wenn es nur diese eine Nacht gibt, dann nehme ich sie. Und wer sagt überhaupt, dass du derjenige bist, der die Situation ausnutzt? Vielleicht nutze ich sie ja aus.«

Jay sieht mich erstaunt an, es ist ihm deutlich anzumerken, dass er zwischen dem, was er für richtig hält, und dem, was er will, hin und her gerissen ist. Er will *mich*. Und das erregt und berauscht mich. Ich gehe noch näher zu ihm hin, der Abstand zwischen uns wird immer kleiner. Von meinen nassen Haaren tropft Wasser auf meinen Rücken, ich halte noch immer mein Handtuch fest und schaue ihn herausfordernd und einladend an.

Er kämpft um seinen letzten Rest an Selbstbeherrschung, und wahrscheinlich ist das, was ich jetzt mache, nicht fair, aber das ist mir egal – wenn man weiß, dass man einen Menschen für den Rest seines Lebens im Herzen tragen wird, kann man ja wohl kaum von einem One-Night-Stand sprechen. Also stelle ich mich auf die Zehenspitzen, beuge mich vor und küsse ihn.

Er widersteht ungefähr zwei Sekunden, dann öffnen sich seine Lippen und er legt die Arme um mich, zieht mich zu sich und hält mich fest. Die Energie in dem Raum entzündet sich lichterloh. Wenn ich am Rand eines Daches stehe, ist es, als würden Sterne durch meine Adern sausen, aber das ist nichts im Vergleich zu jetzt. Jetzt rauschen Kometen und Meteoriten hindurch.

Ehe ich michs versehe, sind wir auf dem Sofa gelandet. Wahrscheinlich hat Jay mich getragen. Er schiebt meine feuchten Haare zurück und legt seine Hände um mein Gesicht, küsst meine Augenlider und Wangenknochen und dann meinen Hals bis zu meinen Schultern, dort zögert er und betrachtet besorgt meinen blauen Fleck. Ich schüttle den Kopf – ich will nicht, dass er sich ablenken lässt – und ziehe ihn wieder zu mir, damit er dort weiterküsst, wo er aufgehört hat. Und ich zerre an seinem T-Shirt und streife es ihm über den Kopf, damit ich seine nackte Haut spüren kann und seine Gänsehaut und das leichte Zittern.

Wir küssen uns wild und verzweifelt. In unseren Küssen liegen ein Drängen und tausend andere Dinge, die ich nicht benennen kann und auch nicht zu fassen kriege, bevor sich noch ein anderes Gefühl in mir breitmacht. Plötzlich habe ich das übermächtige, überwältigende Bedürfnis, ihn vollständig zu vereinnahmen und mich unter seinen Berührungen zu verlieren. Und dann wird mir klar, dass es sich nicht nur wegen der besonderen Umstände oder dem Adrenalin, das durch unsere Systeme rauscht, anders anfühlt, sondern dass es am Vertrauen liegt. Ich vertraue Jay. Deswegen brauche ich auch keine Schutzwälle mehr. Keinen einzigen.

»Bist du dir sicher?«, fragt Jay.

Ich kann mich kaum noch zurückhalten.

»Ja«, antworte ich und sehe ihn dabei fest an.

Er knotet mein Handtuch auf, schiebt es zur Seite und atmet tief ein. Sein Gesichtsausdruck wechselt von Erstaunen zu etwas Düsterem, beinahe Gierigem.

»Du bist wunderschön«, sagt er und zeichnet mit seiner Hand eine Spur über meine Hüfte und meinen Oberschenkel.

Ich schaudere, und er zieht mich an seine Brust und küsst mich. Der Kuss ist so intensiv, dass er jedes andere Gefühl, jeden anderen Gedanken überdeckt. Während ich gerade mit den Knöpfen seiner Jeans kämpfe, reißt uns ein Klopfen auseinander. Jay springt auf und ich schnappe mir das Handtuch. Mein Herz schlägt wie verrückt. Ungeschickt sammle ich meine Kleider und die Pistole zusammen, und Panik macht sich in mir breit.

»Jay?«, brüllt jemand.

Schnell wie der Blitz steht Jay an der Tür und schiebt den Riegel zurück, während ich ihn anschreie, dass er das lassen soll. Schließlich bin ich, abgesehen von dem Handtuch, das ich an mich presse, splitterfasernackt.

Jay wartet, bis ich mir das kurze schwarze Kleid übergezogen habe, und öffnet dann die Tür.

Herein stürmt ein Typ, der Jay total ähnlich sieht, nur ein

bisschen größer und schlanker und mit längeren Haaren. Ein Blick genügt – das ist Teo. Als er mich sieht, stutzt er und wendet sich überrascht zu Jay.

»Wo zum Teufel hast du gesteckt, Teo? Wir haben überall nach dir gesucht«, sagt Jay.

»Wo hast *du* denn gesteckt?«, brüllt Teo zurück. Dann schaut er zu mir, seine Augen sind blutunterlaufen und darunter sind heftige dunkle Ringe. »Und wer ist das überhaupt?«, will er wissen.

»Das ist Liva«, sagt Jay, während er sich sein Shirt anzieht. Er wirft mir einen Blick zu, aus dem ich nicht schlau werde. Entschuldigend, bedauernd, traurig? »Liva, das ist Teo.« Keine Ahnung, aber garantiert nicht fröhlich.

»Hallo«, sage ich ähnlich schlecht gelaunt.

»Wir müssen reden«, sagt Teo zu Jay, er beachtet mich gar nicht weiter. Er wippt vor und zurück, ist fahrig und wirkt gereizt, und ich frage mich, ob er auf Drogen ist.

»Das sagt der Richtige«, murrt Jay. »Was glaubst du, warum ich die ganze Nacht unterwegs war und dich gesucht habe? Ich habe dich zigmal angerufen, aber du hast nicht abgenommen.«

»Jetzt bin ich ja da«, verteidigt sich Teo. »Mir hat jemand gesteckt, dass du mich suchst. Ich war untergetaucht.« Er zögert, wirft mir einen kurzen Blick zu. »Was war los gestern Nacht?«, fragt er leise.

Ich gehe unauffällig zum Fenster. Sein Gezappel macht mich nervös, und ich will wissen, ob er allein gekommen ist. Ich ziehe den Vorhang zur Seite, aber von ein paar parkenden Autos abgesehen, ist die Straße leer. Es ist garantiert schon zwei Uhr, vielleicht auch später.

»Sie haben mich verhaftet«, sagt Jay.

»Hab ich schon gehört. Aber warum bist du dann hier?«

»Wir waren auf dem Polizeirevier, in dem geschossen wurde.«

Teo wird blass. »Alter …«, sagt er.

»Uns geht's gut«, unterbricht ihn Jay. »Aber die Polizei sucht nach mir. Morgen werde ich mich stellen.«

»Langsam, langsam …« Teo tigert durch die kleine Wohnung und hält sich den Kopf. »Nein, Kumpel, wir überlegen uns was.«

»Ich bin mit dem geklauten Auto gefahren, Teo … du weißt, wie das läuft.«

Teo bleibt abrupt vor Jay stehen. »Nein«, sagt er, seine Augen sind beängstigend weit aufgerissen. »Du kapierst nicht. Die Blades – sie wollen, dass ich dafür bezahle.«

»Was?«, fragt Jay alarmiert.

»Sie geben mir die Schuld, verstehst du?«, quasselt Teo weiter. »Diese Typen hatten für den Auftrag schon bezahlt, und weil du es vermasselt hast, müssen wir jetzt dafür geradestehen, beziehungsweise ich.«

Jay legt seinem Bruder eine Hand auf die Schulter und versucht, ihn zu beruhigen. »Was erzählst du da, Teo? Welche Typen meinst du? Wer hat für den Auftrag bezahlt?«

Von Teos Augen sieht man fast nur noch das Weiße. »Die *Typen* eben. Diese Russen – Schwerverbrecher. Ich hab keine Ahnung, wer sie sind. Aber sie haben die Blades für den Auftrag am Willow Place bezahlt. Und du solltest das Paket um ein Uhr abholen. Nur bist du nicht aufgetaucht. Und jetzt sind sie angepisst.«

»Willow Place?«

Beide drehen sich zu mir.

Ich fühle mich wie betäubt, mir gefriert das Blut in den Adern.

Erstaunlich, dass meine Stimme so gleichmäßig und ruhig bleibt, ich bekomme nämlich kaum Luft. »Willow Place?«, wiederhole ich. »Das war die Adresse?« Ich durchbohre Jay mit meinem Blick. »Dort solltest du letzte Nacht hin?«

Die beiden nicken, und Jay wirkt eindeutig verwirrt.

»Was war das für ein Paket?«, frage ich, meine Stimme ist jetzt ganz fest.

Teo schaut kurz zu Jay und fragt sich wahrscheinlich, wer ich bin und warum ich das wissen will.

Als Jay klar wird, worauf ich hinauswill, wird seine Verwirrung zu blankem Entsetzen. »Willow Place? Hast du dort nicht gewohnt?«, fragt er mit belegter Stimme.

Ich nicke langsam.

»*Du* warst das also«, sagt er und taumelt zurück, als hätte ich ihm einen Dropkick verpasst.

Ich glaube, meine Beine geben gleich nach.

Plötzlich rammt Jay Teo gegen die Wand. »Was war das für ein gottverdammtes Paket?«, brüllt er ihn an. »Was solltest du abholen?«

Teo wehrt sich nicht. Er ist zwar etwas größer als Jay, aber kräftemäßig kann er nicht mit ihm mithalten. »Keine Ahnung, Bruder«, sagt er und quietscht dabei fast wie ein Mädchen. »Haben sie nicht gesagt. Sie haben nur ein Uhr gesagt. Und dass ich sie danach hinfahren soll, wo immer sie hinwollen.«

»War das ein Mensch? Haben sie gesagt, dass du einen Menschen abholen sollst?«

»Ich weiß es nicht!«, brüllt Teo.

Jays Halsmuskeln sind so dick wie Seile und er fletscht förmlich die Zähne.

»Aber ich habe da etwas mitbekommen«, sagt Teo, und seine Augen huschen unruhig durch das Zimmer, während er nach Luft schnappt.

Jay lockert den Griff so weit, dass Teo sprechen kann. »Was?«, knurrt er.

»Sie haben gesagt, dass wir die Finger von dem Paket lassen sollen, weil es wertvoll ist.«

Jetzt geben meine Beine tatsächlich nach und ich falle auf die Knie. Jay starrt Teo mehrere Sekunden lang an, dann lässt er ihn los und geht ein paar Schritte auf Abstand. Es sieht aus, als müsste er sich stark zusammenreißen, damit er seinen Bruder nicht wieder gegen die Wand schleudert. Jay kommt zu mir, legt seine Hand unter meinen Arm und will mir aufhelfen, aber ich schlage sie weg und springe auf. »Hau ab!«, brülle ich.

»Liva«, sagt er und zuckt zusammen.

Ich weiche vor ihm zurück und versuche, einen klaren Gedanken zu fassen und herauszubekommen, was das alles zu bedeuten hat.

»Was geht denn hier ab?«, fragt Teo und schlingt seine Arme um seinen mageren Oberkörper. Er hört sich an, als würde er gleich in Tränen ausbrechen, und ich würde ihm am liebsten eine Ohrfeige verpassen.

Jay tut so, als wäre Teo gar nicht da. Er kommt einen Schritt näher und lässt mich nicht aus den Augen. »Liva«, wiederholt er leise. »Ich wusste das nicht.«

»Was?«, fragt Teo noch einmal, hält dann aber den Mund und lässt seine Arme schlaff herabfallen. »Langsam«, sagt er. »Willst du damit etwa sagen, dass *sie* das Mädchen ist? Dass sie diejenige ist, die die Russen haben wollen? *Sie* ist das Paket?«

Ich ignoriere Teo. »Ich habe dir vertraut«, sage ich zu Jay.

In Jays Gesicht spiegeln sich Angst und Verzweiflung.

Ich strecke meinen Arm aus und hebe Marisas Sandalen und die Pistole auf, ohne Jay aus den Augen zu lassen. Ich zittere so sehr, dass ich die Sachen kaum halten kann. Ich beuge mich über das Sofa, schnappe mir den Rucksack und gehe langsam Richtung Tür. Jay folgt mir mit etwas Abstand, er sieht mich verzweifelt und bittend an.

»Liva«, sagt er ein letztes Mal, seine Stimme ist nicht viel lauter als ein Flüstern.

Als ich die Tür erreiche, springt Teo vor mich.

»Aus dem Weg«, sage ich durch einen Schleier aus Tränen.

»Vergiss es«, sagt er. Er zuckt am ganzen Körper. Das sind Adrenalin und die Nerven und vielleicht auch noch Entzugserscheinungen. Teo sieht zu Jay. »Wir könnten sie uns schnappen und sie direkt zu ihnen bringen, um uns die Blades vom Leib zu halten.«

Ungläubig starre ich Teo an und frage mich, ob er einen Witz macht, aber dann checke ich, dass er das ernst meint. Er will mich aufhalten. Mehr noch, er will mich denselben Leuten ausliefern, die gerade kaltblütig Dutzende von Menschen umgebracht haben. Ich sehe zu Jay, und eine Sekunde lang glaube ich tatsächlich, dass er sich mit Teo zusammentut, doch dann verwandelt sich sein Gesichtsausdruck, und seine Verzweiflung weicht blinder Wut.

»Geh zur Seite, Teo«, faucht er.

»Vergiss es, Alter«, sagt Teo kopfschüttelnd. Er packt mich am Arm und stößt mich zurück ins Zimmer. Ich stolpere gegen den Tisch und schreie laut auf.

Dann geschieht alles ganz schnell. Jay rammt Teo die Faust in den Magen und knallt ihn gegen die Wand. Teo ächzt und tritt um sich, aber Jay hat ihn gut im Griff und brüllt ihn an.

Mir ist egal, was als Nächstes passiert oder was er zu ihm sagt. Ich greife einfach nach der Tür, öffne sie und verschwinde im Treppenhaus.

34

Ich stürme die Stufen hinunter, stoße fast gegen die Haustür, reiße sie auf und stürze wütend und aufgelöst hinaus. Ich habe keine Schuhe an, bin ganz allein in Queens und das mitten in der Nacht. Mein einziger klarer Gedanke ist, dass ich nicht stehen bleiben darf. Ich muss hier weg. Aber wohin? Und wie?

Plötzlich schlingt sich ein Arm um meinen Bauch und einer anderer um meinen Oberkörper, ich kann mich nicht mehr rühren. Als ein stechender Schmerz mein Handgelenk hinaufschießt, stoße ich einen Schrei aus, der zu einem Schluchzen wird. Ich lasse die Pistole los, die schwer zu Boden fällt. Ich wehre mich, trete nach hinten und hoffe, dass ich dem, der mich festhält, ordentlich eine verpasse.

»Immer mit der Ruhe. Ich bin's. Ich bin's doch nur.«

Der Griff um meinen Oberkörper lockert sich. Ich reiße meinen Kopf herum und erkenne in dem kalten, grünen Neonlicht, das aus dem Fenster der Pizzeria zu uns leuchtet, Agentin Kassel.

Sie lässt mich los, ich stolpere rückwärts und sehe mich panisch um. »Was wollen Sie?«, frage ich erstickt. Ich bin leicht vornübergebeugt, als würde ich in einem Startblock stehen, um jeden Moment loszusprinten.

Hinter mir höre ich eine Autotür und dann Schritte. Ich drehe mich um. Agent Parker. Diesmal trägt er keine Sonnenbrille, auf seiner Stirn hat er eine üble Schramme. Als er näher kommt und mir den Fluchtweg abschneidet, bleibt sein Gesicht ausdruckslos. Seine Hände hat er tief in den Hosentaschen vergraben, und ich frage mich, was das soll, was er damit bezweckt? Einerseits wirkt er, als ob er mir nichts tun wollte, doch andererseits habe ich einen guten Blick auf die lederne Pistolentasche unter seinem Arm.

»Was machen Sie hier?«, frage ich, und mein Herz hämmert immer noch wie verrückt.

»Du bist nicht einfach aufzuspüren, Olivia«, antwortet Agentin Kassel, während sie meine Pistole aufhebt.

»Steig ein«, sagt Agent Parker und öffnet die hintere Tür der Limousine. »Dann erklären wir es dir.«

Ich werfe noch einen letzten Blick auf die Straße und zur Haustür, hinter der sich Marisas Wohnung verbirgt.

»Mach schon, Olivia.«

Ich starre in das dunkle Wageninnere und dann schaue ich kurz auf die Pistole in Agentin Kassels Hand. Ich habe keine Wahl. Weglaufen geht nicht. Ich bin barfuß. Und ich kann auch nicht zurück in die Wohnung. Denn dann würde ich sie direkt zu Jay führen. Also rutsche ich auf den kühlen Ledersitz und höre das Klacken der Tür, die sie hinter mir zudrücken, und dann die Verriegelung.

Agentin Kassel hat sich neben mich gesetzt. Als Agent Parker den Gang einlegt und losfährt, konzentriert sie sich ausschließlich auf mich. »Wo ist Jaime Moreno?«, will sie wissen. »Mit ihm warst du doch zusammen, oder? Und mit ihm ist dir auch die

Flucht aus dem Polizeirevier gelungen. Wir haben die Aufzeichnungen der Videoüberwachung.«

Ich antworte nicht. Momentan ist das Schweigen meine einzige Waffe. Und egal was eben passiert ist, ich werde Jay nicht verpfeifen. Außerdem muss ich erst klar bekommen, was da gerade mit Teo los war und was das alles zu bedeuten hat. Felix hat immer gesagt, dass man so viele Fakten wie möglich sammeln muss, bevor man den nächsten Schritt macht. Und genau das werde ich tun.

»Hör mal, wir wissen, dass hier Jaimes Cousine wohnt«, fährt Agentin Kassel fort. »Wir sind seinem Bruder Teodoro gefolgt.«

Ich schweige. Wenn sie mich hier gefunden haben, können die Russen das dann auch? Ist Jay in der Wohnung sicher? Aber hinter ihm sind sie ja nicht her, sage ich mir. Sie wollen mich. Und Jay kann mir eigentlich egal sein.

»Jaime interessiert uns nicht, Olivia«, sagt Agentin Kassel, als hätte sie meine Gedanken gelesen. »Um den soll sich die Polizei kümmern. Im Moment interessieren wir uns ausschließlich für dich. Wir wollen, dass du in Sicherheit bist«, fügt sie hinzu.

Ich drehe mich zu ihr. Das mit der Sicherheit klingt irgendwie hinterhergeschoben. Und was soll das heißen, dass sich die Polizei um ihn kümmern soll? Sind sie etwa schon auf dem Weg? Irgendwie wünschte ich, es wäre so. Lieber die Polizei als die Russen. Und auch wenn ich so tue, als wäre mir egal, was mit Jay passiert, stimmt das natürlich nicht.

»Jay«, sage ich. Sein Name hinterlässt einen bitteren Nachgeschmack und ich presse meine Lippen aufeinander. Die Lippen, die von seinen Küssen immer noch pochen und brennen. »Können Sie mir garantieren, dass ihm nichts passiert?« Ich lasse

Agentin Kassel nicht aus den Augen, wenn sie lügt, merke ich das.

»Die Polizei ist bereits unterwegs. Vermutlich sind sie schon dort.«

Ich nicke, lasse die Information sacken. »Ich will ihm einen Anwalt besorgen«, sage ich.

»Darüber können wir uns später unterhalten«, sagt Agentin Kassel, ohne zu zögern.

Das irritiert mich, doch ich lasse mir nichts anmerken. Ich gebe mich so gleichgültig wie möglich, obwohl ich mich stark zusammennehmen muss. Ich darf mir nicht die Zügel aus der Hand nehmen lassen.

»Wer sind Sie überhaupt?«, frage ich sie. »Ich weiß, dass Sie zum FBI gehören, aber was bedeutet COU? Was machen Sie dort?«

Agentin Kassel lächelt schief. Bestimmt hat sie von meinem Telefonanruf gehört.

»Das werden wir dir erklären, sobald wir dort sind, wo wir hinwollen.«

Ich funkle sie an, aber sie lächelt unbeeindruckt weiter. »Und Jaimes Mutter? Ist sie bei Ihnen?«

Mit der Frage habe ich sie wohl überrascht. »Ja«, sagt sie schließlich und überlegt sich ihre nächsten Worte. »Als uns klar wurde, dass du mit Jaime zusammen bist, haben wir sie zu ihrem eigenen Schutz in Gewahrsam genommen.«

»Und sie ist dort sicher?«, frage ich. Meiner bescheidenen Meinung nach ist die Schutzhaft nämlich nicht unbedingt eine Garantie dafür.

»Sie ist sicher dort«, sagt Agentin Kassel. Dann schweigt sie kurz. »Warum bist du vorhin weggerannt?«, fragt sie, und ihre Stimme ist jetzt etwas sanfter. »Wenn du gleich mit uns gekommen wärst, hättest du uns eine Menge Ärger erspart.«

Das fragt sie jetzt nicht ernsthaft, oder? »Ein Typ in Polizeiuniform hat versucht, mich umzubringen«, sage ich so ruhig wie möglich. »Deshalb habe ich zurzeit leichte Probleme damit, jemandem zu vertrauen. Außerdem«, füge ich hinzu, »hat mein Vater mir gesagt, dass die Sondereinheit, die er aufbaut, nichts mit dem FBI zu tun hat. Und darüber war er auch ziemlich glücklich. Wenn es um Zuständigkeiten geht oder darum, etwas rasch zu erledigen, geht ihr vom FBI ihm nämlich gehörig auf die Nerven. Er hat erzählt, dass dort hauptsächlich Zivilisten arbeiten.« Agentin Kassel sagt jetzt erst mal nichts mehr. »Und Sie haben sich mir als Agentin vorgestellt«, erläutere ich mit einem angedeuteten Schulterzucken, »da habe ich eins und eins zusammengezählt.«

Agentin Kassel setzt zu einer Antwort an, aber ich mache einfach weiter. »Und am Ende haben Sie sogar mit einer Waffe auf mich gezielt. Mal als kleiner Tipp am Rande: Wenn Sie wollen, dass die Leute Ihnen vertrauen, dann richten Sie besser keine Waffe auf sie.«

Agent Parker räuspert sich und unterdrückt ein Lachen.

»Das tut mir leid«, sagt Agentin Kassel und strafft ihre Schultern. »Vorderstes Ziel war deine Sicherheit. Und da du nicht kooperiert hast, musste ich nachdrücklicher werden.«

Ich werfe ihr einen Blick zu, der sie verstummen lässt.

»Wie haben Sie mich dort überhaupt gefunden?«

»Wir haben das Telefon deines Vaters abgehört und wollten vor den Leuten deines Vaters bei dir sein.«

So war das also. Ich denke an Jay. Wie er gewartet und sich vergewissert hat, ob bei mir alles in Ordnung war. Wie anders die Sache ausgegangen wäre, wenn er das nicht getan hätte. Dann versuche ich, den Gedanken an ihn wieder zu verdrängen. Mistkerl. Unfassbar, wie unvorsichtig ich gewesen bin, indem ich ihm vertraut und Gefühle zugelassen habe. Gott. Beinahe hätte ich mit ihm geschlafen. Ich spüre noch immer, wo seine Lippen mich berührt haben – spüre seinen Körper, der auf mir liegt, und ein brennendes Lodern in meinem Bauch. Ich bin so sauer, dass ich kaum einen klaren Gedanken fassen kann. Felix hatte recht mit dem, was er über Vertrauen und Einhörner gesagt hat. Ich werde garantiert niemandem mehr vertrauen, im Leben nicht.

»Wir wussten nicht, dass sie deinen Vater ebenfalls abhören.«

»Wer? Der Typ, der sich als Polizist ausgegeben hat?«

Agentin Kassel nickt.

»Wer ist das? Da waren zwei. Das sind keine Polizisten, oder?«

»Nein. Das sind sie nicht. Zu gegebener Zeit werden wir dir alles erklären.«

»Zu gegebener Zeit?«, schreie ich. Agentin Kassel zuckt zusammen. »Bei allem Respekt, aber in den letzten vierundzwanzig Stunden wurde auf mich geschossen, und ich wurde von zwei Männern, die sich als Polizisten ausgegeben haben, gejagt und verfolgt. Sie können mich mal mit Ihrem ›zu gegebener Zeit‹. Ich will das jetzt wissen.« Ich nicke Richtung Fenster. »Oder ich versuche mein Glück dort draußen allein.«

Sie taxiert mich. Ich weiß, dass ich sie mit meinem Wissen überrascht und in die Defensive gedrängt habe. »Das alles ist sehr kompliziert«, sagt sie dann. »Und geheim. Trotzdem brauchen wir deine Hilfe, Olivia.«

»Tja, dann verraten Sie es mir, vielleicht helfe ich Ihnen dann ja.«

Sie wirft mir einen Blick zu, den sie sich wahrscheinlich bei dieser Quantico-Serie abgeschaut hat, wo FBI-Agenten lernen, einen so einschüchternd anzusehen, dass man klein beigibt. Aber nach diesem Tag und besonders nach der letzten halben Stunde ist es mir scheißegal, was sie von mir hält. Sollen sie doch alle von mir halten, was sie wollen.

Agent Parker grinst sie im Rückspiegel an.

Den Rest der Fahrt verbringen wir schweigend.

35

Wir schlängeln uns durch die Straßen Manhattans und fahren schließlich in eine Tiefgarage neben einem massiv wirkenden, sonst aber schmucklosen Hochhaus. Wir werden ein paarmal kontrolliert, Ausweise werden gezückt und Gesichter pressen sich gegen die Autoscheiben, um die Angaben über die Personen im Wageninneren zu überprüfen – sprich die Angaben über mich.

Endlich werden wir durchgewunken und gelangen zu einem Lastenaufzug, der uns irgendwo im Inneren des Gebäudes rauslässt. Kassel und Parker führen mich durch einen gekachelten Flur, der mich an die Pathologieabteilungen in Fernsehkrimis erinnert, bis zu einem kleinen Zimmer mit einem Tisch, der in den Boden verschraubt ist, und vier weißen Plastikstühlen. Es gibt keine Fenster, der Raum hat etwas von einen Bunker. Die Luft ist abgestanden und der Teppichboden dämpft jedes Geräusch. Ich komme mir vor, als wäre ich in einer Höhle gefangen, das künstliche Licht sticht unangenehm in den Augen. Auch wenn ich es nicht will, starre ich die Tür an, die sie hinter mir geschlossen haben. Es ist eine Panzertür aus Stahl, die kein Geräusch rein- oder rauslässt. Sie sieht aus, als würde sie sogar einer Explosion standhalten. Und das beruhigt mich nicht wirklich. Ich bin durch und durch auf Flucht eingestellt. Ich setze mich ganz vorn auf die Stuhlkante und suche Wände und Decke nach Kameras ab. Es gibt einen Ventilator, der vermutlich mit der Klimaanlage verbunden ist und leise Luft in das Zimmer bläst, und oben rechts ist ein kleines Loch in der Decke, aus dem wahrscheinlich ein Kameraauge auf mich gerichtet ist.

Ich nehme meinen Rucksack hoch und hole mein Handy heraus. Hier unten gibt es natürlich keinen Empfang, aber ich will ohnehin nur wissen, wie spät es ist. Es ist fast zwei Uhr. Mir bleiben also nur noch fünf Stunden bis zum Treffen mit meinem Vater. Während ich mir einen Plan überlege, wippe ich unwillkürlich mit dem Fuß.

Ich werfe mein Handy zurück in den Rucksack, ziehe den Reißverschluss zu und danke meinem Glücksstern, dass sie mir den Rucksack nicht abgenommen haben. Agentin Kassel scheint das durchaus in Erwägung gezogen zu haben, hat sich dann aber anders entschieden. Bei der Sicherheitskontrolle erntete ich einige erstaunte Blicke und musste mein Springmesser abgeben. Alles andere und sogar das Dollarbündel durfte ich mitnehmen, den Umschlag, der unter dem doppelten Boden liegt, haben sie nicht entdeckt.

Noch lassen sie es wahrscheinlich vorsichtig angehen und wollen mich nicht übermäßig verärgern. Ich frage mich allerdings, warum sie mich unbedingt bei Laune halten wollen. Nur deswegen haben sie mir nämlich den Rucksack gelassen. Die wollen irgendwas von mir. Aber was?

Da kommen endlich Agentin Kassel und Agent Parker in das Zimmer. Ob sie in den letzten fünf Minuten wohl ausgemacht haben, wer die Rolle des *good cop* und des *bad cop* spielt? Agent

Parker sieht nämlich zum ersten Mal einigermaßen freundlich aus. Als er sich in den Stuhl mir gegenüber setzt, lächelt er. Außerdem hat er sein Sakko ausgezogen und seine Hemdsärmel hochgekrempelt. Jetzt reißt er auch noch eine Packung M&M's auf und bietet mir welche an.

Agentin Kassel hingegen macht ein versteinertes Gesicht. Sie wirft eine dicke Aktenmappe auf den Tisch.

»Kaffee?«, fragt sie und reicht mir einen Styroporbecher. Einen Augenblick lang sitze ich wieder im Polizeirevier – Detective Owens hat mir kurz vor der Schießerei genau dieselbe Frage gestellt. Ich wüsste gern, was aus ihm geworden ist ... Am liebsten würde ich mich nach ihm erkundigen, aber ich fürchte mich vor der Antwort.

Ich lehne dankend ab. Mein Hirn läuft jetzt schon auf Hochtouren – ein Kaffee und es fängt an zu dampfen. Nicht, dass ich noch wie Teo ende – fahrig und unfähig, einen klaren Gedanken zu fassen. Ganz kurz denke ich an Jay. Ob er wohl schon verhaftet wurde? Ist er in Sicherheit?

Nein. Vergiss ihn. Er hat dich betrogen, sage ich mir. Nur, dass er das ja gar nicht hat. Nicht wirklich. Er wusste nicht, dass ich dort war. Er hat nur den Fahrer gespielt, um seinen Bruder zu beschützen. Vielleicht sollte ich Agentin Kassel den Zusammenhang zwischen den Blades und den Leuten, die mich jagen, erklären. Aber ist das überhaupt wichtig? Oder gerät Jay dann in noch größere Schwierigkeiten? Davon abgesehen werde ich ihnen nicht einfach so Auskunft geben. Ich werde mit meinem Wissen handeln.

»Und, ist noch immer alles geheim?«, frage ich sarkastisch.

Agentin Kassel kippt sich ein Päckchen Zucker in den Kaffee.

»Olivia«, sagt sie und klingt noch müder, als ich mich fühle. Wahrscheinlich ist sie auch schon seit vierundzwanzig Stunden auf den Beinen. Aber mein Mitleid hält sich in Grenzen. »Was ich dir jetzt erzählen werde, ist nur schwer zu ertragen.«

Mir liegt schon eine bissige Entgegnung auf der Zunge, aber ihr Gesichtsausdruck lässt mich innehalten. Sie wirkt zutiefst betrübt und schafft es kaum, meinen Blick zu erwidern. Ich atme pfeifend aus. So wie sie sehen sonst nur Ärzte aus, kurz bevor sie einem möglichst schonend die tödliche Diagnose überbringen.

»Agent Parker und ich gehören hier im FBI der Einheit zur Bekämpfung von Bandenkriminalität an, der sogenannten COU«, sagt sie und sieht mir dabei fest in die Augen. »Aber tatsächlich sind wir beide bei der Innenrevision.«

Das überrascht mich. »Innenrevision?«

»Ja. Weißt du, was die Innenrevision tut?«, fragt sie.

»Ermitteln Sie nicht bei der Polizei und der Regierung im Hinblick auf Korruption?«

»Ja. Genau. Wir treten bei Verbrechen und Korruption immer dann auf den Plan, wenn Regierungsangestellte mit drinhängen.«

»Das verstehe ich nicht.«

Sie atmet tief ein und dann hörbar aus. »Wir ermitteln im Fall deines Vaters.«

»Meines Vaters?«

»Ja.«

»Ich verstehe das immer noch nicht.« Meine Gedanken überschlagen sich. *Wie bitte?* Ich schaue zu Agent Parker und hoffe, dass er es mir erklären kann. Aber er verzieht keine Miene und sein Lächeln ist verschwunden.

»Es gibt schwerwiegende Beweise, die den Verdacht nahelegen, dass dein Vater hinter dem größten Menschenhändlerring steckt, den es seit Jahrzehnten gibt«, sagt Agentin Kassel. Und während sich der Raum um mich zu drehen beginnt, liest sie eine endlos lange Liste von Zahlen und Fakten vor. Aber ich höre sie nicht. Ich verstehe kein einziges Wort von dem, was sie da liest, weil ich noch damit kämpfe, überhaupt zu kapieren, was sie gesagt hat. Mein Vater? Wie in »MEIN Vater«? Der Mann, der die Sondereinheit leitet, die den Menschenhandel unterbinden will, soll der Kopf des Menschenhändlerrings sein?

Ich lache schallend los. Dann stehe ich auf und gehe zur Tür. »Lassen Sie mich bitte raus«, sage ich müde. »Ich möchte gehen.« In diesem Zimmer ist nicht genug Luft. Es ist, als würde Giftgas durch die Klimaanlage strömen. Meine Beine sind plötzlich bleischwer und mir wird schwindlig.

»Olivia, setz dich wieder hin«, sagt Agentin Kassel im Befehlston.

»Machen Sie die Tür auf«, verlange ich und hämmere dagegen.

»Selbst wenn ich das wollte, würde ich es nicht tun«, sagt sie betont ruhig. »Dort draußen ist es momentan zu gefährlich für dich. Die Leute, die hinter dir her sind, wurden noch immer nicht gefasst.«

Ich schnelle herum. Wie können die beiden dann hier sitzen und mich wie zwei Wissenschaftler beobachten, die aus sicherer Entfernung einer Atombombenexplosion zusehen? »Dann sollten Sie jetzt wohl besser dort draußen sein und versuchen, sie zu fassen«, schreie ich, »und mir nicht einen Haufen Lügen über meinen Vater erzählen.«

Agentin Kassel presst die Lippen zusammen. Ihre Hände liegen gefaltet auf dem Tisch, als würde sie beten.

»Ein Haufen Lügen? Dann wollen wir doch mal sehen.« Sie breitet die Unterlagen aus dem Aktenordner aus und nimmt ein Blatt heraus. »Da hätten wir eine Überweisung von sechs Millionen Dollar auf das Konto deines Vaters auf den Kaimaninseln, die übrigens erst vom letzten Monat stammt. Und hier ist noch eine. Sein Name taucht auf Firmenkonten von Herstellern von Schiffscontainern auf, in denen unter anderem sechsjährige Mädchen aus Pakistan, dem Oman oder Nigeria hier in die Staaten gebracht wurden. Na, klingelt's, Olivia? Hört sich das irgendwie bekannt an? Durch das Netzwerk deines Vaters und seine Kontakte wurde er zur idealen Besetzung für diesen Job.«

»Ja, für seinen Job in der Sondereinheit«, schleudere ich ihr entgegen.

»Nein, Liva. Für den Job als Anführer des Menschenhändlerrings.«

Ich sehe sie so lange an, bis sie wegschaut, und verschränke meine Arme. »Nein.«

»Es gibt noch mehr Konten. Alle im Ausland. Dadurch steht er in Verbindung mit Kontaktleuten aus Nigeria und Thailand, die wir schon lange oberservieren. Zwischenhändler, die die Deals einfädeln. Die die Mädchen kaufen. Und die Jungen. Es sind nicht nur Mädchen. Willst du Bilder sehen?« Sie wirft mir ein paar Fotos hin, aber ich weigere mich, einen Blick darauf zu werfen. »Wir arbeiten weltweit, zusammen mit Interpol und Polizeikräften aus anderen Ländern. So können wir ihre Geldströme aufspüren und sie festnehmen. Als Faustregel gilt: Wenn du dem Weg des Geldes folgst, findest du den Gesuchten. Dein

Vater besitzt Konten im Ausland mit mehreren hundert Millionen Dollar, Liva. Was glaubst du, wo die herkommen?«

Mir fällt der Zettel im Rucksack ein – der mit den ganzen Zahlenreihen darauf.

»Von seiner Arbeit«, sage ich, aber der Zweifel nagt bereits an mir. Mein Vater verdient nie und nimmer so viel. Auch nicht, wenn man die Bezahlung der Ölfirmen oder reichen Araber, die Personenschutz brauchen, mit einrechnet, oder die Versicherungsleistungen von Schifffahrtsunternehmen, die im Golf von Aden in Schwierigkeiten geraten und denen er hilft.

Agentin Kassel schüttelt den Kopf.

»Die Männer, die hinter dir her sind, Olivia – warum sollten die so hartnäckig sein, wenn du nur die Tochter des Chefs einer Sondereinheit bist? Einer Sondereinheit, die genauso viele Befugnisse hat wie eine Gruppe Pfadfinderinnen? Schließlich besteht diese Sondereinheit nur aus Zivilisten.« Das Wort *Zivilisten* sagt sie ziemlich verächtlich.

»Sie schreiben ein paar hochtrabende Berichte«, spottet sie, »die vielleicht eines Tages von irgendjemandem im Weißen Haus gelesen werden, von einem Praktikanten womöglich, und wenn sie Glück haben, fließen die in einen Antrag ein, der sich in einem Gesetzestext niederschlägt, vielleicht aber auch nicht. Aber dieser Bericht wird kein einziges Mädchen, keine einzige Frau und kein einziges Kind vor den Menschenhändlern retten.«

»Hören Sie auf.«

»Nein«, sagt sie jetzt mit Nachdruck. »Du bist eine clevere junge Frau, Liva. Kommt dir das logisch vor?« Sie beugt sich über den Tisch. »Oder ist es nicht viel wahrscheinlicher, dass sie hinter der Tochter des Mannes her sind, der ihr Geschäft bedroht – ein Geschäft von mehreren Milliarden Dollar pro Jahr? Einem Rivalen?«

»Nein!«, schreie ich. »Das erscheint mir überhaupt nicht logisch.«

Ich brauche Jay. Ich brauche ihn so sehr, dass ich fast verrückt werde. Ich will mich an ihm festhalten. Will, dass er mir hilft, das alles zu verstehen. Aber dann fällt mir ein, dass ich jetzt allein bin. Völlig umsonst und entkräftet hämmere ich trotzdem weiter gegen die Tür. »Lassen Sie mich raus.«

»Wir brauchen deine Hilfe, Olivia.«

Ich drehe mich um. »Meine Hilfe?«, frage ich verblüfft. »Wobei?«

»Um deinen Vater zur Strecke zu bringen.«

36

Sie lassen mich in dem Zimmer allein. Der Kaffee ist inzwischen kalt geworden und der Tisch liegt voller Unterlagen. Aus einer Ecke dieser fensterlosen Schachtel starre ich auf den Tisch, rühre mich aber nicht vom Fleck. Die Tür ist verriegelt. Ich habe gehört, wie sie zugeschlossen wurde. Ich kralle mich in meine Arme und schaue kurz zu der Überwachungskamera, ganz bestimmt beobachten sie jede meiner Regungen.

Ich lasse meine Hände sinken und versuche, mir über alles klar zu werden. Ich muss mir einen Überblick verschaffen, was hier drinnen alles andere als einfach ist. Ich hasse es, wenn ich eingesperrt bin. Und heimlich beobachtet werde. Ich will hier raus. Ich will irgendwo nach oben. Ich brauche Luft.

Was für einen Grund könnte es dafür geben, dass sie mich anlügen?

Mir fällt kein guter ein. Agentin Kassel hat mich mit dem, was sie über die erbarmungslose Jagd auf mich gesagt hat, empfindlich getroffen. Bisher konnte ich es nicht nachvollziehen. Erst als sie mir auf die Sprünge geholfen hat. Warum sollten sie hinter der Tochter eines Mannes her sein, der eine Sondereinheit ohne jegliche Befugnisse leitet?

Die Papiere auf dem Tisch machen mich neugierig, aber ich

widerstehe dem Drang, näher hinzugehen. Und ich frage mich, warum das so ist.

Doch die Antwort liegt auf der Hand. Ich habe Angst.

Und warum habe ich Angst?

Weil ich denke, dass sie womöglich die Wahrheit sagt.

Ich schließe die Augen. Die Wände rücken immer näher und pressen das letzte bisschen Luft aus dem Zimmer.

Ich gehe zum Tisch, das Kameraauge brennt sich wie ein Laserstrahl in meinen Hinterkopf. Mal schauen, was für Beweise sie haben.

Agentin Kassel hat die Akte mit den Zahlen oben auf den Stapel gelegt, was bestimmt kein Zufall ist. Ich nehme sie trotzdem und halte sie mit beiden Händen ganz fest, damit sie nicht allzu sehr zittern. Sie ähnelt der Zusammenfassung des UN-Berichts, den ich bei meinem Vater gelesen habe.

Weltweit gibt es 2,4 Millionen Menschen, die Opfer von Menschenhandel sind, eine Zahl, die sich nie wesentlich verändert.

Nur eins von hundert Opfern wird gerettet.

Mir ist, als hätte man mir Nervengift gespritzt, meine Muskeln verkrampfen sich und mir fällt das Atmen schwer. Ich lasse mich auf einen der Plastikstühle fallen und blättere durch die Akten. Es gibt einen ganzen Ordner voll mit Observationsberichten – und zwar ziemlich detailliert –, die sich über das letzte Halbjahr erstrecken. Als ich sie überfliege, wird mir klar, dass sie meinen Vater keine Sekunde aus den Augen gelassen haben. Da steht, wann er seine Anzüge zur Reinigung gebracht hat und wie groß der Kaffee war, den er sich bei Starbucks gekauft hat. Ich blättere weiter und entdecke das Datum, an dem ich in die Staaten eingereist bin. Es steht alles da. Mein Name. Die Flugzeit. Es gibt sogar ein Foto von mir, als ich durch die Ankunftshalle laufe. Und dann noch eins, aufgenommen über eine Menschenmenge hinweg, als ich meinen Dad umarme. Es ist gestochen scharf. Mein Dad hebt mich fast vom Boden und er grinst, sein Gesicht wird halb von meinen Haaren verdeckt. Mir wird eng im Hals und meine Augen brennen.

Ich werfe die Akte zur Seite. Ein paar Blätter segeln vom Tisch.

Als Nächstes nehme ich mir eine Zeugenaussage vor.

Als ich zu Ende gelesen habe, ist mir schlecht. Auf der Rückseite des Blattes hat jemand mit einer Büroklammer ein kleines Foto geheftet – das Porträt einer Frau. Es ist ein Mädchen, um genau zu sein, nicht viel älter als ich. Auf der Farbaufnahme sieht man die aufgeplatzte Lippe, die zugeschwollenen Augen und die völlige Hoffnungslosigkeit, die sie ausstrahlt, ganz genau. Sie war die eine von hundert. Das Mädchen, das entkommen konnte und in der Lage war, seine Geschichte zu erzählen. In dem Bericht heißt es, sie kommt aus dem Oman. Ich starre das Foto mehrere Minuten lang an und versuche, den letzten Satz der Aussage in mich aufzunehmen.

Die Zeugin hat Daniel Harvey auf dem Foto identifiziert.

Daniel Harvey. Meinen Vater. Das Zimmer pulsiert, die Wände rücken näher. Ich zwinge mich einzuatmen, obwohl es so weh tut, dass ich meine, an der Luft zu ersticken.

Auf dem Tisch sind fast dreißig Zeugenaussagen gestapelt. Zitternd ziehe ich sie zu mir und lese noch eine, aber dann lass ich es sein. Ich kann nicht weiterlesen. Die Details sind schrecklich. Aber eigentlich genügt ein Blick auf die Fotos, um eine Vorstellung davon zu bekommen, was diese Mädchen und Frauen – und in einigen Fällen auch Jungen – durchgemacht haben. In ihren Augen ist kein Leben mehr. Die meisten schauen mit leerem Blick in die Kamera, einige funkeln den Fotografen trotzig an, andere sind voller Scham oder Wut. Und obwohl sie gerettet wurden und zu *den Glücklichen* gezählt werden, erzählen ihre Gesichter eine andere Geschichte.

Ich lege die Aussagen zur Seite, mein Herz ist eine tickende Bombe.

Unter dem Aktenordner schaut ein Stapel Fotos heraus – die meisten in Schwarz-Weiß, als Glanzabzug und mit weißem Rand. Manche sind unscharf und grobkörnig, als hätte man sie während eines Gewitters aufgenommen, andere sind so gut ausgeleuchtet wie Hochzeitsfotos.

Aber selbst auf den unscharfen erkenne ich meinen Vater. Als großer Mann ist er nur schwer zu übersehen, sein Auftreten hat etwas Militärisches. Er hat üppiges, dunkles Haar, und auf den Bildern zeigt sich noch keine Spur von Grau. Auf einem der Fotos, dem größten, steht er neben einem anderen Mann in einer Art Lagerhalle. Im Hintergrund sind riesige Container zu sehen. Vielleicht ein Dock? Ich betrachte das Bild genauer und halte es dann ins Licht, mein Herz schlägt mit einem Mal immer schneller, bis ich meine, es zerreißt gleich. Das ist der Polizist! Der andere Mann ist der Polizist, der uns gejagt hat.

Und mein Vater schüttelt ihm die Hand.

Ich sitze gefühlte Stunden lang regungslos auf meinem Stuhl. Schließlich schiebe ich die ganzen Unterlagen von mir weg und starre auf die Wand gegenüber. Ich setze eine undurchdringliche

Miene auf, aber hinter meiner Fassade zerbröckelt alles. Und da ist auch nichts mehr zu kitten. Ich bin wie gelähmt, zwischen Schock, Wut, Verzweiflung und Fassungslosigkeit. Was ich alles nicht brauche. Überhaupt nicht. Es ist alles zu viel.

Ich schließe die Augen und erinnere mich daran, wie ich damals mit Felix in diesem Keller gesessen habe. Er hielt meine Hand, murmelte leise, erklärte mir, wie ich mit meinen Ängsten umgehen und sie wegschließen soll. Wenn man überleben will, muss man nämlich genau das tun: Man muss nicht nur seine Angst, sondern sämtliche Gefühle in den Griff bekommen und sie wegschließen. Ich muss in Gedanken einfach noch einmal alles durchgehen – und damit mir das gelingt, schließe ich zunächst all meine Emotionen weg. Schalte sie aus und setze meine Vernunft ein. Nur, dass Felix in meinem Kopf zu Jay wird. Und der streichelt mit seinem Daumen über meine Handfläche, und obwohl es dunkel ist, weiß ich, dass er nicht einverstanden ist und den Kopf schüttelt.

Ich höre, wie die Tür geöffnet wird, und reiße die Augen auf.

Diesmal ist Agentin Kassel allein. Ich bemerke die Dienstmarke an ihrem Gürtel und die Pistole. Außerdem hat sie die eng anliegende weiße Bluse in ihre blaue Hose gesteckt. Mrs Francis hatte recht – sie sieht tatsächlich ein bisschen so aus wie Jennifer Lopez. Als sie sich mir gegenüber auf den Stuhl setzt, stehe ich auf.

»Nein«, sage ich. »Wenn Sie wollen, dass ich Ihnen helfe, dann lassen Sie uns draußen reden.«

37

Die Leute vom FBI sind eindeutig nervös. Neben Agentin Kassel und Agent Parker sind zwei weitere Kollegen dabei, die sich an der Treppe zur High Line positioniert haben. Aber es hat auch einen Vorteil, dass ich hier mit FBI-Agenten unterwegs bin. Schließlich macht die High Line erst um sieben Uhr morgens auf, und es ist ihnen trotzdem irgendwie gelungen, uns Zutritt zu verschaffen. Es ist noch nicht einmal vier Uhr, der Himmel ist nachtschwarz und der Morgen hat sich noch nicht angekündigt.

Ich habe ihnen gesagt, dass ich mich nur dort oben, draußen im Freien, mit ihnen unterhalten würde. Sie waren einverstanden, aber ihre schneidenden Blicke und ernsten Gesichter sind unmissverständlich. Ich habe ihre Geduld ziemlich auf die Probe gestellt. Es ist eigenartig, in aller Herrgottsfrühe hier zu sein. Die Straßen unter uns sind wie ausgestorben. Man hört sogar Vögel zwitschern. Statt dem anhaltenden Verkehrslärm heult jetzt nur ab und zu ein Martinshorn. Auf dem Gehweg unter uns pfeift jemand vor sich hin, und von dem Anlegeplatz, ein paar Straßen weiter, dringt das tiefe Rumpeln und Quietschen von Containern, die abgeladen werden.

Agentin Kassel schaut ständig auf die Uhr. Sie sieht wie die perfekte Kopie einer FBI-Agentin aus dem Kino aus: Hände in den Hüften und grimmiger Blick, als wäre ich Hannibal Lecter. Durch die Verbindung zu meinem Vater fühle ich mich irgendwie schmutzig, und mir wird klar, dass mich von nun an jedes Mal, wenn ich meinen Namen nenne, eine Woge Scham überrollen wird.

»Dein Vater ist vor zwei Stunden am JFK aus dem Flugzeug gestiegen«, teilt sie mir mit. »Jetzt ist er in seiner Wohnung. Wo wollt ihr euch treffen? Hier?«

Ich antworte nicht. In Wahrheit wollte ich nämlich gar nicht hierher, um zu reden. Mein Hirn arbeitet bereits auf Hochtouren, ich berechne Entfernungen, überlege, wo meine Füße gut Halt finden. Obwohl ich inzwischen Marisas Sandalen trage, die nicht gerade praktisch sind, weiß ich, dass ich flinker bin als sie alle zusammen. Ich muss nur den richtigen Zeitpunkt abwarten. Außerdem vertraue ich meiner Intuition – ich glaube nicht, dass sie auf mich schießen werden – und bete inständig, dass ich damit richtig liege.

Ich schlendere zur Brüstung, hier bin ich auch mit Jay entlanggelaufen. Es kommt mir vor, als wäre das schon hundert Jahre her und nicht erst gestern gewesen.

Agentin Kassel hält mit mir Schritt. »Ich weiß, dass du gerade eine Menge verdauen musst, Olivia. Und es ist nur natürlich, dass du deinen Vater beschützen willst«, sagt sie, »aber vergiss die Menschen nicht, die durch sein Handeln verletzt werden. Du könntest uns helfen.«

»Wie denn?«, will ich wissen, während ich um sie herumgehe.

»Du könntest uns dabei helfen, eine Aussage von ihm zu bekommen.«

»Wollen Sie mich verkabeln? Damit Sie sein Geständnis auf Band haben?«

»Das wäre eine Möglichkeit, ja«, antwortet sie.

»Was ist mit den anderen? Mit den Russen?«

»Die haben wir im Griff.«

»Ach, wirklich?«, frage ich. »So wie auf dem Polizeirevier?«

Ein Aufflackern. Neben ihrem Auge pocht es. »Wir kommen ihnen immer näher. Sobald sie wissen, dass wir dich haben, werden sie nicht mehr versuchen, dich in ihre Finger zu kriegen.«

»Dieses Foto«, sage ich. »Auf dem mein Vater einem Mann die Hand schüttelt. Es ist derselbe Mann, der mich auch entführen will.«

»Stimmt.«

»Wer ist das?«

»Er heißt Vladimir Demitri Bezrukov.«

»Wenn er ein Feind meines Vaters ist, warum haben sie sich dann die Hand gegeben?«

»Sie hatten einen gemeinsamen Deal. Dein Vater kümmert sich um die Ware und sie um die Nachfrage.«

Ich beiße die Zähne zusammen. Es ist schrecklich, welche Begriffe sie benutzt, um den Verkauf von Menschen zu beschreiben.

»Aber dein Vater hat beschlossen, sie aus der Lieferkette zu drängen«, fährt sie fort. »Er will alles allein kontrollieren.«

»Und da dachten sie, nehmen wir mal seine Tochter als Faustpfand, dann überlegt er es sich bestimmt anders.«

»Das würde er doch sicher tun, oder?«, fragt sie.

Worüber ich nicht wirklich lange nachdenken brauche. Ja, das würde er. Was meinen Vater betrifft, herrscht bei mir momentan zwar gefühlsmäßig das reinste Chaos, aber ich weiß trotzdem eines ganz genau: Er würde jeden umbringen, der mich verletzt. Was er mit dem dritten Kidnapper in Nigeria ja bewiesen hat.

»Warum haben sie nicht versucht, meinen Vater zu töten?«, frage ich. Das wäre doch viel logischer. Warum sind sie hinter mir her? Warum bringen sie ihn nicht einfach um?

»Weil dein Vater für die Ware zuständig ist. Wenn sie ihn erledigen, schießen sie sich selbst ins Bein. Es würde Monate, vielleicht sogar Jahre dauern, um die Lieferkette wieder aufzubauen. Und Zeit ist Geld, wir reden hier von einem Verlust von mehreren Millionen Dollar.«

»Verstehe«, sage ich. Plötzlich ist mir, als würde sich der Himmel wie ein schweres Kettenhemd über mich legen. Ich muss hier weg. Wenn ich einen klaren Gedanken fassen will, muss ich allein sein.

Genau in dem Augenblick ruft Agent Parker uns etwas zu, er hält sein Handy hoch. Kassel geht zu ihm und die beiden beratschlagen sich. Das ist der Moment, auf den ich gewartet habe. Ich lege eine Hand auf die Brüstung und springe hinauf. Sie ist schmal, ungefähr 1,20 Meter hoch und fünf Zentimeter breit, aber ich kann das Gleichgewicht darauf halten. Schließlich stehe ich oft minutenlang *en pointe*, das ist also kein Problem.

Die Agenten brüllen mich an, und ich schaue ganz kurz zu ihnen – ihre Augen sind schreckgeweitet, ihnen klappt der Unterkiefer runter und sie greifen nach ihren Pistolen –, und auf einmal weiß ich, dass ich mich falsch entschieden habe. Ich sollte besser bleiben. Ich sollte ihnen helfen. Ich weiß es. Aber ich kann einfach nicht.

Und dann springe ich. Der Wind rauscht in meinen Ohren und ich höre, wie Kassel meinen Namen ruft. Ich ziehe meine Knie an und mache mich auf die Landung gefasst. Der Aufprall ist hart und der Stoß fährt durch meinen ganzen Körper, kurz fürchte ich, dass mein Knöchel gebrochen ist. Benommen stehe ich auf und belaste vorsichtig meinen Fuß. Er tut zwar weh, aber es ist nur gestaucht. Sechs Meter über mir schauen die Agenten über die Brüstung. Wahrscheinlich haben sie erwartet, dass ich zerschmettert auf dem Gehweg liege. Sie haben nicht bedacht, dass unter diesem Teil der High Line eine Treppe nach oben führt. Als sie zum Kopfende stürmen, bin ich schon auf den letzten Stufen nach unten.

Ich habe einen guten Vorsprung und renne Richtung Chelsea Market, der nicht weit von hier entfernt ist. Dort wird es sicher irgendwo ein Taxi geben. Wenn nicht, habe ich ein Problem, denn die nächste U-Bahn-Haltestelle ist vier Blocks weiter, und so lange kann ich sie nicht auf Abstand halten. Aber diesmal scheint das Glück wirklich auf meiner Seite zu sein – ein paar Meter vor mir biegt ein gelbes Taxi in die Querstraße ein, als hätte es nur auf mich gewartet. Ich sprinte ihm nach und winke heftig mit den Armen, bis es stehen bleibt. Ich reiße die Tür auf und springe hinein, während ich Agentin Kassel in der Ferne auf mich zurennen sehe.

»Brooklyn Bridge«, sage ich außer Atem.

38

Der Fahrer fährt an den Straßenrand und stellt das Taxameter aus. Ich drücke ihm ein paar Geldscheine in die Hand und steige aus, meine Glieder sind bleischwer und mir tut alles weh. Ich schaue zu den dicken Spannseilen und den zwei großen Steinbögen, die den Eingang zur Brooklyn Bridge bilden, und frage mich, was um Himmels willen ich hier eigentlich mache. Ich habe ihm einfach den erstbesten Ort genannt, der mir eingefallen ist. Einen Ort, wo mich wahrscheinlich niemand suchen wird. Irgendwo im Freien, irgendwo, wo ich für mich bin und in Ruhe überlegen kann, was ich tun muss. In einem fensterlosen Raum, umgeben von Bundesagenten, die ständig auf ihre Uhr schauen und mir ihren Ausweis und ihre Pistole vor die Nase halten, wäre mir das nicht gelungen.

Ich habe permanent das Gesicht der jungen Frau aus dieser Akte vor Augen. Ihre Zeugenaussage, in der sie genau beschrieben hat, was sie während der sechsmonatigen Gefangenschaft erleiden musste, läuft in Endlosschleife. Und obwohl alles in nüchterner Beamtensprache verfasst ist, sehe ich es genau vor mir. Es reißt ein Loch in mein Herz, das wahrscheinlich nie mehr heilt. Ein letzter Rest Unschuld vielleicht? Egal was es ist, ich bin unendlich traurig und niedergeschlagen.

Mir ist, als würde mein Verstand unter all den Informationen, die er aufnehmen muss, einfach zerbröseln. Ich muss mich unbedingt zusammennehmen und die ganzen Emotionen zurück in ihre Schubladen stecken. Es ist unmöglich, mit ihnen zurechtzukommen, ohne dabei zugrunde zu gehen. Ist das mein Selbsterhaltungstrieb? Oder bin ich einfach egoistisch? Wahrscheinlich. Aber war es nicht das, was Felix mir beibringen wollte? Wollte er mir nicht zeigen, wie ich durch das Leben komme, ohne mich von Ängsten oder Verzweiflung zermürben zu lassen? Darum ging es doch bei der Lehrstunde im Keller: wie ich in dieser Welt überleben kann.

Und die einzig sichere Methode, um das alles zu verkraften – die Schießerei, was ich über Jay weiß, die Toten, die schwer auf meinem Gewissen lasten, und die schreckliche Wahrheit über meinen Vater –, ist, meine Emotionen wie einen Wasserhahn abzudrehen, sie zu verdrängen. Darin war ich früher einmal ganz gut. Bis ich Jay getroffen habe.

Und nachlässig wurde.

Ich gehe den Fußgängerweg entlang, der über den brausenden Verkehrspuren verläuft. Es ist noch immer dunkel, und um diese Uhrzeit ist der Weg nahezu verlassen. In der Ferne sind ein paar Leute unterwegs, und unten auf der Schnellstraße leuchten die rot-weißen Lichter eines Streifenwagens. Er steht dort bei laufendem Motor, und ich gehe schnell weiter und hoffe, dass die Beamten mich nicht bemerken und sich womöglich fragen, was eine einsame junge Frau zu dieser Uhrzeit dort oben treibt. Verstohlen betrachte ich im Vorbeilaufen die Türme der Brücke. Sie sind wie eine Festung, ohne Leiter, glatt, keine Vorsprünge. Ich gehe immer weiter und sehe die Spannseile, die so dick wie meine Oberschenkel sind. Sie sind wie eine Zeltschnur straff gespannt und reichen mindestens eineinhalb Kilometer über den East River.

Ich brauche etwas mehr als zehn Minuten, dann stehe ich in der Mitte der Brücke. Dort werde ich langsamer und schaue in beide Richtungen – ist auch niemand in der Nähe? Ich werfe einen kurzen Blick nach unten zu dem unablässig rauschenden Verkehr und springe dann mit einem Satz über die Brüstung, die den Fußgängerweg von den Spannseilen trennt. Sie ist hoch und ich nehme meine ganze Kraft zusammen, aber als ich es geschafft habe, überkommt mich ein beglückendes Freiheitsgefühl. Mein Verstand fährt sofort herunter und ist nur noch auf das gerichtet, was ich zum Überleben brauche – mein Gleichgewicht. Vorsichtig setze ich einen Fuß auf das Stahlseil, das steil zu den Türmen auf der Brooklyn-Seite hinaufführt. Es vibriert leicht unter meinen Händen, fast als wäre es lebendig oder als würde schwacher Strom hindurchfließen. Unter meinen Fußsohlen aber ist es so stabil wie eine Felswand.

»Du willst da nicht wirklich hoch, oder?«

Ich verliere fast den Halt und klammere mich mit beiden Händen an das Stahlseil, das über meinem Kopf verläuft. Mir rutscht das Herz in die Hose und ich schiele nach hinten. Dort, auf dem Fußgängerweg steht Jay, und ich traue meinen Augen erst nicht und frage mich, ob mich meine Erschöpfung nun doch eingeholt hat und ob ich halluziniere. Aber da hievt er sich auch schon über die Brüstung auf das Seil, auf dem ich balanciere, und es schwankt unter seinem Gewicht leicht hin und her. Jetzt vibriert er buchstäblich in mir, denke ich noch. Knapp über seinem Wangenknochen hat er ein Veilchen, das blauviolett leuchtet – von Teo?

»Was machst du hier?«, frage ich mit rauer Stimme, die kaum durch den Verkehrslärm und das Heulen des Windes dringt.

»Es gab nicht viele Möglichkeiten«, sagt Jay und schaut nervös zu den Autos, die keine sechs Meter unter uns vorbeirauschen.

»Muss ich das verstehen?«

»Es war entweder die High Line oder hier, aber dann habe ich mir gedacht, dass die High Line wahrscheinlich ausscheidet, weil sie dich an mich erinnert. Und damit lag ich ja wohl richtig.«

»Woher wusstest du, dass ich hier hinaufwollte?«

»Weil du erzählt hast, dass die Brooklyn Bridge eine echte Herausforderung wäre. Und da habe ich mir überlegt, wenn du in der Stimmung, in der du warst, überhaupt irgendwo hingehst, dann nach draußen, nach oben, weg von den Menschen.«

Ich starre ihn ungläubig an. Warum ist er nicht in Polizeigewahrsam? Agentin Kassel hat doch gesagt, dass die Polizisten auf dem Weg zu Marisa sind. »Warum bist du hier?«, frage ich. Mir ist vor Schreck noch immer ganz schwindelig, aber ich versuche, mir das nicht anmerken zu lassen. Ihn wiederzusehen, jagt meinen Puls nach oben und mein Magen zieht sich zusammen. Was nicht nur daran liegt, dass er so überraschend hier aufgetaucht ist, sondern weil ich sauer auf ihn sein wollte und fest damit gerechnet habe, dass ich es auch bin. Aber das Gegenteil ist der Fall. Ich bin erleichtert. So erleichtert, dass ich heulen könnte.

»Ich bin gekommen, weil ich mich entschuldigen wollte. Teo …« Er schüttelt den Kopf, schaut konzentriert in die Ferne und dann wieder zu mir. »Ich wusste das nicht«, sagt er leise. »Das schwöre ich bei Gott, Liva. Wenn ich gewusst hätte, dass es um einen Menschen geht, dass es um *dich* geht … Ich – ich weiß nicht, was ich sagen soll, außer dass es mir leidtut.«

Er schaut flehend zu mir hoch und schluckt nervös. »Und außerdem wollte ich das Versprechen halten, dass ich dir gegeben habe. Ich werde nicht gehen, bevor du bei deinem Vater in Sicherheit bist. Ich werde das durchziehen.«

Meine Hände, mit denen ich mich am Stahlseil festhalte, zittern und mir laufen Tränen über die Wangen. Jay hat seinen Kopf zur Seite gelegt und sieht mich noch immer um Vergebung bittend an. Er starrt auf die Brücke und kapiert wohl jetzt erst richtig, wie hoch sie ist.

»Was machst du hier?«, will er wissen.

»Ich brauchte einen Ort, um nachzudenken und …« Ich unterbreche mich. Warum erkläre ich ihm das? Er sollte derjenige sein, der hier erklärt.

»Wenn du das Gefühl brauchst, die Situation im Griff zu haben, musst du noch lange keine beschissene Brücke raufklettern, Liva.«

Ich funkle ihn an, was er aber gar nicht mitbekommt. Dafür starrt er viel zu konzentriert auf das aufgewühlte, braune Wasser unter der Brücke, als wäre ihm erst jetzt aufgefallen, wie tief es dort hinuntergeht und dass ein Sturz tödlich wäre. Seine Knöchel zeichnen sich weiß ab und an seinen Schläfen bilden sich kleine Schweißperlen. Er schluckt und sieht wieder zu mir, er ist ziemlich blass geworden.

»Aber wenn es das ist, was du willst«, sagte er gepresst, »dann los, bringen wir es hinter uns.«

»Was?«, frage ich plötzlich nervös.

»Klettern wir da jetzt rauf oder nicht?«, fragt Jay und schiebt sich, ohne meine Antwort abzuwarten, seitlich am Stahlseil entlang.

»Was machst du denn?«, brülle ich.

»Komm schon!«, ruft er und geht noch einen Schritt weiter. »Wir müssen oben sein, bevor es hell wird und wir von irgendwelchen Polizisten entdeckt werden.«

Ich werde panisch. »Was machst du da, Jay? Komm zurück!«, schreie ich und dann sehe ich aus den Augenwinkeln eine Bewegung. Jemand joggt auf uns zu.

»Warum?«, fragt Jay, ohne zu mir zu schauen, und schiebt sich stattdessen weiter.

»Weil …«, rufe ich. Muss ich das wirklich erklären? Er wird fallen und er wird *sterben.* »Bitte«, flehe ich. Scheiße. Er wird herunterfallen. Und das ist dann meine Schuld.

»Warum?«, fragt er wieder.

»Weil ich Angst um dich habe«, rufe ich aufgebracht.

Da bleibt er stehen. Endlich. Und schaut mich direkt an. »Warum?«, hakt er nach.

»Weil ich nicht will, dass du fällst«, brülle ich.

»Na und?«, sagt er. Selbst aus der Entfernung sehe ich den Trotz in seinen Augen. Er fordert mich heraus, er will, dass ich ehrlich bin.

»Ich will das nicht«, schreie ich. Ich bin jetzt so wütend, dass ein Teil von mir am liebsten hinüberbalancieren und ihn runterschubsen würde.

»Aber wenn ich falle, hat das doch nichts mit dir zu tun«, sagt Jay und zuckt mit den Schultern, als würde er es nicht kapieren.

»Doch, hat es.«

Er schaut mich verwirrt an. »Nein, hat es nicht. Warum hat es etwas mit dir zu tun?«

»Weil du wegen mir hier bist«, rufe ich.

Er wartet, bis ein Lastwagen vorbeigedonnert ist. »Nein«, sagt er. »Ich bin hier, weil ich mich dafür entschieden habe. Und auf diesem lächerlich dünnen Drahtseil, das dreißig Meter über dem sicheren Tod aufgespannt ist, klettere ich, weil ich mich auch dafür entschieden habe. Und wenn ich falle, ist das meine Sache und nicht deine.«

Ich werde wieder wütend, was ich ihm aber nicht zeigen darf. Ich muss ruhig bleiben, ihn einholen. »Völlig klar, was du vorhast«, sage ich ein wenig leiser, weil der Jogger allmählich zu uns aufschließt. Der wird mit Sicherheit auf uns aufmerksam werden und dann die Polizei rufen.

»Was habe ich denn vor?«, fragt Jay.

»Du willst mir beweisen, dass ich nicht schuld bin, wenn anderen Leuten etwas passiert.«

»Und, funktioniert es?«, will er wissen.

Ich antworte nicht.

Jay lässt mich nicht aus den Augen und nimmt langsam die Hände vom Stahlseil. »Guck, freihändig«, sagt er und zeigt mir seine Handinnenflächen.

»Jay!«, schreie ich.

Er schwankt heftig, er muss sein Gleichgewicht verloren haben. Mir rutscht das Herz in die Hose und mein Magen gleich mit. Im letzten Moment greift er nach dem Stahlseil und kann einen Sturz verhindern.

»Meine Entscheidung, Liva«, sagt er. »Genauso wie es die Entscheidung des Mannes war, alle im Polizeirevier über den Haufen zu schießen. Die Menschen, die gestorben sind – sie sind nicht wegen dir gestorben. Felix ist nicht wegen dir gestorben. Er ist gestorben, weil das Leben einfach manchmal beschissen ist. Aber nichts davon war deine Schuld.«

Ich zittere so sehr, dass ich mich kaum noch festhalten kann, und sehe durch die Tränen nur verschwommen. Ich blinzele sie weg, aber es kommen immer mehr.

»Ich habe Angst«, sage ich plötzlich, die Worte sind mir einfach rausgerutscht.

»Es ist in Ordnung, Angst zu haben«, sagt Jay, seine Stimme ist jetzt ganz sanft.

Das Stahlseil in meiner Hand wackelt. »Nein, ist es nicht«, sage ich.

Plötzlich steht er wieder neben mir. Seine Hand liegt über meiner. »Liva«, sagt er leise, »es ist in Ordnung, wenn man Angst hat. Es ist in Ordnung, wenn man nicht weiß, was als Nächstes passiert.«

Ich klammere mich fester an das Stahlseil, es schneidet in meine Hand.

»Du musst dich von der Vorstellung verabschieden, dass wir unser Leben unter Kontrolle haben, das geht nicht.«

Ich schließe die Augen. »Ich will das alles gar nicht fühlen, ich will, dass es aufhört. Sonst kann ich nicht klar denken. Sonst kann ich nicht leben.«

»Komm«, sagt er und zieht vorsichtig an meinem Arm. »Lass uns runtergehen.«

Als er mich behutsam umdreht und zurück zur Brüstung führt, wehre ich mich nicht. Er springt vor mir auf den Fußgängerweg und winkt dem Jogger zu, der gerade vorbeiläuft. Der verlangsamt sein Tempo und starrt uns verunsichert an. Jays Lächeln ist absolut überzeugend, und der Typ joggt weiter, auch wenn er sich noch ein paarmal nach uns umdreht, als ob er sichergehen will, dass wir nicht zu einem Kopfsprung ansetzen, sobald er uns den Rücken zukehrt.

Jay streckt mir seine Hand entgegen und ich springe neben ihn. Er lässt nicht los, sogar als ich versuche, ihn abzuschütteln. Ich will nicht, dass er mich festhält. Wenn er mich festhält, löse ich mich sicher gleich komplett in Tränen auf.

»Es ist in Ordnung, Gefühle zu haben, Liva«, sagt er. »Wir sind dafür bestimmt, Gefühle zu haben – wir sind dafür bestimmt, *alles* zu fühlen – Schmerz, Kummer, Zorn, Wut und Trauer.«

Meine Augen brennen. Ich schüttle energisch den Kopf. »Ich will diese Dinge nicht fühlen. Ich kann nicht. Das ist alles zu viel.« Und plötzlich fange ich an zu schluchzen, ich kann gar nicht mehr aufhören, aber das macht nichts besser.

Jay hat einen Arm um meine Taille gelegt, mit der freien Hand hebt er mein Kinn. »Liva«, sagt er, »wenn du diese Gefühle nicht zulässt, wirst du auch all die guten Dinge nie fühlen – Glück oder Freude oder Liebe. Man kann das eine nicht ohne das andere haben. So ist das Leben. So funktioniert es eben.«

Ich versuche noch einmal, mich von ihm loszumachen. Ich will das alles nicht hören. Aber Jay weigert sich, mich gehen zu lassen. Er hält mich sogar noch fester.

»Das Leben ist ungerecht«, sagt er. »Und manchmal tut es verdammt weh. Es tut mehr weh, als man glaubt, ertragen zu können. Aber am Ende ist es das wert.«

Und genau das ist es, das ist der Punkt, der mein Herz zerspringen lässt. »Woher willst du das wissen?«, frage ich traurig, weil es nicht stimmt. Am Ende ist es das Ganze nämlich nicht wert.

Jay sieht mich forschend an und dann lächelt er, als hätte er unsere Diskussion gewonnen. Aber das hat er nicht, denn schließlich kann er ja nichts beweisen. Es gibt nichts, was er vorbringen könnte, um mir deutlich zu machen, dass das Leben die ganze Qual und die Schmerzen wert ist.

Doch dann küsst er mich. Ganz weich und so zart, dass mein Herz seufzt und alles vergeht.

Als er schließlich aufhört, öffne ich die Augen. Er schaut mich intensiv an und auf seinem Gesicht spiegeln sich Freude und Kummer und Glück und Trauer – all die Gefühle, von denen er gerade gesprochen hat.

»Das ist es wert«, sagt er wieder und seine Stirn lehnt sich an meine.

Und diesmal glaube ich ihm.

39

Jay sitzt auf dem Rasen und hat seine Ellenbogen auf die Knie gestützt. Er schaut über den Park und das Wasser zur Skyline von Manhattan, die sich allmählich in der Morgendämmerung abzeichnet. Erst gestern sind wir über die Brücke in die Stadt zur Wohnung meines Vaters gelaufen. Ich hatte meine Schlafshorts und den NYPD-Pulli an, und ich wusste nichts über den Jungen, der gerade neben mir sitzt, außer dass er verhaftet wurde und Jaime heißt. Aber ich wusste genug, um ein Urteil über ihn zu fällen. Ich dachte, er wäre ein Mörder. Und jetzt sitze ich hier in einem ausgeliehenen schwarzen Kleid neben ihm, und es kommt mir vor, als würde ich ihn schon seit Ewigkeiten kennen. Ich komme mir tatsächlich so alt vor. Ausgelaugt. Zu müde, um weiter davonzulaufen. Zu müde für irgendwelche Geheimnisse oder Überraschungen.

Als Jay sich zu mir dreht, fällt mir auf, dass er auch gealtert ist. Seine Erschöpfung ist ihm deutlich anzumerken, aber obwohl er heftige Augenringe hat, funkeln seine Augen. Ich kann ihm jede seiner Regungen vom Gesicht ablesen: Zweifel und Ekel und Müdigkeit, und – als er mich ansieht – Mitgefühl und Schmerz und auch Sorge. Und darüber liegt diese große Unverwüstlichkeit, die so typisch für ihn ist. Denn trotz allem, was hinter uns liegt, trotz allem, was ich ihm erzählt habe und was er noch zu erwarten hat, zeigt er keine Spur von Resignation oder Rückzug. Irgendetwas aufzugeben, scheint bei ihm nicht vorgesehen zu sein, mich eingeschlossen.

Voller Staunen betrachte ich ihn und kann es immer noch nicht fassen, dass er mich in einer Stadt wie New York gefunden hat. Aber das ist es nicht allein. Er hat sich dafür ein zweites Mal dem Polizeigewahrsam entzogen. Also, zumindest theoretisch. Als die Polizisten nämlich schon gegen Marisas Wohnungstür hämmerten, hat er Olivia Harveys Fluchthandbuch befolgt, wie er mir stolz berichtet, und ist durch das Fenster aufs Dach hinaufgeklettert.

Er grinst, als hätte er gerade den Jackpot geknackt, obwohl ihm seine Flucht noch mehr Zeit hinter Gittern einbringen wird. Im Gegenzug erzähle ich ihm, was ich von Agentin Kassel erfahren habe: dass seine Mutter in Sicherheit ist und auch alles über den Menschenhändlerring, mit dem mein Vater zu tun hat. Ich beschreibe ihm bis ins kleinste Detail die Fotos und die Zeugenaussagen. Dann sagt er eine Weile keinen Ton mehr.

Doch allmählich fängt er sich wieder. Er dreht sich zu mir, seine Ellenbogen immer noch auf den Knien, und schaut mich lange an. »Du musst das machen«, sagt er.

Jetzt bin ich es, die sich wegdreht und auf die Brücke starrt. Wenn ich mir vorstelle, dass ich beinahe dort hinaufgeklettert wäre … Vielleicht komme ich ja eines Tages zurück und versuche es tatsächlich. Aber jetzt, wo ich das ernsthaft in Erwägung ziehe, verliert die Aktion auf einmal ihren Reiz.

Jay legt seine Hand auf meine Schulter und streicht mir behutsam eine Haarsträhne hinters Ohr. Ich schließe die Augen und seufze. Ich wünschte, ich könnte bleiben, wo ich bin, und zwar mit ihm. Ich wünschte, wir könnten uns hier auf den Rasen legen und schlafen, und die Welt würde sich ohne uns weiterdrehen.

»Ich glaube, ich schaff das nicht«, sage ich.

»Liva«, sagt Jay, »weißt du noch, als ich dich das erste Mal getroffen habe? Da habe ich dir gesagt, dass du ein Herz hast.«

Ich nicke.

»Es war das Erste, was mir an dir aufgefallen ist«, sagt er. »Also, ehrlich gesagt war es das Zweite. Zuerst sind mir deine Beine aufgefallen.«

Ich werfe ihm einen Blick zu. Er verzieht das Gesicht, als wollte er sagen: *Hey, ich bin ein Typ, mach mal halblang.*

»Irgendwie habe ich in Erinnerung, dass du mich für eine reiche, hochnäsige Tusse gehalten hast.«

»Ja, aber eine mit Herz«, sagt er lächelnd und seine Grübchen treten hervor. »Du hast auf diesem Stuhl im Morddezernat gesessen«, fährt er fort, »und auf diese Tafel geschaut – wo die ganzen Mordfälle aufgelistet waren. Und dann dein Gesichtsausdruck … Du hast ausgesehen, als würdest du jeden Einzelnen von ihnen persönlich kennen.«

Ich schaue ihn skeptisch an.

»Deshalb weiß ich auch, dass du jetzt das Richtige tun wirst«, sagt er und hält meinen Blick mit seinen unglaublich grünen Augen fest. »Weil du jemand mit Herz bist.«

Ich schaue wieder zum Horizont, aber alles, was ich vor mir sehe, ist diese Tafel. Und den Polizisten, der die Namen der Goldmans sorgfältig in Druckbuchstaben dazuschreibt. Und dann fällt mir auch die Lücke wieder ein, die für die Worte *Fall abgeschlossen* daneben frei war.

Ich weiß, dass Jay recht hat. Es gab nie wirklich eine andere Option. Nicht, seit Agentin Kassel mich mit den Akten im Zimmer allein gelassen hat. Nicht, seit ich das Foto gesehen habe, auf dem mein Vater dem Mann die Hand schüttelt, der die Goldmans und all die Menschen im Polizeirevier umgebracht hat. Nicht, seit ich die Zeugenaussage der jungen Frau gelesen habe.

Jay hat von Anfang an zu mir gehalten, weil er daran geglaubt hat, das Richtige zu tun. Und manchmal ist das wohl das Einzige, was man versuchen kann: das Richtige zu tun. Manchmal ist das einfach, manchmal nicht. Zumindest sollte man nie darüber nachgrübeln müssen, was das Richtige ist. Man sollte nur auf sein Herz hören. Und die Schwierigkeit liegt dann darin, auch danach zu handeln.

Ich stehe auf. »Gehen wir«, sage ich zu Jay. »Sonst kommen wir zu spät.«

Der Staten-Island-Fähranleger liegt direkt neben dem Battery Park. Um sechs Uhr dreißig wimmelt es dort von Pendlern, die von der Fähre zu ihrem Arbeitsplatz in der Stadt strömen. Jay und ich nähern uns vorsichtig aus einiger Entfernung. Ich habe das Fernglas aus dem Rucksack geholt. Jay hat noch immer die Glock bei sich, die er dem toten Polizisten abgenommen hat, was jetzt von Vorteil ist, da Agentin Kassel mir die Smith & Wesson nie zurückgegeben hat. Aber ich treffe meinen Vater, sage ich mir, wozu brauche ich da eine Pistole?

Mit dem Fernglas überzeuge ich mich, dass ihm niemand folgt. Die Tatsache, dass mein Vater völlig ahnungslos ist und nicht weiß, dass er die letzten sechs Wochen vom FBI observiert wurde, lässt mich daran zweifeln, ob er einen Verfolger abschütteln könnte.

Neben dem Anleger befindet sich eine Wells Fargo Bank. Jay und ich verstecken uns im Schatten der mächtigen Marmorsäulen, und ich nehme das Fernglas und beobachte die Leute, die zum Fährterminal gehen. Die meisten Menschen sind auf dem Weg in die Stadt, dementsprechend einfach ist es, die anderen im Auge zu behalten. Das sind nur ein paar Touristen, die die Aussicht auf Manhattan und die Freiheitsstatue genießen wollen. Ich schaue auf dem Handy nach der Uhrzeit. Zwanzig vor sieben.

Um fünf vor sieben hat sich mein Bauch mehrfach verknotet und ich warte angespannt. Was, wenn mein Vater die Nachricht, die ich für ihn im Safe gelassen habe, nicht gefunden hat? Was, wenn er sie nicht verstanden hat? Oder wenn er sich nicht daran erinnert, wo wir diese kleine Freiheitsstatue gekauft haben? Ich richte mein Fernglas wieder auf die Tür des Fährterminals, und da sehe ich endlich jemanden, der zügig und entschlossen gegen den Pendlerstrom läuft, als wäre er zu spät für einen wichtigen Termin. Da mein Vater zehn Zentimeter größer als die meisten anderen Leute ist, fällt er in jeder Menschenmenge auf, und unter all den Touristen in ihren Shorts und bunten T-Shirts erst recht. Er hat mir zwar den Rücken zugekehrt, sodass ich sein Gesicht nicht sehen kann, aber alles an ihm drückt seine Sorge aus – er kann seine Panik kaum verbergen.

»Das ist er«, sage ich zu Jay und zeige in seine Richtung, als mein Vater gerade das Gebäude betritt. »Der Große mit den dunklen Haaren und dem grauen Anzug.«

»Okay«, sagt Jay. Er drückt meine Hand und küsst mich kurz

auf die Wange. Und dann lässt er mich allein und joggt zum Anleger. Ich nehme mein Handy und drücke auf Senden. In der Nachricht an meinen Vater steht, dass ich ihn auf der Fähre treffen will. Ich weiß nicht, ob er mir das abkauft. Er kennt die Nummer nicht und wird entsprechend misstrauisch sein, aber der Wunsch, mich zu finden, ist hoffentlich größer.

Ich nehme die SIM-Karte heraus und lege eine neue ein, die erste zertrete ich unter meinem Absatz. Sobald ich mein Handy anstelle, vibriert es. Ich nehme sofort ab.

»Er hat es geschluckt. Er geht auf die Fähre«, sagt Jay. »Beeil dich.«

Ich renne die Stufen zu dem Terminal hinauf. Als ich durch die Tür trete, strömt mir eiskalte Luft entgegen. Ich entdecke Jay, er wartet oben an der Rolltreppe, und ich laufe los, während ich gleichzeitig eine eingespeicherte Nummer wähle. Der Telefonist in der Zentrale nimmt sofort ab und ich frage nach Agentin Kassel. Er stellt mich direkt auf ihr Handy durch. Sobald sie sich meldet, falle ich ihr ins Wort.

»Ich bin's, Olivia.«

»Wo steckst du?«, will sie wissen.

»Staten-Island-Fähre. Seien Sie um sieben Uhr dreißig am Anleger auf Staten Island. Sie wollten doch meinen Vater, also kommen Sie und holen ihn«, sage ich zu ihr.

Sie bedeckt das Mundstück und ich kann hören, wie sie irgendjemandem etwas zumurmelt und Anweisungen gibt.

»Ach, und Agentin Kassel«, sage ich. »Legen Sie nicht auf. Sie wollten doch Beweise haben.«

40

Jay bleibt ein paar Schritte hinter mir und passt sich meinem Tempo an, wir schließen zu den letzten Nachzüglern auf, die gerade an Bord gehen. Ich schiebe mein Handy in eine Seitentasche des Rucksacks und werfe ihn mir über die Schulter. Als wir einsteigen, springen die Maschinen an, und wir sind noch auf der Treppe, als die Fähre auch schon ablegt und über das Wasser saust. Am oberen Treppenabsatz trennt sich Jay von mir. Er setzt sich mitten in eine leere Reihe und ich gehe weiter zum schmalen Aussichtsdeck draußen. Auf dieser Seite der Fähre ist nicht viel Betrieb. Die meisten Leute sind auf der anderen Seite und genießen die Aussicht auf die Freiheitsstatue und die Skyline. Außerdem habe ich das äußerste und tiefste Deck gewählt, die meisten halten sich lieber weiter oben auf. Sobald mein Dad mir hierher gefolgt ist, wird Jay sich von irgendwo auf der Fähre ein *Kein Zutritt*-Schild besorgen und es an der Tür, die hier herausführt, anbringen, damit wir ungestört bleiben.

Ich warte und klammere mich an die Reling. Mein Herz schlägt mir bis zum Hals. Ich schaue auf das aufgewühlte Wasser. In unserer Fahrrinne bilden sich weiße Schaumkronen, und ich frage mich, ob ich seekrank werde.

»Liva!«

Ich drehe mich ruckartig um. Mein Vater steht in der Tür. Als er mich sieht, sacken seine Schultern nach unten und Erleichterung macht sich auf seinem Gesicht breit. Während der letzten Woche ist er mindestens um fünfzig Jahre gealtert. Seine Haut ist ganz grau und schlaff, und auf seiner Stirn haben sich tiefe Falten eingegraben. Auf Kinn und Wangen zeichnen sich graue Bartstoppeln ab – ich habe meinen Vater noch nie unrasiert gesehen.

»Liva«, sagt er wieder, mein Name kommt fast in einem Schluchzen aus seinem Mund, und plötzlich läuft er mit ausgestreckten Armen auf mich zu. Er atmet ein, sein ganzer Körper bebt, und dann zieht er mich an sich und drückt mich gegen seine Brust. Er riecht vertraut, teures Parfüm, Kaffee und Bügelstärke. »Oh mein Gott, ich hab mir solche Sorgen gemacht«, murmelt er. Dabei hält er mich immer noch ganz fest und presst seine Lippen auf meine Haare.

Ich rühre mich nicht, bin wie gelähmt. Aber er darf keinen Verdacht schöpfen, also schlinge ich meine Arme um seinen Rücken und erwidere seine Umarmung, während ich mich die ganze Zeit frage, wer dieser Mann eigentlich ist.

»Dad«, sage ich und das Wort bleibt mir fast in der Kehle stecken.

Er legt seine Hände auf meine Oberarme und schiebt mich ein Stück zurück, damit er mir ins Gesicht schauen kann. »Geht es dir gut?«, will er wissen. »Hat dir jemand etwas getan?« Über sein Gesicht huscht eine unbeschreibliche Furcht, als würde er sich das Schlimmste ausmalen. Wahrscheinlich weiß er genau, wie das aussehen könnte.

Ich schüttle den Kopf und hoffe, dass er nicht merkt, wie ich zittere. »Mir geht es gut«, stammele ich. Ich betrachte ihn. Seine blaugrauen Augen, die exakt dieselbe Farbe haben wie meine. Die vertraute Sorgenfalte zwischen seinen Augen, und die Erleichterung und Dankbarkeit, die sich in seinem Blick widerspiegelt, als ihm klar wird, dass mir nichts passiert ist. Wie kann es sein, dass er nicht der ist, den ich so gut kenne? Es ist, als hätte ich gerade herausgefunden, dass in den letzten siebzehn Jahren ein Schauspieler meinen Vater gespielt hat. Er betrachtet mein Gesicht und seiner Erleichterung folgt allmählich Argwohn.

»Warum wolltest du, dass wir uns auf der Fähre treffen?«, will er wissen. Er schaut sich um und streckt seine Hand nach mir aus, als wollte er mich nach drinnen ziehen. »Ich muss dich an einen sicheren Ort bringen.«

»Ich dachte, hier wäre es sicherer als im Fährterminal«, antworte ich und drücke mich gegen die Reling. »Ich hatte es eilig, und das war das Erste, was mir eingefallen ist.«

»Sie sind in die Wohnung eingebrochen. Ich dachte schon, sie haben dich gefunden …« Seine Stimme bricht weg und er atmet hörbar ein.

»Nein. Wir konnten entkommen«, sage ich, während ich ständig an die jungen Frauen aus den Containern denken muss. Die jungen Frauen, die auch fliehen konnten.

»Wir?«, fragt mein Vater, jetzt habe ich seine Aufmerksamkeit.

»Ja«, antworte ich. »Ich bin nicht allein aus dem Polizeirevier geflohen.«

»Wo sind die anderen jetzt?«, sagt mein Vater und blickt sich wachsam um.

»Er ist nicht hier«, antworte ich schnell. Ich muss die Richtung, die unser Gespräch nimmt, ändern, bevor er zu misstrauisch wird. »Warum werde ich verfolgt?«, platze ich deshalb heraus.

Mein Vater betrachtet mich eingehend und setzt dann eine Respekt einflößende Miene auf, die er sonst nur benutzt, wenn er irgendwelche Versammlungen leitet oder seinen Mitarbeitern Anweisungen erteilt. »Ich habe keine Ahnung. Aber wir werden das herausfinden. Und jetzt, wo ich da bin, wird dir niemand mehr etwas tun. Keiner wird dir zu nahe kommen.« Es liegt eine gewisse Schärfe in seiner Stimme. Mir läuft es eiskalt den Rücken hinunter. Denn trotz allem kann ich die Liebe in seinen Worten hören. Die kaum unterdrückte Wut, weil mich jemand verletzen wollte.

»Wer ist Vladimir Demitri Bezrukov?«, frage ich, bevor sich in mir noch ein anderes Gefühl als der Hass ausbreitet, den er verdient.

Mein Vater wird blass. Ganz kurz nur. Seine Gesichtszüge entgleiten ihm und ich sehe die Panik in seinen Augen. Aber dann lässt er die Schotten runter und hat sich wieder im Griff. Er sieht mich halb fragend, halb verwirrt an. Und hinter seinen wachen blauen Augen arbeitet es gewaltig. Er will herausbekommen, was genau ich weiß und wie detailliert meine Kenntnisse sind. »Woher kennst du den Namen?«, fragt er betont gelassen.

»Wer ist das?« Ich lasse nicht locker.

»Ein sehr böser Mann.«

»Ich bin keine sechs mehr«, sage ich leicht genervt.

Mein Vater nickt und fährt sich mit der Zunge über die Lippen. Jetzt wird er mir mehr erzählen. »Er ist die rechte Hand von einem Mann namens Andrei Radchanka, dem Kopf eines weißrussischen Verbrechersyndikats. Er erledigt die Drecksarbeit. Erzählst du mir jetzt, woher du seinen Namen kennst?«

»Hast du etwas mit Menschenhandel zu tun?«, frage ich.

Mein Vater blinzelt zwar, bleibt aber ansonsten vollkommen gelassen. »Ja. Ich arbeite für die Sondereinheit der GRATS.«

»Das meine ich nicht«, sage ich und halte mich an der Reling fest, damit meine Hände nicht länger zittern. »Hast du etwas damit zu tun, dass Menschen in die USA verschoben werden?«

Mein Vater richtet sich auf. Er betrachtet mich so intensiv wie ein Vernehmungsbeamter. Er bohrt seine Augen regelrecht in mich, überlegt seinen nächsten Zug, seine nächste Frage, will aber gleichzeitig nichts preisgeben. »Hat die Polizei dir diesen Floh ins Ohr gesetzt?«, fragt er nach einem kurzen, eisigen Schweigen. »Oder das FBI?«

Ich setze mein Pokergesicht auf, genau wie Felix es mir beigebracht hat.

»Wo bist du die letzten vierundzwanzig Stunden gewesen?«, will mein Vater wissen.

»Du hast meine Frage nicht beantwortet«, sage ich.

Er lächelt angespannt, weicht fast zurück. Der Muskel neben seinem Auge zuckt. Er ist nervös. Da habe ich ihn wohl auf dem falschen Fuß erwischt. »Kaum zu glauben, dass sie meine eigene Tochter gegen mich aufhetzen«, sagt er, geht einen kleinen Schritt zurück und schüttelt betrübt den Kopf. Seine Augen huschen zur Seite und landen blitzschnell bei der Tür, durch die wir gekommen sind. Wahrscheinlich sucht er einen Fluchtweg, und das trifft mich mehr als alles, was er vielleicht noch gesagt oder getan hätte.

»Haben sie nicht«, erwidere ich. »Ich bin aus freien Stücken hier. Das war meine Entscheidung. Hier sind keine FBI-Agenten an Bord.«

Er scannt das Deck, das Wasser und das Dach der Fähre.

»Haben sie dich verkabelt?«

Ich strecke meine Arme aus, als wäre ich an ein Kreuz genagelt, und lade ihn ein, mich abzutasten. Unglaublich, dass er es dann auch wirklich tut. Er macht es zügig, routiniert, und ich muss mich ziemlich beherrschen, um ruhig zu bleiben und ihn nicht von mir zu stoßen. So benimmt sich kein Unschuldiger. Ich komme mir vor, als hätte er mir ein Messer in den Bauch gerammt. Ich kann nicht leugnen, dass da immer noch ein kleiner Funke Hoffnung war, dass sich das alles als ein großer Fehler herausstellt und Agentin Kassel falschlag. Aber als der Blick meines Vaters auf den Rucksack fällt, der zwischen meinen Füßen steht, weiß ich hundertprozentig, dass er Dreck am Stecken hat. Gerade noch rechtzeitig fällt mir das Handy in der Seitentasche ein. Schnell schnappe ich den Rucksack und ziehe den Reißverschluss auf.

»Sie haben ihre Beweise schon, Dad«, sage ich und hoffe, dass meine Worte ihn ablenken. »Sie haben sie mir gezeigt. Fotos, Zeugenaussagen, Bankauszüge.«

»Liva«, sagt mein Dad, und es schwingen tausend Dinge in meinem Namen mit – eine Bitte, ein Fluch, eine Ermahnung, eine Entschuldigung oder sogar ein Lebewohl. Ich habe keine Ahnung, was er tatsächlich meint. Oder was ich mir wünschen würde.

»Was ist das?«, frage ich, während ich das Blatt Papier mit den Zahlenkolonnen aus dem Rucksack ziehe.

Sein Gesicht wird ungesund blass.

»Warum war das in deinem Notfallrucksack?«, bohre ich nach. »Alles andere da drin ist unentbehrlich. Aber wofür brauchst du das?« Ich wedle mit dem Blatt vor seiner Nase herum. »Kontoverbindungen, falls du das Land fluchtartig verlassen musst?«

»Liva«, sagt er beinahe bittend. Aber worum bittet er eigentlich? Darum, dass ich aufhöre? Um mein Verständnis? Dass ich ihm den Rucksack gebe?

»Warum?«, frage ich ihn.

»Es ist nicht so, wie du denkst«, sagt er.

»Warum jagen sie mich dann? Warum mich? Du scheinst nicht so wichtig zu sein. Außer natürlich«, ich lege meinen Kopf zur Seite und lächle traurig, »du bist es doch.«

»Liva«, sagt er durch zusammengebissene Zähne. Jetzt ist sein Tonfall unmissverständlich.

»Die Wahrheit«, fauche ich und ignoriere ihn. »Ich will die Wahrheit wissen.«

»Warum?«, fragt er.

»Weil ich sie verdiene.« Ich funkle ihn an. Hass entsteht so schnell wie Reue. Hass entwickelt sich nicht so langsam wie Liebe, er eröffnet einem keine neuen Perspektiven, durch die man die Welt anders betrachten kann. Hass ergießt sich in einer reißenden Flut aus Zorn und Gewalt, er blendet einen und danach trägt man für immer Narben.

In diesem Moment flammt ein solcher Hass in mir auf, dass ich mich am liebsten auf meinen Vater stürzen und auf ihn einschlagen würde. Am liebsten würde ich ihn in tausend Stücke reißen. Das hat etwas von einem Ende. Sein Ende *und* meins. Und dieses Ende zerstört nicht nur die Gegenwart, es zerstört auch die Vergangenheit, und ich frage mich, ob es jemals eine Zukunft geben wird. Von nun an wird jede Erinnerung, die ich an ihn oder meine Vergangenheit habe, befleckt sein.

Als mein Vater den Hass in meinem Gesicht sieht, zuckt er zusammen, und trotz meines Zorns wird mir klar, dass ich seine einzige Schwachstelle bin. Bestimmt überlegt er gerade fieberhaft, wie er mich festhalten kann, wie er meinen Hass auffangen kann. Er will mich nicht verlieren. Und das ist die einzige Chance, um ihn dazu zu bringen, mir die Wahrheit zu sagen.

»Wenn du mich anlügst, dann schwöre ich bei Gott, dass ich in meinem ganzen Leben kein Wort mehr mit dir reden werde«, fauche ich.

Mein Vater betrachtet mich eingehend, und als ihm klar wird, dass ich nicht bluffe, verlöscht ein Licht in seinen Augen und er erschlafft.

»Das ist einfach ein Geschäft, Liva«, sagt er ruhig. »Menschenhandel wird es immer geben. Ich bin für die Nachfrage nicht verantwortlich.«

Ich starre ihn fassungslos an, mir fehlen die Worte. *Das* soll seine Begründung sein? Ist das seine Entschuldigung?

»Ich bin nur ein Geschäftsmann, der die Gelegenheit beim Schopf gepackt hat«, erklärt er, als würde er irgendwo eine Stunde Volkswirtschaft unterrichten.

Ich schüttle den Kopf. »Versuchst du jetzt ernsthaft, dich dafür zu rechtfertigen, dass du etwas mit einem Menschenhändlerring zu tun hast? Du verkaufst Menschen. MENSCHEN!«, schreie ich.

Er antwortet nicht.

»Warum hast du mich überhaupt allein gelassen?«, dränge ich weiter. Die Frage geht mir schon die ganze Zeit durch den Kopf. Wenn er wusste, dass er seinen Geschäftspartner betrügt, ein Geschäftspartner, der zufälligerweise auch noch ein eiskalter, mörderischer Psychopath ist, warum hat er mich dann schutzlos hier zurückgelassen?

»Ich habe dich nicht ohne Schutz gelassen. Es gab zwei Leute, die das Haus der Goldmans bewachen sollten.«

»Was?«, frage ich.

»Sie wurden ausgeschaltet.« Er sagt das so beiläufig, dass ich ein paar Sekunden brauche, bis ich kapiere, was er damit meint. Sie wurden umgebracht. Einen Moment lang bekomme ich keine Luft. Noch mehr Menschen auf der Liste. Wann wird das endlich aufhören?

»Bezrukov habe ich auch überwachen lassen«, fährt mein Vater fort. »Glaub mir, Liva, ich hätte dich niemals absichtlich einer Gefahr ausgesetzt. Ich musste nach Nigeria. Es ging nicht anders.« Was ihm fast mehr leidzutun scheint als alles andere.

»Warum? Musstest du eine Lieferung Frauen bezahlen?«

Erwischt! Mein Vater zuckt zurück, dann schüttelt er den Kopf und sieht mich traurig an. »Bitte, Liva«, sagt er und streckt vorsichtig seine Hand nach mir aus.

Ich schaue darauf und weiß, das ist die Gelegenheit. Ich sehe ihm in die Augen, er soll glauben, dass ich kurz davor bin, ihm zu vergeben. Dann nicke ich, schlucke den Kloß in meinem Hals hinunter und schiebe meine Hand in seine. Sofort lächelt er erleichtert und hält mich fest, und obwohl mich das alles anwidert, drücke ich seine Hand sogar noch fester. Als ich ihm den Kabelbinder aus dem Notfallrucksack ums Handgelenk schlinge, verrutscht sein Lächeln und in seinem Gesicht macht sich Erstaunen breit.

Kurz ist er vollkommen fassungslos. Verwirrt starrt er auf seine Hand und dann zu mir, ehe er einen Schritt zurückweicht. Dann rührt er sich allerdings nicht weiter vom Fleck und hebt langsam die Hände.

Ich nicke Jay zu, der hinter meinem Vater steht. Wahrscheinlich drückt Jay meinem Vater gerade den Lauf der Glock in den

Rücken. Mein Vater könnte Jay ganz einfach entwaffnen. Schließlich war er früher bei den Marines. Wahrscheinlich könnte er sich sogar im Alleingang durch ein ganzes Bataillon Soldaten kämpfen, aber mein Verrat sitzt zu tief. Außerdem weiß er nicht, wer Jay ist, er kann ihn ja nicht einmal sehen. Jay könnte einer von mehreren FBI-Agenten sein, die uns womöglich von allen Seiten umzingeln.

Bevor er die Lage richtig einschätzen kann, schnappe ich seine Hand und binde sie an der Reling fest. Während ich in seinem Sakko nach seiner Pistole suche, lasse ich ihn nicht aus den Augen. Ich ziehe sie aus dem Schulterholster. Sie ist schussbereit, aber gesichert, was mir zeigt, wie nervös er war. Ich lege den Sicherungshebel um und schiebe sie in den Rucksack. Jay bleibt dicht hinter meinem Vater, verdeckt mit dem Rücken aber die Glasscheibe an der Tür, weil er seine Waffe vor den Blicken zufällig vorbeikommender Touristen verbergen will.

Ich beuge mich zum Rucksack, ziehe mein Handy heraus und halte es an mein Ohr. »Haben Sie das mitbekommen?«, frage ich.

Jemand antwortet mit Ja, allerdings nicht Kassel. Ich lege auf. Der Gesichtsausdruck meines Vaters ist wie versteinert, seine Lippen werden ganz schmal. Es sieht aus, als wollte er etwas sagen, was er sich aber verkneift.

Als ich mein Handy zurück in den Rucksack stecke, reagiert mein Vater. Er tritt so heftig dagegen, dass er weit über das Deck schlittert, und wirft sich gleichzeitig nach hinten auf Jay, der gegen eine Sitzreihe knallt. Noch bevor Jay wieder auf die Beine kommt, wirbelt mein Vater herum und tritt ihm die Pistole aus der Hand. Sie schrammt die Reling entlang und fällt hinab in die Wellen. Jay macht einen Satz nach vorn, und als mein Vater ihm seinen Ellenbogen ins Gesicht rammt, schreie ich auf. Er fällt der Länge nach hin und blutet aus einer Platzwunde über dem Auge.

Jetzt habe ich nur noch eine Möglichkeit. Ich stürze mich auf meinen Rucksack, ziehe ihn zu mir und zerre panisch am Reißverschluss. Ein kurzer Blick zu meinem Vater, und ich sehe, wie er in sein Sakko greift und schon im nächsten Moment blitzt eine Klinge auf, mit der er die Plastikhandschellen durchtrennt, die ihn bis jetzt an der Reling festgehalten haben. Gleichzeitig schließt sich meine Hand um den Griff der Pistole und ich ziehe sie heraus.

Als ich sie spanne und eine Kugel in das Patronenlager fällt, sieht mein Vater überrascht auf. Jay ist inzwischen wieder auf den Beinen und wischt sich mit dem Arm das Blut aus dem Gesicht. Ich stehe langsam auf und ziele mit der Waffe direkt auf die Brust meines Vaters. Er ist kurz verunsichert, schneidet dann aber weiter und ignoriert die Gefahr, denn er vertraut darauf, dass ich nicht auf ihn schießen werde.

Eine Sache, die Felix mir über das Pokern beigebracht hat, ist folgende: Am besten spielt man, wenn der Gegner einen unterschätzt, wenn er glaubt, dass er jeden deiner Bluffs erkennt und genau weiß, welche Karten du in der Hand hältst. Gestern kannte mich mein Vater noch. Aber heute hat er keine Ahnung mehr, wer ich bin.

Ich atme aus, ziele zehn Zentimeter weiter nach links oben und dann drücke ich ab. Die Pistole hat einen Schalldämpfer, der die Kugel verlangsamt, ich habe auf die Schulter meines Vaters gezielt, und die Kugel trifft genau dort und reißt ein Loch in seinen Anzug und die Muskeln.

Mein Vater wird von der Wucht des Einschlags nach hinten geschleudert und ihm fliegt das Messer aus der Hand, das unter die Sitze rutscht. Zitternd nehme ich die Waffe nach unten und ignoriere Jay, der mich total schockiert anstarrt. Seine Arme hängen schlaff herunter und ihm strömt noch immer Blut übers Gesicht. Mein Vater beißt die Zähne zusammen und krümmt sich. Auf seiner Stirn bilden sich Schweißperlen. Mit der freien Hand drückt er auf die Wunde, sein Blut tränkt den Ärmel seines Anzugs.

»Halt mal, Jay«, sage ich und reiche ihm die Pistole meines Vaters.

Jay nimmt sie wortlos und dreht sich zu meinem Vater. Diesmal achtet er darauf, dass er außer Trittweite ist. Er wischt sich das Blut aus dem Gesicht, versucht es zumindest.

Ich hole das Seil aus dem Rucksack und binde meinen Vater mit den kompliziertesten Knoten, die Felix mir je beigebracht hat, an die Reling. Als ich das Seil festziehe, stöhnt mein Vater vor Schmerzen, aber ich beachte ihn nicht. Ich weigere mich, ihn anzusehen. Ich kann es nicht.

Als ich fertig bin, keuche ich regelrecht. Ich gehe einen Schritt zurück, und erst dann schaue ich zu meinem Vater. Es wird das letzte Mal sein, dass ich das tue. Ich fixiere ihn, ohne zu blinzeln, bis er versteht, dass er mich nie wieder zu Gesicht bekommen wird. Da beugt er seinen Kopf und sinkt zu Boden.

41

Über Lautsprecher wird verkündet, dass wir gleich auf Staten Island anlegen. Jay nimmt meine Hand und zieht mich sanft von meinem Vater weg durch die Tür. Ich kann kaum meinen Blick von ihm wenden, wie er mit nach oben gebundenem Arm zusammengekauert dasitzt, aber dann fällt die Tür zu und er ist weg.

Jay atmet heftig durch die Zähne, und als ich mich zu ihm drehe, zucke ich zusammen. Mein Vater hat ihm eine knapp drei Zentimeter lange Platzwunde verpasst. Die Wunde zieht sich fast bis zur Narbe, die durch seine Augenbraue geht.

»Tut mir leid«, murmle ich und lege meine Hände um sein Gesicht, um die Verletzung genauer zu untersuchen.

Jay zuckt mit den Schultern und lächelt schwach. »War ja nicht dein Ellenbogen, der in meinem Gesicht gelandet ist.« Er schiebt uns unter die Treppe, damit uns keiner sieht, und ich knie mich hin und wühle in meinem Rucksack. Ich verstecke die Pistole und ziehe den zusammengeknäulten NYPD-Pulli heraus. Ich schütte etwas Wasser aus der Flasche über den Ärmel und wische damit das Blut ab. Als ich fest gegen die Wunde drücke, um den Blutfluss zu stoppen, flucht Jay unterdrückt.

Die Maschinen werden ausgeschaltet. Wir legen an. Alle Passagiere werden zum Aussteigen aufgefordert. Jay und ich drücken uns tiefer in unser Versteck und mir ist, als würde mir die Zeit wie Sand durch die Finger rieseln.

Ich atme tief ein und blicke Jay in die Augen, den Pulli drücke ich noch immer gegen seine Stirn, obwohl die Blutung inzwischen gestillt ist. »Bist du so weit?«, frage ich. Sobald das FBI einen Fuß auf die Fähre setzt, wird Jay verhaftet werden. Und diese Tatsache macht das Ganze leider kein bisschen leichter.

Jay starrt mich an und nickt. Ich habe einen Knoten im Bauch und würde am liebsten weinen. Als ich meinen Arm sinken lasse, nimmt er ihn und zieht mich an sich. Er legt seine Hände hinter meinen Nacken und betrachtet mich entschlossen, fast besitzergreifend. Seine Lippen sind leicht geöffnet. Es ist, als wollte er mir tausend Dinge sagen, könnte aber nicht die richtigen Worte finden. Doch das ist nicht wichtig. Ich muss diese Worte jetzt nicht hören. Er muss überhaupt nichts sagen. Ich verstehe ihn auch so.

»Alles wird gut«, sagt er zu mir und lehnt seine Stirn gegen meine. »Alles wird gut«, wiederholt er. Und dann küsst er mich – ein fester, entschlossener Kuss, den ich nie vergessen werde – und lässt mich schließlich los.

»Ich werde jemanden finden, der dir hilft«, sage ich.

Er nickt, aber ich weiß, dass er sich nicht allzu große Hoffnungen macht. Und wahrscheinlich hat er recht. Warum sollte mir bei diesem Vater irgendjemand helfen? Da hat sich leider eine Tür für mich geschlossen. Hoffnungslosigkeit und Verzweiflung machen sich breit und zwingen mich fast in die Knie. Das ist alles zu viel. Ich kann nicht mehr.

Die Passagiere werden ein letztes Mal zum Aussteigen aufgefordert. Die Lautsprecherdurchsage übertönt fast das Klingeln eines Handys. Jay und ich schauen uns verwundert um. Irgendwann kapiert Jay, dass es sein eigenes Handy ist, und zieht es aus seiner Hosentasche. Er starrt es an, als wäre es ein Ufo.

Jay drückt es gegen sein Ohr. »Hallo?« Dann lauscht er. »Ja, ich bin gerade bei ihr«, sagt er und schaut kurz zu mir. Ich sehe ihn fragend an. Mit wem spricht er da? Plötzlich ist Jay wieder ganz verkrampft und alles Blut weicht aus seinem Gesicht. »Was?«, sagt er. »Wann?«

Furcht schlägt ihre Krallen in mich.

Jay schließt die Augen und schwankt leicht.

»Was ist los?«, frage ich.

Er drückt das Handy immer noch an sein Ohr und sieht mich an, als wäre ich ein Gespenst. »Die haben Risa entführt«, sagt er.

»Wer ist es?«, frage ich, obwohl ich die Antwort schon kenne. Die Einzigen, denen Jay diese Nummer geben würde, wären Yoyo oder Risa.

»Teo hat den Blades von uns erzählt. Und die haben es den Russen erzählt, die gleich nach Risa gesucht haben. Heute Morgen. Sie haben Yoyo gesagt, dass er mir was ausrichten soll.«

Mir bleibt die Luft weg. »Was soll er dir ausrichten?«, frage ich. Ich kann mir zwar denken, worum es geht, will es aber von ihm hören.

Am anderen Ende der Leitung schreit Yoyo noch immer herum und brüllt Jay etwas ins Ohr. Jay lässt seinen Arm mit dem Handy sinken und stiert mich an. »Sie wollen sie gegen dich austauschen.«

Als die Information bei mir ankommt, fühle ich nicht wirklich etwas. Mir ist eiskalt. Ich nehme Jay das Handy aus der Hand. Yoyo schreit noch immer wie wahnsinnig.

»Yoyo, ich bin's. Liva«, sage ich.

Da fängt er hemmungslos an zu weinen und redet gleichzeitig los, aber so schnell, dass ich kaum mitkomme.

»Hör mal, beruhige dich. Sag das noch einmal. Wo und wann?«, frage ich und wühle in meinem Rucksack nach Notizblock und Stift.

Ich schreibe auf, was er sagt, lege dann auf und gebe Jay sein Handy zurück. Mir ist jede meiner Bewegungen vollkommen bewusst. Mein Körper läuft auf Autopilot. Ich fühle mich zwar wie betäubt, aber mein Verstand ist überraschend wach.

»Wir müssen dem FBI Bescheid geben«, meint Jay und schaut über meine Schulter. »Wir brauchen Hilfe.«

»Nein«, sage ich, mache den Reißverschluss zu und schultere den Rucksack.

»Was soll das denn heißen?«, fragt Jay.

»Sie wollen, dass wir alleine kommen. Was sie auch kontrollieren werden. Beim kleinsten Anzeichen, dass uns jemand folgt, bringen sie Risa um.«

»Aber –«

Ich schüttele den Kopf und nehme seine Hand. Wir müssen uns verstecken. Plötzlich donnern Dutzende Füße die Metalltreppe herunter. Scheiße. Wir müssen weiter, aber Jay steht noch immer wie angewurzelt da.

»Jay«, knurre ich ihn an, »vertraue mir.«

Er will etwas erwidern, doch dann nickt er bloß und wir rennen los. Gerade als wir um die Ecke biegen, strömt eine Horde blau gekleideter FBI-Agenten über die Treppe an Deck. Die Tür scheppert gegen die Metallwand, es klingt wie eine Totenglocke, und dann brüllt jemand, dass sie ihn gefunden haben, und ein

Zweiter ruft nach einem Arzt. Jay und ich joggen zum anderen Ende der Fähre und gehen zum Ausstieg.

Wir schlingen die Arme umeinander und tun, als wären wir ein schwerstverliebtes Teenagerpärchen, und so schaffen wir es an den am Ausgang positionierten FBI-Agenten vorbei. Jay pikt mich in die Seite, damit ich kreische, und er zischt mir zu, dass ich lachen soll. Seinen Kopf beugt er ganz dicht zu meinem, damit uns auch sein blutverschmiertes Gesicht nicht verrät.

Auf der Straße bleibe ich stehen. Wie kommt man am schnellsten von hier zur 125. Straße? Ich kenne mich in Manhattan nicht gut genug aus. Mein Kopf ist gerade völlig leer. Da stellt sich Jay plötzlich vor mich und versperrt mir den Weg.

»Das kannst du nicht machen, Liva«, sagt er.

»Doch, das kann ich«, erwidere ich. »Du warst doch derjenige, Jay, der mir gesagt hat, dass das Leben ungerecht ist und ich nicht verhindern kann, dass anderen Leuten alles Mögliche passiert. Okay, akzeptiert. Aber das hier kann ich nicht akzeptieren. Weil ich es nämlich verhindern kann. Also werde ich gehen.«

Und dann marschiere ich los. Ich muss ein Taxi finden.

Jay lässt sich nicht abschütteln. »Warte«, sagt er. »Warte doch mal. Lass uns einen Plan machen.«

Ich laufe weiter. Er packt mich an der Schulter. »Wo sollen wir sie treffen?«

»125. Straße. Am Bahngleis stadtauswärts.«

»Und sie glauben, dass ich dich gegen deinen Willen dorthin bringe, richtig?«

Ich zucke mit den Schultern. »Wahrscheinlich.«

Jay verzieht das Gesicht; seine Hände hat er zu Fäusten geballt und sein Körper zittert förmlich vor Energie. Er sieht sich um. Da ist eine Taxischlange, die am Terminal vorbeikriecht. Ich laufe nach vorn. Mir bleibt eine Stunde, um dort hinzukommen. Das schaffe ich nie!

»Was, wenn sie herausfinden, dass dein Vater gerade festgenommen wurde?«, sagt Jay, der natürlich mitbekommen hat, wo ich hinwill, und mir wieder den Weg abschneidet.

Ich mache einen Schritt um ihn herum. »Dann nutze ich ihnen nichts mehr und Marisa auch nicht. Also hoffen wir mal, dass sie das noch nicht gehört haben und auch nicht werden. Nicht, bis du Marisa zurückhast.«

Jay hat sich vor die Taxitür gestellt. »Ich werde nicht zulassen, dass du mit ihnen gehst«, sagt er.

»Das ist nicht deine Entscheidung«, erwidere ich.

Dagegen kann er nichts einwenden. Ich beuge mich an ihm vorbei zum Türgriff, aber er hält meine Hand fest.

»Lass los!«, schreie ich.

»Nein«, sagt er und zieht mich weg. »Uns bleibt eine Stunde, um dort hinzukommen. Und du brauchst jemanden, der gut Auto fährt.«

Und noch bevor ich irgendetwas erwidern kann, rennt er bereits in die entgegengesetzte Richtung und zerrt mich mit sich. Ich will ihn schon fragen, was er eigentlich vorhat, denn es fühlt sich gar nicht gut an, aber dann sehe ich die vier abgedunkelten Limousinen, die mit weit geöffneten Türen beim Eingang des Terminals verlassen dastehen. FBI-Autos. Und jetzt weiß ich genau, was er vorhat.

Ich bleibe abrupt stehen. Jay sieht mich ungeduldig an. »Wir haben nicht mehr viel Zeit«, sagt er.

Ich blicke kurz über meine Schulter. »Du kannst doch kein FBI-Auto klauen!«, fauche ich. »Dort drüben stehen in nicht mal zwanzig Metern Entfernung zwei Agenten«, füge ich hinzu und bete, dass sie nicht zu uns schauen.

»Kein Problem«, sagt Jay und geht direkt auf sie zu, während ich überrascht zurückbleibe. Noch während er weiterläuft, dreht er sich zu mir und nickt mit dem Kopf zu dem Wagen, der mir am nächsten ist.

Oh Gott. Jetzt wendet er sich wieder zu den Agenten und rennt auf sie zu. Er deutet auf sein blutiges Gesicht und sagt etwas. Dann zeigt er zum Fähranleger. Die beiden Agenten werfen sich kurz einen Blick zu und spurten dann an Jay vorbei die Stufen hinauf. Er wartet einen Augenblick und kommt zu mir zurück.

»Steig ein!«, ruft er und hechtet auf den Fahrersitz.

Als Jay mir erzählt hat, dass Autofahren wie eine Art Flucht für ihn ist, war mir nicht klar, wie viel Wahres in seinen Worten steckte. Er fährt wie jemand, der dem Tod höchstpersönlich davonlaufen will. Das Gaspedal ist permanent durchgetreten und mir bleibt nichts anderes übrig, als mich gut festzuhalten und ein Stoßgebet zum Himmel zu schicken.

Jay wird selbst dann nicht langsamer, als vor uns eine lange Autokolonne auftaucht. Er fährt einfach mit zwei Reifen auf den Gehweg und überholt rechts. Das Hupkonzert, das uns begleitet, ignoriert er geflissentlich.

»Bestimmt werden wir bald von der Polizei angehalten«, rufe ich über das Gehupe hinweg.

»Dafür müssen sie uns erst einmal erwischen«, antwortet er.

Als wir wieder mit allen vier Rädern auf der Straße fahren und er uns über eine Kreuzung lenkt, ist er vollkommen konzentriert.

Endlich auf der Schnellstraße angelangt, wechselt er geschmeidig immer wieder die Spur und wirft ständig einen Blick in den Rückspiegel. Jay stellt den Polizeifunk ein, für mich klingt das wie Kauderwelsch, aber er scheint irgendwelche Schlüsse daraus zu ziehen und fährt bei der nächsten Gelegenheit ab. Wir holpern über eine Rampe, kurven durch kleine Seitenstraßen und fahren dann wieder zurück auf die Schnellstraße, die uns zur Brooklyn Bridge bringt.

Ich schaue nach oben zum Fußgängerweg, der jetzt voller Menschen ist, und zu den Stahlseilen, die sich gegen einen unverschämt blauen Himmel abzeichnen. Dann liegt die Brücke auch schon wieder hinter uns, und wir sind in Manhattan.

Eine Straßenkreuzung weiter geraten wir in einen Stau. Nichts geht mehr. Jay versucht es linksherum, dann rechts, aber es ist einfach nicht genug Platz, gegen das Verkehrschaos von Manhattan sind wir machtlos. Jay schlägt fluchend gegen das Lenkrad. Er schaut in den Rückspiegel und überlegt. Ich mache mich auf alles gefasst, als er auch schon das Lenkrad herumreißt. Wir werden auf den Gehweg katapultiert und landen fast im Schaufenster eines Bagel-Ladens. Jay zieht die Handbremse und öffnet die Fahrertür.

»Beeil dich«, ruft er und winkt mich ungeduldig raus.

Nervös gurte ich mich los. Dann reiße ich meine Tür auf, schnappe den Rucksack, springe aus dem Auto und renne zu ihm. Der Besitzer des Bagel-Ladens ist bereits lauthals protestierend nach draußen gestürmt, aber Jay wirft ihm einfach den

Autoschlüssel zu, schnappt meine Hand und zieht mich die Straße entlang.

»Wohin gehen wir?«, frage ich außer Atem, meine Brust schmerzt und mir fällt das Laufen schwer.

»U-Bahn«, sagt er und schaut stur geradeaus.

Dieses Mal springen wir beide über das Drehkreuz. Jay lässt meine Hand dabei nicht los, und als wir drüber sind, zieht er mich zu den Zügen, die stadtauswärts fahren. Wir nehmen die nächste Bahn. Es ist ein Schnellzug und er ist brechend voll. Es gibt keine Sitzplätze mehr. Jay hält sich an der Metallstange über unseren Köpfen fest und zieht mich mit der anderen Hand zu sich. Ich lehne mich gegen ihn, sein Kinn ruht auf meinem Kopf, ich schließe die Augen und atme seinen Duft ein. Ich darf mich nicht ablenken lassen, deshalb konzentriere ich mich auf meine Atmung, ein und aus, ein und aus.

Ich gehe die Haltestellen durch. An der 116. Straße stelle ich mich auf die Zehenspitzen und halte mich an Jays Schultern fest. »Kümmere dich nur um Marisa, okay?«, flüstere ich in sein Ohr. »Hol sie und verschwinde.«

Jay antwortet nicht. Er legt seinen Arm um mich und drückt mich wieder an seine Brust, dabei hält er mich so fest, als wollte er mich nie mehr loslassen.

Die Haltestelle an der 125. Straße ist nicht besonders belebt. Wir steigen aus. Jay packt mich am Arm. Er spielt seine Rolle und tut so, als würde er mich gegen meinen Willen hierherbringen. Er hat sich den Rucksack aufgesetzt.

Wir entdecken sie sofort. Sie stehen zwanzig Meter entfernt und haben Marisa zwischen sich eingekeilt. Sie zittert am ganzen Körper und ihre Augen sind vor Furcht weit aufgerissen, lange kann sie sich bestimmt nicht mehr zusammennehmen. Als sie uns sieht, keucht sie kurz auf, doch sie wimmert, als Bezrukov ihr einen Stoß verpasst. Jay ist in Alarmbereitschaft und atmet hörbar aus.

Sie scheint unverletzt; zumindest gibt es keine sichtbaren Schürfwunden oder blaue Flecken. Dann sehe ich Metall aufblitzen. Bezrukov drückt ihr eine Pistole in den Rücken. Er hat sie nur ganz leicht bewegt, absichtlich, damit wir sie sehen können, als dreiste Warnung. Heute trägt er nicht mehr die Polizeiuniform, aber ich hätte ihn auch so überall wiedererkannt. Seine gletscherblauen Augen sind selbst aus der Entfernung unverkennbar. Sein Begleiter ist kleiner, untersetzt, hat dichtes braunes Haar und eine vernarbte Haut, und seine Nase sieht aus, als wäre sie aus Teig geknetet.

Wir stehen ihnen gegenüber und einen kurzen Augenblick lang, der sich wie eine Ewigkeit anfühlt, rührt sich keiner von uns. Ein Zug fährt rumpelnd in die Station, und das Geräusch geht mir durch Mark und Bein. Wahrscheinlich liegen meine Nerven blank.

Ich lasse den Mann, der Marisa festhält, keine Sekunde aus den Augen und höre, wie sich die Türen der Bahn zischend öffnen. Menschen strömen heraus und gehen an uns vorbei die Treppe hoch, sie bemerken gar nicht, dass wir wie festgefroren dastehen.

Der Mann, der Marisa hält, nickt in Richtung Zug.

Jay und ich gehen seitwärts zur nächstgelegenen Tür und steigen ein.

Kurz bevor die Türen zuschlagen, folgen uns die drei. Marisa ist noch immer zwischen ihnen eingeklemmt und hat die Schultern hochgezogen. Jetzt trennt uns nur noch ein halber Waggon.

Es ist voll, alle Sitzplätze sind belegt. Ungefähr ein halbes Dutzend Fahrgäste stehen im Gang zwischen den Sitzen und halten sich an den Stangen über ihren Köpfen fest. Als der Zug kreischend und rumpelnd in den Tunnel fährt, werden wir gut durchgerüttelt.

An einem Ende des Waggons schlägt ein Mann auf eine selbst gebaute Trommel. Der metallische Klang dröhnt in meinem Schädel. Mein Herz schlägt im Takt. Meine Hände sind dermaßen feucht, dass ich sie an meinem Kleid abwische. Jay hat mich so fest gepackt, dass es wehtut, aber dieser Schmerz ist das Einzige, was mir irgendwie real vorkommt.

Was sollen wir jetzt tun? Müssten sie Marisa jetzt nicht gehen lassen? Am liebsten würde ich mich zu Jay umdrehen. Er drückt sich gegen mich und ich kann seinen brettharten, flachen Bauch spüren. Das genügt, um mich ruhiger werden zu lassen.

Der Typ, der nicht Bezrukov ist und Marisa am Oberarm hält, nickt auf einmal unwirsch mit dem Kopf. Er will, dass ich zu ihnen komme. Ich linse kurz zu Jay. Er hält mich immer noch fest und ich muss mich regelrecht losreißen. Diesmal drehe ich mich nicht mehr zu ihm um. Ich darf ihn nicht ansehen. Ich gehe einfach vorwärts, dränge mich an den Leuten vorbei und bleibe kurz vor Marisa stehen. Sie starrt mit schreckgeweiteten Augen zu mir und kann ihre Tränen kaum zurückhalten. Ich lächle zaghaft, will sie davon überzeugen, dass alles ein gutes Ende nimmt, aber sie lächelt nicht zurück. Sie wimmert unterdrückt und ich schaue auf.

Bezrukov hinter ihr beobachtet mich, und als er meine volle

Aufmerksamkeit hat, lässt er seinen Blick so über meinen Körper wandern, dass mir ganz anders wird. Auf seinem Gesicht macht sich ein Lächeln breit, und ich muss mich heftig zusammenreißen, damit ich nicht zurück zu Jay renne.

Sobald die nächste Haltestelle in Sicht kommt, bremst die U-Bahn ab, und ich taumle nach vorn und halte mich gerade noch rechtzeitig fest. Die Türen öffnen sich und ein Dutzend Leute steigen aus, die uns keines Blickes würdigen. Ich beobachte Bezrukov. Was haben sie vor? Wollen sie bis zur Endstation hier drinbleiben?

Der zweite Mann, der mit den braunen Haaren und der Kartoffelnase, nimmt Marisa und führt sie zur Tür. Er schubst sie auf den Bahnsteig, sie strauchelt und kommt heftig zitternd zum Stehen. Sie steht mit dem Rücken zu uns und rührt sich nicht vom Fleck, dabei hält sie den Kopf gesenkt, als würde sie auf ihre Exekution warten. Dann schließen sich die Türen und ich atme erleichtert auf. Sie ist in Sicherheit. Sie ist frei. Als wir abfahren, sehe ich durch das U-Bahn-Fenster, wie sie sich langsam umdreht, immer noch geduckt, als erwarte sie, dass der Typ mit der Pistole nach wie vor hinter ihr steht, aber als ihr klar wird, dass sie allein ist, greift sie sich ans Herz, und dann fahren wir in den Tunnel und einen Augenblick später ist sie verschwunden.

42

Ich drehe mich zu dem Mann mit den tödlich blauen Augen. Bezrukov. Er lächelt breit, seine nikotingelben Zähne blitzen. In mir macht sich Angst breit.

Der andere Typ kommt zu uns und gibt Bezrukov ein Zeichen. Ich sehe mich um. Jay hat sich nicht von der Stelle gerührt. Sie dachten, er würde mit Marisa aussteigen. Jetzt fragen sie sich wahrscheinlich, was er vorhat. Genau wie ich.

Bezrukov ruckt mit dem Kopf, er will, dass ich mich in Bewegung setze. Was ich auch tue. Ich stelle mich schräg vor ihn und er drückt mir die Pistole gegen die Hüfte. Mir läuft ein Schauer über den Rücken, das darf doch alles nicht wahr sein! Bezrukov zieht mich mit seiner freien Hand näher zu sich, jetzt drückt die Mündung der Pistole gegen meinen Knochen. Eine eindeutige Drohung, damit ich keine Aufmerksamkeit auf mich lenke oder etwas tue, was mich oder irgendjemand anderen hier im Zug das Leben kosten würde. Ich lasse meinen Blick durch den Waggon schweifen. Die meisten sind an der letzten Haltestelle ausgestiegen; noch ungefähr zwanzig Fahrgäste sind übrig, die sich alle gekonnt ignorieren. Ein paar lehnen an den verkratzten Fenstern und dösen, andere wiegen sich im Takt der Musik aus ihren Kopfhörern. Der Typ mit der Trommel ist auch noch da.

Er schlägt einen stürmischen Rhythmus, der genau wie mein Herz gerade seinen Höhepunkt erreicht.

Und dann schaue ich wieder zu Jay. Zögernd macht er einen Schritt auf mich zu, er starrt entsetzt auf die Pistole. Stumm befehle ich ihm, keinen Schritt weiterzugehen. Und er gehorcht. Wir halten für eine kleine Ewigkeit unseren Blick, und dann flackern über uns die Lichter und gehen aus, sodass wir plötzlich in Dunkelheit getaucht sind und ewig durch einen Tunnel brausen.

An der nächsten Haltestelle tauscht sich Bezrukov kurz auf Russisch mit seinem Partner aus. Ich kann ihn einigermaßen verstehen. Es geht um ein Auto, das auf sie wartet – auf *uns* wartet. Sie schubsen mich aus dem Zug. Mein Körper will nicht, meine Muskeln sind aus Stein.

Während sie mich aus dem Waggon zerren, drehe ich meinen Kopf und schaue nach Jay. Er rührt sich nicht. Er wird nicht aussteigen. Ein Teil von mir will vor Erleichterung aufschreien, aber ein anderer Teil, der größere, würde am liebsten seinen Namen rufen und hofft, dass er doch noch kommt. Dieser Teil fühlt sich betrogen, weil Jay bleibt, wo er ist.

Bezrukov hat seine Hand auf meine Schulter gelegt, die Pistole bohrt er in meine Seite. Sie ziehen mich den Bahnsteig entlang. Ich will noch einen letzten Blick auf Jay erhaschen, aber der Zug fährt ab und sie treiben mich Richtung Treppe.

Ich werde panisch und wehre mich jetzt trotz der Pistole. Hektisch schaue ich mich um. Gibt es denn niemanden, der mir helfen kann? Ich werde auf keinen Fall mit ihnen gehen. Und in das Auto steige ich erst recht nicht! Ich erinnere mich noch deutlich an die Worte meines Vaters, als ich nicht viel größer als ein Kleinkind war. Er hat mich immer davor gewarnt, unter keinen Umständen mit einem Entführer in sein Auto zu steigen. Davor gibt es immer noch eine Chance, aber ab dem Moment, wenn man im Auto sitzt, ist es vorbei. Ich bleibe abrupt stehen, und als Bezrukov sich unwirsch zu mir dreht und weiterdrängt, kratze ich mit den Fingernägeln über seine Wange, balle die Hände und drücke ihm meine Knöchel in die Augen.

Er heult auf, und wie aus dem Nichts schießt seine Faust vor und donnert gegen meine Schläfe, sodass ich fast k.o. gehe. Die Welt um mich herum explodiert und ich sehe kleine Funken. Ich werde aufgefangen und nach oben gezogen, und in meinen Ohren dröhnt es so laut, dass ich kaum etwas höre, aber da ist es wieder. Ein Rufen.

»Lasst sie los!«

Bezrukov, dem Blut die Wange herunterläuft, wo ich ihm mit meinen Nägeln die Haut aufgerissen habe, zerrt mich herum, und dann sehe ich ihn am anderen Ende des Bahnsteigs stehen.

»Jay«, flüstere ich, sein Name ist ein Schluchzen.

Er steht neben einem Metallträger, der ihn halb verdeckt. Er hat die Pistole gezückt, hält sie im Anschlag und zielt auf Bezrukovs Kopf. Mir wird fast schwindelig vor Freude, weil er mich nicht im Stich gelassen hat, aber die Freude weicht schnell einem lähmenden Grauen.

»Nimm die Pistole runter«, sagt Bezrukov mit heftigem Akzent. Er selbst nimmt seine Pistole von meinem Rücken und drückt sie mir gegen das Ohr. Ich wimmere unwillkürlich, beiße mir dann aber auf die Zunge. »Wenn du abdrückst, töten wir sie«, sagt er. »Und danach dich.«

Jay schüttelt den Kopf und lässt Bezrukov nicht aus den Augen. »Ihr braucht sie. Ihr werdet sie nicht töten«, antwortet er.

Bezrukov seufzt und murrt unterdrückt.

»Euch ist klar, wen ihr da habt, oder?«, ruft Jay.

Bezrukov wirft dem anderen Typen, der kichern muss, einen finsteren Blick zu, murmelt irgendetwas auf Russisch und zielt schließlich mit seiner Waffe auf Jay.

»Ja, das wissen wir«, sagt er. »Daniel Harveys Tochter.«

»Nein, genau genommen habt ihr Rambo«, sagt Jay, während sein Blick auf meinen trifft.

Ich weiß genau, was er vorhat. Aber noch wichtiger, ich weiß genau, was ich tun soll. Ich nicke so vorsichtig, dass man es kaum als Nicken bezeichnen kann. Und in dem Augenblick als Jay abdrückt, werfe ich mich zur Seite. Als der Knall durch die Station hallt, ramme ich meine Fäuste in Bezrukovs Schritt.

Bezrukov taumelt schreiend nach vorn und ich rapple mich auf. Der andere Typ feuert auf Jay, der sich hinter dem Stahlträger duckt. »Lauf!«, schreit er.

Kurz stehe ich da und bin unfähig, mich zu rühren. Ich kann ihn nicht einfach hier zurücklassen. Aber dann wird mir klar, dass es die einzige Möglichkeit ist, sie abzulenken, die einzige Möglichkeit, ihn zu retten, wenn ich genau das tue. Also ducke ich mich und laufe los.

Ich komme vielleicht zehn Meter weit, dann pralle ich gegen etwas, das sich wie ein Güterzug anfühlt, und segle durch die Luft. Mit dem linken Arm und der Schulter krache ich gegen eine Säule und falle dann so nah an die Kante des Bahnsteigs, dass ich die Gleise summen höre. Um meinen Fußknöchel legt sich eine Hand, und ich trete um mich und treffe etwas Hartes, jemand jault überrascht auf. Das hat gesessen. Der Griff um meinen Knöchel lockert sich und ich komme auf die Füße. Bezrukov hievt sich auf die Knie und macht einen Satz auf mich zu, aus seiner Nase schießt Blut. Doch ich weiche ihm aus.

Bezrukovs Partner pirscht sich an Jay heran und feuert ununterbrochen. Die Kugeln zischen nur so an dem schmalen Stahlträger vorbei, hinter dem Jay Deckung gesucht hat. Einmal schießt er geduckt zurück, aber seine Kugel verfehlt ihr Ziel. Und dann ist der Typ bei ihm und zielt aus kürzester Entfernung.

Plötzlich wird die Station von einem Donnergrollen erfüllt. Ein Zug nähert sich. Ich will zu Jay, aber Bezrukov versperrt mir den Weg. Als ich an ihm vorbeirennen will, stellt er sich rasch vor mich und lächelt siegesgewiss.

»Jay!«, brülle ich.

Der Typ bei Jay ist kurz abgelenkt und schaut zu mir, und Jay nutzt den Moment und rammt ihm den Kopf in den Magen, sodass sie beide hinfallen. Jays Gegner ist allerdings schwerer, er rollt sich auf ihn und nimmt Jay in den Schwitzkasten. Irgendwann hat er ihn an die Bahnsteigkante bugsiert.

Plötzlich hört man über das Rumpeln des Zuges das Pfeifen eines Schusses, das die gekachelten Wände entlang hallt. Jay erschlafft, und der andere Typ bricht über ihm zusammen und rutscht dann von ihm herunter. Mir bleibt fast das Herz stehen. Ich stoße ein kehliges Schluchzen aus, das im Lärm des Zuges untergeht. Ich spüre, dass Bezrukov sich zu mir gedreht hat und mich angrinst, aber ich kann meinen Blick nicht von Jays schlaffem Körper losreißen.

Er ist tot. Er ist tot. Jay ist tot. Was soll das alles hier? Meine Beine geben nach, ich breche auf dem Bahnsteig zusammen, fühle mich selbst völlig leblos. Das donnernde Brausen des Zugs füllt meinen Kopf, jede Faser meines Körpers wird davon erfasst, und als Bezrukov vor mir auftaucht und seinen Arm nach mir ausstreckt, starre ich nur auf das kalte Metall in seiner Hand und will auch sterben. Ich will, dass dieser Albtraum endlich ein Ende hat. Ich habe genug. Es ist mir völlig egal, dass Bezrukov jetzt seine Finger in meinen Arm krallt und mich hochzieht, und ich wehre mich auch nicht, als er mich zur Treppe schleppt. Ich schaue zurück zu Jay, mag meinen Blick nicht von ihm lösen, und dann fange ich an zu weinen.

Aber was war das? Hat er sich gerade bewegt? Ich blinzele. Da! Jays Bein zuckt. Er rollt sich auf die Seite, kommt unsicher auf die Füße. Ich atme ein, und der Schmerz in meiner Brust verschwindet. Er lebt! Er hält noch immer die Pistole fest und starrt auf Bezrukovs Partner, der neben ihm liegt und sich nicht mehr rührt. Und da kapiere ich, dass Jay ihn erschossen hat.

Bezrukov wirbelt herum, entdeckt Jay und flucht auf Russisch. Er lässt mich los und zielt auf ihn. Mit meinem ganzen Gewicht werfe ich mich gegen ihn, und die Kugel verfehlt ihr Ziel. Jay springt hinter eine Säule, Bezrukov stößt mich mit dem Ellenbogen zur Seite und feuert noch ein zweites Mal. Die Kugel prallt mit einem Knall von der Wand, der von dem einfahrenden Zug, der quietschend zum Stehen kommt, übertönt wird.

Er spuckt eine Hand voll Passagiere aus, einschließlich einer Frau, die laut losschreit, als sie die Leiche in der Blutlache entdeckt. Jetzt schreien auch andere und drängen sich um den Toten. Bezrukov schäumt vor Wut und macht einen Satz auf mich zu. Ich schaue ein letztes Mal den Bahnsteig hinunter, und dann renne ich los. Aber da die Treppe unerreichbar für mich ist, laufe ich in die andere Richtung, zum Eingang des Tunnels.

43

Am Ende des Bahnsteigs gibt es eine Absperrung aus Metall. Ich springe darüber und stoße mir heftig mein Knie, was ich aber nur als dumpfen Schlag wahrnehme. Dann mache ich einen Satz auf die Gleise und renne. Hinter mir pfeifen Schüsse. Einer. Zwei. Drei. Ich zähle die Kugeln, und mir ist, als würde ich von jeder einzelnen getroffen. Dann höre ich Schreie. Ist das Jay, der schießt? Oder wird auf ihn geschossen? Ist er verletzt? Oh Gott. Oh Gott. Ich stolpere über einen Backstein, kann mich aber fangen und laufe weiter, immer wieder strauchle ich über hölzerne Bahnschwellen und Gleise. Bis auf ein paar Lichter der nächsten U-Bahn-Station ist es kohlrabenschwarz.

Hinter mir sind Schritte, die schnell näher kommen. Als ich an einem weiteren Backstein hängen bleibe, unterdrücke ich ein Schluchzen. Ich höre überdeutlich meinen Atem, er rasselt in meiner Brust.

Links verläuft ein Bahngleis und fünfzig Meter weiter drüben auch. Durch das Licht, das durch die Backsteinbögen fällt, sehe ich hier und da Schienen glänzen, es sieht fast so aus, als würden sie von selbst leuchten.

Hier unten ist es heiß und stickig, es riecht faulig. Ich bekomme nicht genügend Luft.

Trotzdem laufe ich weiter und schaue dabei immer wieder nach hinten. Über den Schienen knistern Funken und kurz ist da eine dunkle Gestalt. Ich laufe schneller. Zu meiner Rechten öffnet sich ein zweiter Tunnel, gerade groß genug, dass ein Mensch durchpasst. Der Eingang ist leicht zu übersehen. Ich hechte hinein.

Hier drinnen ist es stockdunkel und klamm. Meine Füße versinken sofort in Dreck und Müll. Ich stütze mich an der Wand ab, die sich moosig anfühlt. Irgendetwas huscht neben mir durch die Dunkelheit.

Ich rutsche die Wand hinunter und mache mich so klein wie möglich. Hoffentlich rennt Bezrukov einfach an mir vorbei. Schritte hallen den Tunnel entlang, sie kommen näher. Schwer zu sagen, wie weit sie noch weg sind, weil jedes Geräusch eigenartig von den Tunnelwänden widerhallt. Außerdem rumpeln ständig irgendwelche Züge über und unter mir.

Ich schließe die Augen und schicke ein Stoßgebet zum Himmel. Wirklich gebetet habe ich schon jahrelang nicht mehr, aber jetzt bete ich zu Gott, dass es Jay gut geht. Im Stillen schließe ich einen Pakt mit Gott und verspreche, dass ich alles tun werde, jedes Leid auf mich nehmen werde, wenn es Jay nur gut geht. Inzwischen müsste doch längst jemand die Polizei gerufen haben, oder? Wo stecken die bloß?

Die Schritte werden langsamer, jemand bleibt stehen. Ich warte, atme nicht. Was auch immer in diesem Tunnel hier herumhuscht, schnüffelt gerade an meinem Fuß, ich spüre winzige Krallen und Schnurrhaare, die über meine Haut streichen, und mir wird übel. Ich unterdrücke einen Schrei. Wie lange bin ich jetzt schon hier? Plötzlich braust ein Zug vorbei und der Boden unter meinen Füßen vibriert. Die Ratte quiekt und verzieht sich in die hinterste Nische meines Verstecks. Ich spähe ihr angestrengt nach. Sollte ich es auch dort entlang versuchen?

Die Entscheidung wird mir abgenommen.

Bezrukov steht am Tunneleingang. Sein Gesicht sieht aus wie eine Halloweenmaske, es ist blutüberströmt. Als er mich so im Dreck kauern sieht, leuchten seine Augen auf. Instinktiv weiß ich, dass es ihn befriedigt, wie ich mich hier zusammengekauert verstecke.

Ich stehe auf, diese Art von Befriedigung werde ich ihm garantiert nicht verschaffen. Er lächelt mich an, es ist dieses schmallippige, unheimliche Lächeln, das mir das Blut in den Adern gefrieren lässt. Ich tue so, als wollte ich mich an ihm vorbeistürzen, stürme dann aber nach hinten und folge der Ratte in die Dunkelheit. Doch Bezrukov ist schneller. Mit einer Hand greift er nach meinem Kleid, mit der anderen nach meinem Pferdeschwanz, und dann zerrt er mich aus meinem Versteck.

Meine Nägel kratzen nutzlos über die Backsteine, ich finde keinen Halt. Also trete ich um mich und schreie und drehe und wende mich, aber es ist zwecklos. Er ist so viel stärker als ich. Ich werde panisch und grabe meine Zähne in seine Hand.

Er brüllt und rammt mir seine Faust gegen die Schläfe. Blitze schießen durch mein Hirn und bohren sich in meine Augen. Ich taumle gegen ihn und habe einen sauren Geschmack im Mund. Dann krache ich gegen die Wand und kann plötzlich nicht mehr atmen. Seine Finger umschließen meine Kehle. Ich würge. Mein Blut pulsiert laut in meinem Kopf. Aber meine Schläge sind vergeblich. Er lächelt einfach weiter.

Dann hebt er die Pistole und presst sie mir gegen die Stirn.

Ich starre ihm fest in die Augen. Wenn ich schon sterbe, werde ich ihm bestimmt nicht zeigen, dass ich Angst habe. Diese Genugtuung gebe ich ihm nicht.

Die Welt um mich herum verschwimmt an ihren Rändern, der Tunnel schrumpft. Durch den Mangel an Sauerstoff schlägt mein Herz wie verrückt. Mein Körper schmerzt. Doch dann lässt er plötzlich locker und ich sauge Luft in mich – stickige, widerliche Luft, aber immerhin Luft, und ich fülle meine Lungen, und der Tunnel wird wieder weiter und das Rumpeln der Züge übertönt das Dröhnen in meinem Kopf.

»Nein«, sagt er. »Warum sollte ich so ein hübsches Gesicht zerstören? Lebend bringst du mir viel mehr.«

Er packt mein Handgelenk und zieht mich mit sich. Ich wehre mich, aber meine Schreie werden von einem vorbeifahrenden Zug geschluckt. Von den Schienen sprühen Funken, die wie ein Feuerrad um Bezrukovs Kopf tanzen. Er wartet, bis der letzte Waggon vorbeigefahren ist, und zieht mich dann weg von meinem Versteck über die Gleise und tiefer in die Dunkelheit.

»Waffe auf den Boden.«

Bezrukov erstarrt. Ich hole Luft.

»Waffe auf den Boden, habe ich gesagt«, wiederholt Jay.

Er steht hinter Bezrukov, verschmilzt mit dem Schwarz, trotzdem erkenne ich, dass er dem Russen etwas in den Nacken drückt.

Ein paar Sekunden später lässt Bezrukov mich los. Jay stößt fester und Bezrukov stolpert nach vorn, während seine Pistole scheppernd zu Boden fällt. Ich hebe sie auf, und meine Hände zittern, als hätte ich jegliche Kontrolle über meine Muskeln verloren.

»Und jetzt vorwärts«, blafft Jay den Russen an und schubst ihn die Gleise entlang, über die wir gerade hergekommen sind. Ich sehe kurz zu Jay. Sein linker Arm blutet und hängt schlaff nach unten. Er wurde getroffen, aber er lebt. Am liebsten würde ich losheulen. Stattdessen nehme ich Jays Hand und halte die Pistole den ganzen Weg auf Bezrukov gerichtet.

44

»Habe ich das richtig verstanden?«, fragt Agentin Kassel. »Den ersten Kerl hast du erschossen, und Bezrukov hast du mit einem Türstopper in Schach gehalten?«

»Ja.« Jay nickt, und als der Notarzt ihm eine Kompresse auf den Arm drückt, zuckt er zusammen. »Mir ist die Munition ausgegangen. Da habe ich das Erste genommen, was ich im Rucksack finden konnte.«

Er sieht kurz zu mir. Ich sitze auf den Treppenstufen zum Bahngleis und beobachte alles, was um mich herum passiert. Irgendwann hat jemand eine Decke um meine Schultern gelegt. Ich bin blutverschmiert. Mit Jays Blut.

Die Notärzte haben mich untersucht und Entwarnung gegeben, zumindest was meine körperliche Verfassung betrifft. Ich habe zwar überall blaue Flecken, der frischeste ist der an meiner Schläfe, als Bezrukov mich geschlagen hat, und um mein Knie, mit dem ich gegen die Absperrung gestoßen bin, hat sich ein fetter Bluterguss gebildet – aber das spüre ich kaum. Ein Notarzt weicht nicht von meiner Seite. Wahrscheinlich haben sie Angst, dass ich durch den erlittenen Schock ohnmächtig werde. Aber ich rühre mich keinen Zentimeter vom Fleck, bis Jay mitkommen kann. Ich lasse ihn nicht aus den Augen. Sie haben sein

T-Shirt aufgeschnitten, damit sie seinen Arm behandeln können. Die Sanitäter wollten uns direkt zur Notaufnahme bringen, aber das FBI bestand darauf, dass wir zuerst alles Schritt für Schritt mit ihnen durchgehen und dass wir daher hier behandelt werden.

Jay sieht zu mir und lächelt, aber sein Lächeln erreicht nicht seine Augen. Wahrscheinlich haben wir beide einfach zu viel gesehen. Oder vielleicht liegt es ja auch daran, dass wir nicht wissen, was als Nächstes geschehen wird. Zwischen uns fliegen unzählige stumme Worte hin und her. Ich wünschte so sehr, dass ich zu ihm gehen, mich an ihn schmiegen und ihm sagen könnte, dass alles gut wird, genauso, wie er es auf der Fähre getan hat, aber gerade als ich aufstehen will, setzt sich Agent Parker neben mich und seufzt.

»Geht es dir gut?«, fragt er.

Ich schaue kurz zu ihm.

»Was du heute gemacht hast, war wirklich mutig. Dumm, aber mutig. Du hast einer Menge Menschen geholfen, einer Menge Mädchen.«

Ich sage nichts.

»Bezrukov wird lebenslänglich bekommen. Er hat Glück, dass es in New York keine Todesstrafe gibt, sonst würde er direkt auf dem elektrischen Stuhl landen.«

Ich ziehe die Decke enger um mich.

Eine Weile sagt auch Agent Parker nichts. »Und falls es dich interessiert, gegen deinen Vater wird Anklage erhoben. Er wird nicht gegen Kaution freikommen.«

»Und Marisa und Jays Mutter?«, frage ich und habe Probleme, meine Stimme wiederzufinden. »Wie geht es ihnen?«

»Alles in Ordnung, denen geht es gut. Sie sind beide schon wieder zu Hause. Jaimes Mutter wurde verständigt und mit deiner hat auch schon jemand gesprochen. Sie ist auf dem Weg hierher.«

Das muss ich erst einmal verdauen. Was wird jetzt mit mir geschehen? Muss ich zurück in den Oman? Als ich zu Jay blicke, wird mir klar, dass es egal ist, was mit mir passiert, Hauptsache, ich kann ihm irgendwie helfen.

Da tritt jemand vor mich und versperrt mir die Sicht. Ich schaue auf. Es ist Agentin Kassel. Und obwohl ich natürlich weiß, dass sie für all das hier nichts kann, funkele ich sie wütend an.

»Liva«, sagt sie, »wir müssen dich und Jaime für eure Zeugenaussagen noch einmal mitnehmen.«

Ich nicke. »Okay, in Ordnung«, sage ich. »Aber was ist mit Jay? Nehmen Sie ihn wirklich wieder fest?«

»Tut mir leid, Liva«, sagt Agentin Kassel, »Anklage ist Anklage. Sobald wir seine Zeugenaussage haben, werden wir ihn an die New Yorker Polizei überstellen.«

Ich werfe ihr einen finsteren Blick zu. Sie weiß, was ich von ihren Arbeitsmethoden halte.

45

Wegen etwas, das sie Zuständigkeitsbereich nennen, werden wir für unsere Zeugenaussagen zum nächsten Polizeirevier gebracht, obwohl wir die ja schon in der U-Bahn-Station gemacht haben. Anscheinend müssen irgendwelche Vorschriften erfüllt werden. Das Polizeirevier ist irgendwo in Harlem, und vom Dach aus kann man bis zum Central Park sehen.

Nach meiner dritten Zeugenaussage habe ich mich entschuldigt, ich müsse zur Toilette, habe ich gesagt, und bin über den Notausgang hier aufs Dach geflüchtet. Ich wollte nicht dabei sein, wenn sie Jay abführen. Ich habe ihnen haarklein erzählt, was er getan hat, um mich zu retten, um Marisa zu retten und um Bezrukov zu fangen, aber das schien ihnen vollkommen egal zu sein. Und der Frust ist nur schwer zu ertragen. Jetzt kann ich nur noch warten, bis meine Mutter hier auftaucht, und hoffen, dass sie ihm hilft. Aber da ist eine leise Stimme in meinem Kopf, die mir zuflüstert, dass sie das nicht tun wird. Wahrscheinlich wird sie vollkommen hysterisch – und außerdem darf sie in den Staaten sowieso nicht als Anwältin arbeiten. Sie wird sich damit herausreden, dass ihr die Hände gebunden sind. Ich sehe es förmlich vor mir. Ich beiße die Zähne zusammen. Kann es sein, dass Jay nach allem, was wir getan haben, nach allem, was er getan hat, trotzdem ins Gefängnis muss?

Ich stehe barfuß an der Dachkante, der Asphalt brennt unter meinen Zehen wie heißer Teer. Aus einem Entlüftungsschacht steigt warme Luft und strömt zu mir. Ich glaube fast, wenn ich mich nach vorn beuge, würde der Luftstrom mich tragen. Ich schwanke und bin dermaßen müde, dass es an Irrsinn grenzt, hier zu balancieren. Aber ich schaffe es nicht, von der Kante zurückzutreten.

Mein Gehirn läuft auf Hochtouren, weil ich versuche, die Ereignisse der letzten dreißig Stunden zusammenzubringen und meiner Angst nachspüre. Aber da ist nichts. Die Angst ist verschwunden. Vorsichtig taste ich nach meinen anderen Gefühlen. Bin ich noch immer wie betäubt? Nein. Da ist ein anhaltender Schmerz in meiner Brust, als wäre ich von einer Kugel getroffen worden, die sich einen Weg in mein Herz gebahnt hat. Schmerz und Trauer und Schuld und Kummer treffen aufeinander. Ich glaube nicht, dass diese Gefühle jemals verschwinden werden. Jedes Mal, wenn ich abends zu Bett gehe, jedes Mal, wenn ich meinen Nachnamen nenne, und jedes Mal, wenn ich erkläre, wer mein Vater ist, werde ich durch dieses Meer aus Erinnerungen waten müssen. Momentan mag ich an meinen Vater nicht einmal denken. Ich schließe die Augen und mir fällt ein, was Jay gesagt hat.

Du kannst nicht durch dein Leben gehen und dich ständig für die Entscheidungen der anderen verantwortlich fühlen. Leichter gesagt als getan. Als Jay an meiner Seite war und mir in die Augen sah, war es um einiges leichter.

Nein, wiederhole ich wie ein Mantra. Nichts davon lag in

meiner Hand. Selbst mein Leben liegt nur zum Teil in meiner Hand. Das Einzige, was ich wirklich tun kann, ist, mich ganz zu öffnen und alle Facetten des Lebens zu akzeptieren. Unnachgiebig zu sein. Ich werde nicht aufgeben, nicht nachdem so viele Menschen keine Chance hatten.

Hinter mir geht die Tür auf. Ich wusste, dass sie mich irgendwann finden. Seufzend drehe ich mich um. Aber dort ist gar nicht Agentin Kassel. Es ist Jay.

»Ich wusste, dass ich dich hier oben finde«, sagt er.

Sprachlos starre ich ihn an. Er trägt ein FBI-Shirt. Der Verband an seinem Arm ist blutdurchtränkt, und die Platzwunde über seinem Auge wurde gesäubert und geklammert. »Was machst du hier?«, frage ich schließlich und ringe nach Luft.

»Nach dir sehen«, sagt er und kommt zu mir. Er bewegt sich vorsichtig, als wäre sein ganzer Körper wund.

»Sie haben mir gesagt, dass du vor Gericht kommst«, sage ich und recke meinen Hals, weil ich eigentlich mit einem Polizisten rechne, der ihn mit Handschellen zu sich winkt. Ist er gekommen, um mir Lebewohl zu sagen? Mein Herz tut weh, als wäre es auch ganz wund. Es wäre leichter, wenn er einfach gegangen wäre. Das ist einer der Gründe, warum ich auf dem Dach bin. Damit ich mich nicht verabschieden muss. Das bringe ich nicht fertig.

»Ist schon erledigt«, sagt er und ist im nächsten Moment bei mir.

»Was machst du dann hier?«, will ich wissen. Bitte, fass mich nicht an, denke ich. Das ertrage ich nicht, nicht wo ich weiß, dass es das letzte Mal sein wird.

Jay lächelt und zieht mich vom Rand des Daches weg. »Du

meinst, statt einen sexy orangefarbenen Gefängnisoverall anzuziehen und mich auf den Weg zum Bezirksgefängnis zu machen?«

»Ja.«

Er legt die Arme um mich. »Sie haben Anklage gegen mich erhoben und mich gehen lassen.«

Ich sehe ihn verwirrt an. »Dich gehen lassen?«

Er grinst mich schief an. »Ja. Sie haben alle Anklagepunkte fallen lassen. Weil ich ein Held bin.«

Ungläubig ziehe ich die Augenbraue nach oben. Dann erfüllt mich eine gewisse Leichtigkeit. »Ein Held?«, sage ich und lächle zurück.

»Ja, wusstest du das nicht?«

Ich lache und schüttle den Kopf.

Gespielt verärgert kneift er die Augen zusammen und zieht mich näher zu sich.

»Aber eins weiß ich«, sage ich, während sein Blick auf meine Lippen fällt.

»Ja? Was denn?«, fragt er und ist in Gedanken schon ganz woanders.

Ich hole tief Luft und mir ist, als wäre ich im freien Fall.

»Du hattest recht«, sage ich.

Jay sieht mich fragend an.

Ich stelle mich auf die Zehenspitzen, und meine Lippen sind seinen ganz nah. »Es lohnt sich *tatsächlich.*«

Danksagung

Mein herzlicher Dank geht an folgende Menschen:

Lauren, die mir eine Geschichte erzählt hat, in der die New Yorker U-Bahn eine Rolle spielte, weshalb ich Lust darauf bekam, sie auch in meiner Geschichte vorkommen zu lassen. Und auch dafür, dass du mit mir auf Entdeckungstour durch die Stadt gelatscht bist. Ich hatte schon lange nicht mehr so viel Spaß.

Kent und Tara, die uns ihr fantastisches Haus in Brooklyn zur Verfügung gestellt haben, inklusive ihrer Hühner und dem besten Kaffee der Welt.

John und Alula, wie immer, dafür dass ihr da seid und mir eure Liebe schenkt.

Nicola J für das frühe Feedback.

Jaime Burnell für alle Informationen über Security.

Daniella Burr für den mexikanischen Slang und die Übersetzung – du rockst, Schwester.

Craig, der mit seiner Akupunktur mein Hirn auf Hochleistung gebracht hat.

Vic und Nic für eure ständige Unterstützung und Begeisterung, die ihr für jeden Satz aufbringt, den ich schreibe.

Meine Eltern, die mir den Reisevirus weitergegeben haben.

Amanda, der besten Agentin auf diesem Planeten.

Ellie, Venetia und allen anderen bei Simon & Schuster für die Schwerstarbeit, die ihr geleistet habt, und eure Unterstützung.

Informationen zu Menschenhandel

Der Handel mit Menschen, mit dem Ziel, sie sexuell auszubeuten, ist eines der schlimmsten Verbrechen auf diesem Planeten. Zurzeit sind 2,4 Millionen Menschen davon betroffen, und zwar hauptsächlich Mädchen und Frauen.

Es gibt viele Bücher, in denen von Menschen erzählt wird, die Opfer von Menschenhandel wurden. Ich bitte euch dringend, sie zu lesen, so viel wie möglich daraus zu lernen und dann eure Stimme zu erheben, denn nur wenn jeder immer wieder seine Meinung sagt, kann sich etwas ändern.

Falls ihr mehr lesen wollt, sind folgende Bücher sehr empfehlenswert: *Verkauft* von Patricia McCormick und *Sklavenhandel heute. Die dunkelste Seite der Globalisierung* von David Batstone.

LESEPROBE

„Kisses & Lies" von Julie Cross

Es ist ja nicht so, als hätte ich noch nie ein Mädchen oben ohne gesehen. Ich meine, ich bin selbst eins. Nicht oben ohne. Also, jetzt jedenfalls nicht. Aber ich bin ein Mädchen.

Allerdings ist es nicht gerade normal, dass ein halb nacktes Mädchen in unserer Wohngegend um sechs Uhr morgens schreiend Klamotten vom Nachbarbalkon wirft.

Von meinem Balkon aus beobachte ich, wie eine Handvoll grauer und marineblauer Klamotten im Pool landet, direkt vor Mrs Olsen, die gerade seitlich ihre Bahnen zieht. Die alte Dame hält an, blickt auf und entdeckt die halb nackte Blonde. Entsetzt springt sie so schnell aus dem Pool, wie eine über Siebzigjährige springen kann.

»Willst du mir vielleicht noch was anderes geben, das ich anziehen soll?«, schnauzt die Blonde die Person in der Nachbarwohnung an, die sie so aufgebracht hat. Die neuen Nachbarn sind gestern eingezogen, während ich eine Wurzelbehandlung überstanden und fast den ganzen Tag mit Schmerzmitteln vollgepumpt verschlafen habe.

»Ganz genau! Bleib ruhig hier drin! Ist mir völlig egal! Ein schönes Leben noch!« Das Mädchen marschiert zurück in das Apartment, und ein paar Sekunden später höre ich die Wohnungstür zuknallen. In einem hastig übergeworfenen, blauen Sommerkleid poltert sie die Treppe hinunter. Ich bleibe in Deckung, bis sie mit quietschenden Reifen vom Parkplatz fährt, dann schleiche ich auf Zehenspitzen zur Wohnungstür – um meine Schwester und ihren Freund nicht zu wecken, die nur an Samstagen nicht um sechs Uhr aufstehen müssen – und gehe hinunter zum Pool. Wenn die halb nackte Blonde nicht so schnell verschwunden wäre, hätte ich mich bei ihr bedankt. Ich warte schon seit zwanzig Minuten darauf, dass Mrs Olsen endlich aus dem Pool kommt. Jetzt gehört er nur mir.

Ich beuge mich hinunter und fische die Klamotten aus dem Wasser, die nicht weit vom Beckenrand im Pool treiben. Ein graues T-Shirt – Herrengröße M. Ein marineblaues T-Shirt – Herrengröße M. Zwei marineblaue Shorts.

»Äh … tut mir leid deswegen.«

Die nassen Shorts rutschen mir aus den Fingern, und ich schaue hoch, das heißt, ich blinzele im Sonnenlicht zu einer großen, schattenhaften, männlichen Gestalt hinauf. Ich starre auf die braunen nackten Füße, dann erlaube ich meinem Blick, ‚nordwärts zu wandern. Der Waschbrettbauch lenkt mich einen Moment ab, und ich bücke mich erneut nach den nassen Shorts und lasse sie platschend auf seine Zehen fallen, bevor ich mich aufrichte.

»Hast du irgendwas gegen Farben?«, frage ich.

Jetzt, da ich stehe, kann ich meinen neuen Nachbarn endlich genauer unter die Lupe nehmen. Ich hatte jemanden erwartet, der älter ist, aber Mr Ich-trage-nur-Sporthosen-weil-ich-Bauchmuskeln-aus-Stahl-habe ist definitiv eher ein Junge als ein Mann.

Er runzelt die Stirn. »Farben?«

»Ja, so was wie Rot, Grün, Orange. Oder Rosa, falls du drauf stehst.«

»Ach so.« Er zuckt mit den Schultern. »Hab noch nie darüber nachgedacht.«

Der Typ bückt sich, um die tropfnassen Klamotten von seinen Füßen aufzuheben, und schenkt mir dann ein Grinsen mit zwei perfekten Grübchen. Ich verschränke die Arme vor der Brust – ich vertraue niemandem mit Grübchen – und warte darauf, dass er mir irgendeine Art Erklärung anbietet. Als er das nicht tut, fordere ich ihn dazu heraus.

»Läuft das jetzt immer so ab? Sollte ich morgen vielleicht meinen Kescher mitbringen? Ich könnte auch die Hausverwaltung bitten, eine Poledance-Stange aufzustellen. Wenn deine Freundin hier noch mal in ihrem Kostüm auftaucht, könnte sie doch gleich für ein wenig Unterhaltung sorgen.«

Der Typ schüttelt den Kopf, und zu meiner großen Überraschung wird er rot. Er schaut kurz zum Parkplatz, wo die halb nackte Blonde gerade davongebraust ist, und dann wieder zu mir. »Ich bin nicht … ich meine, sie ist nicht …« Seufzend gibt er sich geschlagen.

»Was ist los?«, hake ich nach. »Stehst du etwa nicht auf Mädchen oben ohne?«

»Wäre das so ein großes Verbrechen? Abgesehen davon kenne ich sie nicht einmal.«

»So was soll vorkommen.« Ich tue so, als würde ich angestrengt nachdenken. »Hattest du möglicherweise irgendeine chemische Substanz in deinem Blutkreislauf, als du sie kennengelernt hast? Das könnte den Gedächtnisverlust erklären.«

Normalerweise würde ich jetzt noch die Augen verdrehen und den Typen insgeheim als Arschloch betiteln, aber mein neuer Nachbar hat etwas fast Kindliches und Unschuldiges an sich. Als er seine Füße neben mir aufgepflanzt und sich gebückt hat, um seine nassen Klamotten aufzuheben, war es noch nicht da gewesen. Aber seine Reaktion, nachdem ich das halbnackte Mädchen erwähnt habe, lässt mich aufhorchen. So etwas macht mich neugierig. Als das Mädchen Mrs Olsen verschreckt hat, war mein Interesse natürlich schon geweckt. Aber dann ist es schnell wieder langweilig geworden. Ein One-Night-Stand unter Alkoholeinfluss, der wie viele andere falsch interpretiert wurde.

Doch jetzt würde ich nur zu gern wissen, wie die beiden zueinander stehen oder standen. Aber mein weiser und dummer Vater – ja, man kann beides sein – hat mir schon vor langer Zeit beigebracht, nie meine Karten aufzudecken und immer ein Pokerface zu behalten.

Anstatt also meinen heißen Nachbarn weiter mit Fragen zu löchern, werfe ich mein Badetuch auf den nächstbesten Stuhl und springe in den Pool. Als ich wieder auftauche, erlaube ich mir nur einen winzigen Blick in seine Richtung. Er steht immer noch da, mit seinen tropfenden Klamotten in der Hand und halb offenem Mund. Ich zwinge mich zu einem übertriebenen Freistil, wobei ich für diese frühe Tageszeit viel zu schnell schwimme. Eine Minute später trottet mein Nachbar wieder die Treppe hoch.

Ich mache eine Pause am flachen Ende des Pools und lache in mich hinein. Doch als ich zu der leeren Treppe in der einsamen Wohnanlage aufschaue, frage ich mich unwillkürlich, ob das der

Grund sein könnte, warum ich an meiner neuen Schule keine Freunde gefunden habe.

Bis auf Simon.

Mein einziger Freund an der Holden Prep. Vielleicht der einzige wahre Freund in meinem ganzen Leben.

»Hey, Kleine!«

Ich tauche aus meinem Selbstmitleid auf und schaue zu einer hochgewachsenen, dunkelhäutigen Gestalt empor, die am Beckenrand steht. »Hey, Ace.«

Aidan, der Freund meiner Schwester, ignoriert, dass ich seinen Decknamen benutzt habe. Er wirft sein Handtuch auf einen leeren Stuhl und springt am tiefen Ende in den Pool. Ich sehe ihm ein wenig neidisch dabei zu, wie er die ganze Bahn durchschwimmt, ohne einmal Luft zu holen, bis er schließlich auf magische Weise neben mir auftaucht. Während der letzten sechs bis acht Monate ist es mir immer schwerer gefallen, mein Pokerface Aidan gegenüber aufrechtzuerhalten. Wie zum Beweis mustert er mich und liest dabei offenbar meine Gedanken. »Vor ein paar Monaten konntest du noch nicht einmal schwimmen, Ellie.«

Vor ein paar Monaten bin ich in diesen Pool gefallen und wäre fast ertrunken. Ich verenge die Augen zu Schlitzen. »Das weiß ich.«

Er grinst mich an, doch seine Miene ist überhaupt nicht mit dem falschen Grübchen-Grinsen unseres neuen Nachbarn vergleichbar. »Hab Geduld, Grünschnabel. Du musst noch viel lernen.« Er schlägt mit der Hand auf die Wasseroberfläche, sodass mir eine Welle direkt ins Gesicht spritzt. »Aber du wirst es nicht weit bringen, wenn du deinen faulen Hintern nur hier auf den

Stufen ausruhst. Vier Bahnen reichen nicht als Training. Und erzähl mir nicht, dass du bloß nach L. A. gezogen bist, um Sonnenbäder zu nehmen.«

»Virginia ist nicht L. A., soweit ich weiß. Außerdem hatte ich gestern eine verdammte Wurzelbehandlung! Und du bringst dieses ganze Rumspionieren echt auf ein völlig neues Level, Ace.«

»Beim Secret Service gibt es keine Spione«, korrigiert er mich. »Und ja, ich habe dich schwimmen sehen.« Er spritzt noch mehr Wasser in meine Richtung, wahrscheinlich um mich anzustacheln. »Und ich hab auch gesehen, wie du unseren neuen Nachbarn vergrault hast. Gut gemacht! Ein Junge weniger, den ich verscheuchen muss, Eleanor.«

Ich beiße die Zähne zusammen, als ich meinen vollen Namen höre. Damit will er mir nur heimzahlen, dass ich die ganze Zeit seinen Secret-Service-Ohrstöpsel-Namen benutze. »Glaubst du, ich hätte etwas sanfter mit ihm umgehen sollen?«

»Nein.« Aidan wirft einen kurzen Blick auf den Balkon neben unserem. »Miles kommt damit sicher klar.«

»Miles?« Ich hebe eine Augenbraue. »Du hast ihn schon kennengelernt? Hat er irgendeinen Aufpasser?«

Aidan wirft mir seinen schönsten Ich-bin-erwachsen-und-weiß-deshalb-mehr-als-du-Blick zu. »Glaubst du etwa, ich würde auch nur irgendjemanden, der hier neu einzieht, nicht überprüfen?«

Mit »überprüfen« meint er genaue Nachforschungen über die Vorgeschichte, einen Backgroundcheck, auch in Bezug auf mögliche Vorstrafen. Nur was meine Schwester und mich betrifft, ist Aidan erstaunlicherweise ziemlich tolerant.

»Du besitzt offenbar die Fähigkeit, dir die Vorschriften zurechtzubiegen, sonst hättest du dich wohl kaum auf Harper und mich eingelassen.«

»Das ist eine weitere Lektion, die du noch lernen musst«, erwidert Aidan. »Du und ich, wir sind gar nicht so verschieden. Wir haben beide ein feines Gespür dafür, Kleinigkeiten zu bemerken, und wir sind Experten darin, Geheimnisse zu bewahren.«

»Heißt es deshalb Secret Service?«, scherze ich, denn ich bin nicht sicher, was ich mit der Vorstellung anfangen soll, dass Aidan irgendwas mit mir oder Harper gemeinsam haben könnte. Er ist der Inbegriff des Guten. Meine Familie ist das Gegenteil davon. »Ich habe mich schon immer gefragt, woher der Name kommt.«

Er verdreht die Augen. »Wir wissen beide, dass du Miles Beckett im Schlaf um den Finger hättest wickeln können. Aber das hast du nicht.«

Er sagt das, als würde es mir leichtfallen, alles einfach über den Haufen zu werfen, was mir mein ganzes Leben lang beigebracht wurde, und nur noch nach diesem neuen Mantra zu handeln. Ich meine, ich bin froh, dass ich die Leute nicht mehr betrügen muss. Genau wie meine ältere Schwester bin ich hier, weil ich dieses Leben nicht mehr führen will. Aber von Zeit zu Zeit – wenn ich zum Beispiel bei Best Buy bin und der Typ, der eine »Diagnose« meines Laptop-Problems stellen soll, mich wie ein ahnungsloses Mädchen abzocken will –, dann muss ich mich wirklich zusammenreißen, ihm nicht das Gegenteil zu beweisen und auf den Teil von mir zurückzugreifen, den ich mit meinem alten Nachnamen hinter mir gelassen habe.

Aidan ist militärischer eingestellt, als er zugeben will, und unser Gespräch endet an dieser Stelle, weil er der Meinung ist, dass ich endlich meinen faulen Hintern bewegen soll. Es ist bereits September und der Pool wird bald winterfest gemacht. Also schwimme ich und schwimme und schwimme, bis die Worte meines Vaters nur noch als geisterhafte Erinnerung zurückbleiben – dass Schwimmstunden bloß etwas für Kinder mit einer Sozialversicherungsnummer sind. Für Kinder, die länger als sechs Monate an einem Ort wohnen.

Ich zähle die Bahnen gar nicht mehr mit – wahrscheinlich sind es mehr, als ich jemals bei einer Trainingsstunde geschafft habe –, aber als ich schließlich aufhöre zu schwimmen, ist nicht mehr nur Aidan mit mir im Pool. Miles Beckett hat anscheinend genug Kisten ausgepackt, um seine Badehose zu finden, und kommt jetzt im perfekten Schmetterlingsstil auf mich zu. Er hält neben mir am Beckenrand an – wobei er kaum außer Atem ist – und mustert mich, als hätte ich ihn nicht vor weniger als einer Stunde zum Erröten gebracht.

»Du solltest an deinem Schwimmstil arbeiten.«

Ich pruste los. »Du solltest an deinen One-Night-Stands arbeiten.« Ich verpasse seine Reaktion, weil ich Aidan lachen höre. Ich hatte ganz vergessen, dass er auch noch da ist.

»Na komm schon, Miss Sunshine.« Aidan nickt in Richtung unseres Apartments. »Deine Schwester wollte Waffeln machen.«

»Und das hast du zugelassen?« Ich klettere aus dem Pool. »Kaum zu glauben, dass Leute dich einstellen, um Menschen zu beschützen und Leben zu retten.«

»Du kannst dich gern anschließen«, sagt Aidan zu Miles.

»Tu das lieber nicht, glaub mir.« Ich schlinge mir mein Handtuch um die Hüfte und klopfe mir selbst auf die Schulter. Tägliche Bürgerpflicht? Erledigt! Ich nicke Aidan zu. »So rettet man Leben.«

Ich bin schon halb die Treppe hoch, als ich hinter mir höre: »War nett, dich kennenzulernen, Eleanor Ames.«

Was zum …? Ich bleibe stehen, drehe mich langsam um und schaue zu meinem neuen Nachbarn hinunter. »Ich kann mich nicht erinnern, dass ich mich vorgestellt habe.«

Sein Grinsen ist mir nur allzu vertraut. So glotzen Typen, die mich anmachen wollen (das heißt Typen, die mir an die Wäsche wollen). »Sieht so aus, als wärst du hier berühmt-berüchtigt.«

»Ist das so?« Ich lache in mich hinein. Wie süß. Er hat keine Ahnung, wie berüchtigt ich wirklich bin. Oder besser gesagt, meine Familie. »Ich bin sicher, dass alles, was du gehört hast, absolut wahr ist.«

Aidan hat mich eingeholt und versucht, seine Belustigung nicht zu zeigen. »Das war ja ein Knaller.«

»Was soll's. Ich begegne unseren Nachbarn sowieso nicht oft, vor allem seit die Schule letzte Woche wieder angefangen hat.« Ich zucke mit den Schultern.

»Er geht an die Holden.« Aidan klingt jetzt wieder ernster, seine Hand liegt auf dem Türknauf zu unserem Apartment. »Miles ist ein guter Junge.«

»Gut? Bist du sicher?« Er hat offenbar das halb nackte Mädchen vergessen. »Ich glaube, du verlierst langsam dein feines Gespür.«

Er übergeht meine spitze Bemerkung. »Könnte doch nett sein, einen neuen Freund in der Schule zu haben.«

»Na klar.« Ich nicke. »Weil der einzige Freund, den ich hatte, Selbstmord begangen hat. Viel Glück, Miles.«

Aidan dreht sich zu mir um. »Ellie, Simons Tod hat nichts mit dir zu tun.«

Ich verdrehe genervt die Augen, doch innerlich bin ich aufgewühlt. »Das weiß ich. Gott, hör bloß mit diesem Therapeutengeschwafel auf.«

Ja, ich weiß das alles wirklich. Es ist drei Monate her, seit Simon – der Sohn eines Senators und mein einziger Freund in den noblen Fluren der Holden Prep – also, seit er … an einem besseren Ort ist. Der stechende Schmerz, den ich jedes Mal verspüre, wenn sein Name fällt, lässt langsam nach. Aber ich habe immer noch Fragen. Und es kostet mich meine ganze Selbstbeherrschung, nicht nach den Antworten zu suchen.

»Außerdem warst du selbst letzten Frühling die Neue«, erinnert Aidan mich. »Du weißt bestimmt besser als jeder andere, wie schwer das sein kann.«

Glücklicherweise muss ich Miles Beckett, den Neuen an der Schule, nicht allzu lange bedauern, denn als Aidan die Tür öffnet, heult uns der Rauchmelder entgegen und die ganze Küche ist voller Qualm.